BREVE GUÍA DE LO
SOBRENATURAL

SYLVIA BROWNE

con Lindsay Harrison

BREVE GUÍA DE LO
SOBRENATURAL

De la Atlántida a los zombis

temas 'de hoy.

Edición publicada por acuerdo con Dutton, miembro de Penguin Group (USA) Inc.

Título original: *Phenomenon*

© Sylvia Browne, 2005
© Traducción de Redactores en red, 2006
© Ediciones Temas de Hoy, S.A. (T. H.), 2006
Paseo de Recoletos, 4. 28001 Madrid
www.temasdehoy.es
Primera edición: abril de 2006
ISBN: 84-8460-546-9
Depósito legal: M. 11.593-2006
Compuesto en J. A. Diseño Editorial, S.L.
Impreso en Artes Gráficas Huertas, S.A.
Printed in Spain—Impreso en España

Índice

S

T

U

V

W

X

Y

Z

Agradecimientos

Un agradecimiento especial a

El Sr. Willy Dufresne, por su ayuda y asesoramiento confiables y alegres;

Kirk Simonds, por el honor de permitirnos mostrar su material en otro de nuestros libros;

Brian Tart, por ocho libros en seis años, lo que parecía imposible;

Bonnie Solow, por mantener cortésmente su puerta abierta.

Con toda nuestra gratitud,
Sylvia y Lindsay

Prefacio

El objetivo de este libro es definir y describir, con ejemplos, muchas palabras que frecuentemente se utilizan en el mundo de lo paranormal. Por suerte, algunas de ellas se han convertido en parte del vocabulario corriente. Sin embargo, sé que tú aún continúas experimentando situaciones que te confunden, te asustan o que, sencillamente, no puedes entender. No deseas confiarle a nadie estas experiencias porque estás seguro de que pensarán que estás loco. Pero te sentirías mucho mejor si supieras que lo que te ha sucedido tiene una explicación, que —de hecho— hay palabras para ese tipo de situaciones y que existen otras personas, que están totalmente en sus cabales, a quienes les ha sucedido lo mismo.

Hace cincuenta años, cuando comencé a dar conferencias y presentarme públicamente como psíquica, el mundo no estaba seguro de si bendecirme o quemarme viva. Con el paso del tiempo, más y más personas van comprendiendo que los llamados «fenómenos psíquicos» no son tan poco naturales ni tan poco frecuentes —después de todo—, que el mundo de lo paranormal y el de la espiritualidad se valen uno del otro y que ambos pueden profundizar y mejorar todo el espectro de las más devotas creencias religiosas.

El demonio no tiene participación alguna en el estudio de nuevas formas que afirmen nuestra conexión eterna y sagrada con Dios, que es el verdadero objetivo de la pasión de mi vida. En realidad, el demonio, si existiera tal cosa, se enfurecería.

Según mi punto de vista, el mundo paranormal no es para nada misterioso y, ciertamente, no es temible. Si lo analizas bien, existe sólo un

relato en todo el libro en el que me encontrarás verdaderamente aterrorizada. Salvo ese episodio, este mundo paranormal, al que le dedico gran
parte de mi tiempo, es fascinante, instructivo, espeluznante y está orientado a Dios en todo momento. Éstos son los adjetivos que desearía ins-
pirarte a ti también, mientras te familiarizas con las palabras y las explicaciones que encontrarás entre las tapas de este volumen. Me encantaría
quitar el misterio, correr el velo y arrojar luz sobre esos monstruos que
ves en tu habitación, a quienes les has temido toda tu vida, para mostrarte
que, en realidad, sólo se trata de una inofensiva pila de ropa sobre una
silla.

En este texto, encontrarás palabras que tal vez no imaginabas; otras
que quizá esperabas hallar no están aquí. La lista inicial con la que Lindsay, nuestro editor Brian Tart y yo comenzamos ha sido revisada cientos
de veces, y el alcance probablemente se desdibujó un poco en el proceso. Puedo asegurarte que o bien investigué, o bien tuve una experiencia
personal sobre cada palabra; tengo opiniones fuertes y potencialmente
controvertidas sobre cada término (sorpresivamente) y no he dejado de
expresar ninguna opinión (otra sorpresa). Para bien o para mal, he perdido mi capacidad de parecer moderada en cuanto a la mayoría de los
temas.

Sinceramente, espero que este ejemplar no quede en un estante de
tu hogar, sino que se convierta en un compañero, algo a lo que recurras
en busca de consuelo, para satisfacer una curiosidad pasajera, para entre-
tenerte o, lo más importante de todo, para reafirmar la certeza que tu
alma tiene de que existe Algo o Alguien magnificente más allá de ti, de
quien eres parte y que también es parte tuya como lo es tu propia alma.

Mi guía espiritual Francine dice: «Si puedes pensar en la pregunta, la
respuesta está a tu alcance». Que este libro esté lleno de respuestas disponibles para muchas de tus preguntas más profundas, ahora y siempre.

A

Acoso espectral

Convivir con uno o más espíritus atrapados en la Tierra, sobre los que leerás en el apartado de «Fantasmas», es una experiencia más común de lo que la gente cree. Hace mucho tiempo que he dejado de intentar convencer a los incrédulos de mente cerrada de que, ya que Dios nos prometió vida después de la muerte, es natural que existan espíritus y fantasmas todo el tiempo a nuestro alrededor. Es como en la política y en la religión: nadie va a cambiar en una discusión la opinión del otro, así que ¿para qué sacar el tema siquiera? Sólo espero estar cerca para ver la cara de los más escépticos cuando sean el blanco de un tradicional acoso espectral y aún así traten de llamarme lunática.

Descubrirás en el apartado sobre «Fantasmas» que hay muchas razones por las cuales los espíritus en la Tierra se quedan aquí en lugar de dirigirse al perfecto júbilo del Más Allá. Un fantasma que conocí cuando me pidieron investigar un acoso espectral en un lugar llamado El Matadero me ilustró una de las más tristes y menos comunes de esas razones. El lugar resultó ser un agradable y modesto hogar, cercano a San Francisco, con un nombre desafortunado. La pareja que vivía allí era aterrorizada por una presencia que, según creían, podía llegar a hacerles daño.

«¿Por qué no se mudan?», pregunté.

«No tienen dinero», fue la respuesta.

Lo entendía perfectamente. Si alguien me hubiera sugerido que me mudara en ese momento de mi vida, tampoco hubiera tenido el dinero. La situación me tocó una fibra íntima que generó la compasión suficiente como para escucharme a mí misma decir: «Iré», antes de siquiera tener tiempo para disuadirme.

La casa era realmente tan modesta e inocua como me habían asegurado, y los ansiosos dueños, a quienes llamaré Juan y María, eran tan dulces y normales como podían serlo. Nos sentamos en la sala de estar por unos minutos para que pudieran darme una idea de lo que les había pasado. Además de los frecuentes ruidos inexplicables, de los pasos, de los lugares fríos y de las esporádicas visiones de horribles rostros en las ventanas, el hecho del que más se quejaron, de haberlo vivido, me hubiera turbado a mí también.

«Nos despertamos en medio de la noche y vimos a un hombre que vigilaba de cerca nuestra cama», me dijo María. «Tenía una mirada desenfrenada, demente, de odio puro en sus ojos, como si encontrarnos a mí y a Juan juntos lo hubiera enfurecido. Incluso me tomó del brazo una vez. Todavía puedo sentir su mano fuerte y fría como el hielo en mi piel», concluyó.

«Y yo vi cuando la tomaba del brazo y no pude hacer nada al respecto», agregó John.

Había escuchado todo lo que necesitaba. Estaba lista y ansiosa por empezar a trabajar. No había percibido nada en la sala de estar, así que me dirigí a la cocina. Tampoco. En el diminuto comedor, nada todavía. Y seguí al vestíbulo, en donde, sin poder anticiparlo, llegué a una zona fría. No era cualquier zona fría. Ese frío llegaba hasta los huesos. Podía ver mi propio aliento, en una casa sin aire acondicionado, en la mitad de verano.

Cada vez que se produce un acoso espectral existe un corazón, un lugar del que emana toda la actividad paranormal. En este caso, ese corazón era el dormitorio principal. En cuanto entré por la puerta pude sentir la energía altamente concentrada, como un campo de fuerza. Caminé hasta la cama y me senté. Mi corazón latía fuertemente por la adrenalina, el miedo y la conciencia cada vez más real de que una fuerte y perturbada presencia se me acercaba.

Primero lo vi fuera de la ventana, mirándome, no muy seguro de si me quería ahí o no. Era muy apuesto y su pelo era oscuro y grueso. Hice contacto visual con él y sostuve la mirada para que supiera que sí, podía verlo perfectamente, y no, no me podía atemorizar. Simplemente le dije: «Entra».

De pronto estaba frente a mí, más alto y enorme de lo que había pensado que era en un principio. Tenía una guadaña con un grueso mango de madera, con una hoja larga y creciente que parecía antigua y desgastada, pero que igualmente estaba lo suficientemente afilada como para provocar un daño grave. No dejé que esto me afectara, sólo seguí haciendo contacto visual con él y, o bien eso le inspiró respeto, o bien se sintió aliviado de que finalmente, después de mucho tiempo, alguien no le estuviera chillando que se fuera. Asintió casi cortésmente.

—Me llamo Giovanni —dijo—. ¿Cómo te llamas?

Se lo dije, luego le pregunté qué estaba haciendo allí. Habló con una voz clara y tranquila:

—Estoy triste porque mi esposa se fue.

En el preciso instante en que estas palabras salieron de su boca, y en lo que pareció menos de un segundo, me inundó rápidamente un montaje de imágenes. Otra cama en el mismo dormitorio. Un hombre de pelo oscuro en esa cama. No era Giovanni, pero se le parecía. Una mujer de pelo oscuro en la cama con él. Ambos durmiendo. Giovanni, con la mirada ausente, avanzando hacia la cama, con la guadaña elevada sobre su cabeza.

—Giovanni, ¿mataste a alguien? —pregunté.

Comenzó a llorar.

—Estuvo mal lo que hizo mi hermano Antonio. Traje a María de Italia para que fuera mi esposa y, mientras yo trabajaba, ellos estaban aquí haciendo el amor. Hice que ambos se arrepintieran de lo que le hicieron a Giovanni.

—¿Qué hiciste después de matarlos?

—Hui —confesó—. Me escondí en las colinas por mucho tiempo. Luego me enfermé gravemente y tuve mucho calor. Eso es lo último que recuerdo.

En otras palabras, había huido llevando consigo nada más que la ropa cubierta de sangre que llevaba puesta. Desapareció en las colinas, en el frío y húmedo invierno cerca de la bahía y, sin darse cuenta, murió de neumonía. Se lo conté, le expliqué que había quedado atrapado aquí en la Tierra y le aseguré que era hora de que fuera hacia la luz, así podía estar en paz.

Sacudió la cabeza, avergonzado y temeroso:

—No puedo enfrentar a Dios. Nunca me perdonará.

—No conozco a ningún Dios que nunca perdone, Giovanni. Mi Dios ama a todos, sabe todo, perdona todo y acepta a quien le extiende los brazos. —Me miró, mientras asimilaba lo que le había dicho. No era la primera vez que me encontraba con un espíritu atrapado en la Tierra que evitaba a propósito el túnel y la luz que lo llevarían a Casa porque estaba seguro de haber hecho algo que, ante los ojos de Dios, era imperdonable. No sería el último, tampoco, y hay pocas cosas que me rompen más el corazón. No hay duda de que, tarde o temprano, en una u otra vida, tenemos que enmendar las cosas en nuestra propia alma para alcanzar un equilibrio espiritual cuando le hemos causado un daño intencional a alguien. Pero eso es porque nuestros espíritus están genéticamente programados, en última instancia, para tratar de alcanzar su mayor potencial y su mayor bondad. Dios no se ocupa de que, eventualmente, hagamos las cosas bien. Lo hacemos nosotros mismos, con Su orientación, Su amor constante, paciente, inquebrantable e incondicional y Su poderosa fe en nosotros.

Pasé horas explicándole que sólo siguiendo su camino podría librarse del infierno de la culpa, en donde él mismo se había atrapado. En el mejor de los casos, se uniría a su hermano y a su esposa en el Más Allá y sabría que ellos lo habían perdonado. En el peor de los casos, volvería a la Tierra in útero y pasaría una vida compensando las que se llevó. Cualquiera de las dos posibilidades implicaban dar un paso para librarse de la horrible carga que llevaba consigo. Cualquiera de las dos posibilidades brindaba esperanzas, mientras que la no vida que estaba viviendo ahora no le brindaba ninguna.

Finalmente, y con algo de desgana, Giovanni aceptó irse. Me miró una vez más, buscando un gesto tranquilizador de mi parte, y me dijo:

—Mejor que tengas razón.

Dicho esto, desapareció. Y, según las siguientes llamadas y cartas de Juan y María, ni él ni ningún otro fantasma los molestó más, ni puso un pie en El Matadero otra vez.

En el apartado de «Fantasmas», leerás que decirles que están muertos y convencerlos de entrar al túnel y de dirigirse a la luz es la forma más eficaz de lograr que se vayan de tu casa. Es también la forma más difícil, por los objetivos tan complejos que los mantienen aquí. Si vives con un fantasma, cuanto más sepas la historia de tu casa y, lo que es aún más importante, la historia de los anteriores dueños del lugar en donde vives, mayores serán tus oportunidades de saber la identidad del fantasma, lo que le sucedió, cuáles son sus objetivos y sus puntos de vista. Como has visto en la historia de El Matadero, «ir hacia la luz» para algunos fantasmas es una perspectiva más terrorífica que la existencia solitaria, desesperanzada e inexistente a la que se aferran.

Adivinación

Desde el comienzo de los tiempos, la humanidad ha buscado en todas partes la respuesta a preguntas que parecían estar más allá de su alcance y control. Y decir «en todas partes» no es una exageración. Es como si, desde que estamos en este planeta, estuviéramos seguros de que Dios hubiera escondido todas las respuestas a simple vista, en algún objeto o conjunto de objetos. Sólo debemos encontrarlas y aprender a interpretarlas.

La adivinación es el uso de objetos o presagios para encontrar esas elusivas respuestas. Quienes se autoproclaman adivinos, médiums, sanadores, chamanes, psíquicos, exorcistas, adivinadores, sacerdotes y brujos, en todas las culturas de todos los países de todos los continentes de la Tierra han concebido más artes adivinatorias que las que puedo enumerar aquí. Algunas son demasiado fascinantes como para ignorarlas. No tengo dudas, ni por un momento, de que cada una de estas prácticas tiene practicantes honestos y bien intencionados. Tampoco tengo dudas de que cualquiera que use el miedo y la confianza de las personas como oportunidad para robarles debería estar preso.

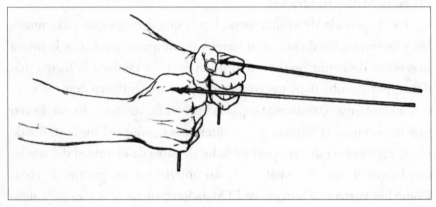

Adivinación.

Alquimia: en sus raíces más antiguas, una práctica adivinatoria y sanadora en la que una elusiva sustancia llamada «Piedra Filosofal» transformaba los metales comunes en oro y plata.

Aleuromancia: adivinación por el uso de las galletas de la suerte.

Astragiromancia: tirada de dados especiales cuyos lados contienen letras y números.

Botanomancia: búsqueda de símbolos y presagios en los diferentes patrones formados al quemar ramas, hojas y ramillas.

Capnomancia: lectura de mensajes en el humo.

Ceraunoscopia: adivinación de respuestas mediante las tormentas de truenos y relámpagos.

Dafnomancia: escucha de mensajes en el crepitar de algunas ramas especialmente seleccionadas, generalmente laurel, y lanzadas a fuego abierto.

Radiestesia: búsqueda de agua, piedras o minerales preciosos mediante el uso de una varilla dentada llamada «varilla de radiestesia».

Giromancia: un proceso largo y tedioso, pariente lejano del tablero Ouija, en el que el cliente camina alrededor de un círculo con letras hasta que se marea; las profecías se arman a partir de las letras sobre las cuales el cliente mareado camina torpemente.

Ictiomancia: adivinación mediante los movimientos de peces vivos.

Metoposcopia: descubrir la verdad sobre el carácter y el destino de una persona al leer las líneas de su frente.

Molibdomancia: adivinación a partir de los sonidos provocados por el plomo fundido cuando se lo vierte en agua.

Miomancia: predicción del futuro basándose en el comportamiento de ratas y ratones.

Necromancia: predicción del futuro a través de la comunicación con los espíritus de los muertos.

Oniromancia: interpretación de las profecías que se encuentran en los sueños.

Ofiomancia: hallazgo de presagios en los movimientos y las conductas de las serpientes.

Frenología: lectura de mensajes encontrados en la forma, las irregularidades y protuberancias de la cabeza.

Rapsodomancia: apertura al azar de un libro sagrado o de poesías para adivinar el significado del pasaje encontrado allí.

Espodomancia: predicción del futuro al leer imágenes en las cenizas de un fuego recién extinguido.

Taseografía: lectura de hojas de té.

Afirmaciones

Las afirmaciones son declaraciones de nuestras metas más importantes y de las sagradas responsabilidades que, como preciados hijos de Dios, tenemos con nosotros mismos. Repetir estas declaraciones, con la suficiente frecuencia como para que nuestra mente subconsciente las tome como verdad y guíe nuestra conducta en consecuencia, las convierte en una herramienta espiritual poderosa que cualquiera puede utilizar. Mediante las afirmaciones podemos declararnos más saludables, más fuertes, más positivos, más exitosos, más amables, más pacientes, más seguros de noso-tros mismos, más valientes, más responsables, más conectados espiri-tualmente, o todo lo que nos ayude a amarnos más. Si las plegarias son un reconocimiento de reverencia a ese Dios «exterior», que está con cada uno, constantemente, en cada momento, las afirmaciones son ese mismo reconocimiento a ese Dios «interior», en la mismísima materia genética de nuestra alma.

La religión y la literatura nos han brindado muchas afirmaciones bellas y he incluido varias de mi autoría que aparecen al final de esta entrada. Por supuesto, busca, aprende y usa todas las afirmaciones que resuenen en tu alma: aquellas que crees tu mismo, dichas en voz alta o en silencio desde lo más profundo de tu corazón, serán tan eficaces como las afir-maciones más elocuentes que jamás se hayan escrito.

Si no estás seguro de creer en que las afirmaciones realmente funcio-nan, piensa en las «afirmaciones negativas» que has aceptado como verda-des en tu vida: «Eres un inútil/estúpido/patético/idiota», «Nunca llega-rás a nada», «No puedes hacer nada bien», «Nunca lo lograrías sin mí», «Eres gordo/feo/demasiado bajo/alto/delgado», «Eres un fracasado». Es triste pero, probablemente, hayas escuchado variaciones de, al menos, una de estas frases (muchas veces de forma repetida) dichas por un supuesto «ser querido» en tu vida. Y lo que es aún más triste es que comenzaste a creerlo. ¿Por qué? Porque las has escuchado tantas veces, ¿no es cierto? Bien, puedes aprender a creer en sus exactos opuestos, si los escuchas con la misma frecuencia: ahí es donde aparecen las afirmaciones. Tus primeras afirmaciones pueden contraatacar a todas y cada una de las observaciones negativas sobre tu propia imagen, sin importar de dónde provengan.

Y realmente quiero decir: «Sin importar de dónde provengan». Menospreciarte, incluso en broma, o permitir que cualquiera a tu alre-dedor te insulte, mediante palabras o conductas, no sólo causa un daño psíquico degradante; si lo piensas, también es una forma de sacrilegio. ¿Quiénes creen que son algunas personas, después de todo, para no res-petar a uno de los hijos de Dios?

Crea el hábito de neutralizar cada insulto que recibas, o que alguna vez hayas recibido por medio de palabras o acciones, repitiendo una y otra vez una afirmación hasta que creas en ella más de lo que, alguna vez, hayas creído en algo negativo sobre tu persona. Trata de reemplazar los insultos y el negativismo con afirmaciones, durante tres cortos meses, y te aseguro que te sorprenderás con los cambios que verás en ti mismo.

Una vez que hayas utilizado las afirmaciones para mejorar tu confianza y el respeto por ti mismo, y después de que hayas comprendido que las afirmaciones realmente funcionan, puedes comenzar a usarlas para lograr tus más elevadas y preciadas aspiraciones. Por supuesto, puedes intentarlo al revés, si lo deseas: puedes comenzar con afirmaciones sobre el cónyuge, la familia, la carrera o el estilo de vida que siempre has deseado. Y si tu meta, simplemente, es asegurar esas cosas, probablemente funcione.

Si, en cambio, tu meta es conservarlas y encontrar tu realización en ellas, razón por la cual las anhelaste en primer lugar, las respuestas están dentro de ti y en la certeza de que las afirmaciones diarias te ayudarán a crear y a no olvidar nunca que posees una dignidad que Dios te ha dado.

Para darte una idea de cuán amplias y personalizadas pueden ser las afirmaciones, a medida que reúnes y compones las tuyas, aquí tienes algunas que yo misma he usado a través de los años. Por favor, adopta con total libertad cualquiera de las que desees y que resuene en tu alma:

—«Hoy, durante todas las horas del día, imaginaré que estoy siendo transportado por una perfecta burbuja blanca, formada por la luz pura del amor de Dios. Y como defensa contra mis enemigos, los rodearé con la misma burbuja de luz de Dios, para que Él pueda desactivar y disolver la negatividad y oscuridad que ya no tolero y en la cual ya no participo.»

—«Hoy le pido a cada célula de mi cuerpo que responda y reaccione como lo hacía en la época en la que me sentía más saludable y más enérgico. Negaré toda enfermedad, sabiendo que mi mente es más fuerte que mi cuerpo y mi mente espiritual puede trascenderlos a ambos y hacer milagros, con la bendición de Dios.»

—«Hoy estaré más cerca de convertirme en la persona que deseo ser. Al preparar una lista de todas las cosas indeseables que he permitido que se conviertan en un hábito y que me he impuesto como un obstáculo, encontraré la sabiduría para afirmar y celebrar todas las cosas maravillosas que soy y construir, sobre ellas, la perfección espiritual.»

——«En el día de hoy declaro, con la fuerza todopoderosa de Dios, que merezco la abundancia y los medios financieros para sentirme cómoda y que, con regocijo, utilizaré esa abundancia como celebración de la ley del karma: cuanto más la comparta con los verdaderos necesitados y merecedores, más me regresará a mí, multiplicada por la gracia de Dios y gracias a Él.»

——«Hoy escucharé atentamente a mi cuerpo. No negaré ningún dolor o enfermedad que necesite atención médica especializada. Pero condensaré cualquier dolor o enfermedad menores o crónicos en una bola de fuego, los quitaré de mi cuerpo, los aseguraré en una caja fuerte de plomo macizo y los haré estallar en miles de gotas de un vapor inofensivo.»

——«Provengo de Dios. Soy parte de Dios y Dios es parte de mí. Por lo tanto, no pueden disminuirme. Soy fuerte, soy amado y amo, porque vivo este y cada día conforme al gran plan de Dios.»

——«Hoy, al enfrentar mi pena, no la taparé, sino que la aceptaré. Y al aceptarla, le pido a Dios que me ayude a tomar fuerzas de Su plan divino y de su orientación y que me rodee con Sus ángeles. Sé, con certeza, que veré y compartiré la eternidad con mis seres queridos, nuevamente, en la perfecta felicidad del Más Allá.»

——«Hoy me amaré completamente a mí mismo y me trataré con orgullo y honor. Porque mi alma y mi espíritu provienen de Dios, me valoro a mí mismo demasiado como para permitir que alguien abuse de mí o me difame de alguna forma.»

He convertido el uso de las afirmaciones en un ritual que, he descubierto, es increíblemente poderoso y sanador. Me mantiene centrada, en un mundo generalmente enloquecedor, y creo que me brinda protección, calma, seguridad y, lo más importante, amor. Espero que te unas a mí en este ritual. Te ayudará. Durante nueve noches, a las nueve en punto, enciende una vela y repite: «Soy un hijo bendito de Dios. Estoy bien. Estoy feliz. La gran abundancia viene en camino porque, como hijo de Dios, tengo el poder de hacer milagros».

Alma afín

Cuando leas la definición de alma gemela, descubrirás que buscarla es prácticamente inútil, pues es muy poco probable que tú y ella estéis en la Tierra en el mismo momento. Quienes hayan acariciado el sueño de encontrar a su alma gemela podrían sentirse momentáneamente desilusionados y preguntarse, entonces, con quién podrían llegar a soñar.

La respuesta es: sueña con encontrar a tu alma afín —o, más precisamente, almas afines— ya que, a diferencia del alma gemela, hay muchas almas afines y, cada una, a su manera, es igual de importante.

Las almas afines son espíritus que has conocido en una o más vidas pasadas. Es así de simple. Estoy segura de que, ocasionalmente, has experimentado esa sensación de que, para bien o para mal, ya conoces al completo extraño que te acaban de presentar, y en vez de decir: «Encantada de conocerte», tienes que contener el impulso de decir: «¡Ah, aquí estás! Era hora de que aparecieras».

A veces, ese reconocimiento instantáneo es el punto de partida de otra relación, aquí en la Tierra, como la de amigos, pareja, esposos, miembros de la familia o socios. Otras veces, debería ser la señal para que salgas corriendo como el viento y te vayas lo más lejos que tus piernas puedan llevarte. Tengo una clienta que se casó con un hombre a quien, según ella aseguraba, había conocido en una vida pasada. Y tenía razón: en una vida pasada ese hombre había sido su propio padre, alcohólico, tiránico y abusivo. Como su actual esposa en esta vida, ella todavía intenta desesperadamente ganar su aprobación y él todavía la usa como destinataria exclusiva de su actitud dictatorial, mientras el resto del mundo lo trata con el desprecio que se merece. A ella, y a todos los que se encuentren atrapados en una lucha con un alma afín —con quien en la vida pasada probablemente han tenido experiencias difíciles—, os doy un consejo: es casi seguro que habéis incluido a esa persona en el plan de esta vida para aprender a libraros del poder que ejerce sobre vosotros. Esto no significa «dar la vuelta a la tortilla» o «vengarse», sino que significa «deshacerse de algo». Vete. La verdadera superación no se logra mediante la atención continua, sino mediante la apatía. Sigue involucrando, de alguna manera, a esa persona en esta vida y puedes estar seguro de que tratarás con ella nuevamente en el futuro. Depende de ti cuántas encarnaciones quieres malgastar en quien, muy probablemente, no merece estar ni un momento más en tu vida.

Por otro lado, puede provocarte un gran regocijo reconocer y reconectarte con almas afines queridas y positivas, sin importar qué rol has planeado para ellas en esta vida. No se trata tan sólo de esa inesperada lucecita que se enciende en tu espíritu cuando un desconocido te resulta extrañamente familiar. Tampoco se trata de la extravagante suerte de poder sortear la fase de «tomar confianza con un desconocido», pues, de alguna manera, sabes que eso ya lo has hecho muchas décadas o siglos atrás. Es un recordatorio, que con mucha frecuencia no llega a comprenderse, de que cada vez que conocemos a un alma afín de alguna vida pasada, estamos saludando a la prueba irrefutable de nuestra propia eternidad.

Alma gemela

No es ni tu objetivo ni tu destino divino en esta tierra encontrar a tu alma gemela y pasar el resto de tu vida junto a ella. En realidad, las probabilidades en contra de que esto suceda tienen dimensiones astronómicas.

Por favor, no permitas que esto te disuada de que la superpublicitada y superromántica búsqueda de tu alma gemela es una esperanza en vano. Vamos a tranquilizarte. Es desgarrador escuchar a los clientes que se agregan más dolor durante su divorcio al creer que son rechazados por su alma gemela, como si la genuina alma gemela pudiera ser capaz de rechazarlos. O a los clientes que, aun cuando tienen matrimonios exitosos, me dicen que el error más grande de sus vidas es no haber encontrado nunca su alma gemela. O a clientes que se encuentran inmersos en relaciones abusivas porque la intensidad emocional constante de estas relaciones les hace sentir una pasión que se supone sólo un alma gemela puede despertar. El término *alma gemela* se confunde con todo lo que va desde la infatuación y la lujuria hasta una excusa para el acoso, la obsesión y la violencia doméstica.

Una vez que entiendas lo que es el alma gemela, dejarás de presionarte tanto innecesariamente.

Todos somos creados con un espíritu que tiene tanto aspectos femeninos como masculinos, y todos vivimos vidas con ambos géneros. Nunca me he encontrado con nadie que se haya reencarnado más de cuatro o cinco veces y que lo haya hecho siempre como hombre o siempre como mujer.

En el mismo momento en el que somos creados, también se crea un espíritu idéntico a nosotros. Los aspectos femenino y masculino del espíritu gemelo idéntico son, en esencia, reflejos de nuestro propio ser. Y el espíritu gemelo idéntico es nuestra alma gemela. Nuestra alma gemela no es nuestra otra mitad más de lo que nosotros somos su mitad. Yo no soy media persona. Tampoco tú. Hay personas que me complementan, que tienen ciertas cualidades que yo no escogí esta vez y viceversa. Pero confía en lo que te digo, y lo digo tanto para ti como para mí: con ellos o sin ellos, siempre he estado y siempre estaré completa, una persona completa ciento por ciento. ¿Por qué tú o yo le dedicaríamos aunque sólo fuera un minuto, ya no una vida, a buscar una otra mitad que no existe y que nosotros, que somos personas ciento por ciento completas, no utilizaríamos en absoluto?

Durante nuestras vidas en el Más Allá compartimos un vínculo estrecho con nuestra alma gemela más que con cualquier otro espíritu, del mismo modo en que lo hacen los gemelos. Pero para nada estamos unidos por las caderas. Buscamos amigos distintos, intereses distintos, trabajos y estudios distintos y, por sobre todo, nuestras propias personalidades diferentes. Con nuestras almas gemelas tenemos una conexión particular y singular, de un amor libre e incondicional, que brinda y que otorga libertad y posee esa intimidad espiritual innata que no requiere palabras y que sólo los gemelos comprenden realmente.

Al igual que todos los espíritus del Más Allá, tanto nosotros como nuestras almas gemelas podemos elegir cuándo encarnarnos para hacer otro viaje a la Tierra, si lo hacemos o no, y cuántas veces. Tomamos estas decisiones por separado, cada uno por sus propias y específicas razones.

Y no olvides que, en el contexto de la eternidad, nos vamos de Casa y volvemos a ella en un abrir y cerrar de ojos.

Entonces, cuando consideramos todas las variables, ¿cuáles son las probabilidades de que nuestras almas gemelas estén aquí en la Tierra al mismo tiempo que nosotros? ¿Y por qué cualquiera de nosotros se tomaría la molestia de coordinar los itinerarios de viaje, si podemos estar juntos en el Más Allá tan seguido como queramos? Sin mencionar las probabilidades en contra que existen de que nos encarnemos en el mismo rango de edad, con una proximidad geográfica suficiente para que nos encontremos en algún lugar, y con el género de preferencia para que podamos ser una pareja, lo que parece ser la prioridad más importante del mito del alma gemela.

Entonces, por favor, deja de enredarte en el fracaso de buscar a alguien que, sin lugar a dudas, no se encuentra aquí en este preciso momento. Por favor, deja de aferrarte a una mala relación debido a la errada devoción a un «alma gemela» que te hace infeliz, una contradicción absoluta de los términos. Por favor, no menosprecies una relación potencialmente encantadora porque no sientes que sea tu alma gemela. Por favor, no creas que sólo existe una persona con la que estás destinado a estar en una población de más o menos seis mil millones de personas en esta Tierra. Y, por favor, no vayas por la vida con resentimientos o sin ánimos porque tu alma gemela nunca se presentó, te ha engañado, te ha tratado terriblemente mal o te ha dejado.

Me siento muy segura de decir que tu alma gemela —tu espíritu gemelo idéntico— probablemente está haciendo, en este preciso instante, lo mismo que el mío: pasando un momento de gran felicidad y dicha en el Más Allá planeando una «fiesta de bienvenida».

Alquimia

La alquimia es una práctica antigua en la cual la metalurgia, la medicina, el misticismo, la química y la religión se unieron en una mundial y optimista escuela de pensamiento.

La alquimia tuvo muchos objetivos, pero el más famoso fue el esfuerzo de transformar metales básicos en oro o en plata. Aunque esa motivación parece, a simple vista, puramente codiciosa, las creencias de los alquimistas coincidían con los sistemas de creencias generales del mundo antiguo. Y entre esas creencias estaba la unión inseparable entre lo físico y lo espiritual/metafísico. Tratar de convertir metales básicos en preciosos era un símbolo de la esperanza simultánea de los alquimistas de llevar al Universo lo más cerca de su máximo potencial, físico y espiritual. Se pensaba que el oro estaba tan cerca de la perfección como podía estarlo una sustancia terrenal hermosa e inmune a la corrupción. Por lo tanto, la mayor esperanza de los alquimistas era que si podían encontrar la clave para la longevidad duradera del oro, tal vez, en el proceso, pudieran descubrir también el secreto para curar las enfermedades.

La mística y elusiva Piedra Filosofal fue fundamental para el proceso de transformación de los metales básicos en preciosos. En verdad, no era una piedra en absoluto, sino una «medicina» con una receta tan críptica y tan llena de simbolismos arcanos que no es de sorprender que la Piedra Filosofal fuera tan rara y conformara el objeto de siglos de búsquedas, especulaciones y fantasías. Se decía que dos de los ingredientes, por ejemplo, eran «mercurio filosófico» y «azufre filosófico». Cómo mezclarlos exactamente era parte de una serie de misterios en sí, pero no estaban combinados adecuadamente hasta que hubieran logrado la unidad perfecta. Una vez lograda, de algún modo, la Piedra Filosofal, sus aplicaciones podían entenderse sólo «con la ayuda del Espíritu Santo». La recompensa, sin embargo, no era sólo crear oro del plomo. Se creía también que la Piedra Filosofal era una fuente de gran sabiduría, poder y sanación y que tenía la capacidad de devolver la juventud y de purificar el cuerpo de los gérmenes potencialmente fatales así como de las enfermedades. La Piedra Filosofal era la esencia de la genuina y secundaria meta de la alquimia antigua: descubrir un elixir que pudiera curar todas las enfermedades y prolongar indefinidamente la expectativa de vida humana.

Por último, pero no menos importante, la aspiración final de la alquimia era desarrollar la capacidad de crear vida humana.

El estudio y la práctica de la alquimia y de sus variaciones lograron durar dos mil años antes de que la ciencia, la química, la medicina y la metalurgia modernas comenzaran a aclarar la mayoría de sus fundamentos.

Sin embargo, no ha desaparecido completamente del mundo actual. De hecho, en la actualidad, la noción de descubrir la manera de purificar los recursos de la tierra y, al mismo tiempo, el espíritu humano, y explorar y probar mediante las ciencias la conexión entre el alma y el Creador es irresistible para algunos alquimistas del mundo moderno que trabajan en silencio (unos pocos con intenciones fraudulentas, pero muchos de ellos todavía tratando de mantener viva esa antigua disciplina de forma honesta).

Amuletos

La palabra *amuleto* remite a algunos términos del latín que se traducen como «medios de defensa». Por lo tanto, es apropiado que un amuleto sea una especie de señal utilizada en muchas culturas como protección del mal. Pueden ser pequeñas bolsas que contienen tierra proveniente de tumbas, manojos de tabaco, joyas hechas de piedras preciosas y semipreciosas en forma de escarabajos, carneros o lunas en cuarto creciente o cristales y campanas cosidas en el dobladillo de las prendas. No hay límites para las formas de los amuletos o la variedad de las creencias, sin las cuales ni soñaríamos con salir de casa.

Un amuleto sirve para un fin levemente diferente al de su primo: un símbolo usado habitualmente llamado «talismán», que se cree que trae buena suerte. Tratar de determinar el origen de la creencia en los amuletos es virtualmente imposible, pero como están representados en las paredes de las antiguas escrituras egipcias y con frecuencia eran enterrados con las momias, no es exagerada la teoría que sostiene que incluso el hombre de las cavernas podría haber llevado un símbolo de protección.

El Ojo de Horus:
un amuleto egipcio.

Tengo que admitir que cuando viajo —especialmente a Egipto, Grecia y Turquía— y pregunto a la gente qué amuletos utilizan, me hace sonreír lo avergonzadas que se sienten las personas. Se apresuran a decir que no creen realmente en ellos, que no son supersticiosos, pero… (Y para ser justos, yo tampoco soy supersticiosa). Pero no culpo a quienes, por las dudas, se cubren. Son esas mismas personas quienes —generosas y avergonzadas— me envían de vuelta a casa con una nueva provisión de amuletos, ninguno de los cuales jamás olvido llevar conmigo.

En ciertas condiciones, pienso que puede ser algo bueno llevar o usar amuletos y otros símbolos. Una de esas condiciones es la moderación. Tengo una querida amiga actriz que una noche, durante la cena, se quejó de que su cuello estaba tan tenso y dolorido que apenas podía mover la cabeza. Le pregunté si tendría algo que ver con los collares de cristal que tenía puestos, cuyo peso parecía ser como de veinte libras (alrededor de nueve kilogramos).

«¿Esto? —me preguntó como si estuviera loca o fuera estúpida—. ¿No sabes lo sanador que es el cristal?»

Supongo que no entendió la ironía de mi comentario. Ella sigue insistiendo en cubrirse de collares de cristal sanador, su cuello le sigue doliendo y está segura de que no sé de lo que hablo cuando trato de explicarle que un cristal puede ser tan poderoso como cientos de ellos (y mucho menos pesado).

Lo que me lleva a la otra condición: ten en cuenta que los cristales, los amuletos y los demás símbolos que elijas llevar o usar no tienen poder por sí solos. Son exactamente tan benditos, protectores, sanadores, energizantes o calmantes como tú creas que lo son, por la sencilla razón de que pueden ser maravillosos, útiles y tangibles recuerdos de las prioridades en las que deseas concentrar tu propia energía orientada a Dios y otorgada por Él. La única joya de la cual no me desprendo nunca, por ejemplo, es mi cruz celta. Nunca me verás sin ella, ni en la televisión, ni en las conferencias, ni viajando, ni en ningún lado. No la uso para complacer a Dios y que, de esa forma, Él me brinde más protección o mejor suerte. La uso porque es el símbolo del cristianismo gnóstico. Soy cristiana gnóstica y, como tal, ya tengo toda la suerte y protección que necesito. (Para explicarlo de una manera extremadamente simple, diré que el cristianismo gnóstico sostiene la creencia de que todos tenemos dentro de nosotros —y no alrededor de nosotros— al espíritu divino de nuestro Creador. Ese espíritu divino nos conecta a todos, y nuestros viajes espirituales más valiosos no nos llevan «hacia fuera», sino «hacia dentro», donde yacen las respuestas.)

Por lo tanto, en lo referente a amuletos, mi postura es: adelante, usa uno si lo deseas. Luego, cada vez que le eches un vistazo, deja que te guíe para que puedas envolverte, en ese mismo instante, con la luz blanca y sagrada del Espíritu Santo. Ya sabes, tal vez ese amuleto termine teniendo una capacidad asombrosa para protegerte.

Ángeles

Una de las ideas erróneas más comunes sobre los ángeles es que si nosotros y/o nuestros seres queridos vivimos una vida buena, reverente y pura, aquí en la Tierra, podremos aspirar a ser ángeles algún día, cuando estemos nuevamente en el Más Allá. Aunque es un pensamiento maravilloso, sencillamente resulta imposible.

Por favor, no dejes que este hecho te desaliente, como si nuestro valor ante los ojos de Dios se viera opacado por nuestra incapacidad de convertirnos en miembros de esa legión divina y gloriosa de protectores alados. Dios no le da mayor valor a Sus ángeles que a nosotros. Nos aprecia del mismo modo incondicional. No es que no podamos ser ángeles porque no valemos lo suficiente para Él. No podemos serlo por simples cuestiones fisiológicas: los ángeles y las personas son dos especies diferentes.

La forma más fácil de recordar la distinción entre los ángeles y nosotros es que los ángeles nunca se encarnan en personas. Nunca viven una vida en la Tierra en un cuerpo humano. Pueden tomar forma humana para cumplir breves misiones, pero notarás que en cada una de las millones de historias sobre encuentros con ángeles terrenales, la persona/ángel parece presentarse de la nada y desvanecerse nuevamente, igual de rápido. Por eso, los ángeles —para nuestro beneficio— van y vienen de su propia Casa, que está exclusivamente en el Más Allá.

Ángeles.

Además, los ángeles nunca hablan. Se comunican exclusivamente de forma telepática, aunque esa comunicación es tan poderosa que los humanos, con frecuencia, luego de encontrarse con ellos quedan convencidos de que, con certeza, pronunciaron las palabras. No es que no tengan voz. Ciertamente la tienen y es tan bella que es imposible de describir con algún adjetivo de nuestro vocabulario. Pero las voces de los ángeles se reservan para un solo fin: celebrar la gloria de Dios mediante himnos de alabanza que repercuten en el cielo y en el Universo y que, al menos una vez, han encontrado su camino a la Tierra. (Véase el apartado «El Salón de las Voces».)

Mientras que a algunos ángeles se les designa un nombre propio (como por ejemplo: Miguel, Gabriel y Rafael) en la Biblia y en otros escritos religiosos, la verdad es que los ángeles son andróginos. No existen los ángeles masculinos ni los femeninos. Sus cuerpos y sus características faciales son idénticamente exquisitos. Trascienden y abarcan todas las razas en cuanto a color y lo varían adecuadamente para sus breves visitas aquí. Pero todo el que los vea, tanto en la Tierra como en Casa, nota que su piel parece casi centellear, como si el sol lanzara, perpetuamente, destellos desde su interior. De hecho, la fuente de este efecto tan especial no es externa, sino interna. Los ángeles son iluminados, literalmente, desde su interior por la luz sagrada, perfecta y bondadosa de su Creador, que es su esencia.

Dentro de la vasta población de ángeles existen, de alguna manera, ocho niveles o rangos (si es que podemos asegurarnos de que la palabra *importancia* nunca interfiere con la palabra *rangos*: no existen los ángeles más o menos importantes, independientemente del nivel o del rango). Los ángeles avanzan de un nivel a otro a partir de su experiencia y, con cada nuevo nivel, reciben más poder. En otras palabras, ya sea cuando nos protegen de los daños, salvan nuestras vidas, nos dan mensajes, realizan milagros o, simplemente, nos transmiten momentos súbitos de amor, alegría, consuelo o esperanza cuando menos los esperamos, los ángeles siempre acumulan experiencias. Cuanto más vasta es la experiencia, más alto es el nivel. Y cuanto más alto es el nivel, más poderoso es el ángel.

Los ocho niveles de ángeles tienen la misión de ser el enlace más directo y poderoso de Dios entre la Tierra y el Más Allá; son los mensajeros, los protectores y realizadores de los milagros que Él nos envía. En Casa, se distinguen físicamente entre sí por el color de sus alas. En orden ascendente, desde el menos al más experimentado y poderoso, los ocho niveles son:

—Ángeles: alas blancas grisáceas, polvorientas.

—Arcángeles: alas puramente blancas.

—Querubines: alas blancas con puntos dorados.

—Serafines: alas blancas con puntos plateados.

—Virtudes: alas azul pálido.

—Dominios: alas verdes.

—Tronos: alas púrpura profundo.

—Principados: alas de un sólido dorado brillante.

Los primeros siete niveles de ángeles pueden tomar la iniciativa de intervenir por nosotros en una crisis o de estar disponibles para nosotros en un pestañeo, si Dios los envía o si ellos mismos sienten que los necesitamos. Los increíblemente poderosos principados, por otro lado, vienen solamente por medio de una combinación de la voluntad de Dios y de nuestra llamada específica. Pueden hacer milagros, evitar fatalidades y cambiar por completo, incluso, las vidas más perdidas y errantes.

Además de los innumerables ángeles que nos cuidan constantemente durante estos breves viajes lejos de Casa, a los que nos referimos graciosamente como «vida», también se nos asignan nuestros propios ángeles en el Más Allá antes de venir aquí. Cuanto más difíciles sean las metas y desafíos que nos hayamos propuesto (véase el apartado «El plan de vida»), mayor es el número o el nivel de los ángeles especialmente designados para que nos cuiden un poco más. Vale la pena mencionar que cuanto más abiertos, generosos y conscientes seamos espiritualmente, más ángeles se reunirán a nuestro alrededor, atraídos como las mariposas hacia la luz, mientras dentro de nosotros comienza a brillar el fulgor del amor de Dios de un modo tan fuerte que casi brillamos tanto como los ángeles.

Aparición

Es simplemente otra palabra para un espíritu visible (por algunos) que todavía no ha pasado al Más Allá. Eso es todo, lo juro. Véanse «Espíritus atrapados en la Tierra (*Earthbound*)», «Fantasmas» y/o «*Poltergeist*».

Aporte/Aportación

El mundo espiritual puede manipular, en la Tierra, objetos físicos, transportándolos con frecuencia a través del espacio y de barreras aparentemente impenetrables para que aparezcan en lugares en donde juraríamos que no podrían estar de ningún modo. Esa manipulación maravillosa se llama aporte o aportación.

Lamentablemente, y por lo general de forma injusta y exasperante, no se le da al mundo espiritual el crédito que merece en cuanto a la aportación. Con mucha frecuencia, buscamos de forma frenética cualquier explicación terrenal, sin importar lo tonta que sea, cada vez que se produce un ejemplo evidente de aportación: una distracción, un descuido, unos ladrones con súbitos ataques de conciencia, lo que sea, excepto la simple verdad de que el mundo espiritual trata de atraer, de innumerables maneras, nuestra atención y hacernos saber que está con nosotros.

Recientemente, un cliente contó una típica y encantadora historia que muestra maravillosamente el fenómeno de la aportación. Su padre había fallecido después de una larga enfermedad. Ella y sus dos hermanos siguieron meticulosamente cada una de las peticiones de su testamento para la planificación del funeral: desde la música que había especificado hasta el traje blanco que deseaba usar y, lo más especial, su amado rosario (tallado a mano y con un exclusivo grabado), que había pertenecido a su madre y que deseaba tener consigo cuando lo enterraran. Tanto ella como sus hermanos, como un último y amoroso adiós, besaron el rosario que había sido colocado entre las manos inertes de su padre, mientras permanecían junto a la tumba en los momentos previos al descenso lento del ataúd hacia su lugar de descanso final.

A la mañana siguiente, al reunirse temprano en la cocina del hogar familiar para desayunar, no supieron si asustarse o conmoverse profundamente al encontrar ese mismo rosario, tallado a mano y grabado, que brillaba en el centro de la mesa, donde un rayo de sol lo iluminaba a través de una ventana cercana.

Me alegra contarles que sólo pasaron unos minutos considerando esas explicaciones terrenales que mencioné antes. Sí, definitivamente, era el mismo rosario que su padre había pedido tener consigo cuando lo enterraran. No, no era posible que los tres se hubieran olvidado de ponérselo en el ataúd; luego, recordaron que lo habían besado al despedirse y que lo habían visto desaparecer seis pies bajo tierra alrededor de las manos de su padre. Esto significaba que había sólo dos maneras de que hubiera podido llegar hasta el centro de la mesa de la cocina esa mañana: o bien alguien había cavado la tumba de su padre durante la noche, sin que nadie lo viera, había huido con el rosario y manejado un coche durante dos horas hasta la casa familiar, se había introducido silenciosamente en la casa, había dejado el rosario y salido nuevamente sin hacer sonar el elaborado sistema de alarma, o... su padre, desde el mundo espiritual, había dejado el rosario en la mesa como una prueba para que sus hijos supieran que se encontraba vivo y bien.

Ahora, entre estas dos alternativas, ¿puedes decir, honestamente, que la primera explicación es más lógica que el maravilloso y sorpresivamente simple gesto de un espíritu amado, llamado aportación?

Y, por cierto, a veces las explicaciones terrenales son lógicas y correctas. Nunca me oirás sugerir que cada vez que algo aparece en un lugar extraño o se pierde y luego se encuentra es por influencia del mundo espiritual. Simplemente digo que cuando un objeto aparece en un lugar prácticamente imposible o que sabes, con absoluta certeza, que no estaba allí cuando has mirado, sonríe para ti mismo, reconoce la posibilidad de que se trate de un aporte y da las gracias al espíritu que está pidiendo que noten su presencia.

Apoteosis

En una escala inmensa, tan grande que prácticamente no tiene utilidad para la vasta mayoría de nosotros, *apoteosis* significa la deificación de la humanidad al rango de dioses. En un nivel mucho más práctico y personal, significa que al continuar, cada uno de nosotros, con la exploración de todos los aspectos de nuestra conexión con Dios, realizamos nuestra elevación, paso a paso, hacia lo Divino.

Hace cincuenta años que realizo predicciones. Sólo en los últimos diez, aproximadamente, las personas han demostrado verdadera preocupación por saber si están siguiendo o no el rumbo determinado en su plan de vida, cuál es el objetivo por el cual están aquí y si lo cumplen. Hay un creciente interés sobre la conciencia interior, una nostalgia en aumento por orientarnos a Dios. No es una moda pasajera, como lo hemos visto en las décadas pasadas, sino una profunda comprensión de que sin una relación activa y totalmente expresa con nuestro Padre, no estamos completos.

El otro día, una clienta (a quien llamaré Marta) comenzó su consulta preguntando sobre su tema de vida, su misión aquí. Le dije que, en realidad, ella tenía dos temas: el rechazo y el cuidado de otros.

Estaba conmocionada: «¡¿Rechazo?! —protestó—. No he sido rechazada».

Lo admito: cada vez que un cliente me hace una pregunta, doy una respuesta honesta/psíquica y, de inmediato, me discuten. Quisiera saber por qué se molestan en venir a verme. Si prefieren responderse ellos mismos a todas sus preguntas, bien podría simplemente sentarme y asentir como una tonta sin importarme lo que digan; pero, digamos la verdad, ése no es precisamente mi estilo. En el caso de Marta, decidí demostrarle lo que había dicho, indicándole algunos puntos importantes de su vida en vez de ser amable y esperar que ella misma me los mostrara:

—¿Nunca te han rechazado? ¿No has sido abandonada por tu madre y luego colocada en un orfanato cuando tenías dos años? —le pregunté.

—Sí, bueno, pero…

—¿Y tu marido no te ha abandonado junto a tus tres hijos?

Su voz sonó más débil al decir: «Sí».

—¿Y luego, un compañero de trabajo que te tenía celos no llevó a cabo una serie de ardides deshonestos hasta lograr que te despidieran? —continué.

Esta vez ella sólo asintió.

—¿Y nada de esto te parece un rechazo?

Se encogió un poco de hombros, avergonzada.

—Honestamente, nunca lo había considerado de ese modo. Y todo está mucho mejor ahora.

—Sé que lo estás —le dije—. Por supuesto que sí. Porque pudiste aprender de todo esto y fortalecerte, en lugar de debilitarte y sentir lástima de ti misma. Y ahora cuidas a tu familia, especialmente a tus ancianos padres, quienes te adoptaron, ¿verdad?

Asintió nuevamente.

—Eso se llama cuidar a los otros, Marta.

Mi clienta estaba realmente sorprendida. Y no se trataba de una mujer estúpida. Sólo estaba experimentando algo que, a muchos de nosotros, nos sucede: ver la vida a través de los ojos de otra persona y comprender cuán lejos hemos llegado. Y al ver su vida a través de los ojos de una psíquica espiritual, Marta también comprobó que, sin importar lo que cueste ni cuán difícil sea —incluso en una vida como la de ella, en la cual parecía como si todo el mundo, menos ella, moviera los hilos—, todos podemos mantenernos fieles al curso de nuestros planes y continuar con nuestros temas de vida.

Y cuando trató de negarlo —y cuando cualquiera de vosotros tratáis de negarlo—, no se equivoquen, sé que es sólo la mente consciente la que opone resistencia, del mismo modo que la mía lo hace cuando se trata de mí. Pero tu mente espiritual ya sabe todo lo que te digo. Y cuando cierta combinación entre ella y yo logra franquear el ruido, el estrés y las banalidades terrenales por las que tu mente consciente está tan preocupada, y noto que ese reconocimiento y conexión con tu espíritu se iluminan en tus ojos, siempre me estremezco al ver que eso sucede sin mi intervención. Soy simplemente testigo de que has vislumbrado la verdad, esa verdad de que existe un espíritu dentro de ti, que siempre estuvo y que siempre estará, que fue creado y es amado ni más ni menos que por Dios mismo, y rezo para que te aferres a ella, para que la valores y la celebres.

Eres hijo de Dios. Su descendiente directo.

Nunca dejes pasar ni un día sin permitir que esa verdad ilumine tus ojos.

Nunca dejes pasar ni un día sin tu propia apoteosis, tu propia elevación a lo Divino.

Aquelarre

Un aquelarre es una reunión de brujas, miembros de la *wicca*[1] o hechiceros, generalmente compuesto por trece miembros, cuyo propósito es venerar a la Madre Tierra, aprender y profundizar la apreciación de los ritos, la historia, la espiritualidad, la teología, la mitología y las tradiciones de la brujería, y realizar hechizos que beneficien a la naturaleza y a su equilibrio ecológico.

Se cree que el número tradicional de trece asistentes es un homenaje a los trece meses lunares del año, es decir, las trece apariciones al año de la luna llena. Uno de estos trece miembros es siempre el líder, generalmente una alta sacerdotisa con mucho conocimiento sobre rituales, costumbres, liderazgo, magia, desarrollos psíquicos y teología, así como también una reputación de integridad y respeto en la comunidad en la cual se realiza el aquelarre. Hay una tendencia a imaginar los aquelarres como pequeños grupos aislados, que viven en campos misteriosos, alejados de todo, que rara vez se relacionan con alguien fuera del grupo, que realizan ceremonias de quién sabe qué mal innombrable. En verdad, sal-

---

1. «Wicca» es el nombre de un culto moderno a las brujas, creado por Gerald Gardne y que fue de conocimiento público en la década de los cincuenta. *(N. del T.)*

vo raras excepciones, los miembros del aquelarre tienen trabajos, hogares, amigos y vidas en donde sus creencias son el centro, pero no excluyen a todo lo demás.

No verás a los practicantes de la brujería ni a los miembros de los aquelarres individuales caminar por las calles para reclutar a nuevos miembros, hacer proselitismo ni viajar en grupos misioneros. Al ser parte de un sistema de antiguas creencias que en casi todo el mundo ha sido acusado de casi todas las maldades posibles y atrocidades existentes, y cuyos miembros han sido ejecutados bajo la sospecha de ser «uno de ellos», es entendible que la comunidad de hechiceros no tenga interés en reunir voluntarios y prefiera ser selectiva, sobre todo en lo que respecta a sus aquelarres.

Convertirse en bruja o hechicero no significa comprar un sombrero puntiagudo, una capa y pintar una estrella de cinco puntas en tu cara. En muchas formas es parecido a convertirse en cristiano o en musulmán. La brujería es una religión, no una dominante, pero religión al fin. Contrariamente a la creencia popular, la clásica bruja de la *wicca* no está más involucrada con el satanismo o la veneración del mal de lo que lo están los cristianos, judíos, musulmanes, budistas e hindúes. Los miembros de la *wicca* oran a la Diosa, a la Madre Naturaleza, encuentran divinidad en todas las cosas vivas, se preocupan por la ecología y por el bienestar del planeta. Rechazan los conceptos de controlar o dañar a los demás, o de realizar hechizos para modificar la libre voluntad de las personas. Sus rituales, extremadamente confidenciales por la misma razón que la mayoría de las cuestiones relacionadas con la religión en sí, tienen como objetivo el clima favorable, la fertilidad de la tierra, la pureza del aire y del agua, el exitoso crecimiento de las cosechas y el bienestar general de los recursos que se nos ha dado y en los cuales confiamos para nuestra supervivencia. Por lo tanto, el proceso de convertirse en miembro de la *wicca* comienza con una apertura inicial a esos conceptos y creencias y, luego, con el aprendizaje y análisis de la historia, prácticas y todo lo demás que puedas encontrar sobre brujería para ver si es una creencia que realmente aceptas y con la que puedes comprometerte. Reitero, no es diferente del deseo de convertirse al cristianismo: creer en Cristo como hijo de Dios es un gran comienzo, pero imagina cuán limitada sería tu definición de «cristiano» si nunca encontraras tiempo para leer la Biblia.

Unirse a un aquelarre no es tan fácil como llenar una solicitud y enviar un pago de diez dólares (ocho euros aproximadamente). De hecho, la mayoría de los aquelarres se niegan a aceptar el pago de honorarios de admisión y mantienen tal nivel de confidencialidad que depende de ti hallar la manera de encontrarlos y expresar tu interés en formar parte del grupo. Será su decisión, y no la tuya, el hecho de aceptarte o no, basándose en la percepción que tengan de tu sinceridad, tu capacidad de adaptación al resto del grupo y tu habilidad para contribuir espiritualmente con ellos.

Para más información sobre este tema, lee el apartado sobre «Brujería, brujas y hechiceros».

Armagedón

El libro bíblico de las Revelaciones contiene un versículo (16:16) que dice: «Y ellos los reunieron en un lugar llamado, en hebreo, Armagedón». Ésa es la única vez en que la palabra *Armagedón* aparece en toda la Biblia. Y sin embargo, Armagedón se ha convertido en un temible sinónimo de la batalla final entre el Bien y el Mal, entre el Cristo y el Anticristo, entre Dios y Satanás, o entre todos los reyes de la Tierra, que terminará con el mundo.

Las Revelaciones son una visión del apóstol Juan. Pocas escrituras han sido analizadas tan detenidamente e interpretadas tan variadamente, por lo que la humanidad ha sido preparada para el cataclismo de Armagedón durante dos mil años. Era, «sin lugar a dudas», la primera guerra mundial, la segunda guerra mundial, la guerra del golfo, el ataque del once de septiembre de 2001, la epidemia de polio, la epidemia de sida, el Holocausto, la aparición del cometa Hale-Bopp y, yendo más atrás en la historia, algunos eclipses totales, terremotos, tsunamis y erupciones volcánicas. Todavía me encanta la historia del Armagedón que, «sin lugar a dudas», iba a terminar con la vida en la Tierra cuando el calendario cambiara de 999 a 1000. Al dar la medianoche, innumerables personas en todo el mundo, presas del pánico, corrieron por las calles con una histeria incontrolable. ¿No te encantaría saber por cuánto tiempo permanecieron en la calle antes de aburrirse e irse a dormir, nuevamente, a sus hogares? (Y mientras estamos ocupados riéndonos de esos pobres tontos crédulos, hagamos una pausa para contar la cantidad de personas que sabemos que guardaron grandes cantidades de botellas de agua y de comida enlatada, construyeron refugios subterráneos, cerraron sus cuentas bancarias, compraron máscaras de gas y se aprovisionaron de elementos de primeros auxilios cuando el calendario cambió de 1999 a 2000.)

No me malentiendas. Soy una firme creyente de que «prevenir es mejor que curar». Pero de la misma manera creo, fervientemente, que una vida que transcurre acurrucada en un rincón de un sótano, con un casco puesto, es una vida desperdiciada.

Con todo respeto por el apóstol Juan, nunca he leído una profecía —incluyendo las mías— que garantice un cien por cien de precisión. Dios es el único ser cien por cien preciso y el resto de nosotros sólo puede escuchar e interpretar de la manera más adecuada y más rigurosa posible. Tampoco he leído una profecía —incluyendo las mías— que señale la fecha del Armagedón real, es decir, cuándo se producirá, si tal cosa existe. Nuevamente, si es algo que Dios sabe, Él claramente ha decidido que no existe beneficio alguno en comunicárnoslo. Como algunos de vosotros debéis saber, he escrito un libro entero de profecías que nos llevan hasta el año 2100. Después de ese año, no veo nada. Eso podría significar que en el 2100 la Tierra ha de oscurecerse. Del mismo modo, podría indicar que un siglo es lo máximo que mi don profético me permite ver. Inevitablemente, cuando se trata de profecías relacionadas con el día del Juicio Final, cualquier suposición es válida.

Y, ciertamente, jamás he leído una profecía sobre un próximo Armagedón que no ofrezca esperanzas. Para bien o para mal, nosotros somos la esperanza. Que exista o no un Armagedón no depende de Dios, ni de una criatura imaginaria con cuernos y tridente. Detener la profecía de Armagedón es una opción incuestionable que está en manos de la humanidad y en nuestra voluntad de comenzar a ser activamente responsables de esta tierra y de sus ciudadanos, cuyo cuidado nos ha sido confiado.

Según el apóstol Juan, más adelante, en Revelaciones (22:1-2): «Entonces él [un ángel] me mostró el río del agua de la vida, brillante como el cristal, que fluía desde el trono de Dios y del trono del Cordero por el medio de la calle de la ciudad [la nueva Jerusalén]. Además, a cada lado del río, el árbol de la vida con sus doce clases de frutas, dando cada mes su fruto. Las hojas del árbol eran para la curación de las naciones».

Ríos de cristal, árboles fértiles y rozagantes, la curación de las naciones. Podemos hacer que esas cosas sucedan o esperar a que Dios mismo baje a realizarlas. Pero como Él no es el culpable del caos en que nos encontramos, ¿por qué tendría que ser Él el encargado de ordenarlo?

De los chamanes incas Q'ero:

> Sigue tus propias huellas
> Aprende de los ríos,
> De los árboles y las rocas.
> Honra al Cristo,
> Al Buda,
> A tus hermanos y hermanas.
> Honra a la Madre Tierra y al Gran Espíritu.
> Hónrate a ti mismo y a toda la creación.
> Mira con los ojos de tu alma y capta la esencia.

De los aborígenes:

> Tenemos que aprender a amarnos los unos a los otros.
> Verás, esto es realmente lo que le sucederá a la Tierra.
> Tendremos maremotos.
> Tendremos terremotos.
> Esto sucederá porque no consideramos a esta tierra como nuestra Madre.
> Hemos roto el equilibrio y no lo estamos restaurando.

Del autor, metafísico y profeta sir Arthur Conan Doyle: «La humanidad se puede salvar si regresa a sus valores espirituales».[2]

Y probablemente nadie lo ha dicho de un modo más sencillo, menos poético y más elocuente que el brillante sir Winston Churchill: «Si seguís con esta carrera de armas nucleares, todo lo que lograréis es hacer volar por los aires los escombros de lo que ya habéis destruido».[3]

Es así, hace dos mil años se presentó ante nosotros el concepto de Armagedón, la última batalla, el fin del mundo, y desde entonces hemos ignorado el resto de la historia: que si viene, no será Dios quien nos lo imponga, sino nuestra profecía codiciosa, descuidada, irresponsable, holgazana, ególatra y autocumplida.

Esta frase es mía: «Armagedón es inevitable sólo si dejamos que así sea».

Aspecto

Debido a que acostumbraba a realizar ocasionales encuestas en las sesiones, conferencias y exposiciones, soy consciente del mito según el cual cuando dejamos nuestros cuerpos, y formamos nuevamente parte del mundo espiritual, nos vemos como algo amorfo, pequeño y tenue, o como nada en absoluto.

Es un placer para mí asegurarte que cada uno de nosotros posee una imagen propia en el Más Allá. Tenemos cuerpos, ojos que pestañean y corazones que bombean sangre en nuestras venas. Me parece fascinante que también tengamos órganos idénticos a los de nuestros cuerpos en la Tierra y que estén ubicados en el mismo lugar, pero invertidos de izquierda a derecha. Por qué tenemos órganos cuando en realidad no tenemos

---

2. Conan Doyle, A., «Mankind can be saved by returning to its spiritual values». *(N. del T.)*

3. Churchill, W., «If you go on with this nuclear arms race, all you are going to do is make the rubble bounce». *(N. del T.)*

que preocuparnos más por los inconvenientes propios del cuerpo, como la digestión y la eliminación de los deshechos, no tengo ni idea. Le pregunté a mi guía espiritual Francine y me contestó: «Porque así es como Dios nos hizo». Es difícil discutirle.

Del mismo modo, le pregunté por qué era que, sin importar la edad en la que morimos, todos tenemos treinta años en el Más Allá: «¿Por qué treinta años?». «Porque los tenemos», respondió. ¿Entiendes lo que digo? Al igual que en la Tierra, el aspecto en Casa varía según la altura, peso, nacionalidad, color de pelo, de ojos y de piel. En Casa, no obstante, podemos cambiar el estilo de nuestro aspecto cada vez que lo deseamos, sin siquiera perder nuestra identidad u ocupar un segundo de nuestro tiempo en un salón de belleza, maquillándonos o bajo el bisturí de un cirujano plástico. Basta una simple proyección mental, lo que para nosotros es tan natural en el Más Allá como lo es respirar.

Por ejemplo, Francine me cuenta que, de vez en cuando, yo adopto en el Más Allá el aspecto de una mujer asiática porque, sencillamente, me parece atractivo. Nadie se siente terriblemente confundido en cuanto a quién soy, ni tengo que volver a presentarme ante mis amigos. Los otros espíritus sólo piensan: «Hoy está luciendo su aspecto asiático». Eso podría explicar por qué, cuando yo era una niña pequeña, pasaba horas frente a un espejo extendiendo mi cara hacia los costados para lograr que mis ojos, mi nariz y mi boca se cambiaran de tal modo que ni yo misma pudiera reconocerme. Estoy segura de que me sentaba una y otra vez frente a mi tocador con la esperanza de ver el reflejo de una mujer asiática de treinta años, mirándome, y por ello no entendía las virtudes de ver, en cambio, a una extraña y pequeña niña, caucásica y de pelo colorado.

Nuestra habilidad para cambiar de aspecto en el Más Allá se hace especialmente notoria cuando decidimos visitar a un ser querido en la Tierra. En Casa, nos reconocemos entre nosotros aunque podamos vernos de muchas formas distintas, pero los seres humanos necesitan todos los elementos de ayuda visual que puedan tener cuando se trata de entender quién es esa visita inesperada del mundo espiritual. Si morimos cuando tenemos cinco o noventa y cinco años, pero nos aparecemos ante nuestro ser querido con la imagen saludable, feliz y treintañera que tenemos en el Más Allá, hay poca o ninguna probabilidad de que nos reconozca. Eliminamos este problema al proyectarnos mentalmente con la apariencia física con la que ellos nos recuerdan.

Por otro lado, no puedo decirte la cantidad de clientes que han viajado astralmente al Más Allá para pasar un tiempo con un ser querido ya fallecido y han terminado hablando con un extraño de treinta años que, de algún modo, les resulta familiar. Si te sucede, y cuando te suceda, préstale atención a ese desconocido. Es probable que se trate de la persona exacta a la que tanto anhelabas ver pero, como no te esperaba, no sabía que tenía que ajustar su apariencia para que coincidiera con la que tú recuerdas.

Si bien hay mucha libertad para que elijamos nuestro aspecto en el Más Allá, igualmente deben cumplirse ciertas reglas:

—No podemos tener ninguna cicatriz, herida, marca de enfermedad o incapacidad de nuestra más reciente vida pasada. La vida en el Más Allá implica una curación total y completa.

—No obstante, si reiteradamente sometimos a nuestro cuerpo a abusos durante la encarnación, ese abuso se reflejará físicamente en el Más Allá como recordatorio de que todavía tenemos que aprender a vencer la autodestrucción.

—Cuanto más avanzamos espiritualmente, mayor belleza física recibimos como símbolo de nuestro progreso.

—Sin importar si nuestra apariencia física es o no muy bella, siempre conservamos algún pequeño tipo de defecto físico. Una imperfección que aceptamos con agrado, que nos recuerda que la única y verdadera perfección es la de Dios y solamente de Dios.

Astrología

Sabemos que Dios no creó nada al azar en este Universo, sino que, por el contrario, planeó cada detalle con gran anticipación. Por lo tanto, no es de sorprender que constantemente estemos buscando en Su creación la clave que descifrará Su código y nos permitirá, finalmente, leer e interpretar Sus planes para nuestro futuro y el del mundo.

¿Y qué lugar más obvio para seguir buscando que el cosmos, grandioso, insondable, lleno de misterio y de preguntas sin responder, que nos hace sentir tan diminutos pero, al mismo tiempo, tan maravillados por ese infinito eterno en el cual tenemos el honor de estar inmersos? ¿Por qué no volcarnos al sol, a la luna y a las estrellas, con su orden divino y perfecto, y sospechar que Él ha escrito mensajes en ellos?

La astrología, por supuesto, es el resultado de la búsqueda de esos mensajes para entender Sus planes y beneficiarnos con ellos. Es un arte antiguo, consultado por todos: desde faraones, emperadores, reyes y presidentes hasta el más común y corriente de nosotros; un mensajero que brinda a todos la misma oportunidad, diciéndonos algo nuevo todos los días si insistimos en observarlo de cerca. Su intención es, principalmente, sugerir —no ordenar— las opciones y los obstáculos que existen en nuestro camino y el modo más beneficioso en que podemos reaccionar ante ellos.

Ya que hay cientos, si no miles, de libros sobre astrología —y su gran popularidad es anterior a todos nosotros (en este tiempo)— es difícil imaginar que no sepas que la carta astral, alias el Zodiaco, está compuesto por doce signos solares/natales, cada uno con su propio planeta regente y determinado por un periodo específico del calendario. Estos signos solares son:

Aries —regido por Marte— del 21 de marzo al 19 de abril.

Tauro —regido por Venus— del 20 de abril al 20 de mayo.

Géminis —regido por Mercurio— del 21 de mayo al 21 de junio.

Cáncer —regido por la Luna— del 22 de junio al 22 de julio.

Leo —regido por el Sol— del 23 de julio al 22 de agosto.

Virgo —regido por Mercurio— del 23 de agosto al 22 de septiembre.

Libra —regido por Venus— del 23 de septiembre al 23 de octubre.

Escorpio —regido por Plutón— del 24 de octubre al 21 de noviembre.

Sagitario —regido por Júpiter— del 22 de noviembre al 21 de diciembre.

Capricornio —regido por Saturno— del 22 de diciembre al 19 de enero.

Acuario —regido por Urano— del 20 de enero al 18 de febrero.

Piscis —regido por Neptuno— del 19 de febrero al 20 de marzo.

Cada signo está caracterizado por un conjunto de rasgos/características de la personalidad, tendencias y hábitos. Pero si la historia de la astrología se acabara con los signos solares, seríamos un planeta lleno de gente aburrida y predecible.

Nuestros signos solares, de hecho, son sólo el comienzo de las influencias cósmicas que entran en la ecuación que compone la totalidad de nuestra carta astral y de nuestra identidad única. Para decirlo de manera muy simple:

—Nuestro signo solar, determinado por la posición del Sol en el momento de nuestro nacimiento, es nuestro yo interno, nuestro «yo real», nuestra actitud más básica en la vida.

—Nuestro ascendente, también llamado «signo ascendente», determinado por el signo que asciende sobre el horizonte en el momento de nuestro nacimiento, es el centro de nuestra esencia, la «columna vertebral» de nuestro carácter.

—Nuestro signo lunar, determinado por la posición de la Luna en el momento de nuestro nacimiento, es algo así como el resultado de la suma de nuestra personalidad y de nuestra composición emocional.

Entonces, mientras tendemos a clasificarnos y clasificar a los demás por nuestro signo solar, que ciertamente nos influye, es importante reconocer que nuestro ascendente y nuestro signo lunar también intervienen profundamente sobre nuestro carácter y personalidad.

Pero aguarda, hay más (y todavía estamos en el principio). Los signos del Zodiaco están, a su vez, divididos en categorías, según los cuatro elementos básicos de la tierra:

Los signos de aire, cuya orientación tiende hacia lo intelectual, son Libra, Géminis y Acuario.

Los signos de agua, orientados más emocionalmente, son Cáncer, Piscis y Escorpio.

Los signos de tierra, los más prácticos entre nosotros, son Capricornio, Virgo y Tauro.

Los signos de fuego, con tendencia hacia la ambición, son Aries, Sagitario y Leo.

Luego están los «signos afines»: seis signos que están alejados o directamente opuestos entre sí en la carta astral (Libra y Aries, por ejemplo). Los signos afines tienden a complementarse entre sí, como los gemelos, aunque sus elementos regentes son diferentes (en este caso [Libra y Aries], uno es de aire y el otro es de fuego). Tauro y Escorpio, Géminis y Sagitario, Cáncer y Capricornio, Leo y Acuario y Virgo y Piscis son los demás signos afines que tienden a equilibrarse entre sí cuando se unen.

Esto no implica que cuando busques una pareja o un cónyuge, debas correr a los brazos de un signo afín. De hecho, no estoy a favor de que nadie elija o evite a alguien basándose en su signo solar. Reitero: el ascendente y el signo lunar son demasiado influyentes en los rasgos del carácter y de la personalidad como para desestimarlos tan fácilmente.

Uno de los aspectos más fascinantes de la astrología que tú puedes desconocer —y que tendrá incluso más sentido para ti cuando leas el apartado sobre «El plan de vida»— es que, de hecho, nosotros predeterminamos la influencia cósmica más importante, la menos importante y la trivial en nuestra composición astral individual antes de que nuestro espíritu ingrese al feto. Cuando escribimos el detallado plan para nuestra próxima vida, especificamos la hora exacta, fecha y ubicación de nuestro nacimiento, datos también conocidos como los fundamentos a partir de los cuales se calculan todas las progresiones e identidades astrales.

Por último, ya sea que te resulte divertido o irritante, te daré una reseña muy breve de las tendencias más generales de cada signo solar. Si te das cuenta de que empiezas a ofenderte, relee la afirmación anterior sobre la torpeza de desestimar a tu ascendente y a tu signo lunar y/o siéntate y lee esto con un Aries, porque ellos tienden a tener un gran sentido del humor sobre sí mismos, y al resto de nosotros no nos haría ningún daño contagiarnos un poco.

—Aries: impulsivo y compulsivo, intensamente leal, tiende a probarte en lo mismo una y otra vez hasta estar convencido de tu inteligencia, se siente extremadamente ofendido si le das la espalda cuando te habla. No le gustan los cambios, necesita su propio espacio y se resiste a la autoridad.

—Tauro: cuando el ascendente y el signo lunar también son Tauro, hecho conocido como un «triple Tauro», lo siento, pero es aburrido. Se comporta torpemente para llamar la atención; su modo de verbalización tiende a ser o bien muy poético, o bien demasiado ampuloso; es terco, le cuesta perdonar; tiene una veta artística; se preocupa profundamente por la ecología y por la limpieza; no se centra en la familia pero es muy protector con sus seres queridos; es sentimental en cuanto a los cumpleaños, aniversarios, etc.

—Géminis: hablador ávido, cauto para hacer amistades nuevas, tímido, muy preocupado por el aprendizaje, cambiante y multifacético, divertido, afable aunque caprichoso, y muy difícil de mantener con los pies en la tierra.

—Cáncer: hogareño y protector, frugal, sensiblero y mártir; gusta de los excesos, ama a los animales, es muy selectivo, tiende a la melancolía pero lucha admirablemente contra ésta, se le puede herir fácilmente, contará la misma historia ochenta y cinco veces y se olvidará de la parte graciosa del chiste otras ochenta y cinco veces más.

—Leo: de gran determinación; detrás del tono gruñón se esconde un ser inseguro, muy leal; se le hiere mucho con facilidad, pero se enfurece si un ser querido es herido; odia mentir y odia a los mentirosos aún más; no le gusta trabajar demasiado, pero le encanta el bienestar material, odia perder; muy a menudo deja que los demás lo juzguen sin conocerlo, y posee más capacidad psíquica para las cosas que suceden que el resto de las personas.

—Virgo: promiscuo, de apariencia correcta y formal, organizado y meticuloso, bueno para tratar con gente, obsesivo con los colores, termina lo que empieza, le gusta hacer listas, es hipersensible, puede amar profunda y sinceramente a dos o tres personas a la vez; en una organización es mejor apoyo que líder, no le gustan los cambios; como padre o madre es permisivo pero inconsecuente.

—Libra (mi signo): mediador por naturaleza, tiende a saltar de un tema a otro cuando habla, afectuoso, generoso pero, paradójicamente, reservado, de mal temperamento, odia que le den consejos si no los ha pedido, ama excepcionalmente la belleza, es comprensivo pero ve a la enfermedad y a la autocompasión como una debilidad, desprecia la ingratitud, es demasiado honesto, su lado femenino y su lado masculino se encuentran equilibrados.

—Escorpio: se guía por sus genitales, pero está orientado hacia una meta, no tiende a expresar sus pensamientos, desea cambiar el mundo, es precavido en lo personal y en lo profesional, se hace cargo de las situaciones pero no es rápido para pelear, seguro de nacimiento, solitario, rige su vida según su propio sistema de verdades, tiene energía natural y es un gran maestro.

—Sagitario: muy analítico, ama los temas relacionados con la mente, necesita aprobación constantemente, ansioso, sagaz, ama discutir sin importar sobre qué tema, necesita espacio y libertad pero es extremadamente fiel, tiene corazón blando pero puede ser vengativo, categórico, muy intelectual.

—Capricornio: es el signo más fuerte del Zodiaco (tú puedes discutir todo lo que quieras), intelectualiza las emociones, ama los obstáculos, es analítico por demás, de una brillante memoria retentiva, no tolera sus propias fobias, es muy solidario, no es vengativo, es flexible con las opiniones de los demás, fastidioso con la ropa y la limpieza, y a gusto con las pautas establecidas.

—Acuario: es maestro por naturaleza, se siente más cómodo en grupo que en pareja, ama bailar, el agua y el océano, es introvertido y extravertido a la vez (como si siempre tuviera un compartimiento oculto), es lento para enojarse, pero cuando lo hace se enfurece; es romántico, muy ingenioso, odia la injusticia.

—Piscis: el signo con más carga metafísica del Zodiaco, le gustan los cumplidos pero no la adulación vacía, profundamente sensible a los desaires e insultos y rara vez sufre en silencio si se le ofende, necesita del romance y no sólo del sexo en las relaciones, es un lector y un estudiante ávido y le gusta tomar apuntes de todo, es obstinado pero flexible si ve que se ha equivocado, es muy bueno para guardar secretos, desprecia el prejuicio y la intolerancia en cualquiera de sus formas, es rápido para defender a otros que hayan sido tratados injustamente.

Ataques psíquicos

Fíjate en si estas palabras, o alguna versión similar de ellas, te suenan familiares: «Me engaño al pensar que estoy logrando algo en mi vida. No importa cuánto lo intente, no hago ninguna diferencia en este mundo. Nada de lo que alguna vez he hecho ha servido para algo, ni nunca lo hará. ¿Para qué siquiera levantarme de mi cama todas las mañanas cuando la verdad es que a nadie le importa que lo haga o no?».

Si es así, es posible que hayas sufrido un ataque psíquico. En vez de agredir al cuerpo, el objetivo del ataque psíquico es nuestra mente, la confianza en nosotros mismos, nuestra esperanza, nuestra sensación de poder e, incluso, nuestra fe en el amor incondicional que nos tiene Dios. Los ataques psíquicos nos degradan, nos separan de la alegría, del humor y del entusiasmo y nos quitan tanta energía que ni siquiera podemos intentar rescatarnos de esa situación. Rara vez podemos ver que se aproxima un ataque psíquico, si es que alguna vez llegamos a verlo, y rara vez descubrimos quién lo trajo, si es que alguna vez logramos descubrirlo, lo cual nos hace sentir aún más impotentes y fuera de control. Sin reconocer qué lo causó, no podemos comenzar a pensar qué hacer para detenerlo.

Para comprender los ataques psíquicos, necesitas leer la definición del Lado Oscuro, ese grupo de espíritus y humanos entre nosotros que abrazan y perpetúan la negatividad, el caos y la maldad. El objetivo del Lado Oscuro es simple: extinguir la luz, que es la única manera de que pueda existir la oscuridad. Y ante los ojos del Lado Oscuro, nosotros, las entidades blancas —referencia que no tiene nada que ver con la raza, sino que sólo alude a quienes amamos a Dios y rechazamos la negatividad— somos las luces que deben ser extinguidas. No son tan tontos como para intentar convertirnos a su bando, ya que saben que eso no puede suceder. Entonces, tratan de destruirnos no necesariamente de un modo físico, sino haciéndonos tan impotentes emocionalmente que perdemos el poder, la confianza en nosotros mismos, el optimismo y la concentración para derrotarlos. En otras palabras, las entidades oscuras del Más Allá nos atacan psíquicamente, de allí el término *ataque psíquico*.

Muchos años atrás, pasé por lo que sólo pude llamar en ese momento como un «desierto espiritual». Un periodo casi paralizante en el que dudé sobre mí misma, mi valor y la relevancia de la utilidad de mi fe en Dios. Nada en particular lo había provocado e hice todo lo posible para mantenerlo en secreto. Pero me había comprometido a hablar en mi iglesia, Novus Spiritus, y como la inmensa congregación me conocía muy bien, sabía que no podía hacerles creer por mucho tiempo que era la misma persona de siempre: fuerte, con confianza y espiritualmente apasionada. Pensé en cancelarlo, en vez de mostrarme como el fracaso que me sentía. Sin embargo, finalmente decidí que les debía la misma honestidad que les había prometido desde el día en que había fundado la iglesia. Entonces, me dirigí hacia el atril, respiré profundo, observé los rostros expectantes de las personas que amaba y que sabía estaba a punto de desilusionar y confesé cada uno de los débiles, vanos y vacíos momentos en los que había dudado de mí misma.

Sin embargo, en lugar de verse desilusionados, cada una de las personas de la congregación estaba sentada allí asintiendo e, incluso, sonriendo con una expresión de cierta identificación. A medida que fuimos hablando, más tarde, supe que no sólo ellos habían experimentado los mismos sentimientos, sino que también habían escuchado, dentro de sus cabezas, esas mismas palabras que me asediaban: «Me engaño al pensar que estoy logrando algo en mi vida...».

Lo primero que hice a la mañana siguiente, sintiéndome ya mejor, fue comenzar, durante las sesiones, una encuesta informal entre mis clientes de todo el mundo. Me sorprendió escuchar que cada uno de ellos, en un momento u otro, habían sido víctimas del mismo tipo de ataque psíquico y que durante él, sin importar en qué país, cultura o circunstancia se encontraran, esas mismas palabras menoscabadoras también los acosaban, como una casete que se repetía permanentemente.

Cuanto más hablaba sobre los ataques psíquicos con más personas, más me daba cuenta de que todos teníamos una copia de la misma cinta de inseguridad, programada para comenzar a hablarnos monótonamente ante nuestra primera señal de vulnerabilidad. Realmente creo que se trata del Lado Oscuro, esas fuerzas negativas que nos rodean, que nos toman con la guardia baja y utilizan nuestros inevitables momentos de debilidad para tratar de menoscabarnos. También estoy segura de que no es una coincidencia que los ataques psíquicos sean particularmente comunes entre quienes están a punto de comenzar un viaje espiritual de algún tipo. Después de todo, pocas cosas amenazan más a las entidades oscuras que el crecimiento de la espiritualidad y la imparable expansión de la luz brillante y el amor de Dios.

Nunca diría que soy capaz de librarte para siempre de un ataque psíquico, así como tampoco diría que no me siguen acosando. No obstante, puedo prometerte que disminuirán en frecuencia si nos disponemos a evitar la negatividad de una forma tan seria como lo son nuestros esfuerzos para evitar el típico resfriado. Créeme, a la larga, los resfriados no dañan ni una fracción de lo que daña la negatividad.

Además, he encontrado un modo que me ayuda a recordar, durante un ataque psíquico, que esos insultos desagradables y desalentadores en mi mente no son la verdad en absoluto, sino sólo una grabación colocada por el Lado Oscuro para tratar de derribarme. Sencillamente, alcanzo con mi dedo índice ese punto que se encuentra ape[...] mi entrecejo, donde estaría mi tercer ojo, y ejerzo u[...] como si estuviese quitando de mi cabeza esa insidi[...] hago esto, digo:«Rechazo esta casete y todos los ot[...] Oscuro y arrojo su negatividad fuera de mi mente[...] para siempre en la luz blanca del Espíritu Santo».

Como digo siempre, lo entiendo por completo si no me crees. Sin embargo, como hacerlo no daña y sólo lleva un par de segundos, inténtalo de todos modos. La próxima vez que te asalte un ataque psíquico, ¿no te sorprenderás gratamente si estoy en lo cierto?

Atlántida

Según Platón, una vez, hace once mil años, hubo un continente en el medio del océano Atlántico llamado «Atlántida». Su población era muy rica, sofisticada y poderosa, y prosperaba gracias a un numeroso conjunto de recursos naturales, al vasto comercio con Europa y África y al clima, que era tan favorable para la fertilidad de los suelos que los atlantes disfrutaban no de una, sino de dos cosechas anuales de la más amplia variedad de cultivos que se pueda imaginar. El reino animal también se desarrollaba con fuerza en la Atlántida, esta pacífica y hermosa nación isleña.

El primer rey de Atlántida fue Atlas, el hijo mayor del dios del mar Poseidón y de la mortal Cleito. Una estatua de oro de Poseidón en un carro tirado por caballos alados brillaba en la colina central del continente, en donde Cleito había educado a Atlas y a sus muchos hermanos. La colina estaba rodeada por círculos concéntricos de tierra y de agua, ubicados allí por Poseidón para proteger y abastecer a su amada familia.

Más allá del círculo de agua más alejado de la colina estaba la ciudad de Atlántida, en donde vivía la mayor parte de la población del continente. Cientos de kilómetros de llanuras rodeaban la ciudad y, al norte, se elevaban montañas.

A paso lento pero firme, las vidas idílicas de los atlantes comenzaron a contaminarse insidiosamente con la corrupción de la avaricia, de la lujuria y del hambre insaciable de poder. Zeus, el dios todopoderoso del cielo, miró enojado al desierto moral en que se había convertido Atlántida onvocó a los demás dioses para imponer un castigo adecuado a esta grata a la que se le había dado tanto.

Y el castigo fue tan grande, violento y devastador que terminó con el continente Atlántida en una sola ola de ataques masivos desde el cielo, el mar y la naturaleza toda; el océano se tragó toda su riqueza, su sabiduría, su belleza y su gente y se los llevó a la tumba acuática en donde permanecen hasta el día de hoy.

Platón ha contado esta historia en sus diálogos *Timeo* y *Critias*, cerca del año 350 a. C. Ha sido, hasta donde se sabe, la primera referencia escrita sobre un continente llamado Atlántida. Y, desde entonces, el debate ha ido en aumento: ¿ficción o realidad?

Uno de los miles de filósofos y profetas que han determinado con gran autoridad que Atlántida ha sido y será, nuevamente, un continente real ha sido Madame Helena Blavatsky. En su libro *La doctrina secreta*, escrito en 1888, predijo que tanto Atlántida como su contraparte en el océano Índico, Lemuria, reaparecerían, y agregó: «La elevada cadena en la cuenca del Atlántico, a nueve mil pies de altura (unos dos mil ochocientos metros), que parte desde un punto próximo a las islas Británicas, va primero hacia Sudamérica y, luego, cambia casi en ángulo recto para seguir, en una línea en dirección sudeste, hacia la costa de África... Esta cadena montañosa es un resto de un continente atlántico... Si se pudiera seguir su rastro, se establecería la existencia de una conexión submarina en forma de herradura con un ex continente en el océano Índico... Después del hundimiento del último rastro de la raza atlántida, hace unos doce mil años, ha sido arrojado un velo impenetrable de secretos sobre los misterios ocultos y religiosos enseñados [en Atlántida]».

Afrontémoslo, esto es lo que cualquiera podría haber dicho, dado el número limitado de formas de probar lo contrario en 1888. Pero más de cien años después, en marzo de 1996, la revista *Discover* publicó una serie de fotografías satelitales y describió lo que en ellas se veía, y que parecía confirmar la imagen geográfica que Madame Blavatsky no podría haber visto por sí misma de ninguna manera: «La cadena Mesoatlántica serpentea hacia el centro de ese océano... desde Groenlandia hasta la latitud de Cabo de Hornos... Bajo Sudáfrica, la cadena india del sudoeste se lanza hacia el océano Índico y se esfuma como un cohete o, tal vez, como el rastro de un gigante y caricaturesco topo marino».

Si ella tenía razón sobre la geografía, como muchos otros la tuvieron, ¿no sería tonto no tener la mente abierta a la posibilidad de que, quizá, tenía también razón sobre la existencia de Atlántida, y a la probabilidad de que tanto Atlántida como Lemuria puedan emerger de sus respectivos océanos algún día?

Para que conste, yo concuerdo en todo con ella. Veremos a Atlántida y a Lemuria erigirse nuevamente. De hecho, es seguro, antes del fin de este siglo.

Aura

Tu aura es tu fuerza de vida, también llamada «sustancia etérea», que emana de tu interior y rodea tu cuerpo como una delicada nube ovalada, de densidad variable. Algunos piensan que está hecha de energía. Otros, de electricidad. Yo creo esto: usa cualquier palabra que te ayude a imaginar la proyección de un campo energético que sea percibido, de modo innegable, por quienes te rodean y que genere una respuesta en ellos, estén o no conscientes de eso. Un campo al que algunos, incluso, puedan ver.

Cada aura contiene todos los colores del arco iris, pero los colores predominantes de los extremos varían dependiendo de nuestra salud física y emocional. Por ejemplo, el rojo indica ira extrema. El negro es signo de enfermedad física. La pena y la depresión se muestran como un color amarillo-verde turbio. Una entidad oscura (véase el apartado sobre «El Lado Oscuro») o un ego no saludable (con un sentido abusivo crónico que se siente con derecho a todo) será de un color barro marrón-negro. El verde implica salud y el azul es la emisión resultante de una conciencia elevada. Cualquiera de estos colores puede «despuntar», tomando una forma muy parecida a las manchas de luz que centellean en la superficie solar, cuando la causa que origina el color experimenta un súbito incremento de energía o una repentina caída en el caso de una enfermedad, una pena o una depresión.

Un hecho comúnmente ignorado es que, salvo cuando tratas con entidades oscuras, existen tres bandas principales de energía y color constantes como base de cada aura. Una banda de color blanco, la emanación del Espíritu Santo que se encuentra en nuestro interior, es la más próxima al cuerpo. Sigue el dorado, la dignidad innata de nuestro divino derecho de nacer. El tercero es el color púrpura, el brillo del linaje sagrado de nuestro espíritu. Estas tres bandas esenciales, inseparables, tienen un grosor total de no más de cinco pulgadas (diez o doce centímetros). Así que, para quienes pueden ver las auras, por favor, recuerden que los destellos de color que probablemente «perciben» son estados físicos o emocionales temporales. Si deseas ver el verdadero carácter de una persona, fíjate en si las bandas de color blanco, dorado y púrpura forman la base del aura.

Otro hecho, que probablemente nadie reconoce tan frecuentemente como debería, es que podemos tomar una decisión activa para proyectar la esencia de nuestra aura cuando entramos en una habitación llena de gente, lo que forma el campo de fuerza más positivo que podemos ofrecer. Sabemos que podemos proyectar nuestra aura negativa. Todos lo hemos hecho, tuviéramos o no la intención de hacerlo, y todos lo hemos experimentado: alguien que está enojado, violento, en un estado de autocompasión o profundamente deprimido se encuentra con un grupo de personas que se sienten totalmente a gusto y, sin decir o hacer nada, sume al grupo en un tempestuoso estado de humor similar. Es un fenómeno tan común que raramente asistimos a una fiesta de más de diez o doce personas sin esperar que, tarde o temprano, caiga un balde de agua fría de algún lado. La proyección de un aura negativa, o como quieras llamarlo, puede arruinar un buen momento.

Proyectar la esencia de nuestra aura positiva es tan simple como formar una imagen. Las bandas de color blanco, dorado y púrpura, al combinarse y proyectarse, forman un destello brillante y casi fluorescente color malva grisáceo, con un tinte dorado. Al entrar en una habitación en la cual deseas probar esto en ti mismo, imagina el salón bañado en un malva dorado que fluye de ti como si hubieras abierto las compuertas de una represa y el agua corriera con una fuerza incontenible.

Un consejo: no te desanimes si tu esfuerzo no es siempre exitoso. Porque como esto es la Tierra, un aura negativa tiene un rango de 150-200 pies (45-60 metros) cuando se proyecta, comparada con un aura positiva cuyo rango de proyección es, en promedio, de 30-40 pies (9-12 metros). Si lo dudas, la próxima vez que veas a una persona feliz llegar a una fiesta o a su lugar de trabajo, seguida de cerca por una persona infeliz, observa cuál de ellas afecta más a la multitud. Siempre apuesto a la persona infeliz. Es triste pero real y es la razón por la que encontrarás un apartado, más adelante en este libro, sobre «Herramientas de protección».

No somos exclusivamente nosotros, los humanos en la Tierra, quienes estamos bendecidos con el aura. Toda cosa viva tiene la suya porque está compuesta, en parte, por energía o fuerza de vida y, por lo tanto, toda cosa viva emana esa fuerza de vida desde su interior. Analizaremos esto con mucha más profundidad en el apartado sobre fotografía Kirliana, un método con el que se captura el aura en una película fotográfica. Por ahora, la verdad en la que debemos concentrarnos y valorar es que esta aura universal que todos tenemos en común proviene de la misma fuente, lo que significa que tenemos el honor de una conexión divina con todas las cosas vivas. ¡Qué diferencia asombrosa e inmediata haríamos en este mundo si tan sólo entendiéramos el hecho simple y evidente de que al abusar de la vida a nuestro alrededor abusamos de nosotros mismos; en cambio, al nutrirla, podemos empezar a prosperar de nuevo!

Axis Mundi

Axis Mundi es un término antiguo, de miles de años y de origen discutible, que se refiere al eje alrededor del cual rota la Tierra o el cosmos entero. Es el centro de la existencia o, como una vez he oído que lo nombraban, «el ombligo de Dios», lo cual plasmó la imagen para mí.

Obviamente, Axis Mundi es un concepto más que un hecho y es sólo un tema cultural y de sistemas de creencia. Algunos discutirán que, si existe un Axis Mundi, éste es Jerusalén o Belén. Otros jurarían que es la Meca o el Vaticano o las Grandes Pirámides o Stonehenge. Otros insisten en que el Axis Mundi sería un fenómeno puramente natural, en particular, una variación en el simbólico Árbol de la Vida, con ramas que llegan al cielo y raíces que penetran el núcleo de la Tierra. Y luego, por supuesto, existen quienes creen que es simplemente egocéntrico limitar la búsqueda del Axis Mundi a nuestro pequeño planeta y, en cambio, creen que es probablemente el Sol o la Vía Láctea o una galaxia lejana que no sabemos, siquiera, que existe.

Francamente, no sé ni me interesa lo que es realmente el Axis Mundi o si existe tal cosa. Sólo me encanta la idea de que exista y todas las teorías y leyendas que hay sobre él en todo el mundo.

Azna

Existe una dualidad en cada aspecto viviente del Universo infinito y esto incluye a su Creador. Existe un Dios Padre, omnipotente, perfecto, que todo lo ama y que todo lo sabe.

Y existe un Dios Madre. Su nombre es Azna. Es la contrapartida del Padre, adorada como Su igual y Su complemento por más de veinte mil años.

El Dios Padre es el intelecto de la creación, «El Inamovible que Moviliza», constante e imperturbable.

Azna, el Dios Madre, es la emoción. Puede producir cambios, proteger, intervenir e interferir. La Tierra es el planeta más guiado por las emociones de todos los planetas habitados, así que la relación entre Azna y la Tierra es especialmente cercana, pues Ella toma forma de vez en cuando para crear milagros. Testigos en Lourdes, Fátima y Guadalupe la han llamado Madre Bendita cuando se les ha aparecido. Como sea que la llamen, el Dios Madre trae armonía, ayuda activamente, mantiene la vida.

Su dominio es el de todas las cosas vivientes sobre la Tierra, a partir de lo cual ha sido inspirada la apreciada imagen de la Madre Naturaleza. Los budistas la han llamado Señora del Loto, y también ha sido nombrada como Ashara, Teodora, Sofía e Isis por los credos y las culturas de todo el mundo, por los siglos de los siglos.

Sin el intelecto del Dios Padre, que es perfecto y todo lo sabe, sólo seríamos pura emoción. Sin Azna, seríamos puro intelecto y no tendríamos la compasión instintiva que expresa el amor eterno más incondicional cuando es necesario tenderle la mano a alguien o brindarle un fuerte y reconfortante abrazo.

Azna ha sido venerada con distintos nombres por muchas culturas desde, al menos, la época de los antiguos griegos que la llamaban Gaea, la Diosa Madre que trajo el cielo, las montañas y el mar. Aproximadamente en el 415 a. C., Platón escribió sobre ella, llamándola Ge. Los romanos la veneraban con el nombre de Terra Mater o Madre de la Tierra.

Y luego vino el cristianismo y la religión occidental en general, que, por toda su magnificencia, pareció decidida desde el principio a convertirse en un patriarcado, comenzando con Eva, la primera mujer, pero por supuesto creada en segundo término, de una costilla de Adán, como si simplemente fuera una extensión de él. El legado principal de Eva parece ser la introducción del pecado en el paraíso del Jardín del Edén. (Si piensas que lo de Eva fue vergonzoso, por cierto, lee el apartado sobre «Lilith», quien —según la mitología judía— fue la primera esposa de Adán, pero fue arrojada del Paraíso por negarse a someterse a él.) En una religión patriarcal era inútil un Dios Madre, aunque sólo fuera como complemento del Padre, una parte natural del Altísimo, en una creación en donde verás una dualidad en todos los demás aspectos... creada, como la Biblia nos recuerda, a imagen y semejanza de Él.

No puedo evitar agregar una observación que ha sido hecha por Joseph Campbell, el maestro/mitólogo más extraordinario del siglo XX. Existe un mito en Babilonia en el que la diosa Tiamat es asesinada por el dios Marduk, quien luego destroza el cuerpo en mil pedazos y... voilà, se crea el Universo. La opinión de Joseph Campbell, en cuanto a este mito

en particular, resume varios milenios de actitudes mitológicas y religiosas hacia Azna, por sus muchos nombres y títulos: «No había necesidad
de cortarle un trozo y hacer al Universo a partir de Ella, porque Ella ya
era el Universo. Pero el mito funcional al hombre tomó el mando y él se
convirtió, aparentemente, en el Creador».

Azna, el Dios Madre.

Por lo tanto, Ella no es una moda pasajera, producto del *New Age*, de una invención feminista o una alternativa al Dios Padre. Es, simplemente, lo que Ella siempre ha sido y siempre será: el movimiento de Él, la emoción de Él, la perfección que complementa la perfección de Él.

Creas en Ella o no, inclúyela de vez en cuando en tus plegarias. Agradécele por Su parte en tu creación, si así lo decides, y pídele algún pequeño gesto de Su parte sólo por curiosidad: una flor inesperada, una llamada de un viejo amigo de quien no has tenido noticia desde hace mucho tiempo, algo que definitivamente atrape tu atención, pero sé específico. Tu creencia en Ella no es condición de Su generosidad.

Como su contrapartida, como la otra mitad del Altísimo que es el Dios Padre, Azna te adora, y la felicidad más grande de tu espíritu es Su regocijo.

B

Banshee

La antigua leyenda de *banshee* se sitúa en las neblinas de Irlanda. La palabra proviene de un término celta que significa «mujer hada» y, según diversas fuentes, se dice que puede aparecer o bien bajo la forma de una bruja pequeña o una encorvada anciana con abultado cabello blanco, o bien bajo la forma de una mujer joven, esbelta y altísima de cabellera suelta, larga y blanca. El rasgo que más la caracteriza, no obstante, es su sobrenatural y penetrante lamento, el cual —según se cuenta— tiene la capacidad de romper vidrios a varios metros a la redonda y su función es alertar a las familias sobre la muerte de algún pariente.

Me encantan los mitos culturales curiosos, ¿a ti no?

Corría el año 1978 y era mi primer viaje a Irlanda. En ese momento, me fascinaba todo sobre ese país, y aún me encanta, por cierto. Había sido un largo viaje, con muchas paradas de índole personal en el camino. Sin embargo, mientras que quien era mi esposo en ese momento no tuvo ningún problema en quedarse dormido apenas terminada la cena, yo todavía me encontraba en otra franja horaria, con una especie de sobrecarga de adrenalina, por lo que decidí salir del hotel para dar un tranquilo paseo nocturno.

Sé que no es necesario ser una psíquica para tener una postura casi reverente hacia países tan antiguos y apasionados por sus ancestros como Irlanda. Estaba tan absorta en las imágenes, casi palpables, de los celtas, de los vikingos, de los granjeros y de los pobres hambrientos que casi ni noté que los pequeños locales ya estaban cerrando sus puertas, que la espesa niebla comenzaba a descender copiosamente y que todo el paisaje se volvía más rural.

Lo que me volvió bruscamente a la realidad fue un sonido que nunca podré olvidar en toda mi vida. Era el grito más sobrenatural, atormentado y ensordecedor que jamás había oído; era tan agudo como si me llegara hasta la médula del hueso. Miré a mi alrededor, frenética, tratando de descubrir de dónde provenía, pero la niebla lo esparcía en un millón de partículas de sonido, por lo cual parecía provenir de todos lados. Por una milésima de segundo pensé que sería, tal vez, alguien con un dolor atroz; pero ya había oído el alarido desgarrador del dolor de parto y el lamento de quien sufre una muerte horrible, y ninguno de ellos podía comparársele. Me quedaría corta si dijera que no me asusto fácilmente. He visto, oído, sentido y experimentado demasiado, desde el momento en que nací, como para tener miedo de algo. Pero no tengo problemas en admitir que ese grito horrendo, en la niebla de esa noche irlandesa, me aterrorizó. De hecho, no estoy segura de que mis pies tocaran el suelo mientras volvía corriendo al hotel; antes de darme cuenta ya estaba en mi cuarto, llorando y temblando todavía, y despertaba a mi marido para contarle lo que había sucedido.

Su familia era irlandesa por ambas partes, desde tantas generaciones atrás que nadie se había molestado en rastrear sus orígenes. Casi sin incorporarse abrió a medias los ojos, mientras le detallaba lo ocurrido con la voz entrecortada. Cuando terminé, farfulló casi aburrido: «Probablemente, has escuchado a la *banshee*», y se volvió a dormir de inmediato. «Gracias», pensé mientras miraba, enfurecida, cómo me daba la espalda. «Muchas gracias, has sido muy útil, eso lo explica todo.»

Durmió como un bebé toda la noche. Yo no pude, siquiera, cerrar los ojos. ¿Una *banshee*? Obviamente había oído hablar de ellas, sin que jamás se me ocurriera que tal cosa pudiera existir en la realidad (y todavía no estaba muy convencida de que así fuera). Ese grito terrorífico aún resonaba en mis oídos, pero sabía que tenía que haber una explicación más lógica que la de «probablemente, has escuchado a la *banshee*».

A la mañana siguiente, mientras desayunaba en el pequeño restaurante, escuché al camarero decirle a uno de los parroquianos, en la mesa contigua:

—¿Te has enterado de que la señora O'Flaherty falleció anoche?

—No, pobrecita. ¿Qué sucedió?

—Un ataque al corazón, según reveló su hijo. Muy repentino.

—Ochenta y tres años, bendita sea.

Yo escuchaba toda la conversación, disimuladamente y con creciente interés. Finalmente, mi curiosidad pudo más y me dirigí hacia ellos:

—Discúlpenme, no he podido evitar escucharles —dije—. Esta mujer que murió… por casualidad, ¿saben dónde vivía?

Los irlandeses, en general, son amistosos y les gusta charlar. Los camareros suelen hacer de esto todo un arte.

—¿La señora O'Flaherty? —contestó el camarero—. Ni a una milla de aquí (menos de 1.600 metros), justo en las afueras de la ciudad. Una casa hermosa, la construyó su bisabuelo…

Seguramente era una historia interesante pero, en ese momento, tenía en mente algo más urgente.

—Por casualidad, ¿su hijo mencionó la hora en que murió? —le pregunté.

—Sí, lo hizo. El ataque fue a las 9.30, según dijo. Estaban hablando por teléfono cuando sucedió. ¡Qué impacto! ¿No le parece?

Las 9.30. Justo había mirado mi reloj inmediatamente después de volver a mi cuarto la noche anterior. Eran uno o dos minutos pasadas las diez.

Puedo jurarles que traté de unir todos estos datos y obtener algo con sentido lógico basándome en lo que sabía como psíquica, graduada universitaria e investigadora devota. Si las *banshees* realmente existían, ¿qué eran, de dónde provenían y dónde cuadraban en el reino del mundo espiritual? Y si no existían, todavía quedaba el interrogante sobre el origen de ese grito inimaginable, imposible de reproducir y que destrozaba el alma.

Por lo tanto, hice lo que siempre hago cuando mis mayores esfuerzos dejan demasiados cabos sueltos en la historia: convoqué a mi fuente más confiable. Y como siempre, mi guía espiritual Francine acudió a socorrerme. Según ella, el agudo grito de la *banshee*, que ha resonado por los campos de Irlanda durante cientos y cientos de años, es una combinación increíblemente difícil y mágica entre la física terrenal y el mundo espiritual. Cuando el espíritu abandona el cuerpo en la Tierra, cambia de dimensión y viaja en un destello brillante desde nuestra frecuencia más baja hasta la frecuencia mucho más veloz y aguda del Más Allá. Generalmente, a su paso, envía fuertes señales telepáticas a los seres amados para alertarlos y enviarles una despedida temporal. Esas señales también deben cambiar de dimensión para llegar a sus correspondientes receptores, aquellos a quienes desea que la reciban en la Tierra. La poderosa energía telepática, al cambiar de frecuencias a una velocidad cegadora, es suficiente y puede, por sí misma, causar el efecto de un grito agudo, a veces perceptible aun para el oído humano. A esto, hay que sumarle el factor de la extraordinaria niebla irlandesa, que llena el aire con la humedad necesaria para conducir y amplificar esa energía... y sin dudas la leyenda de la *banshee* siempre rondará por esa bella y mística tierra.

Bilocación

A lo largo de este libro, verás que se hace referencia a las palabras *bilocar* y *bilocación*. Estos términos se refieren, simplemente, a una habilidad común a todos los residentes del mundo espiritual para estar, literalmente y no sólo en sentido figurado, en dos lugares a la vez. Salvo raras excepciones (véase el apartado «*Doppelganger*», por ejemplo), esta habilidad se limita al mundo espiritual (por el momento) y no se aplica a la gravedad terrenal.

Debería agregar que, aunque no aseguro tener lo que podría llamarse un interés profundo por las ciencias o un talento para ellas (y en algún lugar de mi garaje todavía conservo los boletines escolares que lo prueban), entiendo que el desarrollo actual de la física cuántica hace que los fenómenos como la bilocación cada vez parezcan menos algo en lo que sólo creemos los «tontos» parapsicólogos. Uno de los principios básicos de la física cuántica es el siguiente: es posible ir del punto A al punto C sin pasar, necesariamente, por el punto B. Ir de una ubicación a otra sin darle relevancia al espacio intermedio se llama «salto cuántico». Ahora se empiezan a descartar tantas afirmaciones terrenales que nos enseñaron como verdades absolutas, en la medida en que las mentes continúan abriéndose. Y si tienes más preguntas sobre física cuántica y/o el salto cuántico, no es necesario que me lo preguntes a mí, puedes discutirlo con Einstein.

Brujería, brujas y hechiceros

¿Sabías que, en el fondo, la verdadera brujería, en su forma original, adoraba a la naturaleza y procuraba lograr una Madre Tierra equilibrada ecológicamente? ¿Y que no es más común para las brujas practicar el Satanismo de lo que es para nosotros, los cristianos, frecuentar a las prostitutas, como —no podemos negarlo— lo han confesado algunos cristianos? ¿Y que guardan en secreto sus rituales no porque implican maleficios innombrables, sino porque nosotros, los «civiles», hemos sido históricamente tan intolerantes con quienes son sospechosas de brujas que hasta hemos llegado a ejecutarlas?

No debería sorprenderte que estoy preparada y dispuesta a defender a la brujería o *wicca*, como también se la llama, si te detienes un momento y te fijas en qué es lo que las brujas y yo tenemos en común. Las verdaderas brujas y yo compartimos un profundo amor por la tierra, sus animales y este planeta y la creencia de que el abuso de la tierra es una forma de sacrilegio. Ellas y yo somos pacifistas. Ellas y yo adoramos a Dios, que construye, sustenta, crea y acepta sin malicia, ni castigo ni prejuicio. Y por sobre todo, ellas y yo hemos sido acusadas muchas veces de ser aliadas del diablo, pero nunca por nadie que haya pasado dos minutos aprendiendo lo más mínimo de nosotras. De hecho, más de una vez he pensado que si hubiera vivido en Salem, Massachusetts, en 1692, y hubiera sido exactamente quien soy, con los mismos exactos dones que tengo y haciendo exactamente lo mismo que hago, incluso siendo una creyente en Dios tan apasionada y activa como lo soy ahora, fácilmente me hubieran ejecutado durante el juicio a las brujas.

Se cree que la brujería se remonta a la Edad de Piedra y que durante varios milenios las brujas y sus pares masculinos, llamados hechiceros, eran los doctores y herbolarios de las aldeas, que en privado llevaban a cabo los ritos con los que honraban y le rezaban a la diosa naturaleza. Y, ahí, llegó la Iglesia. Y, Dios los bendiga, en tanto que yo me aferro a la creencia de que tenían buenas intenciones y de que siguen teniéndolas, la Iglesia no siempre trata amablemente a quienes parecen preferir su privacidad. Y para una institución cuya Biblia claramente dice: «No juzgarás, a menos que tú mismo seas juzgado», no siempre tiene la habilidad de adoptar una actitud de «vivir y dejar vivir» con aquellos cuyas formas de vida son extrañas, poco tradicionales y, lo peor de todo, paganas; y con esto me refiero a cualquier otro sistema de creencias que no esté aprobado por la Iglesia. Por lo tanto, es justo decir que la Iglesia vio a las brujas y a los hechiceros con un manifiesto desprecio. Esto, por supuesto, llevó a estas brujas y hechiceros a esconderse aún más tras las puertas, lo que, obviamente, hizo que se vieran aún más sospechosos, bizarros, potencialmente maliciosos y culpables de los actos más atroces y amorales de lo que las mentes decentes pudieran jamás imaginar.

De todo esto, finalmente, surgió la trágica injusticia del juicio de las brujas de Salem. Lo que comenzó con dos niñas que fingían ataques, que fueron diagnosticados como hechizos, se transformó en la creencia puritana de que los poderes de las brujas eran otorgados por el demonio. Luego, le siguió la insistencia de que las niñas identificaran a las brujas responsables de esos ataques, para así poder cazarlas y matarlas. Y terminó por salirse totalmente de control cuando las niñas se enamoraron de su recién descubierto poder y capacidad de generar atención y comenzaron a nombrar a cualquier vieja «bruja» que se les cruzaba por la cabeza, incluso a una niña de cuatro años. La histeria de las brujas se propagó por todo Salem, los maridos entregaban a sus mujeres sólo para castigarlas por alguna pequeña infracción marital, las «identificaciones positivas» se obtenían de la nada, las enfermas mentales eran capturadas y obligadas fácilmente a confesar sin que tuvieran la más mínima idea de lo que se las acusaba. Con el miedo de su lado y sin nadie que se les opusiera, los jueces puritanos se sentían como en el cielo de los castigos.

Es difícil estimar por cuánto más tiempo hubiera continuado todo esto si no fuera porque las niñas se fiaron demasiado de su suerte. Una vez que la diversión de las acusaciones se agotó en Salem, fueron enviadas, literalmente, a cazar brujas por los alrededores, en donde, finalmente, en una especie de loco intento por lograr un final triunfal, acusaron de bruja a la esposa del gobernador. Y allí, por fin, comenzó el final de los juicios de las brujas de Salem.

Sin embargo, para cuando todo terminó —y recuerda que comenzó con un hecho imaginario en el que ningún crimen se había cometido— 141 personas habían sido arrestadas, un anciano había sido aplastado bajo una pila de rocas cuando intentaban que confesara algo que él negaba, y otras diecinueve personas habían sido colgadas.

¡Y nosotros nos preguntamos por qué las brujas se niegan a declararse abiertamente como tales!

Una de las personas más amables y tiernas que he tenido el placer de conocer fue un auténtico y orgulloso hechicero. La bondad surgía sencillamente de él y pude saber, mientras le estrechaba la mano, que no había, ni tenía, un solo hueso de oscuridad ni de maldad y que era incapaz de hacer daño. Cualquier ritual que practicara en su aquelarre (los aquelarres son reuniones de no más de trece brujas y/o hechiceros), sin dudas, no implicaba nada oscuro.

¿Y quién soy yo, por cierto, que he sido educada en una escuela católica, para juzgar a un grupo por sus queridos rituales?

Y para aquellos hechiceros anómalos que se desviaron de su senda, y que ahora se dedican a clavar alfileres en muñecos, realizar maleficios y demás actos desagradables y destructivos, les deseo el mismo karma que a los jueces del juicio de las brujas, los cruzados y cualquier otro que haya llevado a cabo cualquier tipo de crueldad en el nombre del Dios o de la Diosa que pretendan amar.

Hay un proverbio que he escuchado durante toda mi vida y que me hace valorar profundamente a todas las brujas auténticas, a los practicantes auténticos del vudú, a los aborígenes, a los estadounidenses autóctonos y a las numerosas culturas cuyas creencias puedan parecernos ajenas y que llaman a Dios de otro modo, pero que su amor tierno y gentil por nuestra Madre Tierra debería ser un ejemplo para todos los que aquí vivimos.

Ojalá a ti te parezca lo mismo, porque es simplemente la verdad:

> Trata bien a la tierra:
> No fue un regalo de tus padres,
> Fue un préstamo de tus hijos.
> No heredamos la tierra de nuestros antepasados,
> La tomamos prestada de nuestros hijos.
> (Antiguo proverbio indígena)

C

Canal/Canalización

Encontrarás estas dos palabras en diversas partes del libro y aunque seguramente sabes qué significan, igualmente voy a aclararlo.

Un canal es un médium (una persona que puede comunicarse con el mundo espiritual) que recibe esa comunicación espiritual entrando en un estado alterado de conciencia, generalmente en la meditación o el trance, y permite que el espíritu hable literalmente a través de él. El espíritu que se comunica nunca toma posesión del espíritu del canal, así como tampoco lo reemplaza o elimina. En cambio, el canal se retira o se hace a un lado temporalmente y actúa sólo como un tubo a través del cual el espíritu que se comunica puede hablar de forma directa, sin intermediación del médium. Esto es exactamente lo que hago cuando permito que mi guía espiritual Francine utilice mi voz en mis conferencias y sermones. Y como cuando canalizo a Francine utilizo el trance en lugar de la meditación, soy lo que se llama una *«canalizadora vía trance»*.

¿Todavía te sientes desconcertado con la terminología? Cuando leas el apartado titulado «Médium», verás el resultado de mi mejor esfuerzo para establecer la diferencia entre una psíquica, un médium y un canal.

Catalepsia astral

Estás profundamente dormido cuando, de pronto, te despiertas sobresaltado por una o más de las siguientes sensaciones horribles:

—Parálisis.

—Falta de aire, generalmente por una fuerza que oprime el pecho.

—Algo o alguien invisible te toca en forma lasciva o amenazante.

—Sientes una vibración abrumadora.

—Una presencia invisible y malévola te ha inmovilizado.

—Escuchas ruidos fuertes, desde un zumbido a un grito imponente, como si cincuenta estaciones diferentes de radio sonaran, a todo volumen, al mismo tiempo.

—Aparecen luces extrañas.

—Tienes la certeza de que una entidad amenazadora se encuentra sentada en la cama o se mueve entre las sábanas.

Si te ha sucedido alguna de las experiencias de esta lista, por favor, anímate: no te estás volviendo loco, no corres un peligro real y, ciertamente, no eres el único. De hecho, todas las culturas alrededor del mundo han creado su folclore, que data de cientos de años, para explicar estos fenómenos: desde brujas y un demonio gigante hasta una vieja hechicera y un fantasma bebé. Y algunos entusiastas de los ovnis los atribuyen a los resultados de dolorosos experimentos durante abducciones realizadas por alienígenas.

En verdad, la explicación a todas esas sensaciones que te sobresaltan y te sacan de un sueño profundo es un suceso desconcertante pero fascinante llamado «catalepsia astral».

El término *catalepsia astral* fue acuñado alrededor de 1930 por un investigador llamado Sylvan Muldoon, quien pasó gran parte de su vida registrando los viajes astrales que su espíritu realizaba durante la noche, mientras su cuerpo dormía. El primero de esos viajes que él notó sucedió cuando tenía doce años y muestra, de forma muy bella, el nacimiento de su intenso estudio de lo que, hasta ese momento, se conocía como la «parálisis del sueño», según lo que había escuchado.

El primer viaje astral durante el sueño que registró Muldoon comenzó cuando se despertó en medio de la noche y advirtió que le era imposible moverse, ver u oír. Al mismo tiempo sintió una doloro-

sa y fuerte presión sobre su cabeza. Al recobrar lentamente sus sentidos, su capacidad de movimiento y al disminuir la presión en su cabeza, percibió que se encontraba fuera de su cuerpo, flotando sobre su
cama, y que podía verse a sí mismo y observar cómo dormía. Estaba
consciente de que su espíritu era llevado de la posición horizontal a la
vertical mientras abandonaba su cuerpo y se embarcaba en un reco-
rrido muy minucioso por la casa durante la cual, en su forma espiritual, podía trasladarse con gran facilidad a través de puertas y paredes.
También se encontraba muy consciente cuando sacudió a sus padres en
el intento de despertarlos porque tenía miedo de lo que le estaba sucediendo, pero parece que nunca se dieron cuenta de que los estaba
tocando.

Y luego, cuando estuvo de nuevo sobre su cuerpo, su espíritu fue
puesto de regreso en la posición horizontal y experimentó la misma parálisis, pérdida de sentidos y presión en la cabeza que había sentido antes.
Después de notar que, de un tirón, lo devolvían bruscamente a su cuerpo, se sentó en la cama tan rápido como un rayo, en completo estado de
pánico, y pudo recordar, con perfecta claridad, la completa secuencia de
eventos que registró de inmediato.

En esa experiencia, Sylvan Muldoon tuvo una ventaja que pocos de
los que experimentan la catalepsia astral disfrutan: recordaba todos los
sucesos anteriores y posteriores a que la parálisis nocturna ocurriera. Esto
le suministró un contexto, fuera del cual no sorprende que una catalepsia astral se sienta como un ataque aterrador. Por lo tanto, aquí está el
contexto y la explicación detrás de éste.

Varias veces por semana y durante el sueño (estemos o no conscientes de eso), nuestro espíritu toma un descanso temporal de nuestro cuerpo para ir a visitar, explorar o simplemente correr en libertad fuera de
los límites de los torpes vehículos terrenales que ocupamos mientras estamos aquí. Estos descansos son tan reconfortantes y fortalecedores para
nuestro espíritu como lo son para nuestra mente consciente, y ni que
decir que también son un frecuente recordatorio de que nuestro espíritu puede crecer, y de hecho lo hace, como la entidad eterna e indepen-

diente que es, más allá de nuestro cuerpo mortal (véanse también «Proyección astral» y «Viaje astral»).

La mayor parte del tiempo, nuestro espíritu se desliza dentro y fuera de nuestro cuerpo con muchísima facilidad, sin molestar a nuestra dormida mente consciente en ningún momento; pero, ocasionalmente, dependiendo del nivel de sueño en el que se encuentre la mente, ésta puede «sorprender» al espíritu al entrar o salir del cuerpo. Y en ese estado casi de alerta, al advertir que el espíritu está mitad dentro y mitad fuera del cuerpo, la mente consciente llega a una conclusión evidente: el cuerpo debe de estar muriendo. Entra en pánico y rápidamente le envía al cuerpo señales de «¡estás muriendo!», lo que se corresponde exactamente con la mayoría de las sensaciones asociadas a la catalepsia astral: parálisis, pérdida de los sentidos, imposibilidad de hablar o de gritar por ayuda; en síntesis, una serie de «cortocircuitos» neurológicos y fisiológicos. Sin embargo, cuando la mente consciente se da cuenta de que el espíritu está sano y salvo nuevamente en el cuerpo y que, después de todo, no está muriendo, las señales se detienen, las sensaciones ceden y se supera otro estremecedor pero inofensivo incidente.

Es importante mencionar que el mundo espiritual, del cual somos parte cuando viajamos astralmente, es una dimensión distinta de la que vivimos aquí en la Tierra. La frecuencia de vibraciones del mundo espiritual es mucho más elevada que la de la Tierra, sin mencionar el hecho de que la gravedad y demás leyes físicas terrenales no existen allí. Por lo tanto, es comprensible que una mente consciente y semidormida que encuentra a su espíritu literalmente viajando de una dimensión a la otra, de la ingravidez a la gravedad, se despierte sobresaltada debido a que percibe ruidos (como explosiones sónicas) y una opresiva pesadez. «Comprensible» no necesariamente lo hace menos atemorizador cuando sucede, por supuesto, pero es también evidencia de que, mientras dormimos, nuestros espíritus tienen maravillosas aventuras, reuniones y fiestas de bienvenida para nuestro beneficio, estemos conscientes de eso o no.

Chacales

En la vida real, el chacal es pariente del perro salvaje y pertenece casi exclusivamente al continente africano. Sin embargo, en el Antiguo Egipto era Anubis, dios de la momificación, generalmente representado con la cabeza de un chacal y el cuerpo de un hombre. El ascenso del chacal, de afamado carroñero a dios, guarda una lógica subyacente interesante. Los chacales eran famosos por llevar a cabo algunos de sus más destructivos saqueos en los cementerios, cuando escarbaban tumbas y sepulturas en busca de comida. Los egipcios, decididos a proteger a sus muertos después de haberlos enterrado, comenzaron a construir tumbas más elaboradas y deificaron al chacal convirtiéndolo en el dios Anubis. Su función era defender a los difuntos e impedir que los chacales comunes se les acercaran.

La protectora presencia de Anubis junto a los muertos inspiró su posterior designación como guardián del embalsamamiento, de modo que también pudiera evitar el deterioro de los cuerpos. Su ascensión entre los dioses egipcios lo llevó a la categoría de guardián del infierno y custodio de la balanza de la verdad, la cual pertenecía a Ma'at, la diosa de la verdad. De acuerdo con la mitología, el corazón del muerto se colocaba de un lado de la balanza y del otro, una pluma de avestruz del pelo de Ma'at. Si el corazón, donde los egipcios creían que habitaba el alma, estaba tan lleno de pecados que pesaba más que la pluma, el difunto estaba condenado a la muerte eterna. Si el corazón y la pluma pesaban lo mismo, se le prometía al difunto la vida eterna. Anubis, el dios chacal, era quien sujetaba la balanza de la verdad mientras se pronunciaba la sentencia y Anubis, el guardián del infierno, era a quien se le imploraba protección contra un destino de muerte eterna.

Es probable que quienes hayan estado en Egipto durante un tiempo, hayan visto numerosas ilustraciones de Anubis en las paredes internas de las pirámides, antiguos centinelas que protegían a los muertos del deterioro producido por los saqueos de las criaturas salvajes y de una muerte sin fin. Aunque se trate de algo ficticio, para mí es fascinante y me cuesta quitar los ojos de esas ilustraciones cada vez que estoy allí.

Esto no implica que sienta la tentación de unirme a la deificación de los chacales o de levantar un pequeño altar para Anubis en mi casa. Por un lado, tiene que ver con mi certeza de que, al igual que muchas personas, tuve una vida anterior en el antiguo Egipto, o tal vez dos, y que todavía sus recuerdos resuenan en mi espíritu.

Por otro lado, también tiene que ver con la prueba silenciosa que ofrecen las ilustraciones de Anubis, con la mitología que lo rodea y con el resto de los seres mitológicos de todo el mundo. Durante todos estos milenios, desde el momento en que la primera huella humana se imprimió sobre la tierra, supimos y tuvimos la necesidad de manifestar que existe una fuerza muy, muy superior a nosotros que creó el orden y las posibilidades y las consecuencias, y que no nos encontramos solos en esta inimaginable inmensidad.

Chakras

Sé que no es una novedad que nuestros cuerpos físicos contienen energía y poseen una fuerza de vida tan poderosa que podemos irradiar y hacer que la perciban quienes nos rodean. Podemos entrar en una habitación y, sin ofrecer ninguna indicación visible o audible, proyectar amor, ira, confianza, temor y un caleidoscopio completo de emociones que provocarán una reacción en quienes están en la habitación, del mismo modo que si lleváramos un cartel de neón anunciando cómo nos sentimos. Podemos conducir nuestra fortaleza y vitalidad a través de nuestras manos y, con un simple roce, darle más fuerzas y salud a un ser querido enfermo. De hecho, podemos modificar el tamaño, la forma y el color del campo energético que creamos con sólo cambiar nuestro humor, dieta, actividad física y bienestar general, y hacer documentar estos cambios con una fotografía Kirlian, que captura en una película los patrones de energía que son irradiados por cada cosa viva en la Tierra.

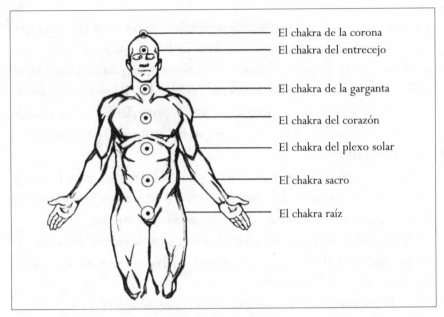

Los siete chakras.

Es en el aura, formada por nuestra energía irradiada o fuerza viva, donde se encuentran nuestros chakras. Son básicamente vórtices, o centros de energía, de nuestra fuerza viva. Existen siete chakras, cada uno de los cuales corresponde a una glándula endocrina importante del cuerpo y controla áreas y funciones físicas específicas. El estrés, las enfermedades presentes o futuras, la depresión, las obstrucciones circulatorias, los quistes ováricos e infinidad de otros problemas de salud se manifiestan en los chakras al mismo tiempo en que se manifiestan en el cuerpo, o incluso antes. El chakra relacionado con el área del cuerpo afectada aparecerá más oscuro, turbio, opaco y menos «vivo» que el resto del aura. Y la buena noticia es que la limpieza, la desobstrucción y la restauración de la energía en ese chakra pueden sanar el problema físico al cual ese chakra reaccionó.

Siempre sonrío cuando leo alguna crítica escéptica que discute la existencia y eficacia de los chakras y los nombra como una moda, concepto o estafa de la *New Age*. El origen de los chakras se remonta en el tiempo, como mínimo, a los primeros hindúes y budistas; esto significa que son anteriores al cristianismo, judaísmo e islamismo. La palabra *chakra* es un término sánscrito que significa «vórtice» o «rueda». Puedes estar o no de acuerdo con el concepto, pero creo que es justo darle crédito cuando corresponde y reconocer y destacar que los chakras han resistido a las pruebas del tiempo.

Mientras describo los siete chakras y sus ubicaciones, trata de imaginarlos a una distancia de una pulgada o dos (de dos a cinco centímetros) de tu cuerpo, dentro del aura de la fuerza viva que irradias.

—El chakra de la corona: ubicado en la parte superior de la cabeza, corresponde a la glándula pineal y es responsable del cerebro y del sistema nervioso.

—El chakra del entrecejo: ubicado en el centro de la frente, en donde estaría ubicado el «tercer ojo», corresponde a la glándula pituitaria y es el responsable de la frente, incluidas las sienes y el sistema carotídeo.

—El chakra de la garganta: ubicado en la base de la garganta, corresponde a la glándula tiroides y es responsable de la garganta, el cuello y el sistema braquial.

—El chakra del corazón: ubicado en el centro del pecho, corresponde a la glándula timo, responsable del corazón, los sistemas circulatorio y cardiaco, los pulmones y toda el área del pecho.

—El chakra del plexo solar: ubicado entre el ombligo y la parte inferior del esternón, corresponde al páncreas; es un centro de energía importante y es responsable del estómago, los intestinos, el hígado, los ojos, la piel y el sistema muscular.

—El chakra sacro: ubicado en el centro del abdomen, corresponde a las gónadas y es responsable del sistema reproductor y del área lumbar.

—El chakra raíz: ubicado entre los órganos sexuales y el ano, corresponde a las glándulas suprarrenales y es responsable de la estructura ósea —incluyendo los dientes—, de los sistemas urinario y linfático, de la médula espinal, del nervio ciático y demás componentes del plexo sacro, las piernas, los pies, los tobillos y el sentido del olfato.

Parece haber tantas cualidades atribuidas a cada chakra como culturas que adhieren a ellos para conseguir una eficaz sanación espiritual y
física. Dependiendo de tus orígenes, los chakras tienen sus propios colores, sus propios elementos de la Tierra (fuego, aire, agua y tierra), sus
propias piedras (cuarzo, amatista, obsidiana, ojo de tigre, etc.) e incluso
su cantidad específica de pétalos de loto. Existen chakras secundarios,
menores y minichakras. Los métodos de limpieza y desobstrucción de
los chakras son, incluso, más variados: cristales, música, diferentes disciplinas de yoga, aplicación de piedras, aceites o hierbas especiales, rayos
de luz (con los colores adecuados) concentrados en el chakra en cuestión, etc.

Esta cantidad infinita de enfoques disponibles para los chakras tiene
sus ventajas y desventajas. Por un lado, es virtualmente imposible quedarse sin opciones para explorar. Por otro lado, he tenido muchísimos
clientes que me han contado que nunca han probado con los chakras porque la cantidad impresionante de información que han encontrado, generalmente contradictoria, los ha abrumado y confundido muchísimo, cuando ellos sólo querían tener una idea de lo básico. No es culpa de nadie.
De hecho, es una prueba de la popularidad y el reconocido potencial de
los chakras en todo el mundo. Pero puedo entender que se sientan bom-
bardeados con tanta información en una simple búsqueda sobre «¿qué son
los chakras y qué hago con respecto a ellos?».

Estoy segura de que tantas formas antiguas de limpieza, desobstrucción y restauración de la salud de tus chakras son maravillosas. No voy a
afirmar que he probado, siquiera, una mínima parte de ellas. Pero puedo
recomendar un método fácil y rápido que utilizo cada mañana, unos
momentos antes de salir de la cama. Imagino a cada uno de mis chakras,
empezando desde mi cabeza y descendiendo por mi cuerpo, y luego los
visualizo uno a uno: primero brillando con un haz de láser verde —porque el verde es el color de la curación— y, luego, con la luz blanca del
Espíritu Santo para protegerlos, purificarlos y expresar mi agradecido
reconocimiento de mi centro en Dios. Es relajante, estimulante y lleva
menos de cinco minutos. Y puedo asegurarte que, me creas o no, si lo

intentas cada mañana durante un solo mes, quedarás asombrado por la mejora en tu estado general de salud y en tu bienestar, y por la apreciable recuperación de la conexión de tu cuerpo con tu divina fuerza viva.

Chamanismo

El chamanismo es una práctica fascinante de técnicas holísticas de curación que comienza en lo espiritual y «a partir de allí se expande». Mientras las características varían de una cultura a la otra, quienes practican el chamanismo se multiplican en los distintos países del mundo y en casi todas las religiones: desde el cristianismo y el budismo, hasta el judaísmo, el hinduismo y el bahaísmo. Una de sus diferencias más impactantes, en comparación con la medicina occidental, es que los chamanes ven cada condición y cada curación como única, mientras que la medicina occidental prefiere una cura que funcione para tantos miembros de la masa como sea posible.

Los chamanes creen que todo en la naturaleza está vivo: desde las rocas, los ríos, las plantas, los árboles y hasta la Tierra misma. El resultado es que todo en la Tierra posee información. Los chamanes trabajan con esa información y con los espíritus de los humanos y de los animales a su alrededor para diagnosticar, tratar y curar el alma y cualquier enfermedad que esté creando una sombra a su alrededor.

Una cura realizada por los chamanes comienza con el propio cambio de estado de conciencia que realiza el chamán para poder examinar el espíritu de su paciente desde una conciencia elevada. Ese cambio se logra a través del viaje astral, al que el chamán llama «vuelo del alma», viaje durante el cual toma cualquier información natural que precise y también busca cualquier elemento de vida esencial que su paciente pueda haber perdido o tomado sin notarlo a lo largo de su vida.

Para que esto tenga sentido, es importante entender algunos conceptos básicos del enfoque que el chamanismo adopta para los problemas de salud:

—La enfermedad es el resultado de una pérdida de poder, y la curación requiere la restauración de ese poder. Esto, por lo general, se logra por medio de la «recuperación del animal de poder». Según el chamanismo, un «animal de poder» es un espíritu protector cuya fuerza está a nuestra disposición siempre que la precisemos, muy similar a los tótems, que verás definidos en su propio apartado. En la recuperación de ese animal, el chamán viaja astralmente al animal de poder del paciente y recoge cuanta fuerza reconstituyente sea necesaria.

—Toda el alma o partes de ella abandonarán el cuerpo cuando surja la necesidad de protegerse de un trauma físico serio. De vez en cuando, algunas partes del alma quedan atrapadas fuera del cuerpo, sin saber cómo regresar. Los chamanes responden a esta pérdida, que a menudo se considera como la causa de la esquizofrenia y otras enfermedades mentales, por medio de una «recuperación del alma», trayendo de vuelta, literalmente, esos fragmentos perdidos, y haciendo que el espíritu esté completo otra vez.

—Tu negatividad, o la negatividad que alguien pueda sentir hacia ti, es muy real e invasiva físicamente, termina por arraigarse en tu cuerpo y da por resultado úlceras, dolores de cabeza crónicos, indigestión, dolor de espalda y de articulaciones, lo que puede reducir tu capacidad. Los chamanes localizan y quitan esa energía ajena a tu cuerpo e incrustada en él mediante una técnica llamada «extracción chamánica».

Debido a su profunda devoción por todos los aspectos de la naturaleza y a su conexión con ella, los chamanes son convocados, además, para curar tierras infértiles, masas de agua contaminada y cultivos enfermos, y también para llevar a cabo rituales que generen cambios en los comportamientos climáticos para recuperar la estabilidad del medio ambiente.

Tenemos una deuda de gratitud con el chamanismo por los innumerables descubrimientos en el mundo de los recursos naturales de sanación, y por sus silenciosos esfuerzos, para nada publicitados, por compensar nuestro constante abuso de este triste planeta, que lucha por su subsistencia.

Clariaudiencia

Del mismo modo en que la clarividencia es la habilidad de ver cosas que se originan en otra dimensión, la clariaudiencia es la capacidad de escucharlas. No es la silenciosa comunicación de la telepatía o del conocimiento infundido: es la percepción auditiva y terrenal de sonidos y palabras reales que provienen de algún lugar diferente a éste. *Clariaudiencia* es un término francés que significa «oír claramente». Supongo que quien haya acuñado este término nunca experimentó el sonido de alta frecuencia, gorjeante y muy veloz de las voces del Más Allá y que requiere muchísima concentración para entender. «Claro» no es precisamente uno de los adjetivos que me vienen a la mente.

Si has visto a John Edward, a mí o a cualquier otro médium legítimo dar nombres y detalles específicos sobre seres queridos —ya fallecidos— de miembros del público, sin que tuviéramos alguna manera de saberlo de antemano, has visto en acción la clariaudiencia. En raras ocasiones, la información puede llegar a venir de forma telepática pero, al menos en mi experiencia, la mayor parte del tiempo ha sido en voz alta, a mi oído, con un sonido agudo y un poco distorsionado. No tienes idea de cuán frecuentemente, durante estos más de cincuenta años, he debido obligarme a abrir la boca y repetir lo que creí haber escuchado, incluso cuando estaba segura de que no podía ser correcto y estaba a punto de quedar como una idiota. Esto no es fácil, especialmente en la televisión de alcance nacional, cuando eres alguien como yo, cuyo trabajo depende cien por cien de la credibilidad. Pero parte de mi juramento a Dios sobre estos dones que Él me ha dado es que siempre que Él crea correcto permitir al mundo espiritual comunicarse a través de mí, yo no lo cuestionaré, no lo modificaré, no trataré de interpretarlo o de darle un sentido y, sobre todo, no me atribuiré el mérito. Sólo escucharé atentamente, sin interferir y dejando que fluya.

Estar sentada en la privacidad de mi oficina junto a mis clientes y decir cosas como: «Tienes una granja de lombrices» y «tú llamabas a tu esposa con el sobrenombre "Wooshie"» es difícil. Descubrir que ese tipo de cosas eran correctas me ha sorprendido a mí más que a mis clientes. Recientemente, estaba hablando en la televisión con una afligida pareja cuyo hijo había muerto de manera repentina. Estaban destrozados por el dolor mientras me contaban la desgarradora historia. Me concentraba todo lo que podía, pero al mismo tiempo escuchaba una insistente voz, aparentemente masculina, gorjeando y gritando en mi oído la misma palabra una y otra vez, como un cántico a setenta y ocho revoluciones por minuto. Esos pobres padres estaban desolados por la pena. No tuve más opción que interrumpirlos para decirles: «Sigue hablándome de globos. Quiere que les diga "globos" a ustedes». Si yo llegaba a estar equivocada y los había interrumpido para decir algo tan tonto e irrelevante como «globos», seguramente no los habría culpado si se hubieran ido. Me sentí aliviada cuando me pidieron que lo repitiera y, luego, sonrieron cuando el marido dijo, intimidado: «Yo trabajaba en una fábrica de globos».

Aquí tienes algunos hechos sobre clariaudiencia que me gustaría que recordaras para futuras referencias:

—No es algo que sólo nos sucede a nosotros, los «extraños y misteriosos» psíquicos. Le sucede a la gente normal y corriente en todo el mundo, todos los días, y sólo algunos de ellos lo pidieron o lo esperaban. Por lo tanto, si al leer esto has pensado: «Bien, me alegra no estar tan loco como Sylvia Browne y nunca tendré que escuchar voces como ésas», no digas que no te lo he advertido.

—Cuanto más explores tu espiritualidad e inviertas tu tiempo y energía en el lugar genético que te ha otorgado Dios en el mundo espiritual, más probable será que experimentes la clariaudiencia y demás formas de contacto con Casa. Mantente abierto a esta posibilidad, dale la bienvenida y, en especial, infórmate para que, si te sucede (y cuando te suceda), estés agradecido en vez de estar aterrorizado.

—Ninguna voz del Más Allá te dirá, nunca, algo con enojo, maldad o de forma amenazante o te incentivará a hacer algo dañino o destructivo para ti o para otros. Digo esto como alguien que tiene un respeto profundo por sus muchos amigos y colegas en la comunidad de la salud mental: si escuchas voces y son, de algún modo, oscuras, por favor: no dudes en recurrir de inmediato a un terapeuta certificado y de buena reputación; permítele ayudarte o llama a mi oficina y con gusto te derivaremos a un profesional experimentado.

No puedo dejar de agregar una posdata con autorización de Lindsay. Lindsay Harrison, mi amiga y coautora de varios de mis libros (éste es el octavo que escribimos juntas), será la primera en decirte que ella no posee más capacidades psíquicas que cualquier otra persona normal y corriente. Ella ha estado a mi lado demasiadas veces como para dudar de las experiencias registradas en estos libros y, como he escuchado decir a muchas personas ante la pregunta de si digo o no la verdad, no existe cantidad de dinero que pueda persuadirla de escribir algo en lo que no cree. (Y, siendo tan obstinada como es y oriunda de la región central de Estados Unidos, sé que no bromea cuando dice eso.) Pero ha sido, durante años, una broma corriente para nosotras el hecho de que, mientras los clientes y el público en general, de todas partes del mundo adonde voy, oyen espíritus sin siquiera entender a veces qué son, ella (que sí está al tanto de eso y que sabe que están a nuestro alrededor todo el tiempo, cuando estamos juntas) nunca jamás ha escuchado nada...

Con una sola excepción, hace un año, cuando me llamó temprano una mañana y me dijo agitada: «He oído la voz de un espíritu».

Algo la había despertado en el medio de la noche y, por lo tanto, no había dudas de que estaba completamente despierta cuando sucedió. Era exactamente tan agudo, gorjeante y veloz como ella misma lo había descrito en los libros durante todos estos años. Dijo: «Lindsay» una sola vez. Eso fue todo. Nada más. No escuchó el trueno comunicacional que generalmente se produce cuando un espíritu cambia de dimensión pero, en cambio, sintió un fuerte impacto en el aire de su habitación. Supo que se trataba de una mujer, y yo supe que era su guía espiritual, cuyo nombre es Raquel. Entendió perfectamente de qué se trataba y, por lo tanto, no se asustó; pero su corazón todavía latía muy fuerte cuando, horas después, me llamó para contarme el suceso.

Lindsay opina que si le puede suceder a ella, le puede suceder a cualquiera, y me acusa a mí de influenciarla. Debes de haber oído a Montel

Williams[4] decir lo mismo unas veinte o treinta mil veces, durante los últimos catorce años en que aparecimos juntas.

La verdad, no se trata de mí. Son los espíritus en el Más Allá, que, simplemente, reconocen la alfombra de bienvenida cuando la ven.

Clarisentencia

Es la capacidad de recibir un pensamiento, un mensaje o una emoción silenciosos y proyectados desde algún lugar cercano o desde otras dimensiones, y experimentarlo como una sensación real, física y emocional. Si una persona con esta percepción trabaja, por ejemplo, para un cliente que está muy afligido por la pérdida de un ser querido, literalmente absorberá ese angustiante dolor emocional que su cliente está sufriendo. Si se contacta con un niño perdido cuya pierna está rota, ella misma sentirá un dolor muy real en la suya. Si se concentra en una víctima de homicidio, sentirá el dolor físico específico que se vincula con las heridas de la víctima, como así también el terror, la ira, la traición o cualquier otra fuerte agonía física que la víctima haya sufrido en los últimos momentos de su vida.

En otras palabras, la clarisentencia es fundamentalmente una muy fuerte empatía inmediata, un abandono completo de la objetividad, y los que la practican pueden sentirse con facilidad agotados, demasiado expuestos a la opinión pública, enfermos o profundamente deprimidos. Cuando estás disponible no sólo para recibir, sino también para absorber las sensaciones de las personas y de los espíritus a tu alrededor, filtrar lo potencialmente dañino u oscuro es casi imposible. Y las personas que he conocido, que han desarrollado en gran medida esta habilidad, también han tenido dificultad en discernir las sensaciones físicas y emocionales que

---

4. Montel Williams es el presentador del programa de televisión estadounidense «The Montel Williams show». *(N. del T.)*

absorben de las que les son propias; luego, por ejemplo, nunca están seguros de si tienen una gripe o sólo están absorbiendo síntomas de alguien a su alrededor.

Probablemente, más que cualquier otro don psíquico, la clarisentencia exige una enorme disciplina y cada una de las herramientas de protección disponibles (véanse el apartado «Herramientas de protección»).

Clarividencia

La clarividencia es la capacidad de visualizar seres, objetos o información originados en otra dimensión. Ya sea que se trate de espíritus del Más Allá, objetos del pasado que ya no existen en el presente o visiones de eventos futuros, los clarividentes poseen lo que a veces se denomina una «segunda visión» que les permite que sus ojos perciban un rango de información y de frecuencias más amplia de lo normal.

Mi primera señal de que yo era, incuestionablemente, una psíquica fue una experiencia de clarividencia y, créeme, no me produjo miedo. Yo tenía cinco años, toda mi familia estaba cenando, reunida alrededor de la mesa y, de pronto, noté que la cara de cada una de mis dos bisabuelas parecía derretirse. Y con esto no quiero decir que necesitaban retocarse el maquillaje, sino que era como si el rostro de cada una de ellas estuviera hecho de cera y hubiera empezado a derretirse. Como si esto no fuera lo suficientemente espantoso, todos los demás en la mesa actuaban como si lo que sucedía fuera lo más normal del mundo. Finalmente entendí que, probablemente, yo era la única que lo veía. Cuando ambas fallecieron, durante las dos semanas siguientes, en privado y sollozando le confesé a mi abuela Ada, una brillante psíquica, que de alguna manera había matado a mis bisabuelas al hacer que sus caras se derritieran. Lo lamentaba mucho y no quería volver a hacerlo. La lógica de una niña de cinco años. Así llegaron mis primeras lecciones de la abuela Ada en Psíquica y Clarividencia General I; sin su orientación, durante mi infancia, es indudable que me hubiera vuelto loca (o, según les he oído sugerir a algunos, aún más loca).

La clarividencia es lo que le permite a alguien ver y describir con precisión qué espíritus de Casa se encuentran a su alrededor, dónde encontrar un niño perdido o una víctima de homicidio, los momentos finales de la vida de la víctima de un asesinato, ya sea si fue hace diez minutos o hace diez años, o la persona con la cual se casará en tres años.

Recuerda, las visiones del clarividente se originan en otras dimensiones, y la Tierra es la única dimensión en donde tenemos este trivial concepto llamado «tiempo». En los demás lugares sólo existe el ahora, entonces, el pasado, el presente y el futuro no están necesariamente incluidos en las visiones. Es una cuestión de habilidad y de entrenamiento aprender cuál es la referencia temporal, para que no termines prediciendo un accidente de avión que sucedió hace diez horas y del cual no te habías enterado aún, por ejemplo, ni envíes a la policía a buscar una casa azul brillante que fue pintada de blanco o demolida a comienzos de la semana.

El don de la clarividencia no está para nada limitado a nosotros, los «psíquicos locos», como tú y muchos millones ya deben saber. Tú ves cosas que no quieres ver o que no entiendes, o tus hijos las ven y se confunden o asustan. Mientras tanto, los escépticos se pasan la vida afirmando que no existe la clarividencia. A esos escépticos les digo: «Tenéis todo el derecho del mundo a pensar así y gracias por compartir con nosotros vuestras creencias. Ahora discúlpanos, estamos ocupados».

Con el resto de vosotros, que sabéis de las experiencias de clarividencia y tenéis el mismo interés que yo tengo en analizarlo, deseo compartir una importante lección que me enseñó la abuela Ada, después de esa horrible visión de las caras que se derretían. Me aterrorizaba la idea de pasar mi vida entera siendo el blanco fácil de cualquier imagen aleatoria, violenta o grotesca que se produjera, fuera lo suficientemente fuerte para manejarla o no. Todavía recuerdo cuando le decía a la abuela que no deseaba ver ese tipo de cosas, que no deseaba ser psíquica. Sólo quería que todo se desvaneciera y ser una niña de cinco años, normal y corriente.

Ella me explicó que mis dones psíquicos, mi don de clarividencia y cualquier información que llegue como resultado de esos dones tienen

el mismo origen: provienen de Dios. Esto significa que se los debe honrar, respetar y utilizar para Su trabajo, o no utilizarlos en absoluto. Y
como Él me los dio por una razón, Él era el primero al que debía recurrir en caso de que necesitara ayuda u orientación. «Pide y se te conce-
derá.»

Así, con un poco de ayuda de la abuela Ada, le di a Él mi palabra de
que dedicaría estos dones para Su mejor fin sólo si Él me enviaba imágenes clarividentes con las cuales yo pudiera hacer algo. Si tengo que ver
caer un avión, muéstrame la información necesaria como para poder
advertirle a las personas adecuadas. Si tengo que ver una casa en llamas,
dame un pueblo, una dirección, algo que me ayude a tener la seguridad
de que no haya nadie dentro cuando se incendie o dime cómo prevenir
el fuego. No me muestres un corazón enfermo sin decirme de quién es
y lo que es necesario hacer, o un barco que se hunde sin una ubicación
en donde puedan rescatarlos.

Oré una y otra vez por tener visiones útiles o no tener ninguna en
absoluto, y funcionó. Como dije, si tanto tú como un ser querido o especialmente un niño que conozcas habéis sido honrados con el don de la
clarividencia, por favor, aprended como yo de mi abuela Ada: agradeced
a Dios por el don, honradlo, dedicádselo a Él y orad para que sólo os con-
ceda visiones con las cuales podáis trabajar para favorecer la concreción
de Su divino fin.

Coincidencia

Tú has experimentado suficientes coincidencias como para saber el
modo en que funcionan. Has pensado en alguien, sin razón aparente, y
de pronto esa persona llama o te la encuentras por casualidad, por primera vez en muchos años. Estás planeando un viaje a un lugar al que
nunca has visitado y, repentinamente, te ves inundado por la cantidad de
noticias sobre ese lugar: personas que justo son de allí, otras que acaban
de volver de sus vacaciones en ese sitio. Una canción ha estado sonando

en tu cabeza todo el tiempo, al punto de no poder olvidarte de ella y, de repente, enciendes la radio y, en ese preciso momento, están tocando esa canción.

Al no entender su significado, casi no le damos importancia a estas experiencias bastante frecuentes. Después de todo, sólo son coincidencias. Pero en realidad tienen una importancia mucho mayor.

Como leerás en la definición del plan de vida, no venimos a la Tierra para otra encarnación sin antes escribir detalladamente, en el Más Allá, la planificación de la vida que estamos por tomar, para asegurarnos de que tenemos la mayor probabilidad de lograr todo lo que nos proponemos al venir aquí. Nuestros planes incluyen algunos eventos que están señalados especialmente (éstos no son necesariamente importantes, sólo están resaltados) como si se tratara de simples carteles indicadores de distancias a lo largo de una prolongada y extensa carretera.

Una manera de reconocer uno de esos eventos marcados en nuestro plan se encuentra en la definición de «Déjà vu».

Otra manera es la experiencia de la coincidencia.

La coincidencia se reduce a: a) tener un pensamiento y b) verlo manifestarse casi inmediatamente después de haberse producido. Para decirlo con más precisión, en el contexto del plan de vida predecimos uno de estos eventos marcados, que hemos escrito justo antes de que se produzca el hecho. Lo cual significa que, por un instante o dos, tenemos un recuerdo fugaz, pero claro como el agua, de ese plan que hemos escrito mientras estábamos en el Más Allá, preparándonos para venir aquí.

Lo que significa que esas experiencias, a las cuales tendemos a quitarle importancia considerándolas como simples coincidencias, no son nada más que la prueba, colocada delante de nuestros ojos, de que estábamos tan vivos antes de nacer en esta vida actual como lo estaremos cuando la abandonemos de nuevo.

Así que haz una pausa y agradece tus coincidencias, las grandes y las pequeñas. Son todas instantáneas de tu inmortalidad y confirman que tú y tu plan estáis perfectamente sincronizados.

Conocimiento infundido

El conocimiento infundido es un fenómeno fascinante en el cual la información se transfiere directamente de una mente a otra sin participación de ninguno de los cinco sentidos. Pero, a diferencia de otros tipos de comunicación mental —como la telepatía, por ejemplo—, en el conocimiento infundido el receptor recibe información que desconocía anteriormente, sin tener ninguna idea consciente de dónde puede proceder esta información.

Por ejemplo, te vas a dormir una noche pensando en un problema y te levantas a la mañana siguiente sabiendo que la solución está en un libro del que nunca antes habías oído hablar, llamado *Cómo resolver tus problemas*. Todos hemos resuelto problemas mientras dormíamos y, la mayor parte del tiempo, sencillamente se trata de que tu mente se relaja lo suficiente como para pensar con más claridad. Lo que determina que el ejemplo anterior sea un caso de conocimiento infundido es la sugerencia subconsciente de un libro cuya existencia es completamente nueva para ti, de la cual te has enterado por medio de una fuente que no serías capaz de identificar —ni siquiera de adivinar— aunque tu vida dependiera de ello.

El conocimiento infundido es una de las maneras más comunes en que el mundo espiritual del Más Allá se comunica con nuestra mente espiritual, siempre despierta y disponible en nuestra mente subconsciente, aquí, en la Tierra. Nuestra mente subconsciente obviamente es más accesible cuando nuestra ocupada mente consciente interviene lo menos posible: mientras dormimos, bajo la hipnosis, durante la meditación o, a veces, simplemente cuando estamos muy cansados. Y también existen aquellas personas cuya mente inconsciente está más propensa a recibir el conocimiento infundido del Más Allá, ya sea estando despiertas o dormidas. Éste es un don innato que poseen, sean conscientes o no de ello.

Particularmente, es a través de esas mentes dotadas como los investigadores, científicos e inventores en el Más Allá comparten los resultados de su trabajo y generan los más grandes avances médicos en la Tierra, así como también los inventos y demás contribuciones a la humanidad. Estoy segura de que has notado cómo, con frecuencia, mentes brillantes de diferentes partes del mundo parecen hacer descubrimientos virtualmente idénticos e importantes casi de forma simultánea. No es una coincidencia. Simplemente se debe a que los espíritus en el Más Allá, a través del conocimiento infundido, han enviado con éxito información a las mentes de este mundo que tienen la sabiduría, dedicación, experiencia y talento como para ponerla en práctica.

Esta colaboración entre la Tierra y Casa forma una sociedad completamente interdependiente, con igual crédito para ambas partes. Los investigadores en el Más Allá necesitan a sus colegas de aquí para dar forma y poner en práctica los resultados de sus investigaciones, al tiempo que sus colegas, aquí en la Tierra, necesitan una inspiración divina del Más Allá para superar los obstáculos cada vez más enormes que se les presentan aquí. Sin el milagro silencioso del conocimiento infundido, esa colaboración de la mano de Dios nunca tendría lugar.

Cuando realizo predicciones, como lo hago periódicamente en televisión y como lo hice en mi libro *Prophecy*, nunca puedo calcular qué cantidad de esa información profética me llega por medio del conocimiento infundido del Más Allá, en particular en las áreas de medicina y tecnología. Es obvio que no tengo un título universitario en ninguna de esas áreas y que siempre tengo que correr a un diccionario después de que recibo noticias del futuro sobre medicina y tecnología, ya que aunque he escuchado las palabras no puedo ni siquiera deletrearlas, y mucho menos definirlas.

Basada en mi propia experiencia y en décadas de investigaciones sobre el conocimiento infundido, he llegado a dos conclusiones: su fuente invariablemente se origina en Dios, viene de Casa y, por lo tanto, merece tu mayor atención. Además, en las ocasiones en que eres bendecido con su llegada, tienes para con la fuente que te ha enviado ese conocimiento el deber de recordarlo y/o transmitirlo lo más precisamente que puedas. El hecho de que tú mismo edites el conocimiento infundido realmente le da un nuevo significado a la pregunta: «¿Quién te crees que eres?».

El Consejo

El Consejo, también conocido como «los Ancianos» o «los Grandes Maestros», es una especie única de dieciocho espíritus femeninos y masculinos muy avanzados que, esencialmente, actúan como la voz de Dios en el Más Allá. Son la excepción a la regla de que todos en Casa tienen treinta años de edad. Como emblema de su sabiduría venerada, los hombres tienen idénticas barbas blancas plateadas y las mujeres, largo y lacio cabello, también de color blanco plateado. Sus rostros son extraordinariamente hermosos, maduros pero sin ninguna arruga, y tanto los hombres como las mujeres visten amplias togas largas hasta el suelo. Al igual que la especie de los ángeles, los dieciocho miembros de El Consejo nunca se encarnan, y sus títulos sagrados son designados para toda la eternidad.

El Consejo se reúne en una enorme habitación de mármol blanco en el Salón de la Justicia, alrededor de una mesa en forma de U, también de brillante mármol blanco. A sus espaldas, una legión de principados con alas doradas monta guardia como testimonio silencioso y orgulloso de su importancia. El Consejo no es un organismo de gobierno, ya que el gobierno y las leyes no son necesarios en el Más Allá. Pero, al ser la sabiduría de los miembros de El Consejo tan infinita como su amor por nosotros, Dios les confió responsabilidades que afectan profundamente tanto la vida en Casa como las vidas aquí en la Tierra.

Siempre he dicho que me sorprende haber sido tan abnegada cuando escribí mi plan para esta vida, y tal vez tú también te sientas así. Mi teoría es que debemos sentirnos tan invencibles en el Más Allá que, a veces, elegimos algunos obstáculos para confrontar en la Tierra más grandes de lo que nuestras metas realmente exigen. Un obstáculo en el cual obviamente insistí en mi plan fue tener a alguien, en quien yo confiara, que me defraudara y traicionara, poniendo en riesgo mi carrera y la credibilidad que obtuve como fruto de una vida de trabajo. Cuando esto sucedió, quedé devastada y muerta de miedo. Mi guía espiritual Francine me prometía constantemente que no sólo iba a resultar todo bien en el futuro, sino que iba a salir más fuerte, más sabia y en mejores condiciones que nunca de esa horrible experiencia. No le creía ni una palabra y estaba segura de que yo misma había escrito algo en mi plan que me terminaría hundiendo y permanecería así para siempre. Resulta que Francine cumplió su promesa, como siempre lo hace. Realmente salí más fuerte, más sabia y en mejor condición que nunca para cuando todo finalizó. Sin embargo, no fue hasta mucho tiempo después cuando me enteré de todo lo que había hecho Francine para cumplir su promesa. Al parecer, mientras yo luchaba interminables batallas legales, Francine trataba de convencer a El Consejo para que se pudiera modificar mi plan. Nunca pidió que la crisis se borrara o que se evitaran las consecuencias de mi propio mal juicio, sino que convenció, con éxito, a los dieciocho venerables Grandes Maestros para que impidieran que tanto mi trabajo como yo nos viéramos permanentemente afectados.

Así que tómame como ejemplo: El Consejo es tan poderoso que hasta puede intervenir en medio de una emergencia de nuestro plan, cuando quienes lo integran saben que el resultado será dedicado al bien supremo de Dios.

No obstante, algunos residentes del Más Allá están familiarizados más íntimamente con nuestro plan de vida que El Consejo mismo, porque es ante ellos que presentamos los borradores para que nos brinden su orientación divina como uno de los pasos finales antes de abandonar Casa para venir aquí. Estos residentes conversan con nosotros sobre cada detalle de este campamento de entrenamiento que cada uno ha diseñado para sí: hacen preguntas, recomiendan modificaciones, señalan las maneras en que podemos maximizar el valor de las lecciones que deseamos aprender y las áreas en las que, tal vez, estemos planeando pasar por un mayor sufrimiento del que es realmente necesario para aprender una lección.

Cuando finalmente llegamos a un plan que satisface nuestras metas y la sabiduría bondadosa y protectora de El Consejo, estos dieciocho seres trascendentales nos despiden con una última bendición sagrada: es responsabilidad de El Consejo, basándose en la dificultad de la encarnación que hemos establecido para nosotros en el plan, asignar los ángeles específicos que nos cuidarán y protegerán hasta que hayamos vuelto sanos y salvos a Casa. Eso no significa que no podamos pedir ayuda extra durante todo nuestro viaje, cuando surja la necesidad. La legión entera de ángeles de Dios siempre presta atención y está preparada para correr a nuestro lado aunque los más poderosos, los principados, sólo acuden cuando necesitamos un milagro y los convocamos específicamente. Sin embargo, existen pocos momentos que atesoramos con más cariño cuando abandonamos el Más Allá, encaminados a esta fría y dura Tierra, que la visión de estos dieciocho seres divinos y bellos levantándose de su estrado de mármol blanco para presentarnos a los ángeles elegidos, que estarán a nuestro lado durante nuestra vida aquí en la Tierra, bajo las órdenes bondadosas de El Consejo.

Control

Probablemente encontrarás con facilidad referencias a «un control» o «mi control» mientras exploras toda la literatura disponible sobre el tema general de la espiritualidad. *Control* es simplemente otro nombre para *guía espiritual*. El renombrado espiritualista y médium Arthur Ford (1896-1971) canalizó su control, cuyo nombre era Fletcher, durante su vida, igual que yo canalizo a mi guía espiritual Francine. Eileen Garrett (1893-1970), otra médium con dones maravillosos y autora del superventas *Many voices*, también se refería a los guías espirituales como «controles».

Mientras reconozcas y utilices a fondo a tu asesor designado del Más Allá, estoy segura de que no importará cómo lo llames. De todas maneras, siempre he sentido que *control* es una palabra demasiado fuerte para ese rol en nuestras vidas y que *guía espiritual* es más descriptiva. Después de todo, el control sobre nuestras decisiones es siempre nuestro, y lo mejor que ellos pueden hacer, siempre que los escuchemos, es guiarnos.

Dejando a un lado los pequeños tecnicismos como *control* versus *guía espiritual*, siento la más profunda admiración por Arthur Ford, Eileen Garrett y los demás innumerables y valientes pioneros en el campo de lo paranormal, quienes abrieron un camino para el resto de nosotros en un momento en que el mundo era incluso más prejuicioso que ahora. De hecho, hay una cita del prefacio de la autobiografía de Eileen Garrett que siempre tengo a mano y releo cuando necesito un estímulo espiritual:

«Tengo un don, una capacidad... —una ilusión, si se quiere— que se llama "psíquica". No me importa cómo se llame, ya que vivir con esta capacidad y utilizarla me ha habituado a una variedad de epítetos, que van desde expresiones casi de reverencia, duda y lástima hasta la vituperación abierta. En resumidas cuentas, he sido llamada de muchas maneras, desde charlatana hasta mujer de los milagros. No soy, por lo menos, ninguna de éstas».

Cordón de plata

El cordón de plata es una increíble y delicada hebra brillante, muy real, sujeta justo por debajo del esternón de cada uno de nosotros y que conduce a la dimensión superior del Más Allá. Al igual que el cordón umbilical alimenta nuestro cuerpo durante nuestra breve estadía en el vientre, el cordón de plata alimenta nuestro espíritu directamente con el amor y la fuerza de vida de Dios durante nuestro breve y autoimpuesto confinamiento aquí en la Tierra, lejos de Casa. Es nuestra indisoluble conexión con ese lugar del que provenimos, ese lugar al que iremos otra vez, donde nuestra dicha nos aguarda. El cordón de plata es la forma en la que Dios se asegura de que Él y nosotros, sin importar cuán lejos parezcamos estar en este infinito universo, siempre estamos en contacto.

Si pasas mucho tiempo estudiando las creencias y las religiones del mundo, descubrirás, del mismo modo en que lo he hecho yo, que la noción del cordón de plata es bastante común. Incluso la Biblia se refiere a él en el Eclesiastés 12:6-7: «Antes de que se corte el cordón de plata... y el espíritu regrese a Dios, que se lo entregó». Varios clientes me han dicho que han visto sus cordones de plata en las experiencias cercanas a la muerte. Por lo tanto no tengo excusas, más allá de mi incesante escepticismo, por haber pensado íntimamente, hasta que cumplí los cincuenta años, que el cordón de plata no era más que una especie de versión espiritual del zapatito de cristal de Cenicienta: sólo el producto bello, refulgente y bien intencionado de la imaginación esperanzada de la humanidad.

Y entonces vi el mío propio. Hasta allí llegó mi escepticismo.

Era de noche, luego de un día de trabajo especialmente largo. Meditaba sobre el suelo de mi salón. Había velas encendidas y un tronco que se quemaba en la chimenea. De pronto, me di cuenta de que, gracias a la profundidad de mi meditación, había abandonado mi cuerpo y estaba flotando astralmente cerca del techo, observándome a mí misma e impresionada por el estado de paz en el que me veía. El viaje astral durante la meditación no es algo tan destacable para algunas personas, lo sé, pero es especial para mí, probablemente porque no me importa la sensación que me produce no tener el control de lo que sucede. En el preciso instante en que me di cuenta de que estaba fuera de mi cuerpo, flotando por la habitación en lugar de estar dentro de él, en el piso, me impactó lo que vi fugazmente: algo delgado y reluciente cerca de mí, en el aire. Era plateado como la luz de las estrellas, delicado como la hebra del cabello de un ángel, y lo observé durante el tiempo suficiente como para comprender que nacía de mi plexo solar y se extendía hasta desaparecer varios pies (algunos metros) más allá, en la dimensión superior, que era su fuente.

Era mi propio cordón de plata, hermoso, sagrado y completamente real. Hasta el día de hoy no tengo idea de por qué tuve el privilegio de verlo sólo una vez, y no he vuelto a verlo desde entonces. No es que me queje. Una sola vez fue una bendición y estoy agradecida.

No es una sorpresa que esa experiencia haya despertado mi curiosidad considerablemente, así que comencé a leer. Algunos de los libros más interesantes que tocan el tema del cordón de plata pueden encontrarse en las obras de Sylvan Muldoon, un talentoso investigador y experto en el tema del viaje astral, desde la década del veinte hasta los años cuarenta. A partir de las observaciones personales de su propio cordón de plata, durante innumerables viajes astrales, descubrió que el grosor del cordón varía de acuerdo con la proximidad del espíritu a su propio cuerpo.

Si el espíritu se encuentra viajando astralmente a unos diez o quince pies (tres o cinco metros) del cuerpo, el cordón de plata tiene aproximadamente el diámetro de una moneda de plata de un dólar (unos cuatro centímetros), con un aura brillante que hace que sea difícil determinar su tamaño exacto. Sin embargo, cuando el espíritu se encuentra a una distancia más lejana, en otro planeta, o a un año luz o en otra dimensión distinta a la de su cuerpo, el cordón, que en apariencia es frágil, se extiende fácilmente y nunca corre el peligro de desgarrarse o de partirse en dos, y se hace tan delgado como un hilo de seda.

En repuesta a una petición en mi página de Internet, clientes y colegas me escribieron por correo electrónico, desde todas partes del mundo, para compartir las descripciones de los cordones de plata que han visto, con sus propios ojos, en situaciones que van desde estar durmiendo o meditando hasta estar siendo operados o en estado de coma. Más del noventa por ciento de las descripciones provienen de personas que no tenían ni idea de que existía el cordón de plata, por lo que se sintieron mucho más sorprendidos, al ver su propio cordón, de lo que yo me sentí al ver el mío. Utilizaron frases como: «Una cantidad de cordel luminoso», «una cuerda larga, delgada y luminosa», «una cinta pequeña y resplandeciente», «un rayo de sol como hecho de humo», «un rayo láser poco nítido». Para que quede asentado: estos colaboradores por correo electrónico incluían a miembros de seis diferentes religiones, un oficial retirado de la policía, un cura católico, un miembro del clero metodista, dos médicos, un cirujano cardiaco y un ejecutivo de Wall Street. Algunos de ellos sintieron que el cordón de plata estaba pegado al frente de su cabeza, detrás de ella o a su abdomen.

No obstante, una de mis anécdotas favoritas sobre el cordón de plata aparece en la obra de Sylvan Muldoon, *Los fenómenos de la proyección astral*. Se lo denomina como «El caso Hout n.° 2» y es el relato que hace un médico de lo que vio al operar a tres pacientes diferentes: «... En cada caso pude ver, por lo menos durante una parte del tiempo, el cordón astral que unía a estos tres cuerpos espirituales con su contrapartida física. Me pareció que era como un rayo de luz plateada que daba vueltas por la habitación casi del mismo modo en que el anillo de humo del cigarrillo se desliza sin rumbo, indiferentemente, en la quietud de la atmósfera. Cuando la fuerza magnética llevaba al espíritu más cerca del cuerpo físico, el cordón era más evidente, como si se hubiera contraído. En otros momentos, esta fuerza era invisible para mí...».

Nunca he dudado de que nuestros espíritus reciben un amor y un apoyo constante e indispensable del Más Allá durante nuestros duros viajes de campamento, aquí, en la Tierra. Sin embargo, cuando menos lo esperaba, y francamente hasta hubiera apostado en su contra, apareció ese refulgente cordón de plata y pude ver fugazmente la prueba divina que Dios, en Su perfecta sabiduría, ha creado: una forma para alimentarnos, literalmente, durante todo el tiempo en que estamos lejos de Casa. A partir de esa noche, más y más investigaciones y más y más clientes y colegas han seguido confirmando y compartiendo su admiración ante el sutil y resplandeciente milagro, y recordándome una pregunta que espero que ninguno de nosotros deje de hacerse: ¿cuántas otras señales veremos de la mano de Dios en esta tierra si nos detenemos un poco y abrimos nuestros ojos?

Cristales y gemas

Francamente, creo que es una pena que el uso de cristales y demás piedras beneficiosas se haya convertido en una moda tan exagerada de la *New Age* que ya moleste a la mayor parte de la sociedad. Los cristales y gemas realmente pueden ser de una ayuda, sutil, pero muy real para nuestro bienestar físico y emocional, mientras no nos dejemos llevar tanto como una amiga mía que, cuando la moda de la *New Age* era un furor, usaba tantos cristales para curar su lesión crónica en el cuello que, al fin y al cabo, exacerbó su problema.

Hay una lógica para el efecto que los cristales tienen en nosotros, una lógica que ha sido honrada durante miles y miles de años. Los cristales, y otras gemas naturales, se forman en la tierra a lo largo de incontables milenios. La energía que han absorbido durante su formación es abun-

Cristal utilizado como péndulo de adivinación.

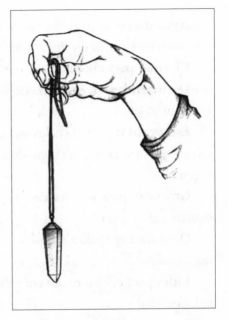

dante, antigua y potente, y sus átomos están combinados con precisión geométrica. Como resultado, la energía poderosa que emiten tiene también precisión geométrica, un patrón de vibraciones consistente capaz de equilibrar a la energía humana (la cual es cualquier cosa, menos consistente). Y luego, como leerás en el apartado sobre «*Devas*», existe una fuerza de vida, presente en cada elemento natural de este planeta, concentrada en poderosas y magnéticas fuentes de curación potencial.

Como nosotros, los humanos, estamos profundamente conectados con los colores, e incluso emitimos una amplia variedad de ellos en el aura, se ha descubierto a lo largo de miles de años de estudio y análisis que los colores de las diferentes piedras cristalinas tienen beneficios específicos para el cuerpo humano e incluso apuntan a chakras específicos, los que encontrarás descritos en su propio apartado. Para citar sólo algunas de ellas:

Ámbar: para el chakra sacro, calma los nervios.

Amatista: para el chakra de la garganta y el del entrecejo, mejora la paz interior y la espiritualidad, ayuda a combatir adicciones.

Aguamarina: para el chakra del corazón, mejora la fortaleza y la sensación de control en situaciones atemorizantes.

Citrina: para el chakra sacro, desintoxica el cuerpo, limpia el aura.

Diamante: para el chakra de la corona, atrae el amor, la armonía y la abundancia.

Esmeralda: para el chakra del corazón, promueve la curación general, profundiza la importancia de recordar sueños y la capacidad para lograrlo.

Granate: para los chakras raíz y cardiaco, inspira la imaginación y equilibra la energía.

Oro: para el chakra del plexo solar, purifica, sana y otorga energía masculina.

Jade: para el chakra del corazón, calmante para los ojos, promueve la longevidad.

Lapislázuli: para el chakra del entrecejo, estimula la tiroides, aumenta la percepción general.

Malaquita: para el chakra del corazón, conocida como la «piedra de la fortuna», también calma el asma.

Piedra lunar: para el chakra sacro, conocida como la «piedra del amor», promueve también el equilibrio emocional.

Ónix: para el chakra raíz, promueve la curación durante los procesos dolorosos.

Peridoto: para el chakra del corazón, estimula el crecimiento emocional y las nuevas oportunidades.

Cuarzo: para cualquier chakra individual o para todos juntos, ya que se puede programar para varios fines.

Rubí: para el chakra del corazón, estimula la circulación, puede crear inadvertidamente la ira en otros al romper sus campos energéticos.

Zafiro: para el chakra de la garganta y el del entrecejo, muy espiritual, también ayuda a cumplir metas.

Plata: para cualquier chakra individual o para todos juntos, gran conductora de la energía, otorga energía femenina.

Tanzanita: para el chakra del entrecejo, estimula las percepciones espirituales.

Turquesa: para el chakra de la garganta, beneficiosa para el sistema respiratorio superior.

También cabe mencionar, como palabra final y a modo de aviso: hay un mito de que los ópalos traen mala suerte. No es así. Nada trae mala suerte, salvo que tú así lo creas. Sin embargo, los ópalos intensifican tanto las emociones positivas como las negativas. Así que es mejor evitarlos si estás pasando por un dolor muy grande o si tiendes a la depresión crónica.

Cristalomancia

La cristalomancia es un antiguo método para adivinar la fortuna, que implica el uso de un objeto en el que el adivino se concentra o al que mira fijamente hasta que aparece una visión. El popularizado clarividente con turbante y túnica que observa una bola de cristal es el retrato estereotipado de la cristalomancia en acción; pero piedras, espejos, monedas e incluso la tinta han reemplazado a la bola de cristal como vehículos de cristalomancia en varias culturas alrededor del mundo.

Sin dudas, cuando se trata de la cristalomancia, no hay sustancia natural más popular que el agua. Mucho antes de que se concibiera la bola de cristal, los adivinos eran llevados hasta el agua en busca de respuestas, lo cual no es sorprendente una vez que se consideran todos los aspectos objetivos como los que no lo son. El agua es esencial para la vida. Es una poderosa fuente de energía, irresistible para el mundo espiritual como medio conductor de sus viajes desde la dimensión del Más Allá y hasta una dimensión mucho más lenta y sujeta a la gravedad como es la Tierra. Su movimiento y su potencial para irradiar claridad como para ofrecer una oscuridad hermética la convierte en una fuente de riquezas para cualquiera que esté en busca de imágenes, visiones, reflejos y amuletos flotantes. El agua limpia e incluso purifica, bautiza y también lava los pecados. Se dice que los espíritus malvados no pueden cruzarla y que un pequeño vaso de agua junto a un adivino, además de ser un objeto de cristalomancia, puede atrapar en su interior la energía negativa.

Debo decir que nunca utilizo accesorios, pero no soy de desacreditar nada que funcione para el verdadero beneficio del cliente. Sólo te pido que, por favor, no dejes que nunca te convenzan de que realmente pueden encontrarse respuestas en la bola de cristal, en las piedras, en el agua o en cualquier otra cosa que no sea un espíritu centrado en Dios.

Cuadrantes

Como leerás en el análisis sobre el Más Allá, esa dimensión a sólo tres pies (menos de un metro) por encima de nosotros que es un duplicado de la Tierra, éste es en esencia la Superalma de nuestro planeta, y es tal como fue la Tierra, alguna vez, en su perfección geológica. Allí existen nuestros siete continentes, junto con la Atlántida y Lemuria, los dos continentes «perdidos» de la Tierra.

Cada uno de los continentes en el Más Allá está dividido en cuatro cuadrantes. Esto no está relacionado con la política ni con los gobiernos, ya que no existen leyes en Casa, ni son necesarias. En cambio, los cuadrantes son áreas de cada continente que están dedicadas a propósitos específicos correspondientes a los Siete Niveles de Ascenso (remítete a su propio listado) que son las vocaciones que elegimos para nuestras vidas en el Paraíso.

Por ejemplo, un cuadrante en un continente se dedica a la orientación; otro, a todas las ciencias; otro, a las artes creativas; y otro, a la investigación. Entre los cuadrantes hay una total circulación, sin que quede ninguna zona fuera del alcance de nadie. Un centinela está apostado en la entrada de cada cuadrante, pero es sólo para registrar dónde se encuentra cada uno de los que trabajan allí, por si alguien va a visitarlos o lo requiere para analizar un proyecto en algún otro cuadrante.

Y para una total comodidad, si pasas a saludar a un amigo que se encuentra, digamos, en el tercer cuadrante de la Atlántida y el centinela te dice que se ha ido a meditar a los jardines del Salón de la Justicia, no tienes que realizar un largo viaje para alcanzarlo, sin importar dónde se encuentre. En el Más Allá, donde nos hemos librado de nuestro cuerpo, y donde nuestra mente está sintonizada de una forma exquisita y brillante, elevamos nuestro viaje astral de la Tierra a una forma de arte: a cualquier lado que queramos ir, simplemente pensamos o nos proyectamos en él y allí estaremos.

Los cuadrantes, entonces, son divisiones de los continentes en Casa que están dedicados a las infinitas posibilidades de que disponemos allí. Es simplemente otro ejemplo del orden perfecto dentro de la perfección que Dios creó para que nosotros compartamos con Él en el Más Allá.

Cultos

Si aún no has leído la definición de «El Lado Oscuro», hazlo antes de leer esto.

Perfecto. Gracias. Ahora: los cultos son una manera conveniente e insidiosa para que las entidades oscuras seduzcan y destruyan, en forma grupal, a la luz de Dios de las entidades blancas, ya que no es muy conveniente extinguirlas una a una, puesto que lleva más tiempo. Lamentablemente, las entidades blancas, que están en una búsqueda espiritual sincera y bien intencionada, son generalmente las más vulnerables y las más permeables a una habilidosa entidad oscura que sepa utilizar la jerga correcta. Los espíritus, cuyo compromiso con Dios es completamente sincero, no pueden imaginar a nadie que finja algo tan precioso y sagrado. Pero las entidades oscuras pueden fingir cualquier cosa que atraiga tu atención, gane tu confianza y les otorgue control sobre ti. Si la manera de ganarse tu confianza es el compromiso con Dios, memorizarán la Biblia si es necesario y la recitarán perfectamente, sin decir seriamente ni una palabra.

Tal vez tú, que estás leyendo esto, estás considerando seriamente unirte a un grupo, secta o misión (nunca son lo suficientemente honestos como para considerarse un «culto») con un líder carismático y devoto a la cabeza (justamente dos de los adjetivos más usados para describir a Jim Jones, del Templo del Pueblo, y a David Koresh, de la rama de los Davidianos).

He trabajado con muchas familias, psicólogos, miembros legítimos del clero y del FBI sobre el problema de los cultos y sus víctimas y de forma voluntaria llevé a cabo sesiones para ayudar al abandono de estos cultos religiosos, hasta que estas sesiones se consideraron ilegales. (Estoy a favor de la libertad de cultos. Lo que no me queda claro es cómo los grupos que promueven el suicidio, el aislamiento, la esclavitud involuntaria, la evasión de impuestos, la corrupción y el abuso de menores e, incluso, el sacrificio de niños pueden calificarse como religiones.) Me siento capacitada para ofrecerte mi asesoramiento experto si es que estás evaluando la posibilidad de unirte a un grupo religioso de cualquier tipo o de trasladar o donar tus posesiones mundanas a dicho grupo: ¡no lo hagas!

En caso de que esto no te convenza, y de hecho no lo hará, te pido, desde lo profundo de mi corazón, que veas si alguno de los siguientes supuestos te suena familiar:

—Casi sin excepción, el líder del grupo exige que le ofrezcas reconocimiento obediente considerándolo como tu centro en Dios. Dependes del líder para acercarte a Dios: él tiene una mayor proximidad a Dios y Dios escucha tus oraciones sólo a través de su intermediación.

Todo esto es mentira. Independientemente de la religión que practiques, tú eres y siempre serás tu propio centro en Dios. Tú y Él formáis parte el uno del otro, Padre e Hijo, eternamente inseparables, tu espíritu y el Suyo interconectados. No hay mayor cercanía que la tuya y la de Él, no hay nadie a quien Él ame más y no existe ninguna voz que Él prefiera escuchar antes que la tuya.

—Casi sin excepción, más temprano que tarde, tu líder insistirá en que el grupo renuncie a sus familias y amigos (es decir, los «no creyentes») y que se traslade y se aísle del resto de la sociedad. Los «no creyentes», según ellos, son mentirosos que fueron enviados por el demonio para plantear dudas en tu mente sobre tu fe, sobre la misión única y exclusiva de tu grupo y, por supuesto, sobre la credibilidad de tu líder como gran profeta o mesías. En cuanto al resto de la sociedad, se lo tratará de hereje sin Dios, con leyes arbitrarias sin Dios, como un destructor del gran trabajo que Dios mismo y en persona le ordenó cumplir al líder.

La verdad es que sólo existe una razón por la cual el líder del culto, o cualquier otro artista de la estafa (que para el caso es lo mismo), desea aislarte de tu familia, de tus amigos y de la sociedad en general: ni ellos ni su retórica resisten el escrutinio de los de afuera. Si fueran legítimos, ellos desearían, como todo gran profeta, sanador y mesías en la historia, moverse entre las masas y divulgar la palabra de Dios por todos lados, ayudando y sanando en su camino a quienes lo necesiten, ocupándose de que este mundo mejore gracias a su presencia en la Tierra. Sólo las entidades oscuras insisten en el aislamiento oscuro y furtivo. Y en cuanto a las «leyes arbitrarias», que con frecuencia los indignan tanto, generalmente son leyes que implican pagar impuestos, no abusar ni corromper menores, limitar el uso de armas a los que tienen autorización legal (estos pacifistas temerosos de Dios parecen odiar las armas pero las acumulan «sólo por si acaso») y nunca retener a las personas contra su voluntad. (Pregúntale a cualquiera que se haya dado cuenta de que ha cometido un error y ha tratado de abandonar un culto. La palabra «escape» siempre aparece, si es que vive lo suficiente como para hablar de eso.)

—Casi sin excepción, una de las primeras exigencias del líder para un nuevo miembro es que renuncie a sus bienes terrenales, esto definitivamente incluye sus cuentas bancarias. «Benditos sean los pobres» será, probablemente, lo que cite como parte del incentivo, junto con el cliché: «El dinero es la raíz de todos los males» y, luego, agregará alguna retórica sobre la nobleza del sacrificio y la pobreza.

La verdad es que, desprovisto de todo su dinero y posesiones, el grupo ahora dependerá completamente de su líder, quien se las arreglará para no ser considerado, nunca, el responsable de haber tomado todo ese dinero y demás posesiones. Veamos. El grupo renunció a la sociedad, así que sabemos que nada se donó a organizaciones de caridad o al bienestar de la humanidad en general. Y estos cultos no son precisamente conocidos por sus lujosos estilos de vida, así que el dinero no se gasta en ellos. Una típica declaración es que el dinero es «para Dios», pero me encantaría saber exactamente qué uso posible le podría dar Dios a ese dinero. Mi teoría es que el líder, a quien tanto le gusta repetir la frase «benditos sean los pobres», ha decidido en secreto que, después de todo, estar bendito no es realmente tan bueno como se pretende y ha comenzado a guardar cada centavo que pasa por sus manos.

Si, después de considerar esos temas y muchos otros más, todavía decides que tu destino es seguir a algún grupo o misión o líder carismático, sinceramente te deseo buena suerte. Sólo te hago una última petición: ¡no arrastres a tus hijos en eso! Si te unes a un objetivo que realmente vale la pena y que está centrado en Dios, ellos podrán unirse a ti cuando sean lo suficientemente mayores como para tomar sus propias decisiones. Si tú tienes derecho a elegir, lo justo es que ellos también tengan ese derecho algún día. Mientras tanto, detente a pensar: tú sabes que los padres que se unieron al Templo del Pueblo y a la rama de los Davidianos no creyeron, desde un principio, que condenaban a sus indefensos niños con una sentencia de muerte. Tu vida es tuya para hacer lo que te plazca, pero todos los niños merecen la oportunidad de crecer con protección y cuidado, así que, por favor, no los sometas a los riesgos que tú corres.

D

Déjà vu

Déjà vu es una experiencia que la mayoría de nosotros tenemos, de vez en cuando, y es fácil pensarla como un interesante momento de distracción. Sin embargo, se trata de una visón fugaz de nuestra otra vida, en la Tierra y en el Más Allá.

Existen dos tipos de *déjà vu*. El primero se produce cuando visitas una determinada casa, ciudad, calle, país extranjero u otro lugar, donde nunca has estado, y de pronto te das cuenta de que te resulta muy familiar. A veces hasta sientes que sabes cómo moverte en ese sitio. Me sucedió en mi primer viaje a Kenia. De inmediato, desde el momento en que me bajé del avión, me sentía tan en casa que incluso le decía al guía turístico en dónde estaban los puntos geográficos importantes antes de que él pudiera decírmelos (y yo sabía que no tenía nada que ver con mi don de psíquica). En verdad, con lo que estaba relacionado (y que es lo que cada uno de nosotros experimenta cuando siente que un lugar desconocido le resulta profundamente familiar) es con los recuerdos de nuestro espíritu en una vida anterior. Sin duda, hemos estado antes en ese lugar supuestamente extraño, sólo que eso sucedió en otro cuerpo, en otro tiempo. Y cuando los recuerdos del espíritu, que están enterrados en el subconsciente, se conmocionan tanto debido a las visiones provenientes de otra encarnación, esos recuerdos llegan a la mente consciente y se crea ese tipo de *déjà vu* que tiene una inexplicable familiaridad. Para decirlo de manera más precisa: visiones milagrosas y poderosas de la eternidad de nuestras almas.

Ese mismo tipo de *déjà vu* también se aplica a las personas. Todos conocemos a personas que nos resultan familiares en el momento de conocerlas, extraños a quienes sentimos como conocidos de toda la vida. Y te sucede que existen otras personas a las que conoces y con quienes deberías sentir una cercanía especial, como algunos miembros de la familia, por ejemplo, y que de alguna manera nunca llegas a sentir una conexión con ellas, por más que lo intentes. Apuesto a que si observas detenidamente a cada persona importante en tu vida y te preguntas, objetivamente: «¿He visto a esta persona en una vida pasada?», te sorprenderá cuán fácilmente puedes responder a eso con un sí o un no. Si la respuesta es afirmativa, no te sientas obligado a acercarte a ellos en este momento. Esa persona puede haber sido tu perdición en tu vida anterior. O puede haber sido amable en tu otra vida, pero eligió volver en esta nueva vida no siéndolo tanto. No tienes por qué actuar de acuerdo con lo que te resulta conocido de una vida pasada o dar menos importancia a aquellas personas con las cuales no sientes esa familiaridad. Sólo nótalo cuando suceda y reconócelo como otra ventana a la eternidad.

El segundo tipo de *déjà vu* es tan común, sutil y en apariencia trivial que muy pocas veces le damos importancia. Consiste en un momento en el cual cada detalle, desde lo que haces, con quién lo haces, dónde lo haces, y hasta lo que llevas puesto, lo que piensas y sientes te resulta tan familiar que estás absolutamente seguro de estar reviviendo un duplicado exacto de un momento de tu pasado. Nunca dura más que unos segundos y nunca se trata de un hecho significativo. Invariablemente es tan trivial como: «Una vez estuve en una habitación igual a ésta, en un sofá igual que éste, mirando la televisión en el mismo lugar y busqué el teléfono igual a como lo hago ahora...». El momento siempre desaparece en menos tiempo del que nos llevó notarlo. Así que no es sorprendente que no nos percatemos de cuán asombrosos, mágicos y certeros son realmente esos momentos de *déjà vu*. Para entenderlos completamente, necesitamos entender bien los planes de vida.

Como leerás en el apartado sobre «El plan de vida», antes de venir aquí desde el Más Allá diagramamos en detalle la encarnación que viviremos. También incluimos en ese plan algunos detalles pequeños y triviales, aquí y allá, sólo algunas viñetas sin importancia que nos permiten saber que estamos en el camino correcto. Y, de vez en cuando, aparecerán esas pequeñas viñetas sin importancia, en la forma de *déjà vu*. Nos producen una sensación tan súbita y total de estar ante algo que ya conocimos que asumimos con toda naturalidad estar reviviendo, sin lugar a dudas, un momento que ya hemos vivido en esta vida. No es así. Lo que hacemos cuando se produce un *déjà vu* es experimentar un recuerdo de nuestro espíritu sobre un detalle pequeño, trivial y conocido del plan que hemos creado en el Más Allá antes de nacer. El *déjà vu* es nuestro espíritu que resuena intensamente al darse cuenta: «Recuerdo el plan que escribí»; y este eco se repite desde nuestro subconsciente, en donde habita la mente espiritual, hasta nuestra mente consciente. En ese instante, tanto nuestra mente consciente como subconsciente reciben una confirmación en forma de *déjà vu* de que estamos en perfecta sincronía con nuestro plan. Y, aún más importante que eso, que estamos ante una visión de nuestra vida eterna en el Más Allá, mientras nuestro espíritu recuerda, reconoce y anhela estar en Casa.

Descarnar

Este concepto aparece con frecuencia en las sesiones de mis clientes y los complica más de lo necesario. Si sientes la misma frustración, aquí te brindo una explicación: *encarnar* significa «ocupar un cuerpo» o «vivir dentro de la carne». Entonces «Cristo encarnado», por ejemplo, es simplemente una referencia a Jesús, el hombre, cuando Él caminaba por la Tierra. *Carnate*[5] es un sinónimo. El catolicismo determina que cuando Jesús nació «el Verbo se encarnó», lo cual significa que el Verbo, o Dios en este caso, había tomado forma humana.

---

5. En el original en inglés. No existe traducción de esta palabra al idioma español. *(N. del T.)*

La palabra *descarnar* designa lo opuesto: es existir fuera del cuerpo o fuera de la carne, lo cual perfectamente puede describir a un espíritu o fantasma.

Devas

La definición de *devas* que siempre me han enseñado, y que me encanta, es que son fuerzas vivas latiendo en la naturaleza o, si esto te transmite la misma idea, espíritus naturales.

Igualmente, primero describiré algunos puntos a modo de aclaración: cuando digo «espíritus naturales», de ningún modo quiero decir que nosotros, los humanos, podamos reencarnarnos en árboles, flores, abejas o arrecifes de coral. No cambiamos de especie de una vida a la siguiente. Y, como podrás leer en el apartado de «Psicometría», no creo que los espíritus puedan ocupar objetos inanimados. Ni tampoco las cosas vivas en la naturaleza poseen almas evolutivas que adquieren sabiduría en los viajes hacia la perfección. Pero están vivas con la misma energía y la misma fuerza viva que nos da la vida a nosotros. Y, sin ella, nuestro cuerpo nos sería de tan poca utilidad como lo sería nuestro automóvil si no estuviéramos dentro para encenderlo y ponerlo en funcionamiento. La fuerza viva, en nosotros y en toda la naturaleza, proviene del mismo origen y crea una conexión sagrada entre nosotros; también crea una vasta y sensible población mundial de la cual nosotros, los humanos, somos en realidad una minoría.

Lo maravilloso es que los *devas* están más conscientes de esta conexión que la mayoría de la humanidad y están disponibles para ser nuestros aliados si recurrimos a ellos cuando los necesitamos. Si piensas que esta idea es absurda, sería útil que sepas que la tradición de tocar madera para tener buena suerte se originó en la antigua creencia de que se convocaba a la ayuda y protección de los espíritus mediante los árboles. (Y no soy supersticiosa, pero admito que toco madera de vez en cuando, incluso cuando trato de evitarlo.)

Tengo un cliente a quien se le diagnosticó un cáncer hepático. Para el momento en que lo conocí lo habían declarado completamente curado. Le pregunté cómo lo había logrado. Bien, para empezar, buscó infatigablemente la mejor ayuda médica que hubiera disponible, ¡la cual nunca nada podrá ni debería reemplazar jamás! Por otro lado —y se sonrojó innecesariamente cuando me lo contó— tomó el hábito de alentar a los *devas* de su hígado, cada mañana, mientras conducía hacia su trabajo. ¿Puede él o yo probar que fueron los *devas* los que hicieron la diferencia? Por supuesto que no. ¿Puede alguien probar que no lo fueron?

Otros clientes, y varios eruditos acreditados también, aplican la propuesta de *deva* o fuerza viva a todo lo que existe, tanto a lo vivo como a lo inanimado. No existe ni la más mínima prueba en contrario, así que si esta creencia tiene sentido para ti, utilízala para lo mismo que esos clientes. Uno de ellos, que le tiene miedo a volar, nunca aborda un avión sin pedirle a los *devas* del avión un vuelo seguro. Otro cliente había extraviado un brazalete muy valioso y, después de horas frenéticas de dar vueltas a la casa buscándolo, llegó a tal punto de desesperación que le pidió a los *devas* del brazalete que lo sacaran de su escondite. Apareció a los pocos minutos, a su vista, en el medio del suelo de su habitación, donde el cliente ya había mirado unas cincuenta veces y no era posible que no lo hubiera visto.

Los *devas* están a nuestro alrededor, en donde sea que se encuentren. Están a tu disposición para que te burles de ellos, los rechaces y los ignores. O, si quieres, puedes incluirlos en tu vida, en épocas de crisis o sólo para tocar madera de vez en cuando y, francamente, me sorprendería que no diera resultado.

Devoradores de muertos

Este tema, bastante común en las películas de bajo presupuesto y fuente de las historias de terror que se les cuentan a los niños de todo el mundo alrededor de una fogata, tiene sus orígenes en la tradición musulmana. Según parece, se pensaba que los devoradores de muertos eran malvados demonios que merodeaban por las tumbas, se comían la carne de los cadáveres y se apoderaban de sus espíritus para evitar que llegaran al paraíso.

La tradición de los devoradores de muertos contribuyó considerablemente al nacimiento de los festejos de la Noche de Brujas; por lo tanto, quienes disfrutan de ese festejo puede ser que les deban, desde hace mucho tiempo, un agradecimiento virtual a estos devoradores. En la víspera de Todos los Santos, según se pensaba, las almas de los muertos salían de sus tumbas y esto, como es lógico, atraía a los devoradores de muertos de kilómetros y kilómetros a la redonda. Atemorizados, y sin el más mínimo deseo de ser confundidos con una potencial comida, los aldeanos se vestían imitando, de la mejor manera posible, la apariencia de los devoradores de muertos, con el pensamiento: «Si no puedes vencerlos, únete a ellos». Disfrazarse, los 31 de octubre, de aquello de lo que uno se quiere proteger se convirtió, obviamente, en una práctica mundial simultánea, que incluía de todo, desde devoradores de muertos hasta fantasmas, brujas y vampiros. Hoy en día, incluye hasta los personajes favoritos actuales, como Britney Spears y políticos prominentes (si esto último se trata o no de un cambio en la tradición original, es una cuestión de interpretación).

Aún existen tribus en algunas partes aisladas de África y Sudamérica que mantienen viva la leyenda de los devoradores de muertos, pero me complace decir que después de cincuenta años de viajar por el mundo, todavía no me he cruzado con un devorador de verdad, ni siquiera con una mísera justificación de su existencia.

Dharma y **karma**

La palabra *dharma* tiene su origen en el antiguo idioma sánscrito. Es el elemento principal de las grandes religiones budista e hinduista y básicamente significa «protección». Pero lo que hace al *dharma* tan convincente es que es un concepto proactivo. Protegernos a nosotros mismos de la infelicidad no es responsabilidad de nadie, sólo nuestra, y se logra no mediante la fuerza física, sino viviendo dentro de nuestras propias leyes internas de rectitud, paz y tolerancia. El *dharma* establece honrar absolutamente a todas las cosas vivas y a la tierra que las nutre y la creencia de que, hasta que cada uno de nosotros encuentre su propia paz interior, no existirán suficientes marchas, protestas y demostraciones en el mundo como para lograr la paz entre las naciones de esta tierra.

No existen reglas específicas para vivir conforme al *dharma*, salvo las que consisten en no causar daños a ningún ser humano, animal o a la tierra misma. En cambio, se basa en la premisa idealista de que la humanidad finalmente alcanzará su propia bondad innata y sagrada cuando se le muestre el camino a su sendero espiritual.

Mi guía espiritual Francine señala que hay un *dharma* universal y, ya que nuestro Universo fue creado por Dios, no es sorprendente que su *dharma* sea la misma rectitud, paz y tolerancia que poseemos dentro de nosotros. Cuando vivimos fuera de los vínculos de nuestro *dharma* divino, estamos naturalmente fuera de sincronía con el Universo y pagamos el precio en términos de estrés, infelicidad y amargura, independientemente de cuánta riqueza y supuesto éxito podamos acumular.

El karma se asemeja al *dharma* al ofrecer un mapa de ruta que brinda indicaciones asombrosamente simples para llevar una vida de bondad, pacífica y plena. El karma es una ley universal distinta que se resume en todos esos dichos que ya has escuchado antes: «Lo que va, viene», «cosecharás tu siembra» y «lo que recibes es lo que das». En esta vida o en la próxima, es seguro que tu karma te alcanzará, sea bueno o malo. En efecto, un amigo mío insiste en que el karma malo tarda cinco años en alcanzar a alguien que se lo merece, siempre y cuando ese alguien no interfiera o no se haga nada que lo acelere. No desperdicies ni el mínimo momento de tu tiempo ni de tu energía en vengarte, causarle problemas o desearle la peor de las suertes a alguien. Seguro que es tentador, pero en teoría son personas que no merecen el honor de tu atención, incluso aunque ésta sea negativa. Y, además, si tomas represalias o le deseas cosas horribles a alguien: «¿Quién desea ese karma?». Mi amigo es la persona más saludable, mental y emocionalmente, que he conocido, así que disfruté viendo cómo funciona su teoría de los cinco años y hasta ahora no discrepo para nada con ella.

Existen algunos temas puntuales del karma que, con frecuencia, se malentienden y por eso deben ser aclarados. Uno es que las intenciones son un factor importante cuando se trata de cosechar lo que sembramos. Todos hemos herido a otras personas a lo largo de nuestras vidas y apostaría que, cada semana, entre el treinta y el cuarenta por ciento de mis clientes pasan parte del tiempo que están junto a mí tratando de superar la culpa que los consume por ese tema. Además de preguntarles si han hecho todo lo que podían para asumir la responsabilidad por el dolor que causaron y enmendar las cosas, mi otra pregunta inevitable se refiere al karma: «¿Has herido a esa persona a propósito o fue sin intención?». El daño genuinamente inadvertido —aquel que no tenías motivos para creer que causarías con tus actos— no equivale a hacerse acreedor de las nubes negras kármicas, las cuales, en cambio, son garantizadas por aquel otro daño que sabías que estabas causando pero no evitaste. Lo que sucede a la inversa es igualmente cierto. Si vives tu vida sin que te importe la gente, ni mucho ni poco, pero has desarrollado un talento especial para echarle la culpa a los demás o para inventar originales excusas cuando puede haber consecuencias, no te sientas aliviado tan fácilmente. Cuando se trata del karma, no existe la impunidad. Siempre te alcanzará. Lo hará. Como reza el dicho: «No es una amenaza, es una promesa».

También recuerda que cuando planificamos nuestras próximas vidas, escribimos un plan para esas vidas conforme al aprendizaje y crecimiento espiritual que deseamos lograr. Nada se nos impone. Lo que soportamos en cualquier encarnación es porque lo hemos elegido previamente. Lo que determina nuestro éxito es la manera en que manejamos lo mejor y lo peor de lo que hemos elegido.

Así que imagina la gran valentía, determinación y aspiración divina que se necesita para que un espíritu escriba un plan que incluya desafíos físicos o mentales, pobreza, hambre, abandono y demás formas de privación grave y de abuso emocional genuino. Es un honor vivir entre estos espíritus excepcionales. Es nuestro privilegio poder ayudarlos y es inestimable cuánto podemos aprender de ellos. Y así y todo, en general, uno de los conceptos más malentendidos sobre el karma es que a estas personas se las percibe como si estuvieran siendo castigadas por cometer, en sus vidas pasadas, atroces crímenes contra la humanidad, en vez de ser vistas como las almas elevadas que son. Créeme, la verdad es precisamente lo contrario. Cuanto más difícil es el plan, mejor es el alma que lo redactó.

Esencialmente, entonces, una fórmula simple para quienes siempre tratamos de profundizar nuestra conciencia espiritual es aprender mediante nuestro karma y vivir conforme a nuestro *dharma* todos los días.

Dios Padre

El Dios Padre es el Creador omnipotente, perfecto, que ama a todos y que todo lo sabe; y junto con Azna, el Dios Madre, forman el más santo y sagrado Altísimo. Él es el intelecto del Universo, «El Inamovible que Moviliza», constante, del mismo modo en que Azna es la emoción, la protección, la fuerza itinerante del Supremo Altísimo.

El símbolo del Dios Padre,

En el Antiguo Testamento de la Biblia, Él es el Creador, el Hacedor de las Leyes, el Protector, Misericordioso y Justo, que recompensa a los obedientes y castiga a los desobedientes.

En el Nuevo Testamento, Él le dio al mundo a Su hijo encarnado, Jesucristo, quien introdujo el mandamiento de Dios: «No matarás» en reemplazo de la mentalidad del Antiguo Testamento: «Ojo por ojo, diente por diente».

En el islam, Él es Alá y no, en cambio, un «padre», ya que en la fe musulmana éste es un concepto ofensivamente presuntuoso. Alá es la única realidad permanente y verdadera, la única presencia no creada en el Universo. Según el Corán: «Él no engendró, ni fue engendrado. Y nada se asemeja a Él». Todo lo ve y todo lo sabe. Nunca debe ser representado en ninguna forma, ya que es más grande de lo que jamás se haya descrito y una representación terrenal podría llevar a la adoración de ídolos.

Para los hindúes, Él es Brahma, el ente supremo divino que es uno con el Universo y lo trasciende. Existe como tres identidades diferentes: Brahma, el Creador, que crea perpetuamente nuevas realidades; Vishnu, el Conservador, protector y conservador del Creador, que viaja a la Tierra cuando existe una amenaza que atenta contra el orden eterno; y Shiva, el Destructor.

Él es el Buda, el Gran Espíritu, el Ser Supremo, el Alfa y el Omega, el Comienzo y el Final.

Y cualquiera que sea el nombre por el que lo llamemos, sean cuales fueren los d   ales de nuestra fe, habrá un momento en el Más
     b   ivinidad y de santidad— en el cual, en un
                         por no más de lo que dura un latido o
                      l intelecto del Supremo es como un
                    ectricidad, una imagen tan cargada
                  . Mi guía espiritual Francine, que
                 as ocasiones de expresar el res-
                ión del rostro de Dios, pero su
               e que no existen palabras en la
              s, aquí, nunca hemos experimen-

tado nada que se le pueda comparar. Poder presenciar Su aparición física es un privilegio reservado eternamente para los momentos más raros y sacrosantos en el Más Allá, y todos nuestros nombres y adjetivos terrenales para describirlo serán tan inadecuados que, finalmente, veremos lo tonto que es tratar de encontrarlos.

Doppelganger

Éste es un fenómeno asombroso, casi como el fantasma de una persona viva. *Doppelganger* es una palabra en alemán que significa «el doble que camina». Algunos creen que es la proyección de la identidad que posee toda persona, y que sólo puede verlo quien lo origina. Otros creen que un *doppelganger* podrá ser visto por cualquiera que conozca a quien lo origina, de modo que puede producirse una gran confusión y mezcla de identidades. Otros creen que un *doppelganger* aparece sólo como un presagio cuando quien lo origina está por fallecer.

No os confundáis con lo que digo, los *doppelgangers* no son sinónimos de proyección astral o de viaje astral. Durante una experiencia astral, el espíritu deja el cuerpo en pos de diferentes aventuras, pero este último permanece en donde está y nunca aparece en ningún otro lugar. Cuando aparece un *doppelganger*, el cuerpo (el cuerpo vivo, que respira) parece bilocarse o estar en dos lugares a la vez.

En una época, creía que ésta era una de las historias de fantasmas más tontas que había escuchado o una de las excusas más pobres como coartada en la historia del sistema jurídico.

Luego, como ocurre generalmente cuando hablo demasiado sobre mi descreimiento con respecto a algo, me enfrenté cara a cara con mi propio *doppelganger*.

Fue a fines de la década de los sesenta. Mis hijos eran muy pequeños. Yo tenía puesto un horrible camisón floreado con grandes rosas rojas que mi madre me había regalado. Y cuando digo «horrible», quiero decir que era memorablemente horroroso. Me desperté en medio de la noche, tan acalorada que transpiraba (no se molesten en hacer cuentas, se los diré yo misma: era demasiado joven como para tener sofocos) y no podía volver a conciliar el sueño hasta que no descubriera por qué mi habitación estaba tan calurosa. El primer paso era, obviamente, verificar el termostato.

Deben saber que no soy una de esas personas —a quienes a veces envidio— que deambulan, medio dormidas, al levantarse de la cama y que vuelven a dormirse de inmediato cuando les da la gana. Cuando me despierto, me despierto. Tan despierta como si estuviera en la mitad del día y hubiera tomado tres tazas de café. Así que podemos olvidarnos de la teoría de que esto era sólo un sueño.

Bajé las escaleras y descubrí que el termostato estaba en 80° F (26,7 °C). Lo volví a poner en una temperatura más adecuada para los seres humanos que para las orquídeas híbridas al tiempo que me prometía en silencio que buscaría y destruiría al sádico, quienquiera que hubiera sido, que había estado jugando con el termostato. Luego, giré sobre mis pasos para subir las escaleras nuevamente. Sin embargo, en lugar de subir, me quedé boquiabierta al pie de las escaleras porque ahí estaba yo, bajando, con ese grotesco y ridículo camisón. Mi mente pareció sufrir un cortocircuito mientras trataba de descifrar qué sucedía, pero estaba tan atónita que no podía darme cuenta de cuál de las dos «yo» era yo. Había llegado a la conclusión de que era yo la que estaba en la escalera, no la que observaba, cuando... Bien, lo único que encuentro para describirlo es que choqué bruscamente conmigo misma cerca del termostato.

No volví a dormirme esa noche, prueba de ello es que estaba «acampando» frente a la puerta de la biblioteca cuando ésta abrió a la mañana siguiente (esto sucedió mucho tiempo antes de la aparición de los ordenadores, obviamente, cuando todavía usábamos las bibliotecas para investigar). Leí, analicé, hablé con todos los colegas que conozco para que pudieran arrojar una luz sobre el tema. Así aprendí sobre los *doppelgangers* y así aprendí también, para mi alivio, que aunque no son precisamente comunes, tampoco son inusuales. De hecho, tenía algunos ejemplos bastante interesantes. Guy de Maupassant, cuyas novelas y cuentos había leído en la universidad como una especialización de literatura, hacia el final de su vida —según parece— sentaba a su *doppelganger* a una mesa y le dictaba. Y Percy Bysshe Shelley, uno de mis poetas clásicos favoritos, se encontró con su *doppelganger* un día cerca del mar Mediterráneo. Su *doppelganger* no hizo más que señalarle el mar. Eso fue todo. Fue en el mar Mediterráneo donde se ahogó Shelley, menos de un año después de la aparición de su *doppelganger*.

No puedo darte una explicación con total autoridad para los *doppelgangers*, pero puedo suministrarte una probabilidad muy bien fundada: nuestros espíritus, en su forma más natural en el mundo espiritual, pueden estar en dos lugares a la vez, o bilocarse, tan fácilmente como tú y yo podemos respirar. Y por el hecho de que habitan temporalmente un cuerpo, no significa que pierdan todos sus recuerdos y habilidades. Creo que, aunque no son necesariamente trascendentales (después de todo, si se ocupan de los termostatos), los *doppelgangers* son eventos raros pero reales en los que el espíritu se pone inquieto, siente ganas de estirar los músculos o, simplemente, retoma por un momento algo que le parece totalmente natural y decide bilocarse. Y entonces, cuando se sorprende a sí mismo en el acto y dice: «¡Oh!», o nada más realizado lo que se propuso cumplir, regresa nuevamente dentro del cuerpo, limitándose a permanecer como una unidad, hasta que vuelva al mundo espiritual y esté libre de toda la restricción y de todos los inconvenientes que toleraba en la Tierra por el bien de su viaje eterno.

E

Ectoplasma

Según el diccionario, el ectoplasma es «la capa externa relativamente rígida y sin gránulos del citoplasma; generalmente, se lo considera como un gel que puede convertirse, de forma reversible, a una solución». Y el citoplasma, por supuesto, es «el complejo organizado de sustancias orgánicas e inorgánicas que se encuentran fuera de la membrana nuclear de una célula y que incluye al citosol y a los orgánulos unidos a la membrana».

He leído esto muchas veces y me siento tentada de escribirle al autor de estas definiciones para decirle: «Si no querías que yo supiese lo que era el ectoplasma, ¿por qué no me lo has dicho directamente?».

Para nuestros fines, se cree que el ectoplasma es un residuo tangible de energía que se transmite entre un psíquico/médium y un fantasma. Una de las teorías sostiene que cuando el ectoplasma está presente durante o después de un encuentro entre un médium y un espíritu en la Tierra, es que, en realidad, éste fue emanado por el médium. En otras palabras, la fuerza de vida (que encontrarás analizada con profundidad en su correspondiente apartado) o sustancia etérea del médium se solidifica en la piel de éste cuando trata de darle suficiente poder al fantasma para que se materialice completamente. Otra teoría postula que el ectoplasma se origina en el espíritu atrapado en la Tierra y es la manifestación de la sustancia etérea propia del fantasma, que se queda atrapada entre las dos dimensiones, al igual que el fantasma en cuestión.

Como todo lo demás en el mundo paranormal, existen grandes debates sobre la existencia o no del ectoplasma. Yo digo que sí, existe.

Me encontraba investigando un hechizo en el hotel Brookdale Lodge, en el norte de California, para un programa de televisión que producía el magnífico Henry Winkler. En un momento, me encontré con un hombre muy desdichado, a quien nadie más podía ver, y este hombre se encontró conmigo y con mi presencia extremadamente curiosa. Ésta fue toda nuestra conversación:

—¿Cómo te llamas? —le pregunté.

—Juez —dijo finalmente, entre dientes.

—¿Tu nombre es Juez?

Yo trataba de comenzar una conversación, pero cuando un fantasma no tiene ganas de hablar, no existe nadie más terco y hosco.

—¿O quieres decir que eres un juez? ¿O piensas que yo soy un juez y que estoy aquí para juzgarte? Me rindo, ¿qué significa *juez*?

—Juez —dijo nuevamente, entre dientes, con una leve sonrisa sarcástica.

Eso fue todo. No quería hablar más conmigo y, a esa altura, el sentimiento era mutuo.

Muchas horas después, luego de varios encuentros más satisfactorios con espíritus atrapados en la Tierra, mis asistentes y yo nos dirigíamos a la puerta cuando algo hizo que me mirara el torso. Hasta el día de hoy no tengo idea de qué fue, porque no sentí nada. Pero ahí mismo, cubriendo toda la parte delantera de mi blusa, había una sustancia blanca y pegajosa. Era espesa, inodora y desagradable. Mis asistentes me rodearon para observarla, tan desconcertados como yo, sin saber qué era, cuándo había aparecido y de dónde podía provenir. Yo no había comido nada. No había bebido nada. Si me hubiera chocado con cualquier persona u objeto que hubiera estado cubierto con lo que ahora yo tenía encima, hubiera sido imposible no darme cuenta.

Finalmente, mi asistente Michael dijo con palabras lo que seguramente el resto de nosotros estaba pensando: «No mires ahora, pero creo que te está cayendo baba».

Para los que no han visto la película *Los cazafantasmas*, ser «babeado» significa que te empapen con el ectoplasma, como producto de un encuentro fantasmagórico.

Ahora bien, no soy una autoridad sólo por haber tenido una experiencia con el ectoplasma, pero en ese momento sentí, como lo siento ahora, al considerar la lista de los «sospechosos» de ese día en el hotel Brookdale Lodge, que Juez fue lo suficientemente agresivo y enérgico como para que su sustancia etérea, solidificada en el ectoplasma, emanara con tanta fuerza de él mismo que la lanzara, en este caso, contra una hermosa blusa de seda... gracias.

Todos los testigos de ese día, me incluyo, trataron de encontrar una explicación lógica, pero fue imposible. Pasé el día entre fantasmas —uno de ellos, en particular, enojado— y me fui con mi blusa cubierta de baba. Era real. Muchas personas lo vieron, lo tocaron, hicieron muecas y todavía hoy confirmarán que no fue nada que yo haya hecho.

Por lo tanto, sí. En mi opinión, el ectoplasma existe, absolutamente.

Ejército del cielo

El término *ejército del cielo* es una frase utilizada frecuentemente en el cristianismo, el judaísmo y el islamismo. Algunos creen que el ejército del cielo es el Universo, en particular las estrellas, a la luz de algunas referencias como las siguientes:

Y ten cuidado, no sea que alces tus ojos al cielo y viendo el sol y la luna y las estrellas, todo el ejército del cielo, seas impulsado y te inclines ante ellos y les sirvas. (Dt. 4,19)

Otros están convencidos de que el ejército del cielo es la legión de ángeles de Dios.

Yo vi al Señor sentado en su trono y todo el ejército de los cielos estaba junto a él, a su derecha y a su izquierda. (1 Re. 22,19)

En la Antigüedad, muchas creencias sostenían que había una conexión cercana entre las estrellas y los ángeles. Algunos creían que había una estrella en el firmamento por cada ángel en el cielo. Otros veían en las estrellas a los ojos vigilantes de los ángeles. Así que la cuestión de si el ejército del cielo está formado por las estrellas o por los ángeles probablemente se trate sólo de una diferenciación bien intencionada entre dos criterios rigurosos.

En mi opinión, el ejército del cielo incluye a todos los seres más avanzados de Dios en el Más Allá: los ángeles, el Consejo, el Mesías y los guías.

Hago mención a todo esto por dos únicas razones: muchos de mis clientes, miembros de mi iglesia y de mis grupos de estudio, se han preguntado a qué se refiere este ejército del cielo y, además, me encantaría que recordaran que cuando están pasando por un momento especialmente duro, llamar al ejército del cielo para pedir ayuda es otra manera de invocar a su lado a la mejor y más invencible arma que tiene Dios.

Elementales

La teoría detrás del antiguo mito de la existencia de elementales es la siguiente: la Tierra está formada por cuatro elementos: fuego, agua, tierra y aire. Se cree que la tierra y el agua son elementos de energía femenina. Se piensa que el fuego y el aire son los elementos de energía masculina.

En cada uno de estos elementos habitan los espíritus de la naturaleza, llamados «elementales». No se pueden describir, ya que no tienen forma o apariencia propias; pero si ellos lo desean, pueden tomar la forma de animales o personas y caminar entre nosotros, desalmados y traicioneros, seduciendo a los humanos verdaderos e inocentes para concebir y dar luz a sus niños. Se corría el rumor de que existían varios hijos de elementales, entre ellos, Julio César y Hércules (y éste es un rumor difícil de disipar).

Sin embargo, el derecho fundamental a la fama que tienen los elementales parece originarse en que se trata de fuerzas de la naturaleza

capaces de provocar volcanes, tsunamis, terremotos, tormentas catastróficas e inexplicables patrones de corrientes oceánicas. Expulsados desde
dentro de la tierra por volcanes y terremotos, algunos elementales, según
la leyenda, pueden incluso pegársenos como pequeñas sanguijuelas, amor-
fas y con energía negativa. Una vez establecida su presencia, podemos
sacárnoslos de encima mediante el uso de una corriente eléctrica de
mediana potencia o quitándolos, literalmente, con una cuerda de piano.

Para que conste, no creo en nada relacionado con los elementales, ni
siquiera en su existencia.

Elfos

En general, se piensa que un elfo es un pequeño ser imaginario, una especie de hada de sexo masculino, a quien le encanta hacerle bromas travie-
sas a las personas y, peor aún, intercambiar sus propios bebés por los de
los humanos, que roba de las cunas por las noches. Parece que los elfos
se originaron en la mitología alemana, como minúsculos dioses de la naturaleza, de poca importancia y con una expectativa de vida de cientos de
años.

El trabajo de los mitológicos elfos se volvió un poco más específico
cuando su popularidad se diseminó por el norte de Europa. Algunos se
convirtieron en herreros muy capacitados, en tanto que otros se trans-
formaron en hermosas mujeres que poseían la habilidad de bailar con los
hombres hasta que éstos alcanzaran tal frenesí que cayeran muertos. (Por
cierto, a esos mismos elfos femeninos y bailarines, si se los miraba desde
atrás, se descubría que además eran huecos). Estaban los elfos del cuento de hadas de los hermanos Grimm, *El zapatero y los duendes,* que anda-
ban completamente desnudos, tenían doce pulgadas (unos treinta centímetros) de altura y les gustaba hacer trabajos de zapatería. Había un
grupo especialmente amable y compasivo de elfos que amaban a los niños
y que se aparecían en sus camas para confortarlos cuando éstos estaban
por morir.

Gran Bretaña y Estados Unidos decidieron que sería pintoresco reunir a los elfos mitológicos en el Polo Norte para que fueran quienes envolvieran los regalos y fabricaran los juguetes para el igualmente mitológico Papá Noel. Europa del Norte, que sigue prefiriendo sus propias leyendas, mantuvo a sus duendes en el ámbito local y su tradición era dejarles fuentes llenas de cereales en vísperas de las Navidades para persuadirlos de que, a su vez, ellos les dejaran regalos en lugar de hacerles bromas.

Todo lo cual es encantador y colorido, pero el hecho es que los elfos no son para nada imaginarios. Están entre la población fascinante del Submundo, que aparece más adelante en su propio apartado.

Energía cinética

Estás en tu cocina preparando la comida para tu familia cuando, de pronto, las puertas de la alacena comienzan a abrirse y cerrarse bruscamente. Los electrodomésticos cobran vida mientras la heladera se abre de golpe y la comida que estaba dentro se esparce por la cocina. Te escapas a la sala, en donde la TV se enciende por sí sola a todo volumen y cambia de un canal a otro frenéticamente. Mientras las luces parpadean sin cesar, te diriges al teléfono para pedir auxilio. En ese preciso instante, el aparato salta por encima del borde de la mesa, cae al suelo y sólo se escucha el ruido de la estática por el auricular.

¿Será un fantasma malvado que trata de echarte de tu casa? Tal vez. Pero es más probable que hayas sido testigo de una espectacular demostración de energía cinética, que no fue causada por ninguna fuerza externa, sino por ti o por algún miembro de tu familia que está bendecido o maldecido —depende de cómo lo veas— con el poder de esta energía.

La energía cinética es la manipulación involuntaria y espontánea de los objetos inanimados por medio de métodos físicos invisibles, que causan que su poseedor se convierta en un desafortunado campo de fuerza andante.

Existen varias teorías acerca de qué es lo que genera la energía ciné-tica. Y, claro está, existen muchos escépticos que jurarán que esta energía no existe en absoluto, algo que yo no tendría problemas en considerar si no fuera porque la he visto, con mis propios ojos, miles de veces. Algu-nos creen que la energía cinética puede aparecer en una determinada per-sona sin explicación alguna y, luego, desaparecer del mismo modo. Otros creen, como yo, que es un poder con el que algunas personas nacen y otras no, un poder que va y viene en ciclos regulares a lo largo de toda una vida.

Por lo general, la energía cinética es más fuerte cuando el cuerpo está pasando por grandes cambios hormonales: durante la prepubertad o la pubertad, por ejemplo, en mujeres embarazadas o que se encuentran en la etapa de la menopausia. Pero también puede manifestarse en niños de corta edad que no tienen idea del caos que pueden dejar a su paso con sólo cruzar una habitación. Mi nieta, por ejemplo, cuando apenas tenía tres o cuatro años, podía hacer colapsar tanto a los discos duros de los ordenadores como a los equipos telefónicos, y también podía hacer que el papel de las gigantescas Xerox saliera volando con el solo hecho de venir a visitarme a mi oficina. Su energía cinética parece haberse calma-do considerablemente en los últimos años, pero ya me estoy preparando para cuando entre en la adolescencia, momento en el que, por ejemplo, la energía cinética de mi hijo Paul alcanzó su máxima expresión. En su caso, justo cuando llegó a la pubertad, sin quererlo hacía que sus zapatos se lanzaran a través de su habitación como misiles, todas las noches, cuan-do empezaba a quedarse dormido. Hoy, veinticinco años después, los epi-sodios en que se manifiesta la energía cinética de Paul son prácticamen-te inexistentes.

Hago mención de todo esto para ilustrar por qué no estoy convenci-da de que la energía cinética sea un fenómeno que se pueda heredar. Paul y mi nieta, su sobrina, son los únicos dos miembros de mi familia, en al menos tres generaciones, que poseen energía cinética desde el nacimien-to. Además, los muchos otros casos que he estudiado apoyan mi creencia de que se trata de un don totalmente azaroso. Casi quisiera que no fuera así. Si fuera más determinable y confiable, se lo comprendería mejor y no se lo confundiría tan seguido con el acoso espectral, las absurdas posesiones satánicas (con énfasis en «absurdas») o, quizá, lo más insultante: el producto de una imaginación febril y/o un truco de publicidad.

Entonces, si tú o alguien que conoces parece desatar un infierno entre los objetos inanimados nada más que con hacerse presente, recuerda: no es culpa de nadie, no es una enfermedad física o mental, no tiene nada que ver con el mal, no requiere un exorcismo y no es ningún castigo perverso de Dios (como si Dios tuviera algo de perverso). Sólo se trata de una descarga momentánea y pasajera de una energía cinética puramente innata e involuntaria.

Entidades con una misión de vida

Es un hecho que cada uno de nosotros tiene un propósito designado por Dios y que cada encarnación que experimentamos es una parte fundamental para la concreción de ese objetivo. Nuestra mente espiritual conoce cuál es ese propósito, ya sea que nuestra mente consciente pueda definirlo o no.

También es un hecho que no existe un propósito más importante que otro. Los que excavan zanjas, los maestros, los paramédicos y los voluntarios en organizaciones de beneficencia son tan esenciales como los reyes y los presidentes. Ningún ejército formado sólo por generales, sin soldados de infantería, ganaría jamás una batalla. Nunca pongas en duda que, en especial ante los ojos de Dios, cada objetivo hacia Su bien superior es indispensable y de igual valor.

Todo esto es para presentar a la entidad con una misión de vida. Quienes se suscribieron al propósito designado: «Entidad con una misión de vida» están entre los espíritus más avanzados en nuestro medio. No entre los más importantes, sólo entre los más avanzados, por lo tanto, ni siquiera pienses en subestimarte si resulta que no eres uno de ellos.

Las entidades con una misión de vida le han dicho a Dios: «Donde me necesites en esta Tierra, iré voluntariamente». Sacrificarán su propia comodidad y ansias de volver a Casa en nombre de la misión a la que se han suscrito, no para convertir o predicar ninguna religión o dogma en especial, sino para rescatar, reconectar, afirmar, encender y celebrar con compasión el espíritu de lo divino en cada hijo de Dios con el que se encuentren, cualquiera que sea su sistema de creencias.

Las entidades con una misión de vida son amables, nunca superiores, y jamás intentan tener control sobre quienes las rodean, mucho menos intimidar o asustar a los demás amenazándolos con el infierno y la maldición eterna. No pretenden una cercanía exclusiva a Dios ni tener una comunicación más efectiva con Él. No aíslan ni separan a nadie de sus seres queridos o del mundo en general, y nunca pierden de vista el hecho de que Dios y sólo Dios es la respuesta verdadera.

A las entidades con una misión de vida se las puede encontrar en todos y cada uno de los caminos de la vida. Su propósito se manifiesta a través de su silenciosa generosidad, su predispuesta empatía y, por sobre todo, su habilidad para elevar el bienestar espiritual de la humanidad sin transformarse en una plaga sentenciosa, chillona y molesta.

Las entidades con una misión de vida realizan un duro ascenso a través de las categorías espirituales, diseñando planes de vida excepcionalmente difíciles para sus excepcionalmente numerosas encarnaciones de modo que, al final, no exista un nivel de la vida en la Tierra con el cual no estén relacionadas. El camino para lograr el propósito de la entidad con una misión de vida está repleto de dificultades, de confusión y de decepción, a cambio de una profunda satisfacción y un viaje del alma que sólo unos pocos eligen emprender.

Esencia

La palabra *esencia* aparece con frecuencia en textos sobre lo paranormal. Sólo quería aclarar lo que significa: *esencia* es sencillamente el «Yo Soy», esos atributos sin los cuales ese objeto específico, sustancia o ser, no existiría.

Me gusta en particular la explicación del filósofo George Santayana, quien dice que la esencia de un ser es todo lo relacionado con ese ser, independientemente de la cuestión de su existencia.

Existe una escuela de pensamiento que sostiene que las esencias de un ser no pueden ser divididas sin destruir al ser mismo. Un ser humano, por ejemplo, está hecho de dos esencias indivisibles: el cuerpo y el alma. El cuerpo, por sí solo, no es un ser humano. El alma, por sí sola, no es un ser humano. Sólo las dos esencias, unidas de manera única, pueden formar esta criatura que llamamos ser humano.

Muchos filósofos, desde la época de Sócrates y Aristóteles, han sostenido algunos debates increíblemente complejos sobre si la existencia de una cosa es o no parte de su esencia. Después de leer tres páginas de estas discusiones quedo con los ojos totalmente entrecruzados. Sin embargo, sólo parecen ponerse de acuerdo en lo único que entiendo a la perfección y con lo que concuerdo totalmente. En todo el Universo infinito sólo existe un Ser que es una esencia en Sí mismo, porque sólo en Dios su esencia y existencia son idénticas.

Espiritismo

El espiritismo es uno de los conceptos más incomprendidos. Es controvertido, a menudo se lo toma en broma y algunas religiones lo rechazan enérgicamente, todos sin siquiera tener una mínima idea de cuáles son sus principios básicos, ninguno de los cuales contradice las creencias de ninguna de las principales religiones de la tierra.

El espiritismo es una creencia que sostiene que el Universo y todos sus habitantes fueron creados por un Dios sagrado y supremo.

Dios dotó a estos habitantes con un espíritu, que es divino y eterno, que por definición sobrevive a la muerte del cuerpo físico. Y aquellos espíritus que han sobrevivido a la muerte pueden comunicarse con quienes todavía estamos ocupando, en forma temporal, nuestros cuerpos.

Eso es básicamente de lo que se trata el espiritismo. Nada menos. Y para nada es tan controvertido cuando eliminas todos los conceptos erróneos y te limitas a esa descripción simple y orientada a Dios.

Espíritus

En primer lugar, para dejar algo en claro: todos somos espíritus. Algunos de nosotros, en este momento, estamos habitando un cuerpo, mientras que otros no. En este análisis me concentraré en aquellos espíritus que ya han abandonado sus cuerpos y utilizaré el pronombre de la tercera persona del plural «ellos». Pero, por favor, no permitan que eso les haga sentir que «ellos» están completamente separados de «nosotros». Ellos han sido nosotros, no hace mucho, y nosotros seremos ellos dentro de poco tiempo. Cuanto menos pensemos en ellos como alienígenas, espectros y aterrorizadores intrusos que irrumpen en la noche —en los que ni siquiera estamos seguros de creer—, más receptivos estaremos cuando se presente el espíritu de un ser amado que haya fallecido y al que hemos deseado ver.

Los espíritus son seres que han pasado por el túnel y han llegado sanos y salvos a esa dimensión llamada Más Allá. Como leerás en la definición del Más Allá, se trata de un lugar real que se encuentra tres pies (cerca de un metro) por encima de nuestro nivel de la tierra. Has escuchado innumerables descripciones de espíritus que parecen flotar a poca altura por encima del suelo y, de alguna forma, es exactamente así, pues se están moviendo al nivel del suelo del Más Allá, a tres pies (cerca de un metro) por encima del nuestro.

El Más Allá es un paraíso, un lugar de una felicidad absoluta, en donde la atmósfera misma está cargada con la presencia inmediata de Dios y su amor incondicional y eterno. El mundo espiritual, que vive en ese estado de dicha y con los recuerdos de todas las vidas pasadas tanto en la Tierra como en Casa, es incapaz de experimentar infelicidad, enojo, resentimiento, pena, preocupación, miedo, negatividad y cualquier otra emoción que hayamos creado y a la que nos hayamos vuelto adictos en nuestro mundo. Todas las cargas emocionales y físicas que un espíritu lleva durante su vida en la Tierra se esfuman en la luz blanca del Espíritu Santo cuando regresan al Más Allá. Por lo tanto, si alguna vez encuentras a un ser que parece estar triste o ser egoísta o negativo, o que te muestra alguna señal de que está herido, enfermo o padece una dolencia, te aseguro que estás hablando de un fantasma atrapado en la Tierra y no de un espíritu. Y si alguna vez te preguntas si alguien que murió, y a quien tú amabas, está enojado contigo allí, en Casa, o si te ha perdonado, o si se siente tan desdichado como parecía sentirse durante su vida, puedes estar por siempre completamente tranquilo, pues en la sagrada perfección de Casa los espíritus son incapaces de sentir algo que no sea paz, dicha y amor.

El mundo espiritual del Más Allá no sufre los obstáculos de las limitaciones terrestres, lo que le proporciona a los espíritus muchas ventajas por encima de nosotros (y nos da mucho por lo cual esperar para cuando nuevamente dejemos estos inconvenientes cuerpos):

—La habilidad de comunicarnos fácilmente con todos y cada uno de nosotros a través de la telepatía, que es la transferencia inmediata de información de una entidad a la otra sin usar ninguno de los cinco sentidos físicos: uno de los comentarios más comunes que escucharás por parte de quienes han sido visitados por espíritus es que éstos hablaban sin utilizar palabras ni emitir sonidos.

—La habilidad de bilocarnos, es decir, ubicarnos, literalmente, en dos lugares al mismo tiempo: por ejemplo, los seres queridos que han fallecido, por lo general, visitan al mismo tiempo a dos miembros de su familia que viven a varias millas (varios kilómetros) de distancia entre sí, y ambas visitas son absolutamente reales.

—La habilidad de manipular objetos animados e inanimados para llamar nuestra atención: por ejemplo, si bien los espíritus nunca podrán habitar un animal aquí, en la Tierra, sin duda pueden hacer que éstos respondan a sus órdenes telepáticas, de tal modo que un número llamativo de aves o mariposas o ardillas —o lo que quieras— aparezca, en algún lugar, en mayor cantidad que la que un despistado crónico pueda ignorar.

Los espíritus moverán fotografías o recuerdos, dejarán monedas en los lugares más extraños, moverán su silla mecedora favorita, pondrán música, superpondrán su propia imagen en un cuadro o en una foto; no hay límites cuando se trata de un espíritu que está tratando de decir: «¡Aquí estoy!».

—La espectacular habilidad de afectar dispositivos eléctricos: como los espíritus tienen que cruzar desde la dimensión del Más Allá hasta la nuestra para visitarnos, a menudo unen su energía a conductores tan apropiados como la electricidad o el agua para facilitar su transición. Son especialmente activos entre la una y las cinco de la mañana, cuando el aire de la noche es más húmedo y el rocío es más fuerte. Y como la electricidad y el agua le son tan útiles, no se trata sólo de un mito que el mundo espiritual adora las tormentas eléctricas. Es muy fácil para los espíritus hacer que los televisores, los electrodomésticos, los teléfonos y demás aparatos eléctricos se comporten de un modo bizarro. Sin embargo, quiero decir nuevamente que, como se trata de espíritus, éstos no están motivados por la maldad o el deseo de asustarte. Sólo quieren que sepas que están contigo y, lo que es aun mucho más importante, que todo lo que se dice de la eternidad y de la vida después de la muerte es absolutamente cierto.

Espíritus atrapados en la Tierra (*Earthbound*)

Decir que un espíritu está atrapado en la Tierra es sencillamente otra forma de referirnos a un fantasma o a un espíritu que ha dejado su cuerpo físico, pero no puede o no desea entrar al túnel y dirigirse a Casa, y por lo tanto se queda atado a la Tierra.

Una de las historias más agridulces que he escuchado sobre espíritus atrapados en la Tierra me ha sido enviada por un hombre llamado Noah, un exitoso contratista de obras en Toronto. Noah creció en una casa en los bosques de Maryland. En esa misma casa, una década antes de que él se mudara allí, un niño de ocho años llamado Richard, tratando de escapar de su padre alcohólico y abusivo, había fallecido al caer desde el

Un espíritu atrapado en la Tierra no sabe,
o no desea aceptar, que ya no está vivo.

segundo piso por el tubo para la ropa sucia. Richard, sin embargo, fue una presencia activa en la casa durante toda la infancia de Noah:

> Solía jugar con él y pasar horas hablándole. Yo había pensado que se trataba de una niña, pues tenía el pelo largo, hasta que él me dijo que era un niño y que su nombre era Richard. Hasta el día de hoy deseo poder recordar de qué hablábamos. No obstante, me viene a la memoria un día en que algunos de mis primos vinieron de visita. Estaban jugando en el patio trasero y, al mirar hacia atrás, pensaron que era yo quien estaba parado en la puerta trasera observándolos. Me llamaron a «mí» para que fuera a jugar con ellos. Pero «yo» sólo sonreí y los saludé. En ese momento, mi tío salió por esa misma puerta y caminó justo a través de donde ellos pensaron que estaba yo. Todos comenzaron a gritar, muertos de miedo. Richard desapa-

reció de la puerta rápidamente y mi tío se quedó ahí parado, mirando a mis primos y preguntándose a qué se debía tanto griterío.

Sé cuán loco suena todo esto, pero soy un hombre cristiano, trabajador, sano y normal, que proviene de una familia cristiana, trabajadora, sana y normal. No gano nada inventando historias de fantasmas, supongo que sólo quise decirles, en nombre de Richard, a todos los que piensan que los fantasmas provienen de la imaginación o que son malvados, que viví con uno que era muy real y tan dulce e inofensivo como podría serlo cualquiera. Sólo se trataba de un pequeño que nunca debería haber muerto.

Ahora bien, Richard era un espíritu atrapado en la Tierra, quien no sólo no tenía idea de que había muerto al caer sobre el suelo de cemento del sótano, donde terminaba el tubo de la ropa sucia; él también, irónicamente, había tratado de permanecer a salvo escondiéndose de su padre en el sótano, sin saber que hacía mucho tiempo que éste se había suicidado. Se aventuró al exterior sólo al escuchar el sonido extraño e irresistible de los niños riendo y jugando, en una casa donde nunca había existido más que la oscura ira. Y para ese niño en particular, quien no sabía que estaba muerto, no había razón para prestarle atención al túnel, incluso aunque lo hubiera notado. Para él, ser parte de una familia feliz era el mismísimo paraíso.

Luego, resultó que Richard se apegó a Noah, pero cuando Noah se fue a la universidad, Richard comenzó a notar y a sentir curiosidad por el túnel. Algunos espíritus del Más Allá, que estaban atentos, lo recuperaron y, con regocijo, se reunió con su madre, que había muerto cuando él tenía tres años.

Como dije, es una historia agridulce. Por una parte, aplaudo a quien tenga compasión por la situación confusa y difícil que experimenta un espíritu atrapado en la Tierra. Por otra, sin importar cuán feliz, conforme y contento parezca estar un espíritu aquí, en la Tierra, ese sentimiento no se puede comparar con la perfecta bendición que le espera en el Más Allá, a donde pertenece. Siempre que nos sea posible, necesitamos ayudarlo a encontrar su camino hasta allí.

Estado alterado (de la conciencia)

Este término obtuvo mucha popularidad durante la era del *New Age*, que lo hizo parecer como algo accesible sólo para personas con educación superior y muy experimentadas, para un puñado muy «de moda» de creyentes en el trance, la meditación o el yoga.

La verdad es que los estados alterados de la conciencia nos ocurren a la mayoría de nosotros, de una u otra manera, de forma periódica.

Un estado alterado de conciencia es simplemente un estado en el cual la mente concibe, percibe y procesa información de manera diferente a la habitual.

Esto incluye trances, meditación, viaje astral, hipnosis (regresiva u otras), clariaudiencia, clarividencia, percepción extrasensorial y la mayoría de las demás formas de experiencia psíquica y paranormal.

Involucra también a los sueños, a los que soñamos despiertos, al consumo de drogas, prescritas o no, y al consumo de tanta cantidad de alcohol como para que se sientan sus efectos.

Ahora, obviamente, estas listas incluyen los estados alterados voluntarios de la conciencia que podemos controlar —fundamentalmente los puntos enumerados en el primer párrafo— y los que no. Y sí, tú podrás ver los puntos como drogas y alcohol y pensar que tienes control sobre ellos también. Después de todo, si te das el gusto, tú decides la cantidad que deseas y por cuánto tiempo, ¿verdad?

Pero lo que no controlas, cuando tu estado de conciencia está alterado por cualquier sustancia extraña, es la manera precisa y hasta dónde exactamente se alterará tu conciencia en una situación dada. Sabes, tan bien como yo, que existen muchas variables implicadas en el efecto que tiene en ti la cantidad de alcohol o de drogas a la que estás habituado. Incluso si ocho veces de cada diez estás apacible o risueño bajo sus efectos, podrías enojarte o ponerte agresivo y odioso las otras dos veces restantes y no tienes ni la más mínima idea de cómo podría ser, antes de decidir que te darás el gusto. «Afrontémoslo: no tener la más mínima idea de cómo te pondrás» es la antítesis del control.

Y también existen los alucinógenos y las drogas sociales: LSD, peyote, éxtasis, cristal, cocaína —que aparentemente está resurgiendo—, GBX y demás fármacos que se consumen actualmente, todos los cuales son populares, justamente, por su fama de alterar la conciencia/mente. Nuevamente, aunque una pérdida temporal de control y el escape de la realidad a veces pueden sonar como un cambio refrescante de ritmo (sin mencionar un alivio para el estrés mejor que cualquier otro), la alteración más conspicua que notarás en tu conciencia es que cada una de tus capacidades para tomar decisiones, racionales o alocadas, se desvanecerán. Las alucinaciones pueden llegar a sonar intrigantes si nunca las has experimentado, pero no tendrás control sobre cuán horrorosamente inolvidables pueden llegar a ser. Las ráfagas de la droga éxtasis, del cristal o de la cocaína pueden llegar a sonar o, incluso, a sentirse como la primera pendiente en picado de una montaña rusa espeluznante, o pueden llegar a ponerte fácilmente tan paranoico que ya no puedas distinguir a tus amigos de tus enemigos. El GBX posiblemente te aumente la experiencia sexual, pero es más probable que te deje totalmente inconsciente y que te someta al antojo de cualquiera que esté cerca de ti en ese momento. Y en ninguno de estos casos la decisión será tuya, una vez que te hayas subido a estas experiencias farmacológicas. Tu mente ¿concebirá, percibirá y procesará la información de manera distinta a la que normalmente lo hace? Absolutamente. ¿Esto significa que las drogas y otros intoxicantes inducen a un estado alterado de conciencia? Obviamente. Pero con tantas maneras disponibles para llegar a esos estados, que no nos privan de nuestra capacidad de decisión (y, por cierto, las decisiones equivalen a la libertad, la cual no podemos perder a ningún costo), ¿por qué no optar por una de las que dejan el control en nuestras manos, donde efectivamente pertenece?

Estigmas

Los estigmas son manifestaciones de heridas en el cuerpo que se corresponden con las heridas de Cristo durante la crucifixión: en sus manos, en sus pies, en el costado de su pecho y en su frente. Cuando en una persona aparecen marcas o sangre, el fenómeno se llama «estigma visible». En cambio, el «estigma invisible» ocurre cuando no se pueden ver ni las marcas ni la sangre, pero un dolor fuerte y repentino ataca a esas mismas áreas.

Los estigmatizados, como se llama a quienes se les manifiestan los estigmas, parece que sienten debilidad y depresión justo antes de que las marcas y/o el dolor aparezcan y, en la mayoría de los casos, la sanación llega a las pocas horas.

El primer estigmatizado se cree que fue san Francisco de Asís, en el año 1224. En respuesta a sus plegarias por sentir durante su vida el sufrimiento y el amor de Jesús en cuerpo y alma, el mismo Jesús apareció del cielo envuelto en un haz de estrellas resplandecientes y cortó las manos, los pies y el pecho del santo con heridas de sangre y fuego.

La mayoría de los más famosos y bien documentados estigmatizados de la historia han vivido sus vidas devotamente, pero en condiciones muy pobres de salud. Santa Catalina de Siena sufrió de dolores crónicos y de problemas para alimentarse. El padre Pío, el primer cura católico en recibir los estigmas, padeció durante toda su vida de fiebres, problemas pulmonares y de alimentación. Luisa Lateau comenzó sufriendo severas neu-

Estigma.

ralgias en los últimos años de su adolescencia y también tuvo problemas para alimentarse. Teresa Neumann sufrió cegueras temporales, convulsiones, parálisis, sordera e igualmente tuvo problemas con su alimentación. De acuerdo con varios relatos de testigos oculares, Teresa se mantenía sólo con una cantidad mínima de agua y una pequeña y fina lámina de arroz por día, consagrada como una hostia de comunión.

Cabe decir que también han aparecido casos de falsos estigmas. Sin embargo, es interesante notar que, en los miles de años en que estos fenómenos han sido documentados, nunca han sido probados o refutados con éxito.

Experiencias cercanas a la muerte

No sabría por dónde comenzar a contar la cantidad de libros, estudios, debates, sociedades, especiales de TV, proyectos de investigación, foros de teología, etc., que se han dedicado al tema de las experiencias cercanas a la muerte. La gran pregunta es: ¿las experiencias cercanas a la muerte son reales?

Y debo decir que existe, en medio de todo ese ruido, algo que es verdad acerca de estas experiencias y que es irrefutable: nunca he encontrado o he sabido de alguien, me incluyo, que realmente las haya tenido y no sepa que fueron reales. Entonces, mientras el escepticismo científico, teológico y filosófico se propaga rápidamente, algo de respeto, por favor, para aquellos de nosotros que hemos tenido involuntarias experiencias de primera mano.

En otras secciones de este libro he contado parte de mi experiencia cercana a la muerte, pero aquí va el relato completo:

Yo tenía cuarenta y dos años. Me había sometido a una operación importante y habían surgido catastróficas complicaciones postoperatorias, hasta el punto de que mi familia y mis amigos más cercanos velaban por mí las veinticuatro horas del día junto a mi cama, en el hospital. Cuatro o cinco de ellos estaban allí cuando, de pronto, mi temperatura corporal cayó rápidamente, mi corazón se detuvo y, según cualquier definición fisiológica que puedas encontrar en los diccionarios médicos, yo estaba muerta.

He hablado mucho acerca de amigos supervivientes, quienes tuvieron una experiencia cercana a la muerte y quedaron fascinados al darse cuenta de que habían abandonado su cuerpo y podían flotar por encima de él, percibiendo secretamente lo que todos decían y hacían en la habitación, ahora que ellos se habían «ido». (Tal vez quieras tenerlo en mente, si en algún momento te encuentras ante el lecho de muerte de alguien: sólo porque una persona está muerta no significa que no escuche cada palabra que dices.) Yo, por el contrario, estaba aparentemente en posición de huida, para salir de allí, y no podía estar menos interesada en flotar.

Cuando leas el apartado «El túnel», descubrirás que éste no desciende a nosotros desde ningún lugar de allí arriba, en el cielo. En realidad, surge de la sustancia etérea de nuestros propios cuerpos, en un ángulo de tal vez veinte o treinta grados y, en lugar de desplazarse verticalmente, se desplaza horizontalmente hacia Casa, en el Más Allá, el cual no se encuentra mucho más allá de las nubes, en donde los pequeños pájaros azulejos vuelan felices, sino que está justo aquí, sólo a tres pies por encima del nivel de nuestro suelo, en otra dimensión con una frecuencia de vibraciones más alta que la nuestra.

A medida que avanzaba por el túnel, recuerdo haber pensado que incluso en el día más sobresaliente, más feliz, más saludable de la vida que estaba dejando atrás, nunca me había sentido tan viva como me sentía ahora que estaba muerta y sin ese incómodo estorbo que era mi cuerpo, totalmente estropeado y sin ninguna utilidad para mí. Estaba avanzando, era libre, estaba llena de dicha y sabía, sin pensarlo conscientemente, que todos y todo lo que me había preocupado, ahora, era perfecto, exactamente como se suponía que fuera. Estando en el túnel, no pensé en ningún momento específico, de forma consciente, sobre la eternidad, pero me colmó la certeza pacífica de su existencia, lo que incluía la seguridad de que mis seres queridos en la Tierra estarían nuevamente conmigo en lo que me parecía sería muy poco tiempo. No sentía que dejaba una vida atrás. En cambio, sentía la emoción de regresar a una vida que me había brindado infinidad de momentos felices.

La legendaria luz blanca apareció delante de mí. Su resplandor es sagrado, y su pureza, acogedora y penetrante; contiene, de alguna manera, toda la sabiduría que existió y que existirá.

Una figura surgió en la inmensa salida al otro extremo del túnel. Al principio, sólo era una silueta contra la luz brillante. A medida que me acercaba, pude distinguir los rasgos de mi querida abuela Ada, que había partido hacia Casa cuando yo tenía dieciocho años y a quien había extrañado constantemente, minuto a minuto, día tras día, desde ese entonces. Con regocijo, grité su nombre sin emitir ningún sonido, y me devolvió una sonrisa de un amor indescriptible. Detrás de ella, a la salida del túnel, pude ver una pradera cubierta de hierba y llena de flores de colores terrenales enriquecidos y aumentados mil veces.

Y entonces, dos cosas sucedieron exactamente al mismo tiempo: extendí mi mano hacia la abuela Ada y ella extendió su mano hacia mí. Pero sus dedos apuntaban hacia arriba y su palma hacia mí, en un gesto de «detente». Continué avanzando hacia ella porque no entendía, o porque me negaba a entender, y casi llegaba a tocarla cuando...

En ese momento, escuché con claridad la voz distante de una de mis amigas que había permanecido al lado de mi cama en el hospital, cuando «me fui». Era un ruego tan insistente, y casi a gritos decía: «¡Sylvia, no te vayas, te necesitamos tanto!».

Al escuchar el sonido de esas palabras, se podría haber pensado que una banda elástica gigante, que rodeaba mi cintura, había llegado al límite de su elasticidad. En un instante estaba a punto de tomar la mano de mi amada abuela y atravesar el glorioso umbral hacia el Más Allá. Al instante siguiente, me habían apartado de ella y de Casa y arrojado nuevamente a ese cuerpo débil, doloroso y sombrío en esa fría y estéril habitación de hospital, ante unos rostros angustiados y llorosos que rodeaban mi cama. Hice mi mayor esfuerzo por tomármelo con filosofía, por estar agradecida de haber regresado indudablemente en pos de un valioso propósito, pero la verdad es que debido a ello, durante las semanas posteriores, estuve enojada, frustrada y deprimida.

Sin embargo, con el tiempo, durante los muchos años que pasaron desde entonces, he apreciado la oportunidad que tuve de escuchar innumerables experiencias cercanas a la muerte de clientes, amigos y colegas de cada credo y de cada continente de este planeta no como una investigadora curiosa ni como una practicante de la hipnosis regresiva, sino como alguien que también ha estado allí. Y, sin excepción, todos compartimos un don que ningún escéptico podría jamás opacar, sin importar cuán insidioso o arrogante pretenda ser.

Esto fue expresado a la perfección por el difunto poeta, pacifista y «tesoro» internacional Mattie Stepanek, cuya partida en el 2004, a la edad de trece años, dejó al mundo mucho más empobrecido debido a su ausencia, pero infinitamente más enriquecido por haber estado aquí en primer lugar. Tuve el gran placer de aparecer con él en *Larry King live.*[6] En un momento, Larry King le preguntó a Mattie, quien había tenido una experiencia en ese sentido, si le tenía miedo a la muerte. Mattie Stepanek, en ese entonces de once años, con la tranquila sonrisa de un ángel respondió por todos y cada uno de quienes alguna vez hemos regresado luego de haber estado, aunque sea un instante, ante la presencia de esa luz: «Tengo miedo de morir —dijo—. Pero no le tengo miedo a la muerte».

Extraterrestres

No somos el único planeta habitado en el Universo. Es verdad que los demás planetas en nuestro pequeño sistema solar no están habitados. Sin embargo, concluir que podemos trasladar esta suposición al resto de un Universo infinito es como meterse dentro de la única casa que existe en

---

6. «Larry King en vivo.» *(N. del T.)*

una isla desierta y suponer que no hay otras casas en la Tierra porque no llegamos a verlas desde nuestra ventana.

Esto no implica que yo crea en la existencia de pequeños hombres verdes. No finjo saber cómo son los seres en los demás planetas habitados pero, ya que los terráqueos somos seres en un planeta habitado —y no somos pequeños hombres verdes—, estoy abierta a todas las posibilidades, incluso a que se parezcan bastante a nosotros.

Hay muchas personas brillantes que están tan convencidas de que no existe vida en el Universo como yo estoy convencida de que la hay. Dicen: «Dame pruebas». Yo digo: «Tú primero». En cuanto yo vea fotos de cada metro cuadrado, de cada planeta, de cada sistema solar, de cada galaxia, que muestren claramente que no hay nada, sólo paisajes lunares (en un Universo tan vasto que hasta nuestros mejores telescopios han visto sólo una parte de él), estaré feliz de reconsiderar mi postura. Hasta ese entonces, seguiré afirmando que no somos miembros privilegiados de una comunidad global, sino también miembros de una comunidad universal.

Los residentes de otros sistemas solares son hijos de Dios, al igual que nosotros. Tienen los mismos viajes espirituales que nosotros, las mismas opciones de reencarnación y las mismas vidas gozosas y sagradas en el Más Allá (no nuestro Más Allá, sino el de ellos, tan idéntico a sus planetas como nuestro Más Allá lo es a la Tierra). En otras palabras: en lugar de compartir nuestro Más Allá, todo planeta habitado en el Universo tiene su propia Casa divina, cada una bendecida con la misma ayuda del Más Allá con que lo está la nuestra. Los habitantes de otros planetas tienen sus propias guías espirituales, como nosotros, sus propias legiones de ángeles, su propio Consejo, su propio Mesías sagrado y, más allá de toda duda, el mismo Dios que nos creó a todos.

Dentro del próximo cuarto de siglo comenzaremos a comunicarnos abiertamente con las formas de vida con las que compartimos el Universo. Éste es un hecho que vale la pena celebrar. Nosotros, aquí en la Tierra, somos básicamente nuevos en el cosmos y apenas comenzamos a comprender nuestra relación con Dios y Su creación infinita. Tenemos más para aprender de nuestros hermanos y hermanas en otros planetas que lo que podemos siquiera empezar a concebir, así que bien podríamos desarmar nuestros misiles y prepararnos para darle la bienvenida a los extraterrestres, aceptarlos y comenzar a escucharlos.

En realidad, esto no debería ser muy difícil de lograr, ya que ellos han estado aquí por incontables milenios y, de hecho, están aquí, entre nosotros, ahora. Llegan desde Andrómeda, las Pléyades y otras galaxias que jamás hemos imaginado aquí en la Tierra. Han viajado libremente durante millones de años, por las vías rápidas del Triángulo de las Bermudas, las Grandes Pirámides y demás envolturas atmosféricas que son parte básica de su conocimiento. Fueron bienvenidos aquí una vez y llegará el momento en que lo sean nuevamente. Mientras tanto, en cuanto a los extraterrestres que están ahora entre nosotros, es su propia decisión darse a conocer cuando estén listos para hacerlo. Por lo tanto, respetemos su privacidad, no los molestemos y comportémonos como los anfitriones considerados que vamos a querer que ellos sean con nosotros algún día.

F

Fantasmas

Todos sabemos que, cuando nuestro cuerpo muere, nuestro espíritu sigue viviendo. La vasta mayoría de los espíritus cruzan directamente por el proverbial túnel hacia la luz blanca del amor eterno, perfecto e infinito de Dios en el Más Allá.

De la misma manera, algunos espíritus, por muchas y muy particulares razones, o bien ven el túnel y lo rechazan, o bien rehúsan reconocerlo y, por lo tanto, quedan retenidos aquí, fuera de su propio cuerpo, atrapados entre el nivel inferior de vibraciones en el que existimos en la Tierra y el nivel superior de vibraciones de Casa.

Al igual que millones de personas, tuve una experiencia cercana a la muerte, al punto de estar casi al final del túnel antes de ser arrastrada a mi cuerpo nuevamente debido a la voz suplicante de un amigo que pedía que no me fuera aún, pues tenía demasiado por hacer aquí en la Tierra. Y uno de los numerosos detalles con los que estamos de acuerdo quienes experimentamos a la muerte de cerca es que ni por un momento, ni siquiera mientras nos precipitamos por ese túnel indescriptiblemente sagrado, tuvimos la más mínima sensación de estar muertos. Libres, alegres, fuertes, invencibles, pacíficos, llenos de amor, sí. Muertos, no. Los fantasmas, que son quienes dejaron sus cuerpos pero no pasaron por el túnel, están privados de todas esas sensaciones maravillosas y se quedan sólo con una de ellas: «Muertos, no». No tienen idea de que, en términos terrenales, han fallecido y no tienen siquiera la ventaja de notar un verdadero cambio en su entorno, como les ocurre a los espíritus que han cruzado al Más Allá. Están precisamente en donde estaban hace una hora, un día o una semana, pero —en lo que a ellos concierne— completamente vivos. Nada ha cambiado de su perspectiva, excepto el hecho súbito e inexplicable de que nadie parece poder verlos o escucharlos porque han cambiado de frecuencia, sin saberlo. La gente que ha experimentado apariciones de fantasmas se queja de lo irritables e intratables que parecen ser. Prueba con que todos a tu alrededor de pronto dejen de hablarte, como si no existieras, y verás si eso no te vuelve irritable.

Aunque los detalles varían en gran medida entre los diferentes fantasmas, las dos razones más comunes por las que, inadvertida o deliberadamente, pierden la oportunidad de ir a Casa, se reducen a la pasión (ya sea amor u odio) y el miedo. Algunos se quedan para cuidar de un hijo que aman o para esperar que su pareja vuelva a casa, o para proteger a su amado hogar de los intrusos. Otros se quedan para buscar vengarse de enemigos reales o imaginarios (lo cual, por cierto, nunca funciona, así que no pases ni un minuto preocupándote por eso). Otros, incluso, tienen tanto miedo de que Dios no los encuentre merecedores de Su acogedora bienvenida a Casa que se quedan como espíritus atrapados en la Tierra, en vez de tratar de enfrentarlo.

Afortunadamente, sobre todo para estos espíritus, pero también para nosotros, no existe ningún fantasma que quede atrapado eternamente en la Tierra. Gracias a que cada vez hay más y más gente sensible a la situación en la que están estos espíritus, una gran cantidad de fantasmas son guiados hasta el túnel y el Más Allá por personas que los reconocen y entienden que hay una gran compasión en decir: «Estás muerto. Ve a Casa». Pero los espíritus del Más Allá son mucho más conscientes que nosotros de la existencia de los espíritus atrapados en la Tierra y realizan sus propias intervenciones, durante el tiempo que sea necesario, hasta que cada fantasma haya celebrado la gozosa reunión que lo espera en el otro extremo del túnel.

Si sientes, o si realmente te has dado cuenta de que estás compartiendo tu hogar con una presencia y no estás seguro de si se trata de un espíritu o de un fantasma, existen algunas formas muy sencillas de notar la diferencia:

—Si esa presencia parece, aunque sólo sea un poco, desdichada, enojada, malhumorada o disconforme, no hay dudas de que se trata de un fantasma. Recuerda, el Más Allá es perfecto. Los espíritus que moran allí son incapaces de sentir infelicidad, enojo, maldad o desdicha. Por eso lo llamamos «Paraíso».

—Si la presencia muestra cualquier tipo de lesión, o incluso un indicio de un daño emocional, mental o físico, entonces se trata de un fantasma. Casa significa «perfección». En el instante en que llegamos allí, abandonamos todo dolor, enfermedad, heridas y cicatrices y los dejamos en la Tierra imperfecta, mientras que los fantasmas están estancados, con imperfecciones y todo.

—Cuando leas la definición sobre el Más Allá, verás que éste se encuentra a tres pies (aproximadamente un metro) por encima del nivel del suelo de aquí, en la Tierra, pero con un nivel de vibraciones más elevado. Cuando veas un espíritu del Más Allá notarás que parece flotar sobre el suelo. La verdad es que se mueve sobre el suelo del Más Allá. Los fantasmas, por otro lado, probablemente se arrastren por aquí, sin flotar, «sujetos a la Tierra» en sentido literal y figurado.

—Y, finalmente, debido a que se encuentran atrapados entre la dimensión de baja frecuencia de la Tierra y la de alta frecuencia de Casa, los fantasmas son más fáciles de escuchar y de ver que los espíritus.

Si hay un fantasma a tu alrededor, o alrededor de alguien que conozcas, trata de no temerle ni de sentirte incómodo y ten compasión por un alma confundida que no tiene idea de que está muerta. Y tal vez, en mayor medida, no pierdas de vista la verdad más importante y menos tenida en cuenta con relación a la existencia de los fantasmas: a pesar de estar tristes y confundidos, ofrecen aún más pruebas de que nuestro espíritu realmente sigue viviendo después de que nuestro cuerpo muere.

Faquires

El término *faquir* tuvo sus inicios en el islam, pero ahora también lo incluyen órdenes específicas de yoguis, sufíes e incluso los hindúes del este, que sostienen la creencia de que la pobreza y la privación son esenciales para una verdadera proximidad con Dios. Los faquires son, por lo general, mendigos solitarios que piden limosna para su subsistencia mientras cantan las escrituras religiosas. Se dice que su iniciación en esta orden extremadamente devota incluye el rechazo a la comida y al sueño, lo que enseña a trascender las incomodidades físicas mediante la fuerza bruta de su espiritualidad. La imagen típica del faquir, de hecho, es la de un hombre dolorosamente delgado que usa sólo un taparrabos y que está acostado en una cama de clavos o camina descalzo sobre carbón ardiente. Una vez escuché que un faquir estuvo sentado con el brazo elevado en el aire durante once años, en homenaje a la pasión que sentía por Dios y por su propio centro en Dios, lo que estaba muy por encima de la comodidad de su propia vida.

Fenómeno

De acuerdo con el diccionario, la palabra *fenómeno* (plural: *fenómenos*) significa «evento observable; en particular, aquel que es sorprendente o, de algún modo, extraordinario». El filósofo Immanuel Kant definió a los fenómenos como nuestra compilación del mundo tal como lo experimentamos, en oposición al mundo tal como existiría sin el beneficio de nuestra experiencia con él. Una cita concordante con ese enfoque es la de Niels Bohr, que dice: «Ningún fenómeno es un fenómeno hasta que es un fenómeno observado».

Este libro se dedica, mayormente, a una categoría precisa de fenómenos llamada «fenómenos anómalos». Son definidos como fenómenos «para los que no existe ninguna explicación adecuada en el contexto de un cuerpo de conocimiento científico determinado». Un eufemismo para «sí, claro» a primera vista, aunque Dios bendijo a todo un grupo de investigadores sin prejuicios, en todos los campos de estudio, que han comenzado a pensar que tal vez muchos de los temas de este libro no sean tan anómalos después de todo.

Básicamente, existen tres clases de fenómenos anómalos:

—Mental: incluye la clarividencia, el conocimiento infundido, la telepatía, etc.

—Físico: incluye la psicoquinesis, la aportación, la bilocación, etc.

—Astral: incluye la proyección y el viaje astral, las experiencias cercanas a la muerte, etc.

Todos son eventos observables y apenas «arañan» la superficie de lo que este libro abarca. Todos probablemente hayan inspirado, consciente o inconscientemente, una cita muy acertada de J. B. S. Haldane, quien observa: «El universo no es sólo más raro de lo que imaginamos, es más raro de lo que "podemos" imaginar».

Forenses psíquicos

Desde, por lo menos, la época de los asesinatos de Jack, *el Destripador*, en 1888, y probablemente mucho antes de eso, los escépticos han estado analizando el valor de la psiquis en el área de la investigación criminológica. Y, en tanto que el furioso debate continúa en la actualidad, muchos de nosotros, los psíquicos, seguimos trabajando esforzadamente con la ley, rechazando el pago y la publicidad, listos para ayudar del modo en que podamos. Finalmente, gracias a programas de televisión como *Psychic Detectives* y *Médium*, el potencial de los psíquicos para la investigación comienza a alcanzar reconocimiento y, así lo espero, a ganar mayor validez universal, de modo que todos los que hacen cumplir la ley se dispongan a aprovechar nuestras habilidades especiales, como lo han hecho algunos, silenciosamente, durante todo este tiempo.

Estoy segura de que otros psíquicos investigadores (Dorothy Allison, Noreen Renier, Phil Jordan, Nancy Weber, y muchos otros más como para nombrarlos a todos) entienden como yo la razón por la cual las agencias que nos llaman vacilan en mostrarse abiertamente y decir: «Puedes estar seguro de que he utilizado psíquicos y lo haría de nuevo sin dudar». Hay farsantes en nuestra profesión que desperdician un tiempo valioso con puras adivinanzas. Hay cazadores de publicidad. Hay fanáticos de los momentos críticos y hay quienes ven cada tragedia como una oportunidad de abultar sus cuentas bancarias. Y, por supuesto, hay muchísimos oficiales de la ley que tanto se dispondrían a consultar con el psíquico de mayor reputación como a resolver los casos utilizando las tablas de Ouija y las Ocho Bolas Mágicas.

No obstante, como ya saben los investigadores de crímenes alrededor del mundo, incluyendo a Scotland Yard, el FBI y otros indiscutibles expertos, quienes tenemos comprobadas habilidades, comprobada integridad y conocidos antecedentes que demuestran que no nos aprovechamos ni andamos a la pesca de dinero, podemos realizar importantes contribuciones mientras se recogen las evidencias y se siguen las pistas. Los psíquicos no resuelven los crímenes. Los que aplican la ley lo hacen. Sólo sumamos otro grupo de herramientas a lo que, en general, es un largo, exhaustivo y difícil proceso de identificación y detención de criminales. No somos diferentes a quienes determinan el perfil o el ámbito geográfico del criminal, al antropólogo o escultor forense y a otros expertos a quienes se los miraba, inicialmente, con escepticismo hasta que probaron su valía, como sería esperable de todo participante de una investigación.

La palabra *forense* hace referencia al uso de la ciencia, la tecnología y otras técnicas especializadas en la investigación y confirmación de la validez de la evidencia. El trabajo de los forenses psíquicos es simplemente la aplicación de nuestras técnicas especiales. Y, como la mayoría de nosotros —si no todos— tenemos una variedad de habilidades a nuestra disposición, solemos tener algunas de ellas más desarrolladas que otras. Algunos psíquicos, por ejemplo, descubren que su mayor contribución a una investigación llega en la forma de visiones (clarividencia) y señales mentales provenientes del criminal o de la víctima (telepatía). Otros son brillantes para recibir, mediante fotos o prendas, valiosa información de la energía que estos elementos contienen (psicometría), o escuchar a distancia palabras o frases que pueden dar una pista sobre la ubicación o la identidad de un niño perdido o un escurridizo delincuente (clariaudiencia).

Una de mis virtudes más útiles, cuando se trata de ayudar a la ley, es mi habilidad para canalizar o actuar como un tubo a través del cual el mundo espiritual puede comunicarse. Y, en especial, cuando se trata de homicidios, ¿quién es un testigo más confiable del crimen que la propia víctima?

Hace unos años, un amigo y colega, el profesor de psicología Dr. Bill Yabroff, siempre un encantador escéptico sin prejuicios sobre lo paranormal, me preguntó si le permitiría hacerme un examen o, más precisamente, a mi guía espiritual, Francine, que puede hablar a través de mí, con mi permiso, mientras me aparto por medio de un profundo trance. Yo confiaba en que Bill iba a ser justo, objetivo y completamente honesto, sin importar los resultados que surgieran. Entonces, no sólo estuve de acuerdo, sino que además acepté gustosamente la oportunidad, ya que yo misma sentía bastante curiosidad por los resultados.

Ante mi insistencia, Bill no me dijo lo que había preparado para Francine hasta que llegué a su oficina la noche del examen. Tenía una lista de nombres, según me contó, escogidos al azar de entre cientos de sus archivos del departamento de psicología de su universidad. En la lista había veinte nombres: todos antiguos pacientes, todos habían fallecido. La intención de Bill era leerle la lista a Francine (sólo los nombres, nada más). Si Francine realmente le hablaba desde el Más Allá, como ella/yo aseguraba, tendría acceso a los pacientes muertos y sería capaz de identificar la causa exacta de su muerte. Si era una farsante, tardaría unos dos segundos en darse cuenta de que ella/yo estaba adivinando, en cuyo caso desaprobaría el examen y ella/yo quedaría como una idiota.

En detalle, y con exactitud, Francine identificó la causa de muerte de diecinueve de los veinte pacientes. No tengo recuerdos, ni soy consciente de lo que sucede cuando Francine está «dentro» y yo estoy «fuera», así que no supe los detalles hasta que Bill, más tarde, puso la casete para que la escuchara, esa misma noche, luego de que el examen hubo finalizado. Pero cuando digo «en detalle», quiero decir exactamente eso. No dijo solamente: «Murió por un disparo», por ejemplo, o incluso: «Murió por un disparo en la cabeza». Dijo cosas como: «Murió por una herida de arma que se infligió en la sien derecha, y cuya salida se produjo debajo de la oreja izquierda».

La vigésima causa de muerte, en la que Francine se equivocó, fue por sobredosis. Dijo que había tres tipos de drogas involucradas. El informe de la primera autopsia decía dos. Al día siguiente, Bill llamó a la familia de su paciente y descubrió que ellos habían solicitado una segunda autopsia que había revelado que, en realidad, habían sido tres las drogas y no dos las que su ser querido había utilizado para suicidarse.

Y, de paso, sólo para esclarecer que para Francine no se había tratado de un ejercicio de lectura de la mente, Bill había tomado la precaución adicional de no mirar las veinte causas de muerte antes del examen, de modo que esa información no estaba disponible en su mente para que Francine la leyera. Ni siquiera en uno de sus mejores días, Bill podría transmitirle telepáticamente las respuestas a Francine, cuando él mismo no tenía idea de cuáles eran.

Hace muchos años traté de conformar un panel de psíquicos prudentes, responsables y serios que se reuniera regularmente, de forma gratuita, para enfrentar una serie de desafíos: desde casos sin resolver, pasando por desapariciones de niños hasta todo tipo de crisis humanitarias y sanitarias. Sin ahondar en detalles, simplemente diré que no funcionó. Me encantaría volver a intentarlo. Tal vez los problemas que lo impidieron la última vez podrían evitarse ahora. De forma separada, cada uno de nosotros está haciendo una diferencia. Juntos podríamos mover montañas.

Fotografía Kirliana

La fotografía Kirlian o Kirliana es un método que captura, en una película, el aura o la estructura energética que rodea a las cosas vivientes. Dos científicos rusos, Semyon y Valentina Kirlian, la descubrieron en 1939. Se logra al hacer pasar una corriente eléctrica de alta frecuencia a través de un objeto, mientras se lo fotografía, ya sea directamente o con un vidrio de por medio. El resultado es la imagen del objeto y de un aura de colores a su alrededor que puede indicar la presencia de estrés, enfermedades y otros trastornos en el cuerpo de dicho objeto.

Durante décadas, la fotografía Kirliana ha sido el objetivo favorito de los escépticos y, en algunas ocasiones, el escepticismo ha estado bien merecido. Fotografiar el aura es un área propicia para fraudes y estafas y, en la cima de su popularidad, la gran cantidad de víctimas de fotografías Kirlianas falsas inspiraron un aluvión de sospechas.

Sin embargo, al mismo tiempo, investigadores legítimos en todo el mundo llevaron a cabo exitosos experimentos —todos ellos correctamente documentados— con respecto al profundo potencial, en todas las áreas de las ciencias naturales, de la fotografía Kirliana y del estudio de imágenes. La brillante neuróloga e investigadora Dra. Thelma Moss lideró la exploración respecto de la capacidad de esta fotografía y de cómo se le podía dar un uso práctico. Era uno más de los numerosos contribuyentes que aportaron descubrimientos como los siguientes:

—Se distinguieron, fácilmente, cien ratas de laboratorio sanas de otras cien a las que se les había inyectado tejido canceroso en la cola, por la diferencia visible en el aura de las colas inyectadas.

—Cuando una semilla, cuyo aura es azul, empieza a germinar, su aura continúa siendo de ese color, mientras que el aura del brote sale en la fotografía de un color rosa brillante. El aura rosa se mantiene en la punta del brote mientras éste continúa creciendo al mismo tiempo que su tallo va adquiriendo el mismo color azul de la semilla original.

—En un numeroso grupo que fue sometido a un chequeo para el diagnóstico de cáncer, la fotografía Kirliana reveló la existencia de seis pacientes más con tumores que lo que descubrieron las pruebas médicas convencionales.

—Hay una radiación de energía visible cuando se coloca una hoja recién arrancada al lado de una arrancada unas horas antes.

—Las semillas de plantas fértiles tienen un aura mucho más grande que las semillas estériles.

—Aparecen picos en el aura durante situaciones estresantes y traumáticas.

—El aura aumenta drásticamente de tamaño cuando el sujeto se intoxica con drogas o con alcohol.

—Con práctica y concentración, podemos ocultar o proyectar significativamente nuestra aura.

La fotografía Kirliana puede ser una valiosa herramienta de diagnóstico en manos de expertos pertenecientes a las comunidades médicas y científicas.

También continúa disfrutando de una gran popularidad entre los artistas de la estafa, quienes, por una tarifa, estarán más que contentos de fotografiar e interpretar tu aura, te lo aseguro. En tanto que yo, personalmente, nunca he tomado ninguna fotografía Kirliana o examinado el equipamiento que la obtiene, algunos amigos en el área de la investigación, y con una vasta experiencia en el tema, me dicen que es una de las formas de fotografía más fáciles de falsificar o manipular para crear el resultado deseado. También existen algunos prácticos equipos de fotografías Kirliana, que puedes solicitar por correo, con los que tú mismo puedes fotografiarte y, supuestamente, explorar tu aura en la privacidad de tu propia casa. Es tu dinero y por supuesto que puedes y debes hacer lo que quieras con él, pero en este tipo de casos estoy bastante segura de que le darías la misma utilidad si le prendieras fuego en el patio de tu casa.

En manos de investigadores expertos y de buena reputación, cuyas vidas están totalmente dedicadas a encontrar la cura de enfermedades y al avance científico a través de esa fuerza de vida llamada aura, la fotografía Kirliana es una importante herramienta cuyo potencial ahora está empezando a conocerse.

Frenología

La frenología es (o, probablemente con más exactitud, «era») un modo de adivinación en el que varias formas, protuberancias, hendiduras y otras características de la cabeza eran interpretadas con el fin de descubrir las habilidades emocionales e intelectuales de una persona, o la falta de ellas.

Fue creada/inventada por un médico alemán llamado Franz Joseph Gall, a fines del 1700. Según Gall, como el cerebro es el órgano que contiene la mente y la mente contiene todo un abanico de habilidades diferentes, cada una de esas habilidades debe tener su propio «órgano» particular dentro del cerebro. El tamaño de cada «órgano» indica la fuerza que tiene la habilidad que le corresponde, y la forma del cerebro resulta de la variación del tamaño de los diferentes «órganos» a medida que éstos se desarrollan. Como el cráneo se forma alrededor del cerebro refleja estos «órganos», que tienen variados tamaños, y se transforma en un índice tangible de las habilidades, tendencias y debilidades cuando lo interpreta un frenólogo calificado y experto.

Digamos, por ejemplo, que en la parte inferior derecha de tu cráneo, detrás de tu oreja, tienes una leve hendidura. Esa ubicación resulta ser la que corresponde a un «órgano» al que la frenología se refiere como la *amatividad*, que significa «capacidad de amar» en el sentido sexual. Un frenólogo, al notar la hendidura en esa zona, probablemente lo interpretaría como un indicio de indiferencia hacia el sexo o, por lo menos, una falta de afición. Una protuberancia pronunciada en la misma zona podría llevar a la conclusión de que eres promiscuo. Obviamente, es más que un poco subjetiva la estimación del tamaño de una protuberancia o de una hendidura y de lo que es pronunciado o leve, pero esos criterios eran parte de lo que separaba a los expertos de los aficionados a la ciencia de la frenología.

La popularidad de la frenología se extendió como un reguero de pólvora a lo largo de toda Europa y Gran Bretaña y, en América, alrededor de 1830, fue proclamada como «la única ciencia verdadera de la mente», en una época donde se sabía tan poco sobre la mente y el cerebro que existía cierto entusiasmo del tipo «es mejor que nada» hacia lo que la frenología tenía para ofrecer.

Los Fowler —dos hermanos, una hermana y su marido— eran probablemente los frenólogos estadounidenses con mayor influencia y éxito económico. Habían comenzado a practicar la interpretación, de forma lucrativa, en Nueva York por el año 1830. Para 1880 habían convertido su visión de esta ciencia particular en una industria de circuitos de conferencias, asociaciones, una compañía editorial y la confección de su propia interpretación del cráneo frenológicamente dividido, con sus treinta y cinco o cuarenta «órganos» (aparentemente el número variaba) separados, rotulados y ubicados de un modo intrincado en un mapa.

Las técnicas de la frenología eran un asunto de preferencias y de tamaño de honorarios. Algunos frenólogos utilizaban exclusivamente las palmas de sus manos para examinar la caja ósea de sus clientes. Otros insistían en que la exactitud sólo podía lograrse utilizando las yemas de los dedos. Incluso otros montaban llamativas demostraciones valiéndose tanto de las palmas de las manos como de las yemas de los dedos, dependiendo de la parte de la cabeza que interpretaban. Para obtener estilo, precisión y ganancias adicionales, podían blandir un elemento de medición, especialmente el calibrador, de apariencia tan científica.

Si bien aún existen algunos practicantes de la frenología, su popularidad había desaparecido bastante ya entrado el siglo XX. La razón para ello, en parte, fue que era poco fiable, a pesar de los ávidos intentos de los frenólogos de explicar sus imprecisiones. Si se sabía que alguien era taciturno, un ser humano falto de sentido del humor, pero la interpretación de un frenólogo revelaba que tenía un pronunciado «órgano del regocijo», la típica explicación era que los otros «órganos» del cerebro estaban interfiriendo de algún modo con el del regocijo; por supuesto, nunca que podía haber algún defecto en la teoría básica de la frenología o un error en la interpretación del frenólogo.

Sin embargo, otra razón más significativa aún, por la cual la frenología perdió la mayor parte de su ímpetu, fue el hecho simple e ineludible de que la ciencia y la biología progresaron, lo que llevó a la verdad simple e ineludible de que nuestros cráneos no son réplicas perfectas, esculpidas en hueso, de la superficie de nuestro cerebro. Una protuberancia o una hendidura en la cabeza no se refleja necesariamente en el cerebro y viceversa, y esa realidad se oponía a muchas teorías en las que se basaba la frenología.

Para ser justos, la frenología sí tuvo razón en que las partes específicas del cerebro se dedican a específicas funciones mentales y físicas. Entonces, para ti, fanático de la frenología, por favor, no vayas a afirmar que no encontré ni una sola cosa buena para decir sobre ella.

Fuerza de vida

La fuerza de vida es esa energía dentro de nosotros y de la totalidad de la creación que nos lleva de ser parte de la nada a estar vivos, vitales y participar del gran «Yo Soy», tal como las antiguas religiones orientales llamaban al honor de la existencia.

Encontrarás referencias al término *fuerza de vida* a lo largo de este libro, pero podrás encontrar una descripción más completa bajo su sinónimo: *sustancia etérea*.

Fusión

La fusión se produce cuando dos momentos o dimensiones diferentes se unen con una fuerza espiritual tan intensa que, por un breve instante, se encuentran, se funden el uno con el otro y se convierten en uno solo.

Mi primera experiencia con una fusión es, probablemente, uno de los ejemplos más claros que puedo ofrecer, además de ser uno de los sucesos más inolvidables que he compartido con la congregación de mi iglesia.

En cierta noche, me encontraba llevando a cabo una sesión de trance en la cual mi guía espiritual Francine le contaba a un amplio grupo, a través de mí, la historia de la crucifixión de Cristo en el Gólgota, Jerusalén. Había unas cincuenta o sesenta grabadoras en funcionamiento y, a excepción de Francine, que utilizaba mi voz, había un absoluto silencio en la habitación (el menor ruido puede quebrar mi trance). No es posible que Francine y yo, al mismo tiempo, habitemos en mi cuerpo, por lo tanto, nunca tengo conciencia ni recuerdos de lo que ella dice. Pero según lo que me dijeron luego, y lo comprobé más tarde al escuchar la grabación, fue una noche desgarradora y emocionante, y Francine relató la crucifixión de Cristo de manera tan real y tan intensamente particular que todos los presentes sintieron como si ellos mismos hubieran estado llorando al pie de la cruz.

A la mañana siguiente, mi teléfono comenzó a sonar temprano. Seis de las personas que habían grabado la sesión la noche anterior, sin haberlo hablado previamente entre ellas, estaban ansiosas por hacerme escuchar sus cintas, pues se preguntaban si yo podría oír lo que ellas creían escuchar o si, tal vez, sólo imaginaban cosas.

No era su imaginación. Pude escuchar exactamente lo que ellas habían escuchado (y no había permitido que me avisaran previamente sobre a qué aspecto debía estar atenta). No había dudas. Era estremecedor e imposible de no advertir: en seis de las cintas grabadas esa noche, a veces ahogando la fascinante narración de Francine sobre la crucifixión de Cristo, se escuchaba el sonido desgarrador de gente que lloraba y sollozaba con un dolor insoportable. En las restantes cuarenta cintas grabadas esa misma noche, y que escuché más tarde, no había nada, sólo lo que los presentes habían escuchado: la voz de Francine y un completo y absoluto silencio.

No tengo manera de probar que el grupo que asistió a esa sesión de trance haya sido transportado dos mil años atrás a la cruz de Jesús, en el Gólgota. Pero, gracias a seis simples grabadoras, tengo la prueba de una fusión: dos momentos y lugares, completamente separados, unidos por un lazo espiritual común tan divinamente poderoso que trascendió toda dimensión y ley terrenal de tiempo y espacio que pudiera impedirlo.

G

Glosolalia

Esta palabra suena casi igual a lo que representa: «Hablar en lenguas». Se trata de una práctica que todavía se observa en algunos grupos religiosos pentecostales, en los cuales una persona es elevada a un estado de éxtasis que, al parecer, provoca que libere una corriente de sílabas incomprensibles que no guardan relación con ningún idioma conocido, pasado o presente. Los que la practican parecen inspirarse en el capítulo dos, versículo cuatro, de los Hechos de los Apóstoles de la Biblia: «Y ellos se llenaron del Espíritu Santo y comenzaron a hablar en otras lenguas, a medida que el Espíritu les otorgaba esa facultad».

En 1974 di origen a la Fundación Nirvana para la investigación psíquica, y el fenómeno de la glosolalia me pareció un área fascinante para explorar, ya que, francamente, sabía muy poco al respecto y no tenía en absoluto una opinión formada sobre su validez. Así que junto con mis compañeros de investigación desarrollamos un experimento. Conseguimos diez voluntarios que tenían experiencia en hablar en lenguas, que no se conocían entre sí y que provenían de distintas partes del país. Los mantuvimos aislados. Me permitieron que los grabara a cada uno de ellos, y uno a uno, hablando en lenguas, durante varios minutos.

No pude sorprenderme más cuando escuchamos y comparamos las cintas al día siguiente. No quiero ser irrespetuosa cuando digo que, por separado, las letanías de cada uno de ellos sonaban a un conjunto de incoherencias reproducidas a una velocidad incorrecta. Pero no hubo dudas, incluso desde la primera vez, de que estas diez personas totalmente desconocidas y provenientes de distintas partes de Estados Unidos estaban utilizando muchos de los mismos sonidos, palabras indescifrables y frases largas y complicadas, que ninguno de los que escuchábamos podía ni siquiera comenzar a entender. El parecido entre ellas era hipnótico.

La explicación de mi guía espiritual Francine es que habíamos sido testigos de una serie de casos clásicos de memoria celular: el cuerpo entero actuando conforme a los recuerdos de la vida pasada de la mente espiritual. Parece que estas diez personas, y otras que practican hablar en lenguas, recrean un momento y un lugar en el que había dos idiomas distintos: uno reservado para la vida diaria y otro para la plegaria. Los idiomas fueron destruidos junto con su hogar, el continente de Atlántida, y es por ello que hoy son irreconocibles.

¿Glosolalia? Posiblemente. En especial, desde que la Biblia en Hechos 2:4 no especifica que «otras lenguas, a medida que el Espíritu les otorgaba esa facultad», estaban limitadas a lenguajes que nunca habían existido en esta Tierra. También podría haberse tratado de un ejemplo de otro fenómeno llamado «xenoglosia», que encontrarás en su correspondiente apartado. Sea lo que haya sido, el hecho de verlo fue estremecedor, con la certeza de que no habíamos manipulado los resultados ni teníamos motivos para hacerlo. Yo, particularmente, no participé en la validación de la glosolalia. Y si se trata de una coincidencia que diez personas totalmente desconocidas reproduzcan espontáneamente las mismas e idénticas sílabas, palabras y frases, en lo que a mí respecta, sería algo todavía más increíble (y digo esa palabra con todo mi corazón) que la glosolalia.

Gnomos

Se piensa que los gnomos son pequeñas criaturas míticas que viven bajo tierra y pueden caminar tan fácilmente a través del suelo subterráneo como los humanos podemos hacerlo a través del aire. Algunas culturas creen que los gnomos se convierten en piedra con los rayos del sol, mientras que otros creen que los gnomos sólo lo son durante la noche, pero de día se convierten en sapos. Otra leyenda muy común es que los gnomos nunca emergen de las profundidades de la tierra, en donde, según algunos, se quedan para proteger un tesoro escondido; según otros, una riqueza incluso más grande, de conocimientos secretos. El origen exacto de la mitología de los gnomos es casi imposible de rastrear, ya que se pueden encontrar tanto en la literatura de Europa como en la de Prusia.

De hecho, no todas las historias de estas pequeñas y misteriosas criaturas subterráneas son completamente míticas, como verás en el apartado sobre el «Submundo» y lo que allí leerás sobre el primer nivel.

Grandes Maestros

Muchos escritores espirituales utilizan los términos *Grandes Maestros,* pero yo no lo hago. No porque quiera ocultártelo, sino porque me refiero a ellos simplemente como «El Consejo» e intercalo *Grandes Maestros* aquí y allí pues me resulta familiar, así como puede serlo para ti. Encontrarás una descripción completa de los Grandes Maestros, con otras palabras, en el apartado equivalente «El Consejo».

Guía espiritual

Cada uno de nosotros tiene una guía espiritual, alguien a quien le confiamos nuestra alma en el Más Allá y que acepta ser nuestra compañía y ayuda, atenta y constante, a partir del momento en que decidimos experimentar otra vida en la Tierra.

Todas las guías espirituales han experimentado, al menos, una encarnación, de modo que pueden identificarse con los problemas, los errores, las tentaciones, los miedos y las debilidades inevitables del mundo humano. De hecho, cada uno de nosotros, durante nuestro viaje eterno del alma, ha sido o será guía espiritual de otra persona. Sin embargo, recuerda que tu relación con tu guía se formó entre tu espíritu y el suyo en el Más Allá antes de que nacieras, por lo cual resulta imposible que sea alguien que hayas conocido en esta vida.

El trabajo de las guías espirituales es alentarnos, aconsejarnos y apoyarnos en los objetivos que nos hemos propuesto para esta encarnación, y para esto cuentan con diversas herramientas a mano que les ayudarán con ese asombroso desafío. No sólo nos estudian de cerca y con objetividad en el Más Allá, una vez que asumieron la responsabilidad, sino que, además, han memorizado cada detalle de nuestro plan de vida, al tiempo que nosotros perdemos toda noción de su existencia en el minuto exacto en que nacemos. Gracias al acceso directo que tienen a los planes de quienes nos rodean y a los sagrados registros akáshicos, que son el cuerpo escrito del conocimiento de Dios, las guías tienen una perspectiva más amplia de nuestro plan de vida. Y al igual que todos los residentes del mundo espiritual, son capaces de bilocarse o de estar en más de un lugar a la vez, de modo que pueden responder al instante cuando les pedimos su ayuda a gritos sin que tengan la necesidad de interrumpir sus invariablemente ocupadas vidas en el Más Allá.

Sin importar cuán tentados se sientan de vez en cuando, las guías nunca interfieren con las elecciones que hacemos o las decisiones que tomamos, ni nos privan de nuestro libre albedrío. Como mucho, nos muestran posibles alternativas o riesgos; pero el trato que hacemos con ellos, desde un principio, es que venimos a esta tierra a crecer y a aprender, y no podemos lograrlo si están constantemente protegiéndonos de las lecciones que tenemos que experimentar.

Si simplemente nos abrimos y escuchamos, las guías se comunicarán con nosotros de diversas formas. Puedes pensar que eso es más sencillo para mí porque corro con la ventaja de poder escuchar, literalmente, a mi guía espiritual Francine, e incluso ser un canal para que ella hable a través de mí; pero, aunque parezca increíble, hay veces en las que no le presto atención, y siempre me arrepiento. Sin embargo, las guías espirituales no precisan voces audibles para enviar mensajes de ayuda. Pueden hacerlo telepáticamente o a través del conocimiento infundido directamente en nuestra mente espiritual. A lo que te has referido siempre, de forma tan indiferente, como tu instinto o tu conciencia, o como «algo me lo dijo», es más que probable que en realidad se trate de señales enviadas por tu guía espiritual. Cuando, de pronto y sin ninguna razón aparente, tomas una ruta diferente a la de siempre y luego descubres que evitaste un accidente; cuando cambias los detalles del viaje en el último minuto y resulta que evitas un desastre; cuando, impulsivamente, llamas a un amigo y descubres que en ese preciso instante necesita de tu ayuda; cuando te vas a dormir preocupado por un problema y despiertas sabiendo la solución, ten por seguro de que estás recibiendo fuertes y claras señales de tu guía espiritual.

En cuanto a hablar con tu guía espiritual, puedes y debes pedirle ayuda, consejo y palabras reconfortantes tan seguido como creas que sea necesario. Sin embargo, déjame repetirte, debes recordar que las guías no pueden intervenir con tu plan, ni lo harán, y no nos ahorrarán lecciones que nos puedan ser de ayuda a largo plazo. Por cierto, una vez aprendí de Francine un punto más sutil y fascinante sobre la comunicación con la guía espiritual cuando mi hijo Paul sufría un serio problema de salud. En ese momento estaba rezando con cada fibra de mi ser para que la peligrosa fiebre alta de Paul descendiera, y no podía creer que Francine tardara tanto en venir a mi lado, cuando ya debía haberme oído rezarle a Dios por ayuda. Pero resulta que la privacidad de nuestras conversaciones con Dios es tan sagrada que ni siquiera nuestra guía espiritual puede escucharlas. Dios es parte de nosotros. Nosotros somos parte Suya. Nadie puede invadir ni escuchar a hurtadillas cuando somos uno con Él.

No rechaces la posibilidad de hablar con tu guía espiritual sólo porque podrías no saber de quién se trata. Recuerda, ya ha sido humano al menos una vez y tiene bien presente que nuestros recuerdos sobre su existencia y sobre nuestra vida en el Más Allá prácticamente no existen, por lo que no espera que lo recordemos. Si ponerle un nombre te hace sentir más cómodo para hablar con ella, llámala de esa manera. Tu guía espiritual responderá a cualquier nombre que elijas, seas consciente de su presencia o no, sólo por la felicidad que le provoca que la reconozcas y que la aceptes.

Cuanto más permitas que la comunicación con tu guía espiritual se convierta en una parte normal y rutinaria de tu vida, más clara se hará la comunicación entre los dos, y ella estará en mejores condiciones de cumplir con la sagrada promesa de ayudarte en este duro sendero que tuviste el coraje de elegir.

Nuestra guía espiritual es la última que nos despide cuando dejamos Casa para venir a la Tierra, es nuestra más sabia y más constante defensora mientras estamos aquí, y es la primera en ayudarnos a entender todo cuando regresamos al Más Allá. No es ni más ni menos que eso, y no debería pasar ni un solo día sin que nos detuviéramos un momento a pensar en ella para decirle: «Gracias».

H

Hadas

Sé que estoy a punto de eliminar, en este breve apartado, cualquier resto de fe que todavía tenga el público en mi estabilidad mental, pero los hechos son los hechos, así que no puedo evitarlo.

Siempre me ha encantado la idea de las hadas. Estoy segura de que cualquiera que haya aplaudido para volver a Campanita a la vida o que haya crecido en algún lugar celta o en las islas Británicas, o que simplemente haya oído la leyenda popular, ha creído siempre que, si se mira rápidamente en los lugares correctos con la luz precisa, se podría ver a una de estas pequeñas criaturas con delicadas alas.

Pude deducir, a través de los diferentes mitos y leyendas que he escuchado de niña, que las hadas, invariablemente hermosas, podían ser buenas o malas. Podían sacarte heroicamente de un apuro, limpiarte la casa, volar delante de ti como un explorador fiel o robarte a tu bebé. (Dije que me encantaba la idea de las hadas y no que entendiera completamente sus objetivos.) Mi abuela Ada, que era una psíquica tan práctica y sensata como brillante, estaba tan tranquila y segura de la existencia de las hadas como nosotros podemos estarlo de la existencia de las zanahorias y de las toallas de baño. Cuando yo era una niña, mi abuela me ofrecía, como pequeños regalos, innumerables relatos sobre las hadas que ella solía ver fuera de su casa familiar cerca de Hamburgo, Alemania. Me deleitaba con cada una de sus historias, por eso no la desanimaba admitiendo que un parque lleno de hadas sonaba hermoso, pero que no le creía ni una sola palabra.

Al crecer, me di cuenta, gracias a muchos viajes e investigaciones, de que la abuela Ada no era la única persona inteligente que creía en las hadas. Siempre opino que hay una explicación para todo y no descanso hasta descubrirla. Así que realmente me sentí aliviada y un poco orgullosa de mí misma cuando se me ocurrió la brillante idea de que las hadas eran, obviamente, una forma de tulpa (criaturas concebidas en la mente que tienen tanta aceptación que toman forma física). Gracias a Dios, ésa fue la conclusión final.

Y luego, llegó Irlanda. Los irlandeses aman contar historias, y los empleados del aeropuerto local no eran la excepción. Desde que aterrizamos hasta que subimos al transporte del hotel con nuestro equipaje los empleados se tropezaban entre sí, agitados, tratando de asegurarse de que cada nueva llegada estuviera al tanto sobre la reciente reasignación de las pistas de aterrizaje; pero la mala suerte parecía no terminarse nunca, pues decían que se seguían encontrando en las pistas nuevos montículos de tierra, de esos en donde viven las hadas, y tenían que volver a reasignar las pistas o algo así. Hasta el día de hoy no tengo idea acerca de lo que hablaban, sólo recuerdo haberme reído, por lo bajo, mientras imaginaba lo bien que lo estarían pasando cuando lo contaban, y qué gracioso era ver a todos estos hombres mayores tan supersticiosos y agitados que hablaban sobre la mala suerte inevitable de los montículos de las hadas. Prueba viviente de lo que pueden hacer las supersticiones tontas en la gente. Pobrecillos.

Habíamos planeado pasar unos días como unos turistas desvergonzadamente típicos, así que empezamos con la actividad turística más descarada y maravillosamente típica que pudimos encontrar: un paseo en carruaje tirado por un caballo a lo largo del Anillo de Kerry.[7] Incluso nuestro conductor era típico (saco escocés color canela, gorra grande, una cara tan anciana que parecía el mapa de Irlanda, pronunciado acento

---

7. Área turística en el condado de Kerry, sudoeste de Irlanda. *(N. del T.)*

irlandés y una sonrisa que lo hacía parecer el vivo retrato de Barry Fitzgerald[8] en *Siguiendo mi camino).*

No podía quitar la vista del increíble y exuberante paisaje en más tonos de verde que los que alguna vez creí que pudieran existir; estaba como perdida en mi propio paraíso botánico cuando llegamos a una curva y miré delante para ver una hermosa adelfa, tan gigante y saludable que parecía casi surrealista.

Y allí, cerca de su base, en una pequeña parte soleada, juro por Dios que vi a un hada sentada.

Tenía una altura de un poco menos de un pie (unos treinta centímetros) y cabello rubio, atado en un rodete en lo alto de su cabeza. Llevaba puesto un brillante vestido verde y sus delicadas alas translúcidas se movían un poco en la brisa pasajera. Su cabeza estaba inclinada levemente hacia atrás, como si estuviera disfrutando del sol sobre su delicado y hermoso rostro.

Puedo contar, con los dedos de una mano, las veces en mi vida en que me he quedado sin palabras. Ésta es una de esas veces. No podía siquiera recobrar el aliento, y sentía un cortocircuito en mi cabeza: «Es un espejismo. No estoy viendo esto, tal vez sea efecto del cambio de zona horaria, es ridículo. Sé perfectamente bien que no es real, todo lo que tengo que hacer es pestañear. Haré eso y desaparecerá».

Pestañeé y seguía allí. Ella sabía que yo la estaba observando y no le importaba, sólo me devolvía la mirada, ni desafiante, ni tímida, sin nada más que un silencioso: «Sé que me ves y te veo».

Estoy segura de que no me moví, ni respiré de nuevo, hasta que llegamos a otra curva en el camino y la perdí de vista. Finalmente me recompuse lo suficiente como para tocar el hombro del conductor y decirle entre dientes: «Dios mío, creo que acabo de ver un hada».

Ni siquiera se molestó en volver la cabeza para decirme: «Yo también, señorita. Viven en toda esta área».

---

8. Actor Irlandés (1888–1961). Su verdadero nombre era William Joseph Shields. *(N. del T.)*

«¿De verdad?» —no quise chillar tan alto, como en verdad lo hice.

Entonces se volvió, me sonrió y tranquilamente respondió: «Yo también la he visto».

Haz con esto lo que desees. En cuanto a mí, lo dije tantas veces en mi vida y en mi carrera que ya hasta estoy cansada de escuchármelo decir: «Hasta que no experimente o vea algo yo misma, no lo creo».

Creo en las hadas.

Hechicería

La hechicería es una antigua forma de magia cuyo fin es producir un efecto deseado, en alguna persona o en un hecho venidero, o revertir un efecto negativo del que alguien crea haber sido víctima.

Los fundamentos de la hechicería se reducen a una magia contagiosa, lo que es prácticamente igual a la magia imitativa, que puede encontrarse en su apartado en este libro. La magia contagiosa funciona sobre la base del principio que establece que «si se parece, es lo mismo», incluso a distancia. El más conocido ejemplo de magia contagiosa es la muñeca de vudú, que es la representación de una persona determinada a la que se la somete a malos tratos. La teoría de la magia contagiosa es que, ya que si se parece es lo mismo, lo que le sucede a la muñeca le sucederá de algún modo a la persona en cuestión. Y antes de destinarle demasiado tiempo a la naturaleza brutal y primitiva del acto de clavar alfileres en una muñeca, tengamos presente que, por ejemplo, tener colgado un cuadro con la imagen de alguna persona es ejercer la misma clase de hechicería o de magia contagiosa. Entonces, no podemos comportarnos como si nosotros, las naciones civilizadas, nunca hubiéramos escuchado algo así.

La hechicería y la magia contagiosa cuentan con fascinantes interpretaciones en todo el mundo, tanto antiguas como actuales, y han sido practicadas no sólo por hechiceros y hechiceras (respectivamente, los expertos masculino y femenino del arte de la hechicería), sino también por los miembros más comunes y corrientes y los más serios de la población, quienes claramente están de acuerdo con la idea de que, si se parece, es lo mismo (y no son personas que estén dispuestas a correr riesgos).

—En algunas culturas, los hijos pequeños de los cazadores de ballenas tenían prohibido jugar a un juego de niños —en el que con un hilo sostenido con ambas manos se formaban distintas figuras— para evitar que sus manos quedaran igualmente enredadas en las líneas de los arpones cuando crecieran y ejercieran la misma profesión que sus padres.

—Algunas culturas antiguas no les permitían a las mujeres embarazadas atar o enroscar sogas en los dos últimos meses de su embarazo, por miedo a que conjuraran así a la magia contagiosa y que el bebé se ahorcara con el cordón umbilical o naciera con los intestinos enredados.

—Cuando el hombre de la casa salía de cacería, en muchas culturas africanas, era común reservar una escudilla con arroz y raíces en todas las comidas para asegurar que el cazador, que se encontraba lejos, nunca se debilitara debido al hambre. Además, la mujer no cosía en su ausencia por miedo a pincharse un dedo y hacer que él se hiriera con algo punzante durante esa cacería.

—El arroz de Sumatra es plantado por la mujer que tiene el pelo más largo y lacio, de modo que las plantas de arroz crezcan con largos tallos.

—Muchas culturas, desde la Antigüedad y hasta el día de hoy, no permiten que las mujeres estériles participen en la plantación de los cultivos por miedo a que la esterilidad sea contagiosa.

—La antigua ciudad china Tsuen-cheu-fu era constantemente saqueada por los habitantes de la ciudad vecina de Yung-chun, hasta que los habitantes de la primera se dieron cuenta del motivo. La ciudad tenía la forma de un pez, mientras que Yung-chun tenía la forma de una red de pescar. Los habitantes de Tsuen-cheu-fu rápidamente construyeron varias pagodas en el centro de la ciudad para detener la red antes de que pudiera atraparlos nuevamente.

—En ciertas islas del sur del Pacífico, el mes de noviembre, con su incesante lluvia, es llamado «el mes de las lágrimas». Todo aquel que nazca en ese mes está condenado a una vida de tristeza, a menos que se hierva una olla de agua, se le quite la tapa y se deje que las gotas de agua condensadas en ella caigan a los pies del padre del pequeño, reemplazando así las lágrimas que de otra forma caerían de los ojos del recién nacido durante su vida.

—Las esposas y las hijas de los hombres de Laos que iban a cazar elefantes tenían prohibido ponerse cualquier tipo de aceite sobre la piel, porque estaban seguros de que, por contagio, esto lubricaría la piel del elefante y permitiría que se escapara de la trampa del cazador.

De una forma u otra, cada una de estas creencias —y miles y miles de otras— han sido adoptadas y adaptadas, llevadas a cabo con gestos y ademanes, capitalizadas por hechiceros y hechiceras, y se las ha llamado con muchos nombres diferentes en cada una de las culturas del mundo desde el comienzo de los tiempos. Y como con cualquier otra forma de hechizo, maldición, conjuro, presagio, pase mágico, etc., que afirma tener un poder propio, lo único que puedo decir sobre la hechicería, utilizada con la mejor o la peor de las intenciones, es que tu fe en ella es el único poder que tiene y que tu fe en Dios es la única protección que necesitas contra ella.

Herramientas de protección

Hacemos nuestros breves viajes hasta aquí desde el perfecto paraíso del Más Allá para lograr el crecimiento de nuestro espíritu, crecimiento que nos puede suministrar la superación de la negatividad y de la oscuridad. Por definición, nosotros mismos nos planteamos nuevos desafíos en cada encarnación, los que invariablemente nos mantienen bastante ocupados. Lo que no necesitamos es cargarnos aún más con la suma de la negatividad y de la oscuridad que, con seguridad, nos caerá encima de la nada, mientras nos encargamos de nuestros asuntos y tratamos de cumplir con nuestros objetivos aquí.

Existen dos formas de combatir esa negatividad adicional: podemos pasar toda nuestra vida debajo de la cama, donde nada en absoluto puede alcanzarnos, y así desperdiciar por completo esta existencia; o podemos aprovechar enormemente cada momento y dejar que sean nuestras herramientas de protección las que se ocupen de la oscuridad.

Las herramientas de protección son una armadura que creamos dentro de nosotros para que nos envuelva como un campo de fuerza divina, a donde sea que vayamos. Utiliza todas las que te parezcan (en realidad, cuantas más, mejor). Y utilizarlas significa, simplemente, fijar las imágenes con firmeza en nuestra mente consciente y en nuestra mente espiritual. Tómate una hora de tiempo para meditar sobre las imágenes a tu alrededor, o sólo dos minutos mientras te duchas. No importa. Cualquier cantidad de tiempo, de día o de noche, es buena, siempre y cuando adquieras el hábito de utilizar tus herramientas de protección hasta llegar a un punto en el que te sentirías completamente desnudo si salieras de tu casa sin ellas.

Si no crees que funcionarán, inténtalo sólo por una o dos semanas para probar que me equivoco. Son absolutamente gratuitas y, con seguridad, no te harán ningún daño. Tampoco librarán tu vida de la negatividad y de la oscuridad de un momento a otro. Las herramientas de protección no pueden ni deben evitar tu plan. Sin embargo, cuando la interferencia no planificada a tu alrededor trate de minar tu confianza, distraer tu concentración y desviarte de tu camino, de ahora en adelante una combinación de Dios y tus herramientas de protección se ocuparán de esa interferencia.

—El círculo de espejos: imagínate dentro de un perfecto círculo de espejos, más alto que tú y con la parte del reflejo dándote la espalda. Las entidades blancas se sienten atraídas por los espejos, mientras que las entidades oscuras son ahuyentadas por ellos y se quitarán de tu camino para evitarlos.

—La burbuja de luz blanca: aunque siempre deberías envolverte con la luz blanca del Espíritu Santo, aquí hay una variación de esa imagen que me hace reír. Estoy segura de que recuerdas que, en *El Mago de Oz*, Glinda, la Bruja Buena del Norte, viajaba dentro de una hermosa burbuja transparente. Muévete a lo largo de tu día de la misma manera, dentro de una burbuja hecha con la luz blanca, sagrada y transparente del Espíritu Santo.

—La espada de oro: imagínate una resplandeciente espada de oro con la empuñadura labrada con centelleantes joyas. Sostenla en posición vertical frente a tu cuerpo, de modo que la empuñadura forme una cruz frente a tu chakra del entrecejo y la hoja se extienda hacia abajo como una declaración sólida y esbelta de fuerza divina, siguiendo la línea de tu cuerpo, desviando la cobardía inherente del Lado Oscuro.

—La red de oro y plata: la imagen es la de una red de pescador de un delgado tejido de oro y plata, fuerte pero liviana como el aire, con sus fibras trenzadas que brillan con la luz blanca del Espíritu Santo. Cúbrete con ella y protégete desde la cabeza hasta la punta de los pies con la divina luz blanca. A lo largo del día, cubre con la red que combina el oro y la plata a cualquier entidad oscura que encuentres, para así contener y neutralizar su negatividad.

—La cúpula de luz: imagínate una magnífica cúpula, con sus paredes y techos curvilíneos hechos con la luz blanca y radiante del Espíritu Santo, cubriéndote a ti y a tus seres queridos. La cúpula de luz es especialmente efectiva como protección para cubrir los autos.

—Cuentas de preocupación: éste es un préstamo de los católicos, los griegos y los tibetanos, y una combinación de todos ellos entre sí. Se los agradecemos. Puedes comprar o hacer tú mismo un aro de cuentas de unas cuatro o cinco pulgadas (unos diez o doce centímetros) de diámetro. Es muy importante que las cuentas estén hechas con un material natural, preferentemente madera, y no artificial. Todas las noches, antes de dormir, recorre el círculo pasando una cuenta por vez y asígnale a cada una de estas cuentas algo que te tenga preocupado. Una vez que cada cuenta tenga designada su propia preocupación, coloca este aro de cuentas en un envase con arena, sobre tu mesa de luz, para que la arena neutralice las preocupaciones y las absorba junto con las cuentas.

Deseo que tú y otras entidades blancas de este mundo se encuentren y, armados con el amor de Dios y las herramientas de protección, caminen juntos, con seguridad y con confianza a través de la negatividad del Lado Oscuro, a medida que siguen el sendero iluminado que han elegido tomar para llegar a Casa.

Hipnosis

La hipnosis es un procedimiento por el cual la mente consciente es suprimida lo suficiente como para que se pueda acceder a la información que subyace en el subconsciente y/o mente espiritual.

A los efectos de este libro, me concentré en una forma más específica y útil de este procedimiento. Encontrarás una discusión muy profunda sobre este tema en el apartado «Hipnosis regresiva».

Hipnosis regresiva

He sido una hipnoterapeuta certificada desde 1970. Sé cuán beneficiosa puede ser la hipnosis. Es un hecho.

Creo que todos hemos tenido vidas pasadas en la Tierra y en el Más Allá o, más exactamente, sé que todos hemos tenido vidas pasadas. Lo he sabido toda mi vida y desde mucho antes. Es un hecho.

De alguna manera, aunque soy inteligente, nunca se me había ocurrido tomar esos dos hechos y unirlos. No fue hasta que un cliente, en su sesión de hipnosis para reducción de peso, saltó de pronto a una encarnación previa, sin que yo tuviera ni la más mínima idea sobre lo que pasaba, que se me encendió la lamparita... ¡Zas! Si nuestra mente espiritual reside en el subconsciente y la hipnosis brinda acceso al subconsciente, entonces, por supuesto que la hipnosis podía brindarnos acceso a los recuerdos de la vida pasada que nuestra mente espiritual conserva.

Comencé a estudiar y a investigar como una loca para crear un puente efectivo que mis clientes pudieran usar y así, ellos mismos, hacer su propia transición tranquila a su vida anterior sin que yo los guiara. Era un trabajo emocionante y estimulante, pero en el fondo sentía que faltaba algo. Darle a mis clientes la oportunidad de probarse a sí mismos que habían estado aquí antes y que habían sobrevivido a la muerte una y otra vez sería fantástico, pero en la vida cotidiana, del día a día, ¿qué utilidad tendría para el cliente José Pérez descubrir que en el año 1682 construía barcos en Noruega y tenía una esposa y dos hijos? Si el hecho de que las personas regresaran a sus vidas pasadas, hipnóticamente, no iba a generar una verdadera diferencia en sus vidas actuales, si no iba a ser nada más que un ejercicio interesante cuya conclusión sería «¿y qué?», no estaba segura de querer malgastar el tiempo de mis clientes o el mío propio.

Después de meditarlo mucho, finalmente recurrí a mi guía espiritual, Francine, y le pregunté: «Si avanzar con esto tiene alguna utilidad, ¿cuál es?».

«La curación», eso fue todo lo que dijo. Fue suficiente. Ni siquiera estaba segura de cómo se podía encontrar la curación en la regresión a vidas pasadas, pero si la curación estaba allí escondida, y yo podía descubrirla, entonces, eso sí que sería útil. La palabra clave era «si». Francine nunca miente, pero yo no tomo su palabra ni la de nadie como la verdad suprema respecto de nada. Nunca estoy convencida de algo hasta que yo misma lo he constatado, y la curación a través de vidas pasadas no era la excepción.

Hipnosis.

A lo largo de toda mi carrera me he dado el lujo de tener estrechas relaciones con varios miembros de las comunidades psiquiátricas y médicas. Muchos de estos amigos habían estado conduciendo sus propias investigaciones sobre el tema de la reencarnación y habíamos organizado un seminario de dos días para debatir la verdad o la ficción de las vidas pasadas. ¡Qué oportunidad perfecta para probar la hipótesis de regresión curativa con un voluntario de la audiencia, sin arreglos previos, sin ensayo, sólo yo y un completo extraño arreglándonos sobre la marcha frente a varios cientos de testigos!

Un colega intentó convencerme de que no lo hiciera, algo que nunca tiene posibilidades de éxito una vez que me he decidido.

«¿Qué pasa si no funciona?», era su argumento.

«Entonces no funcionará, pero nunca lo sabremos si no lo intentamos, ¿no?»

Prefiero pasar un papelón delante de todos, antes que perder el tiempo haciendo especulaciones.

El auditorio estaba lleno. Tenía más voluntarios para este experimento de los que podía contar y, a propósito, elegí a quien se resistía de forma más evidente: un hombre de aspecto conservador, de treinta años aproximadamente, que resultó ser Neil, un asesor hipotecario de Texas. Le expliqué brevemente el proceso de hipnosis y, luego, antes de que empezáramos, le pregunté si tenía algún problema físico o emocional y si le gustaría que llegáramos a la raíz. Pensó en dos: un dolor crónico en su pie derecho que su podólogo parecía no poder diagnosticar y el miedo a decepcionar a las personas que amaba, sin importar cuánto se esforzara o qué exitoso fuera.

Era inteligente y honesto, mi tipo favorito de persona. Lo relajé hasta un estado hipnótico y lo guié lentamente hacia atrás pasando por esta vida, su muerte en la vida anterior y luego hasta el centro de esa vida anterior. Respiró profundo y, de pronto, pareció contraerse internamente. Su voz se tornó débil y apenas audible. Su pie derecho se dobló hacia abajo y se metió hacia adentro. Le pedí que me hablara de sí mismo.

Su nombre era Calvin, me dijo. Tenía doce años y vivía en una granja en Virginia.

—¿Qué día es hoy? —le pregunté.

—10 de junio de 1821 —me respondió.

—¿Qué le pasa a tu pie derecho, Calvin? —pregunté.

Había nacido con el pie deforme, lo cual lo convertía en una carga para sus padres, que habían esperado un hijo sano que trabajara los campos. Había dejado de asistir a la escuela porque todos se burlaban de él, y entonces pasaba todo el tiempo cuidando a los animales de la granja, que lo querían y no parecían pensar que él o su pie tuvieran algo de malo. Para cuando lo traje de vuelta al presente, no había ni un ojo seco en la sala.

Entonces, antes de despertarlo, me encontré agregando: «Y cualquier dolor o miedo o negatividad que pudieras haber traído de una vida pasada, libérala y deja que se disuelva en la luz blanca del Espíritu Santo».

Su postura se había enderezado, su pie había vuelto a la posición normal y me dirigió un preocupado «gracias» mientras se bajaba del escenario. Varias semanas más tarde, llamó a mi oficina para informarme que el dolor de su pie se había ido por completo y que, desde su hipnosis, había notado una inmensa mejoría en la confianza que sentía en sí mismo.

Miles de veces, clientes y colegas me han preguntado: «¿Cómo sabemos que estas supuestas "vidas pasadas" no son sólo fantasías que la mente inventa para aliviar el dolor?». Es una pregunta lógica que yo misma me he formulado. Entonces, comencé a verificar —junto con mis asistentes— la existencia y los detalles de tantas de las vidas pasadas descritas por mis clientes como nos era posible. Como esto sucedió mucho antes de que existieran los ordenadores, tengo repisas repletas, del suelo al techo, con evidencias de que estas «fantasías» están respaldadas con algunos certificados de nacimiento y de defunción de color muy oscuro y de apariencia muy auténtica.

Con el tiempo, no obstante, la respuesta a la que sigo volviendo y que me impulsa hacia adelante cuando se trata de la autenticidad de la hipnosis regresiva es: «¿A quién le importa, mientras siga ayudando?». No voy a insistir en que creas en ella. Si no creo en nadie sobre lo que es verdad o es mentira sin antes verlo por mí misma, ¿cómo voy a pedirte que me creas? Esto sólo es una breve explicación sobre lo que es la hipnosis regresiva, de dónde proviene mi creencia en su habilidad para curar y por qué miles de clientes, cuyas vidas han sido libradas de cargas enterradas por largo tiempo, también creen en ella.

El Hombre del Saco

Lo sé. Parecen unas palabras extrañas y tontas como para incluirlas en un libro sobre términos paranormales. Pero estoy segura de que te suenan. Si toda una audiencia estuviera sentada frente a mí en una conferencia, les pediría que alzaran la mano a todos aquellos a quienes, de niños, se les dijo que si no se portaban bien o, más aún, si no se calmaban y no se iban a dormir, el Hombre del Saco los atraparía. Y vería todo el salón repleto de manos levantadas. Tal vez no recuerdes quién te lo ha dicho… si no fueron tus padres o un hermano perverso, fue una tía o un tío, un abuelo, una niñera o un primo. Nadie te explicó jamás quién era el Hombre del Saco, de dónde provenía, cuál era su apariencia, dónde se escondía o qué significaba exactamente «atraparte». Y tú nunca lo preguntaste. Sobre todo, nunca preguntaste dónde se escondía, porque ya lo sabías: o estaba debajo de tu cama, esperando a que dejaras colgar una mano o un pie al costado del lecho; o estaba en ese oscuro infierno que, durante el día, tenía la decepcionante apariencia de un inocente armario. Así que allí permanecías, con el corazón latiendo fuertemente, temeroso incluso de cerrar los ojos, y tratabas de no quedarte dormido, porque en el momento inevitable en que el Hombre del Saco saltara sobre ti, deseabas estar listo para salir corriendo. Y seguro, a la mañana siguiente, la misma persona que te había hablado sobre el Hombre del Saco era la primera en retarte por estar tan cansado e irritado.

No soy la primera en señalar qué tonto es atemorizar a los niños con amenazas de monstruos y usar esto como excusa de nuestra pereza para disciplinarlos, pero me encantaría ser la última en hacerlo. Me gustaría pensar que, en definitiva, hemos incorporado en nuestra mente obstinada la idea de que inculcar una sensación de paz y seguridad con respecto a la oscuridad sería más saludable que inculcar el miedo.

Podríamos pensar que tenerle miedo a la oscuridad es natural, pero sería más adecuado decir que es primitivo o desinformado. Es verdad que los cavernícolas tenían que estar alertas a las bestias nocturnas que podían comérselos a ellos o a su familia. Es justo decirlo. Pero la mitología que apareció más tarde —la que dio origen a los vampiros, a los hombres lobo, a los monstruos que al devorar el sol crearon la oscuridad, a los íncubos, súcubos y demonios devoradores de bebés que, se rumoreaba, corrían desenfrenados por tu casa mientras dormías— no es más natural ni más productiva que el omnipresente y anciano Hombre del Saco.

Pienso que una forma maravillosa de reemplazar cualquier charla con tus niños sobre el Hombre del Saco, a la hora de dormir, sería mantener conversaciones educativas, positivas y de apoyo sobre los seres que realmente podrían aparecer en la oscuridad de sus habitaciones: los espíritus, los fantasmas, los ángeles y sus guías espirituales. Podrías enseñarles quiénes son esas personas, de dónde provienen, qué los diferencia entre sí y por qué los fantasmas necesitan de nuestra ayuda mientras que los demás no. Puedes explicarles cuán maravilloso es que estos seres puedan venir a visitarnos, ya que eso significa que vivimos eternamente. De hecho, como los niños (junto con los animales) son las criaturas con más capacidad psíquica en la Tierra, probablemente, verán y oirán cosas que tú no puedas y tendrán recuerdos del Más Allá e incluso de sus vidas pasadas que tú has olvidado, así que sería la ocasión perfecta para que ellos también te educaran a ti.

Otra vez, levantad las manos: ¿cuántos de vosotros, quienes les contáis a vuestros hijos sobre el Hombre del Saco, u otra historia de terror a la hora de dormir, al leer mi sugerencia de hablarles sobre el mundo espiritual pensáis: «¿No es una locura?».

Muchos, seguramente.

¿Y no es más loco todavía sentirse más cómodo con las historias sobre el Hombre del Saco que con las historias de espíritus?

En lo que respecta al tema de los niños a la hora de dormir, también podemos dedicarle un rato a los terrores nocturnos. Son sucesos que experimentan los niños, que van más allá de las pesadillas, en los cuales se despiertan gritando, con los ojos vidriosos y desenfocados, y lleva varios minutos hacerlos volver en sí.

Créelo o no: casi sin excepciones, los terrores nocturnos aparecen debido a que tu hijo recuerda o revive un trauma horroroso de una vida pasada; trauma que, te aseguro, los niños todavía recuerdan cuando son muy pequeños, especialmente cuando están dormidos.

Por eso creo tan firmemente en hablar con ellos mientras duermen. No te preocupes porque no comprendan lo que les dices. Su vocabulario consciente puede ser limitado, pero el espíritu al cual le hablas a través del subconsciente no tiene edad y maneja el mismo léxico que tú.

La paz y la sanación que le puedes dar a un niño durante el sueño ayudará a que los terrores nocturnos desaparezcan de una vez y para siempre. No es necesario que me creas. Sólo inténtalo todas las noches durante un par de semanas. No puede causarte ningún daño, sólo te llevará uno o dos minutos y, si tengo razón, ¿cómo puede ser posible que no valga la pena? Sólo acércate lo suficiente para que el niño o la niña pueda escuchar tu voz sin despertarse y, luego, de la forma que más te guste, di la siguiente frase: «Mi niño, que conserves toda la alegría y la sabiduría que tus vidas pasadas te han dado y que toda pena, miedo, enfermedad o negativismo de esas vidas pasadas sean expulsados y disueltos para siempre en la blanca luz del Espíritu Santo».

Y al salir de puntillas del cuarto de tu hijo, recuerda llevarte contigo al Hombre del Saco y procúraselo como alimento al monstruo que se comió al sol.

Hombres lobo

Según la mitología griega, una vez, el gran dios Zeus visitó a un rey en la Tierra llamado Licaón, quien, se rumoreaba, era un hombre totalmente despreciable. En el transcurso de la visita, Licaón sirvió un banquete y Zeus se dio cuenta de que estaba hecho con carne humana. Enfurecido, lo castigó convirtiéndolo en lobo.

Es un mito maravillosamente brillante y colorido y, de hecho, la palabra *licantropía* guarda una asombrosa —y para nada casual— semejanza con *licaón*. La licantropía es una aflicción mental que hace que quienes la padezcan crean que se han convertido en lobos. En realidad, proviene del griego *lycos*, que significa «lobo» y *anthropos*, «hombre».

Los lobos han sido venerados y temidos por miles de culturas durante miles de años debido a sus fríos, astutos y sigilosos movimientos, y por su destreza para la caza. Las danzas tribales, en las que los participantes se vestían con pieles de lobo para pedirle a los dioses exitosas cacerías, han sido populares, en todo el mundo, desde la Antigüedad.

Si combinamos esta aflicción con la infinita fascinación de la raza humana por los lobos y le agregamos el poder de los rumores, las leyendas y la histeria colectiva, no hace falta esforzarse demasiado para entender cómo fue que surgió y se propagó el mito de los hombres lobo. Es lamentable que, en especial en la Edad Media, miles de personas fueron, literalmente, torturadas y ejecutadas tras haber sido acusadas de ser hombres lobo, a veces únicamente porque tenían mucho vello en el cuerpo y se los consideraba raros o sospechosos, padecieran o no de licantropía.

La histeria era acompañada por la creciente popularidad de una desafortunada droga llamada láudano. El primero que experimentó con ella fue un médico suizo del siglo XVI llamado Paracelso, y se la incluyó en una amplia variedad de medicamentos en toda Europa a lo largo del siglo XIX. La droga aliviaba muy eficazmente el dolor, curaba el insomnio y mejoraba el estado de ánimo. Sin embargo, era también una droga fatalmente adictiva, pues se trataba del opio disfrazado con un astuto sobrenombre, aunque es de esperar que el creador y los subsiguientes promotores no lo supieran.

Es imposible saber cuántos adictos al opio hubo en el continente europeo y sus alrededores, desde el siglo XVI y hasta principios del XX, cuando alguien finalmente descubrió de qué se trataba y que era tremendamente peligroso. Sabemos que Samuel Coleridge, Charles Dickens, Lewis Carroll, Edgar Allan Poe, lord Byron y otras brillantes figuras de la literatura lucharon contra su adicción al láudano a lo largo de sus vidas adultas y la mayoría de ellos padecía uno de sus peores efectos colaterales: alucinaciones incontrolables y coléricas.

Según mi guía espiritual Francine, mi fuente más confiable en este tipo de temas, la licantropía, el miedo/la fascinación con los lobos, la debilidad de los humanos por los rumores y la histeria colectiva y, lamentablemente, nuestra tendencia a desconfiar, desde un principio, en quienes se ven y se comportan de algún modo que nosotros consideramos raro, todo ello contribuyó con la creencia generalizada en los hombres lobo. Sin embargo, el igualmente generalizado y dañino uso del láudano y las inevitables alucinaciones que éste provocaba fueron lo que estableció a dicha creencia como una «verdad» basada en «relatos de testigos oculares» en muchas culturas.

Conclusión: en ningún lugar de la creación ordenada y lógica de Dios cambiamos de especie, ni durante la vida en la Tierra, ni cuando pasamos de una vida a la otra. Mira todas las películas y lee todos los libros que quieras en los que los lobos arrasan con todo a su paso, pero nunca olvides que son pura ficción.

Huellas

Una huella es un foco de energía concentrada, un lugar en el cual ha sucedido algún evento o serie de eventos extremadamente dramáticos, con un impacto tan profundo que las imágenes y emociones de esos eventos se convierten en una parte integrante de la tierra y de la atmósfera del lugar. No se trata sólo de que esas imágenes y emociones —pena profunda, veneración, furia, terror y alegría, por ejemplo— se mantienen por sí solas durante años, sino que, además, todos los que experimentan su poderoso efecto y reaccionan fuertemente ante ellas les suministran aún más energía y ayudan así a perpetuarlas. Si has estado en la Zona Cero

en Nueva York y has sentido un profundo sentimiento de pena y de pérdida, o si te embargó un sentimiento de respeto durante algún viaje a Tierra Santa, has experimentado una huella y la has fortalecido con tu propia reacción.

Aprendí, por las malas, acerca de las huellas —y de las imágenes y
emociones que las caracterizan— cuando regresaba de unas breves vacaciones en Palm Springs. He contado esta historia muchas veces en libros,
conferencias y especiales de televisión, pero continúa siendo la mejor
muestra de lo que es una huella. Quizás se deba a que, cuando esto ocurrió, no sabía nada sobre el tema. Ni tampoco conocía la historia o la
oscura y terrorífica reputación de un lugar llamado Pacheco Pass.

Pacheco Pass es un tramo de la Autopista 152 al norte de California,
que atraviesa la cadena de montañas entre la Interestatal 5 y la autopista
Pacific Coast. Dal, en ese entonces mi marido, había decidido usarla por
primera vez como atajo desde Palm Springs hasta nuestra casa en San
José. Yo iba sentada del lado del acompañante, mirando despreocupada-
mente por la ventanilla hasta que, de pronto, de un instante a otro, sentí que me sumergía en un inmenso y profundo mar de angustia y me
desesperé tanto que ni siquiera podía rezar para recuperar otra vez la calma, pues ni siquiera recordaba cómo hacerlo.

Escuché voces ensordecedoras, sonidos de tortura y de muerte cruel;
una horrible banda sonora acompañada por un espantoso bombardeo de
imágenes: niños atrapados dentro de vagones cubiertos en llamas, indios
que eran golpeados, otros que cabalgaban salvajemente en círculos, soldados españoles que le prendían fuego a un cuerpo colgado, mexicanos y
caucásicos en combate mortal, humo negro que salía del interior de unas
chozas de madera. Podía percibir el olor a pólvora y a carne quemada. El
tiempo parecía haberse detenido; apenas recuerdo el resto del viaje, y el
sentimiento de vacío y de muerte que me invadió por completo y tan
abruptamente en Pacheco Pass se quedó conmigo por varios días.

Luego de meses de llamadas telefónicas, entrevistas e investigaciones,
supe un poco más acerca de Pacheco Pass. Este lugar, junto con la tierra
que lo rodea, había sido parte del trágico y violento «Sendero de Lágri-

mas», durante el cual el imperio español dominante torturó, esclavizó y mató a los indígenas. Una vez que ese imperio fue derrocado y los esclavos fueron liberados, los indígenas entraron en guerra con los bandidos mexicanos invasores y, más tarde, con los colonos estadounidenses que migraron frenéticamente al oeste debido a la fiebre del oro de California. Cuanto más escuchaba y leía sobre este tema, más consciente era de que las imágenes que me habían invadido aquel día eran como un resumen fílmico de la historia de la tierra turbulenta por la que habíamos viajado.

Y yo ni siquiera era la primera víctima involuntaria de Pacheco Pass. Cientos de personas dijeron haber experimentado desde inexplicables sentimientos de pánico y de muerte inminente hasta la sensación de haber ganado o perdido mucho tiempo mientras conducían por ese tramo de la ruta. La patrulla de la autovía de California, además, confirmó que el número de accidentes automovilísticos, de incidentes provocados por peleas entre automovilistas y de suicidios era significativamente más alto en Pacheco Pass que en cualquier otro lugar de su jurisdicción.

Ahora que sabía que algo muy real sucedía en Pacheco Pass, estaba decidida a descubrir qué era y qué lo causaba. Así comencé a leer con detenimiento cualquier información sobre los vórtices de energía fuertemente concentrada que había en la Tierra, llamados huellas, y a explorarlos personalmente.

Para mí, una de las cosas más fascinantes acerca de las huellas, más allá del hecho de su existencia, es cuán fácilmente se las confunde con los acosos espectrales. Tanto las huellas como los acosos espectrales pueden provocar sentimientos muy fuertes, y las huellas por lo general incluyen imágenes que pueden confundirse fácilmente con fantasmas. Sin embargo, la diferencia importante es que las personas y los animales que aparecen en una huella no son espíritus que están atrapados en la Tierra ni tampoco están «vivos». Imagínatelos como si fuesen hologramas tridimensionales en una película que nunca termina, nunca cambia de escena y nunca libera a los participantes o a la audiencia de la carga emocional con la que los atrapa. Los participantes reales del evento que creó la huella en cuestión se han ido al Más Allá bastante tiempo atrás, a través de la Puerta Izquierda, a encarnarse nuevamente o a quedarse en Casa para siempre. Sólo queda su imagen, más allá de cuán reales puedan verse o actuar. Pero algo que siempre diferenciará a la imagen de una huella de la de un fantasma es que la primera interactuará con nosotros sólo como un holograma puede hacerlo.

Entonces, la próxima vez que visites un lugar en donde sabes que ha ocurrido uno o más hechos tan profundamente emotivos que el mundo se siente obligado a rendirles homenaje, trata de escuchar las voces que fueron silenciadas hace tiempo, trata de ver los rostros que están ausentes desde hace tiempo y ten presente que, ya sea que se trate de la violenta agonía de Pacheco Pass o Gettysburg,[9] la tragedia atroz de la Zona Cero o la dichosa santidad de Lourdes, estás ante la extraordinaria presencia de una huella.

---

9. La batalla de Gettysburg (1-3 de julio de 1863) ha sido la mayor batalla que ha tenido lugar en América del Norte y es considerada crucial en la guerra civil estadounidense. (N. del T.)

I

Íncubos

De acuerdo con la mitología europea, el íncubo es un espíritu maligno masculino que aterroriza a las mujeres, pues se dice que entra sigilosamente en sus camas por las noches y tiene relaciones sexuales con ellas mientras están dormidas. Se dice que las mujeres no se despiertan durante estas violaciones y, si tienen algún recuerdo del ataque, éste aparece en forma de sueño. Y si resultara un embarazo de esa violación, el hijo de un padre íncubo y de una madre humana está destinado a poseer malignos poderes sobrenaturales.

Todo esto es fascinante, original y sería un excelente artículo para un periódico sensacionalista. También es un mito. No existen los íncubos y ni siquiera puede tratarse de un fantasma, pues éste ni remotamente podría comportarse alguna vez como un íncubo.

En algunos casos, los menos, la mujer utilizaba al íncubo para evitar cargar con la culpa de un encuentro sexual que le producía demasiado arrepentimiento, vergüenza o impotencia como para sobrellevarlo en el contexto de la realidad. Entonces, señalaba al monstruo del íncubo para justificar que le había sido imposible evitar dicho encuentro. Si bien es triste, no es casual que en la época en que los íncubos imaginarios estaban en la cima de su preponderancia, en la oscura zona rural europea, rara vez —si es que alguna vez sucedía— se mencionaban el incesto o la violación, y mucho menos se castigaba estas prácticas. Además, era mucho más probable que la culpa de una conducta sexual inapropiada recayera en la mujer que en el hombre. No es sorprendente, entonces, que psicológicamente fuera más fácil invocar a un demonio mítico que enfrentarse cara a cara ante un hombre que no sufriría ninguna consecuencia, aunque la mujer en cuestión contara la verdad.

En la gran mayoría de los casos, sin embargo —y me refiero exactamente a la gran mayoría—, el íncubo era la explicación lógica medieval europea para la experiencia aterradora de la catalepsia astral. Leerás una completa explicación sobre ella en su propio apartado, pero para explicarlo de forma breve y simple, se trata del momento en el que la mente consciente atrapa al espíritu en el preciso instante en que éste regresa al cuerpo, después de un viaje astral, mientras el cuerpo estaba dormido. Las sensaciones de la catalepsia astral van desde sentir pánico, experimentar algo que te sujeta fuertemente a la cama, alguna forma de abuso lascivo o alguna presencia maligna horrible, hasta la imposibilidad de gritar, de moverte o respirar, y una batería de ruidos ensordecedores que no son de esta Tierra. En última instancia, nada de eso puede dañarte, como descubrirás en el apartado de «Catalepsia astral», pero es entendible, si no tienes idea de qué más puede estar pasando, que también lo confundas con la presencia de un demonio violador llamado íncubo.

K

Karma

Encontrarás un análisis profundo del karma, junto a su concepto hermano, *dharma*, en su propio apartado.

Solamente te diré que karma deriva de una palabra que significa
«equilibrio de experiencia». No se trata de una teoría: es una ley en el
universo cíclico de Dios que garantiza que, al igual que lo expresa la
Biblia: «Cosecharás lo que siembras» o, dicho en palabras más actuales:
«Recibes lo que das».

L

El Lado Oscuro

El Lado Oscuro es ese segmento del mundo espiritual que está compuesto por quienes rechazaron a Dios y a Sus leyes de humanidad, integridad, compasión y amor incondicional. Los que habitan el Lado Oscuro se llamarán «entidades oscuras», a los fines de este análisis. Sus polos opuestos, quienes abrazan y reverencian a Dios y a la luz blanca del Espíritu Santo, se llamarán «entidades blancas». Por favor, que no se te ocurra pensar que los términos *oscuro* y *blanco* están relacionados con la raza o el color de piel. La mera sugerencia de algo así me ofende.

Dios no creó la negatividad malvada e insidiosa que gobierna el mundo del Lado Oscuro. Él creó espíritus dotados de libre albedrío. Y algunos espíritus usaron ese libre albedrío para volver sus espaldas a su Creador y llevar vidas sin ninguna responsabilidad ante nadie más que ellos mismos. Su elección, no la de Dios. Y no hay diablo con cuernos ni tridente que gobierne el Lado Oscuro desde su trono del Infierno. En verdad, no existe el Infierno. Pero las entidades oscuras son amos de sí mismos, demasiado narcisistas como para creer en un ser superior a ellos y sólo mencionan a Satán y demás demonios míticos cuando enfrentan desagradables consecuencias y cuando necesitan culpar a alguien.

El Lado Oscuro existe en una forma tanto humana como espiritual, del mismo modo en que existimos nosotros, las entidades blancas. En forma humana, tienen exactamente la misma apariencia que el resto de nosotros (no olvides que, si no fuera por las elecciones que han hecho, serían completamente como el resto de nosotros). Pueden ser un miembro de

la familia, una pareja o un cónyuge, un vecino, un compañero de trabajo
o un supuesto amigo. En forma espiritual, su energía negativa puede afectar profundamente todo, desde dispositivos eléctricos y mecánicos hasta
nuestra salud mental, sin que nos demos siquiera cuenta de lo que sucede. Sin embargo, ya sea que tomen forma humana o espiritual, las entidades del Lado Oscuro comparten todas las mismas cualidades básicas:

—No tienen conciencia, ni remordimiento verdadero, ni sentido de
responsabilidad por sus actos. Se atribuyen todo el crédito y ninguna culpa por todo lo que sucede a su alrededor, y la justificación propia es su
primera y única respuesta ante la crítica.

—En términos de psiquiatría, son verdaderas sociópatas. Imitan el comportamiento humano de manera brillante sin haberlo sentido nunca. Pueden simular, extraordinariamente, el encanto, la sensibilidad, la compasión,
el amor, el arrepentimiento e incluso la piedad devota si es que la pueden
utilizar para beneficio propio a fin de ganarse nuestra confianza. Una vez
que el truco funciona, como generalmente sucede, lo abandonan de inmediato porque no le encuentran más utilidad y es demasiado trabajo para
ellas. Para nosotros, las entidades blancas, al ser genuinas en nuestras emociones y creencias, es difícil imaginar que hemos sido testigos de una actuación. Así que seguimos cerca de ellas y tratamos desesperadamente de resu-
citar a esa maravillosa persona que, estamos convencidos, se encuentra allí
dentro. No podemos entender que esa persona maravillosa nunca existió
en realidad, aunque la hayamos visto con nuestros propios ojos.

—Para el Lado Oscuro, nosotros, las entidades blancas, somos nada
más que un conjunto de espejos que caminan. Si el reflejo suyo que ven
en nuestros ojos es de adulación, seremos valiosos. Sin embargo, en el
momento en que comprendemos que hemos estado mirando una más-
cara, les deja de gustar cómo lucen en ese espejo y reaccionan de una de
estas dos maneras: o se alejan lo más posible de nosotros, o bien repiten
la actuación que ganó nuestra aprobación en un principio, con la esperanza de ganar nuevamente.

—Las entidades oscuras viven de acuerdo con sus propias reglas ego-
ístas, que cambian a su conveniencia y que no se aplican necesariamente

a todos los que están a su alrededor. En sus mentes, su conducta es siempre aceptable, pero se indignarán o se sentirán profundamente heridas si alguien se comporta de ese modo con ellas. El resultado es que las entidades blancas que las rodean se sienten desconcertadas todo el tiempo, lo que les da a las entidades oscuras mucho más poder.

—La meta de una entidad oscura no es convertir a una entidad blanca a su bando. Ellas saben que eso es imposible. Su meta es extinguir la luz de las entidades blancas, ya que la oscuridad no puede existir donde hay luz. Su objetivo no es destruir físicamente a la entidad blanca. Lo más frecuente es que generen tanto desorden emocional, tantas dudas internas, tanta culpa y depresión como les sea posible en todas las entidades blancas que puedan seducir para que confíen en ellos.

—Las entidades oscuras rara vez disfrutan de su mutua compañía, ya que, al no haber luz para extinguir, ni reflejo adulador donde mirarse, ni control para obtener sobre alguien con su mismo bagaje de engaños, ¿de qué serviría? En cambio, de forma deliberada, nos buscan a nosotros. Y, al menos una vez en nuestras vidas, probablemente nosotros las busquemos también a ellas. No porque seamos estúpidos. Es porque nos tomamos en serio nuestra responsabilidad espiritual y entonces creemos que nuestro deber moral es buscar a alguien que, a nuestro parecer, se encuentre perdido, esté en problemas o no sea comprendido por los demás.

Ahora bien, respecto a este mito de que somos capaces de ayudar a una entidad oscura: va en contra de nuestro instinto humanitario dar la espalda a un hijo de Dios que nos necesita. Pero te aseguro que, cuando se trata del Lado Oscuro, es una pérdida de tiempo. Una entidad oscura no puede convertirse en una blanca, del mismo modo que una blanca no puede convertirse en una oscura. No puedes apelar a una conciencia que no existe. No puedes inspirar remordimientos verdaderos en alguien que no acepta la responsabilidad de sus actos. Y no puedes inspirar amor sincero en alguien que ama al mismísimo Dios sólo cuando lo necesita. Digo esto como psíquica espiritual y como persona que lo ha aprendido por las malas. Si hay una entidad oscura en tu vida, según las palabras del propio Jesús: «Sacúdete el polvo de tus pies».

Ningún debate sobre quiénes son las entidades oscuras estaría completo sin aclarar quiénes no lo son. No todos los asesinos y criminales violentos son entidades oscuras. No todos los que te han herido son entidades oscuras. No todos los malhumorados o con quienes es difícil llevarse bien son entidades oscuras. No todos los que te caen mal o a quienes tú les caes mal son entidades oscuras. Existen entidades blancas que no me agradan. Existen entidades blancas a quienes no les agrado. No se trata de etiquetar a las personas, de juzgarlas o, lo peor de todo, de convertirse en un esnob espiritual, lo que puede ser tan repelente como el Lado Oscuro mismo. Se trata, simplemente, de aprender cómo y por qué necesitamos prestar atención a quienes están en nuestras vidas. Es verdad que, antes de venir aquí, hemos incluido a todas esas personas en nuestro plan. Sin embargo, con algunas de ellas lo hemos hecho para que nos enseñaran la sabiduría de discernir cuándo alejarnos. Ésta, para variar, es la única área en la cual el Lado Oscuro puede sernos de utilidad.

Lemuria

Lemuria también es conocido como «el continente perdido del Pacífico». Al igual que Atlántida —otro continente perdido, pero en el Atlántico—, el debate acerca de si Lemuria verdaderamente existió o no ha estado vigente por miles de años. Muchos creen que estaba ubicado entre Madagascar y Malasia, en el océano Índico. Los textos sagrados del hinduismo hacen referencia a «los tres continentes que existían», uno de los cuales se llamaba «Rutas». Según los hindúes, Rutas es destruido por una serie catastrófica de explosiones volcánicas. Una pequeña fracción de este continente continúa como Indonesia, y un puñado de sus supervivientes emigran a la India y se convierten en Brahmanes, una casta muy selecta. El brillante profeta y sanador Edgar Cayce creía que la costa oeste de Sudamérica alguna vez había sido parte de Lemuria. La mitología de la isla de Pascua incluye historias de un lugar llamado Hiva, que fue «tragado» por el mar. Muchas otras civilizaciones del Pacífico Sur hablan de una isla que se hundió, a veces llamada Bolutu, a veces Hawaiki, en donde existía el paraíso y la población era feliz, sorprendentemente sofisticada y particularmente dotada con la comunicación telepática y otras técnicas extrasensoriales muy desarrolladas.

Se dice que Lemuria existió antes y durante la época de Atlántida y fue destruida en una serie de catastróficas explosiones volcánicas, terremotos y tsunamis. La leyenda cuenta que algunos de sus residentes pudieron escapar y se llevaron consigo la avanzada sabiduría de su amada tierra en cristales que acunaron con devoción en sus rústicas balsas talladas. Al llegar a una costa, en el norte, se convirtieron en los ancestros de los primeros nativos americanos cuyos utensilios, que datan del año 25000 a. C., han sido encontrados en la costa californiana.

Lo diré nuevamente: sin duda existió Lemuria y, al igual que Atlántida, volverá a resurgir de su tumba bajo el mar durante este siglo, en el lugar exacto en donde he mencionado que se cree que alguna vez estuvo, entre Madagascar y Malasia, en el océano Índico. Las estimaciones de su tamaño —aproximadamente cinco mil millas (unos ocho mil kilómetros) de largo por tres mil (unos cinco mil kilómetros) de ancho— demostrarán ser extraordinariamente precisas.

Se cree que una antigua leyenda Hopi hace referencia al hundimiento catastrófico de Lemuria y a la posterior llegada de los primeros antepasados nativos americanos a la costa oeste estadounidense:

> En el fondo de los mares yacen las ciudades orgullosas,
> Los patuwvotas voladores (escudos hechos de cuero),
> Y los tesoros mundiales corrompidos por el mal.
> Al enfrentarse con el desastre, algunas personas se escondieron Dentro de la tierra, mientras que otras se escaparon
> Cruzando el océano con balsas de juncos,
> Usando las islas como puentes.

Leprechaun

Según la mitología irlandesa, los duendes leprechaun (de una palabra galesa que significa «pigmeo») son pequeños seres que poseen un tesoro —por lo general, una vasija repleta de oro—, que le pertenecerá a cualquier humano que sea capaz de capturarlos. Sin embargo, el inconveniente de apresarlos es que, si dejas de mirarlos así sea tan sólo por un instante, desaparecerán. Se dice que estos duendes hablan únicamente en rima y se dedican a hacer zapatos para los elfos. Ten en cuenta que nunca un par de zapatos, sino uno solo. También son pícaros y, aunque prácticamente no tienen contacto con los humanos, les encanta cambiar de lugar y/o esconder pequeños objetos en las casas, mientras las personas duermen.

De acuerdo con la mayor parte de la mitología, los duendes leprechaun están entre los habitantes del primer nivel del Submundo, el cual encontrarás explicado en el apartado intitulado «Submundo».

Levitación

La levitación es un fenómeno que se produce cuando el cuerpo humano se eleva físicamente varios centímetros en el aire y queda suspendido por un determinado periodo sin la utilización de ningún dispositivo externo ni artificial.

Hay quienes también incluyen el levantamiento de objetos dentro de la definición de levitación, pero creo que eso se adapta mejor a la definición de psicoquinesis, la que encontrarás detallada en su totalidad en su propio apartado.

En mi opinión, lo que yace en el centro de la levitación es la proyección astral y/o el viaje astral (también detallados en sus propios apartados), que se manifiestan físicamente a través de una descarga deliberada o espontánea de la energía celular del cuerpo.

Ya sean espontáneos o deliberados, se dice que los casos de levitación pueden durar desde unos pocos segundos hasta un par horas y, por

supuesto, si se toca a la persona durante la levitación, ésta cae instantáneamente.

Una de las facetas más interesantes de la levitación es la cantidad y
diversidad de creencias en las que se ha registrado el fenómeno. Los
médiums, chamanes y místicos han reportado casos de levitación durante miles de años, pero luego también lo hicieron los hindúes, budistas,
yoguis, brahmanes, ninjas japoneses, faquires indios, santos católicos, cristianos y seguidores del islam. Estas son algunos de los fascinantes relatos:

—Se dice que san José de Supertino, quien levitaba frecuentemente,
una vez quedó suspendido en el aire durante casi dos horas.

—Varios testigos relataron que santa Teresa de Ávila, quien levitaba
involuntariamente, permaneció a más de doce pulgadas (unos 30 centímetros) del suelo, por lapsos que llegaban hasta los treinta minutos.

—Varios yoguis tibetanos han demostrado tanto la habilidad de caminar como la de dormir mientras levitan.

—A fines del 1800, muchas personas atestiguaron ver a un médium
llamado Daniel Douglas Home levitar fuera de una ventana del tercer
piso de un edificio, y luego entrar a ese mismo edificio por otra ventana.
La Iglesia católica finalmente lo excomulgó por hechicero.

Nunca he presenciado una levitación, pero he hablado con suficientes colegas, dignos de mi confianza, que están convencidos de que es un
fenómeno poco usual pero muy real.

Lilith

El folclore judío define a Lilith como la primera esposa de Adán y, al igual
que él, estaba hecha de barro. Cuando Lilith se negó a someterse a la
voluntad de su compañero fue desterrada del Jardín del Edén. Adán recibió a Eva, que fue creada a partir de su costilla para garantizar que obe-
deciera a su voluntad.

Cuando fue expulsada del Jardín del Edén, Lilith se fue a vivir a una
cueva, en donde colocó su pertenencia favorita —un espejo, para ser más

precisos— que mostraba con orgullo. Cuenta la leyenda que Lilith recibía gustosa a los demonios en su cueva y que dio a luz a legiones de sus hijos, quienes emergieron de la cueva para esparcir el mal por todo el mundo. Se decía que, cuando los descendientes de los demonios querían regresar cerca de su madre, les bastaba con entrar en el espejo más cercano, ya que desde ese momento, y debido a la poderosa vanidad de Lilith, todos los espejos se habían convertido en pasajes directos que llevaban a su cueva.

En algunas traducciones de la Biblia hay una referencia (y sólo una) al nombre «Lilith», en Isaías 34:14: «Y las bestias salvajes se encontrarán con las hienas, el sátiro llorará a su amigo, y allí reposará Lilith y encontrará su lugar de descanso». Algunos creen que esto es «el punto al final de una oración» que comienza con la Cábala, y su descripción del santo destruyendo «la Roma perversa» y reduciéndola hasta las ruinas «para toda la eternidad». Él enviará a Lilith allí, y la dejará vivir en esa ruina, porque ella es la destrucción del mundo.

Ahora bien, yo no soy feminista, pero no he dejado de notar que las interpretaciones más espantosas del folclore sobre Lilith empezaron a surgir aproximadamente al mismo tiempo en que el concepto de Azna, el Dios Madre, empezó a desaparecer de los documentos eclesiásticos, y la religión misma se tornó un patriarcado. Quizás se trate de algo mío, pero con lo respetuosa que soy con respecto a las creencias de los demás, siempre y cuando nazcan con una premisa básica sobre la santidad de todas las cosas vivientes, detecto cierta falta de moderación y de objetividad en una declaración que dice: «Porque ella es la destrucción del mundo» sin importar a quién hace referencia ese «ella».

En realidad, Lilith es un poder inmenso, positivo y muy mal entendido; es la gobernante del primer nivel del Submundo. Y déjame agregar rápidamente que, al contrario de la creencia popular, el Submundo no tiene nada que ver con el mal. Como encontrarás una descripción completa del Submundo en su propio apartado, no lo analizaré aquí, excepto cuando se relacione con Lilith. El primero de los siete niveles inferiores de la Creación, como se los llama, es el hogar de unos maravillosos seres místicos, seres que con frecuencia son considerados como productos de un delirio: los elfos, los leprechauns, los duendecillos, las hadas y los gnomos. Lilith, la reina de las hadas, es la gobernanta de ese mágico ámbito.

Las entidades del primero de estos niveles inferiores, incluida Lilith, están en el mismo nivel de frecuencia que la Tierra, por eso es que «los pequeños seres» son vistos aún con más frecuencia aquí que en el mundo espiritual, o así sería si aquellos que los ven simplemente lo admitieran. Y créeme, hasta que empecé a investigar esta maravillosa creación llamada Submundo, tampoco creía que existían y, quizá, nunca me hubiera interesado en investigarlo si no hubiera sido porque yo misma vi, con mis propios ojos, un hada en Irlanda y me fue imposible convencerme de que en realidad lo había imaginado, aun cuando intenté que así fuera. Viven un promedio de cientos de años, y se dice que la misma Lilith tiene unos 4.500. Su poder le permite viajar con facilidad desde el primer nivel a la Tierra y al Más Allá, si así lo desea. Ni ella ni los otros seres del primer nivel, alguna vez, se reencarnan: se trata de integrantes de un grupo apartado e independiente, quienes no tienen necesidad de avanzar, pero son una creación de Dios muy valiosa tal como lo somos nosotros.

A efectos prácticos, podemos usar a Lilith aquí en la Tierra como uno de nuestros recursos más valiosos y aún sin explorar. Es quien, cariñosa, atenta y formidablemente, cuida a nuestros niños y a nuestros animales, y está completamente dispuesta a ayudarlos si tan sólo la llaman cuando están en problemas o se encuentran perdidos. Fíjate que no he dicho que hay que rezarle (siempre, sin excepciones, reservo mis oraciones para el Altísimo, y Lilith no es un dios). Sin embargo, ella es una fuerza, nuestra gran defensora, con una mítica e inmerecida reputación de malvada, de dar a luz a legiones de hijos del mal, de contradecir a Adán a tal punto de ser desterrada del Jardín del Edén y de ser la destrucción del mundo. Todo esto indica que, si te distancias un poco y miras este tema objetivamente, verás que existe un consenso generalizado sobre el hecho de que —dejando de lado los titulares sensacionalistas— no hay nada mítico acerca del poder, el impacto y la mera existencia de Lilith.

Líneas de opción

No existe persona en la Tierra cuya vida sea perfecta. No me importa cuántas ventajas parezcan tener o qué tentados podamos estar de envidiarlas. Lo sabes por tu propia experiencia. No importa lo magnífico que todo parezca marchar o cuán controlado sientas que lo tienes en determinado momento: hay una recurrente parte de tu vida que, sencillamente, no puedes dominar, más allá de todos tus esfuerzos.

Esa área recurrente no es azarosa, ni es accidental, y no se trata sólo de una de «esas cosas». Es deliberada y tú la escogiste como parte del plan que escribiste en el Más Allá y que traza la vida que estás viviendo ahora. Esa área que se repite, que parece que no puedes dominar, se llama «línea de opción» y, puedes estar seguro, todos tenemos una. Si pensamos, como debe ser, en las encarnaciones en la Tierra como un duro viaje a un internado lejos de Casa, nuestras líneas de opción son aquellos cursos que sabemos que es necesario tomar y que tenemos que aprobar de una forma u otra, pero también sabemos que hacerlo demandará todo nuestro esfuerzo, pues no resultará sencillo.

Existen siete líneas de opción elegibles. Seguramente no tendrás problemas en reconocer la tuya:

—Salud
—Espiritualidad
—Amor
—Vida social
—Finanzas
—Profesión
—Familia

Fíjate en que esta lista también podría llamarse «Los siete elementos esenciales de una vida bien equilibrada». Entonces, cuando una de ellas se encuentra en constante agitación, puedes intentar dominarla, evitarla, mentirte diciendo que todo está bien o que no importa. Sin embargo, al final, porque es verdaderamente importante y porque es la línea de opción que elegiste, jamás deja de afectarte.

Nunca he ocultado que mi línea de opción es la familia. Eso no implica que no haya habido baches a lo largo del camino en las otras seis áreas de la lista, pero parece que tengo las herramientas para realizar las continuas reparaciones que éstas requieren. Cuando se trata de temas familiares, siento que cuanto más me esfuerzo en solucionarlos, más los complico:[10] tengo buenas intenciones pero soy completamente inepta. Podría pensarse que nunca he leído ningún libro sobre planes y líneas de opción, y mucho menos que he escrito uno o casi treinta de ellos.

Elegí «familia» como mi línea de opción. Entonces opté por un padre maravilloso, una madre abusiva, dos hijos —uno de los cuales tiene un padre a quien felizmente cambiaría por casi cualquier otra persona— y tres esposos que, por poco, me hicieron tener el deseo de sufrir de un problema de alcoholismo o de drogas, así por lo menos tendría alguna mala excusa para haberme casado con ellos en lugar de no tener ninguna en absoluto. Y, de acuerdo con esas circunstancias, ¿podía tener la esperanza de construir una cerca blanca y que los pájaros azulejos volaran hasta mi ventana para picotear el pastel que había puesto a enfriar en el alféizar?

Todo esto es para decir que, cuando escribimos nuestros planes, elegimos nuestra línea de opción antes de comenzar a completar los detalles de nuestra próxima vida. Por eso, es lo más lógico del mundo que diseñemos nuestra línea de opción y nuestro plan para que sean compatibles entre sí. Eso no hace, necesariamente, que la lucha continua contra las particularidades de nuestra línea de opción sea más sencilla. Para lo que puede servir que seamos conscientes de ello, no obstante, es para evitar que nos sintamos atacados cada vez que otro obstáculo, aparentemente imposible, aparece en esa área de la vida.

---

10. En el original en inglés: «I look like Lucy Ricardo in the candy factory» («me parezco a Lucy Ricardo en la fábrica de golosinas»). Hace referencia a un capítulo de una famosa comedia de la televisión estadounidense en donde el personaje principal consigue trabajo en una fábrica pero provoca un gran desastre debido a su inexperiencia. (N. del T.)

Pero sobre todo, cualquiera que sea la línea de opción que hayas identificado como tuya, sigue recordándote que no se trata de algo que se te ha infligido, no es una carga con la que Dios te ha castigado, es la elección que hiciste antes de venir aquí. Hay algo de desafío en eso, de valioso crecimiento para tu espíritu, que tal vez no llegues a conquistar o a entender esta vez, pero te prometo que, en cuanto estés de nuevo en Casa, será lo más lógico del mundo.

Los que entran (*Walk-ins*)

En 1984, Ruth Montgomery publicó un libro llamado *Strangers among us*, en el que presentó un concepto llamado «*walk-ins*» que describía el cambio de alma/espíritu. Fue un superventas en la era *New Age*, en la que *walk-ins* de todo el mundo se dieron a conocer, formaron grupos y subgrupos de apoyo y organizaciones llamadas «semillas estelares», creo que a finales de los noventa y a principios de dos mil. Los teléfonos de mi oficina comenzaron a sonar descontroladamente el mismo día en que el libro llegó a las librerías, como siempre sucede cuando surge una nueva teoría; más de veinte años después, todavía tengo clientes que temen ser un *walk-in* o ser vulnerables a un *walk-in* o que su hijo sea un *walk-in*...

Aclaremos un par de cosas:

Yo misma he sido una gran admiradora de los libros de Ruth Montgomery y siempre lo seré.

El hecho de que no crea ni una sola palabra sobre la idea de los *walk-ins* no va en detrimento del respeto que siento por ella y por toda su obra.

No dudo ni por un instante en la sinceridad de su creencia en la teoría, ni en la de quienes leyeron o escucharon sobre ella y de pronto tienen miedo de que les suceda algo similar a ellos mismos o a un ser querido. Estas personas le escribieron a Ruth Montgomery decenas de miles de cartas, rogándole que les dijera, como reconocida experta en la materia, si sus sospechas eran ciertas. No pasó mucho tiempo antes de que, abrumada por la cantidad de cartas, comenzara a responder únicamente por medio de notas preimpresas que, básicamente, decían: «Desearía tener tiempo para responder todas las cartas, pero no es así. Buena suerte». Ahora bien, créeme que sé mejor que nadie lo que significa no poder responder personalmente todas las cartas que llegan, pero no puedes gritar «¡fuego!» en un teatro repleto de personas y, luego, quejarte porque, al intentar salir de allí, quedaste atascado entre la multitud.

Y, por lo tanto, como parece que el temor persiste, y hoy en día todos tenemos muchísimas otras cosas en la cabeza que nos preocupan, creo que es una buena oportunidad para explicar por qué los *walk-ins* no tienen, según mi parecer, ningún sentido espiritual.

Antes de empezar, aquí van las premisas de Ruth Montgomery:

Dos almas hacen un trato. El alma número uno, que siempre es un adulto, ya no está interesada en permanecer en la Tierra. Por un motivo u otro cree que ya se ha desarrollado todo lo posible en esta vida, que el cuerpo en el que se encuentra está muy desfigurado o gravemente herido, se siente abatida y ha pensado en suicidarse, o sólo se siente infelizmente sobrepasada y estancada y necesita nuevos desafíos, de una vez por todas. El alma número dos dice que, si el alma número uno ya no lo usa más, le encantaría hacerse cargo de ese cuerpo y estar un tiempo en la Tierra. Entonces, el alma número uno se dispone a «seguir su viaje» en «otro lugar» y el alma número dos se apodera del cuerpo adulto disponible. Esto, claro está, genera mucha confusión en el alma número dos, que, de pronto, se encuentra en un entorno completamente desconocido, rodeada por verdaderos extraños que ya han establecido una relación con quien ocupaba ese cuerpo y no tienen modo alguno de saber que ahora hay «un extraño entre ellos». El alma número dos lucha por establecer su propia identidad, ventaja con la que corren la mayoría de las almas que acaban de llegar pues, al entrar en el cuerpo de un bebé y comenzar en igualdad de condiciones que el resto, el recién llegado es tan nuevo para los demás como los demás lo son para el recién llegado. Ingresar en un cuerpo adulto, en la mitad de una vida, significa que, por definición, existen ciertas expectativas y predisposiciones que al alma número dos no le interesará en absoluto mantener. El cambio puede ser tan abrupto

e impactante que, por un tiempo, el *walk-in* puede sentirse muy deso-
rientado hasta que logre acostumbrarse al nuevo entorno.

Bien. Entonces. Primero, si has leído el apartado sobre «El plan de
vida», ya sabrás que creo profundamente en que escribimos un detallado
plan de acción para nuestra vida, por lo general con una infinidad de desafíos que le permitan a nuestro espíritu progresar mientras estamos aquí.
Entre otras cosas, nuestro plan equivale a un contrato que firmamos con
Dios. No puedo imaginarme ni a Dios ni a nosotros mismos siendo tan
desdeñosos con el viaje de nuestra alma como para que podamos agregar
una cláusula que diga: «Y, entonces, si me aburro o me canso, salgo de
ahí y dejo que otro se haga cargo». ¿Qué posible enseñanza sacaríamos de
eso, y por qué Dios, con el inmenso amor que nos tiene, esperaría tan
poco de nosotros y desearía tan poco para nosotros?

También hay que tener en cuenta el hecho de que la idea de los *walk-
ins* se acerca peligrosamente a la idea de la posesión, un concepto que, por
si no lo he aclarado lo suficiente con anterioridad, creo que es física, fisiológica y espiritualmente imposible. Pienso que el mito de ser poseído por
el diablo, o cualquier otra cosa —buena o mala—, ha sido utilizado por varias Iglesias que han descubierto que el miedo puede ser muy eficaz para
mantener a las congregaciones en línea como una táctica/amenaza para
asustar a las personas. También ha sido utilizado como un mal truco publicitario, como una terriblemente errónea interpretación de una enfermedad mental o de algo tan simple y benigno como la energía cinética o alguna combinación de todas ellas. Y sí, conozco *El Exorcista*. Me encantó el
libro y también la película. Verdaderas y maravillosas obras de ficción.

Te repito que si el tema de los *walk-ins* tiene sentido para ti y crees en
ello, nunca estaré de acuerdo contigo, pero respeto tu derecho a tener
tus propias creencias como si se trataran de las mías.

Si, en cambio, el tema da vueltas en tu cabeza como una pregunta
persistente que te molesta y te asusta, por favor, sólo pregúntate: ¿cuál
sería la lógica de los *walk-ins* desde la perspectiva de lo que es mejor para
nuestras almas? Y si no es conveniente para nuestras almas, no tengas
dudas de que Dios no ha creado algo así.

El Lugar de Espera

Existen tres lugares hacia donde nuestro espíritu puede ir cuando abandona nuestro cuerpo al final de la encarnación: la perfección bendita del Más Allá, el lugar sin Dios de la Puerta Izquierda y una especie de antesala de la Puerta Izquierda llamada Lugar de Espera, que es el purgatorio real, un infernal mundo de confusa desesperación.

Supe, por primera vez, sobre el Lugar de Espera hace muchos años, cuando viajé astralmente allí durante una noche de sueño irregular. No tenía idea de dónde estaba, sólo sabía que estaba rodeada por un mar interminable de espíritus perdidos que se habían apartado de su fe por la agitación reprimida de la profunda desesperación en la que estaban sumidos. Nunca me dirigieron la palabra, ni a mí ni a nadie, mientras se arrastraban sin rumbo, cabizbajos, con los ojos sin vida. No había niños pequeños, sólo adolescentes y gente mayor que se movía a través de un silencio tan cargado de desesperanza que me llevó días recuperarme después de estar sólo unos minutos junto a ellos.

Una vez más, sin tener idea de dónde me encontraba o quiénes eran estas trágicas personas, por puro impulso comencé a correr en estado de pánico, mientras los abrazaba y les decía a cada uno: «Di que amas a Dios. Por favor, sólo di que amas a Dios y podrás salir de aquí». Nadie respondió, y ni siquiera me miraron.

A distancia pude ver vagamente una gran entrada. No pude ver más allá de ella, pero tampoco quise hacerlo. Su mera visión me aterrorizó. Supe en mi alma que era la Puerta Izquierda y, posiblemente, nadie que eligiera cruzarla podría comprender la enormidad del vacío que le esperaba. Estos trágicos espíritus a mi alrededor estaban demasiado cerca de esa puerta como para estar a salvo y demasiado confundidos para entender el peligro en el que se encontraban.

Fue mi guía espiritual Francine quien me explicó, a la mañana siguiente, que había estado en el Lugar de Espera y me confirmó que lo que lleva y mantiene allí a los espíritus, entre la bendición del Más Allá y el abismo oscuro de la Puerta Izquierda, es una atormentadora y, con frecuencia, destructiva desesperación. Muchos de ellos habían cometido suicidio.

Es un cruel mito el que dice que todos los que cometen suicidio están condenados eternamente. Nunca nadie incluye al suicidio en su plan de vida, lo que lo convierte en un incumplimiento del contrato con Dios. Y hay suicidios que garantizan un viaje a la Puerta Izquierda: los que son motivados por la cobardía, la autocompasión o la venganza, por ejemplo, especialmente si de algún modo hay niños involucrados.

Sin embargo, los suicidios causados por enfermedades mentales, desequilibrios químicos transmitidos genéticamente que no fueron tratados, o el aislamiento que provoca una depresión paralizante no se pueden comparar con aquellos actos que son calculados tan metódica y deliberadamente como para llamar la atención. Sólo algún tipo de combinación de arrogancia e ignorancia condena a quienes se propusieron especiales y, con frecuencia, invisibles desafíos en esta vida. ¿Dios? ¿Arrogante e ignorante? No puedo siquiera usar esas palabras en una misma oración.

Existen algunos suicidas, entonces, que acceden tan rápidamente como el resto de nosotros al amor incondicional de Dios y al perdón en el Más Allá.

Otros languidecen en el Lugar de Espera y necesitan tanto a los espíritus en Casa como a nuestras plegarias desde la Tierra para alejarlos de la amenazante proximidad de la Puerta Izquierda y para que reaviven la llama con la que fueron creados, la luz interior que los reconectará con la luz que los espera para abrazarlos, y cuyo rastro perdieron en algún lugar del camino.

Luz blanca

La luz blanca, para decirlo de forma simple, es el aura de Dios. Se trata de un amor infinito, una sabiduría infinita, una compasión infinita y un poder infinito dentro de un brillo insondable. Es la luz que nos aguarda al final del túnel que nos lleva a Casa. Es la luz con la que, en la Tierra, podemos envolvernos mentalmente minuto a minuto, día a día, para protegernos y para decirle a la oscuridad que no tiene futuro en donde nos encontramos. Es la luz en el centro de nuestro ser, que conforma el legado genético de nuestro Padre, nuestro Creador, que nos une a todos entre sí y con Él, como hijos de lo Divino. Es la luz blanca del Espíritu Santo en donde todos nuestros dolores, penas, cargas y errores pueden disolverse si tan sólo lo pedimos.

La luz blanca es el aura sagrada de Dios, que se encuentra a nuestra disposición para cuando la necesitemos, creamos o no: porque aunque creamos o no, Él nunca deja de creer en nosotros.

M

Magia imitativa

La magia imitativa tiene su origen oficial en la Antigüedad, entre las culturas primitivas. Todavía hoy en día se practica en todo el mundo y, por lo común, se la asocia con la *wicca* (hechicería), con muchas tribus nativas americanas y africanas y con los aborígenes australianos.

La teoría que hay detrás de la magia imitativa es simple como la manera de obtenerla: el mago o el practicante simplemente imita el resultado que se espera obtener. Lo hace, por lo general, durante un ritual ceremonial, pero esto no necesariamente es siempre así.

Por ejemplo, para hacer llover en una tierra azotada por la sequía, un cacique nativo puede llegar a verter un recipiente con agua en el centro de un círculo al son de los tambores, que atraerán a los dioses y a las diosas de la tierra.

Para garantizar una cacería exitosa, los guerreros tribales —algunos de ellos usando cabezas de animales salvajes— pueden llegar a representar la cacería delante de toda la tribu, incluyendo el momento en que los cazadores finalmente matan a los animales y los traen de regreso para comerlos.

Desde hace siglos, y para estimular el crecimiento de los cultivos en los campos recién sembrados, las brujas han montado en palos de escoba (los que utilizan para barrer las fuerzas malignas) y han saltado lo más alto posible para darles una idea a los cultivos de lo que se supone que deben hacer. (Si alguna vez te has preguntado de dónde venía el mito de que las brujas volaban montadas en palos de escoba, ahora ya lo sabes.)

La danza de la lluvia es una forma de magia imitativa.

Todo esto hace que la magia imitativa suene extraña, posiblemente sorprendente y muy poco civilizada. Pero esto deja de ser así cuando te detienes a pensar en la cantidad de formas en las que nosotros también hemos aplicado la magia imitativa en nuestra civilizada sociedad y, francamente, ¡bien por nosotros!

Tal como leerás en el apartado sobre «Devoradores de muertos», por ejemplo, la tontería de disfrazarse todos los años de monstruo, vampiro u otra criatura terrorífica para la Noche de Brujas es una forma de magia imitativa.

La costumbre de colgar luces en los árboles de Navidad y de encender velas festivas en toda la casa se origina en la magia imitativa que trae, nuevamente, el calor del sol para alejar al frío invierno.

Una lección que mi abuela Ada me enseñó, cuando yo era pequeña, y por la que le estaré eternamente agradecida (además, es el lema de algunas organizaciones), puede resumirse en estas palabras, si mal no recuerdo: «Haz como si». Al igual que tantas otras familias durante la Depresión [de 1930], la mía fue azotada duramente y mi padre pasó, de pronto, de estar en una buena posición a apenas llegar a fin de mes. Yo era muy pequeña como para entender completamente de qué se trataba ser «pobre»; sólo sabía que no era algo bueno. Mi abuela Ada no soportaba ni por un minuto que me comportara como una niña necesitada o, de alguna manera, con carencias. «Haz como si tuvieras todo lo que pudieras querer —me dijo—. Haz como si todo estuviera bien y verás que, tarde o temprano, así será.» ¿Negación? En absoluto. No me decía que todo estaba bien, lo que hubiera sido una mentira. Estaba pidiéndome que hiciera de cuenta que así era. Y ése era un uso clásico y brillante de la magia imitativa, uso que aún hoy en día practico y apruebo. Puedes preguntarles a mis asistentes y a mis amigos cercanos. Después de que un esposo que tuve me llevara a la bancarrota y de que el siguiente me dejara por otra persona (y todavía estoy intentando resolver el caos que dejó a su paso), a menos que estuviera a puertas cerradas y pudiera llorar en privado, «hice como si» tuviera el mundo en mis manos. (¿Fui clara al mencionar que mis poderes psíquicos no me sirven en lo más mínimo cuando se trata de mí?)

La cuestión es que, antes de burlarnos demasiado o mirar despectivamente y con una sofisticada superioridad a esos paganos con sus rituales bizarros, o cualquier tontería que hagan con la magia imitativa, puede que queramos ver si no sería bueno aplicarlo en nuestras propias vidas. En mi experiencia, funciona. Ya no tengo que «hacer como si». Realmente nunca fui tan feliz.

Maldiciones

Espero que no hayas buscado esta palabra con el objetivo de encontrar una lista de maldiciones eficaces con las cuales provocar desgracias a las personas que merecen aprender una lección y que se encuentran en tu vida. No tengo ninguna. Porque no existe ninguna. Porque las maldiciones no son reales. Las maldiciones sólo son una manera de controlarte y/o despojarte de tu dinero en virtud del miedo y del hecho inevitable de que no todo en tu vida irá de maravillas. Todo lo que necesitas para ser vulnerable a la amenaza de una maldición y sus efectos es un poco de mala suerte y un deseo sincero de tocar fondo y terminar con todo. Quienes te dicen que pueden saber de dónde proviene una maldición y qué hacer al respecto se autodenominan de muchas formas distintas, desde psíquicos y médiums hasta adivinos y espiritualistas, pero todos tienen algo en común: son mentirosos.

Ésta es la verdad: sólo una persona en este mundo puede proferirte una maldición y esa persona es ni más ni menos que tú mismo. Nadie más tiene ese poder, a menos que tú se lo otorgues.

Soy la prueba viviente de que las maldiciones no tienen valor sin tu permiso. He ayudado a las autoridades de todo el mundo a atrapar a docenas de estos despreciables doctores dedicados al negocio de las maldiciones, así que se puede decir con seguridad que si las maldiciones realmente existieran, a esta altura estaría postrada o muerta.

Existen culturas cuya creencia en las maldiciones es antigua y está hoy tan arraigada y tan viva como siempre lo estuvo, y no es mi intención faltarles al respeto al indignarme con el negocio de las maldiciones. De hecho, gran parte de mi indignación es por su bien, ya que sé que se explotan sus creencias y se las asusta y engaña para que, con el fin de librarse de algo que nunca existió, entreguen el dinero que tan arduamente han ganado.

Y qué coincidencia que la única manera de librarse de una maldición, sin importar cuál sea en cada caso ni quién esté detrás de ella, sea por medio del dinero y no con la oración. No a través de una asistencia más frecuente a la iglesia. No con más trabajo voluntario activo en organizaciones de caridad locales para equilibrar tu karma. Dinero. O, para ser justos, también puede ser tu automóvil, tus joyas, tu casa, o todo lo que poseas que sea susceptible de convertirse en dinero. Y, una vez que te has quedado sin nada, o bien cuando comienzas a sospechar… ¡Pues mira tú!, la maldición probablemente se desvanezca, junto con el adivino y con tu dinero.

Muchos de estos artesanos de la estafa no son acusados judicialmente porque sus víctimas tienen mucha vergüenza de su propia estupidez y credulidad como para iniciar una demanda. Te aseguro que muchas personas brillantes y sofisticadas han sido engañadas y, en algunos casos, perdieron los ahorros de toda su vida por el negocio de las maldiciones, así que, por favor: ¡no sientas vergüenza, sino indignación!

Primero, recuerda que estos delincuentes, algunos de ellos muy hábiles, tienen ventajas sobre ti desde el instante en que entras por la puerta. Si tus cosas estuvieran bien, no estarías allí.

No importa cuán educado, práctico y sensato seas. Cuando estás pasando por un mal momento, estás más débil y más vulnerable de lo habitual. Así que, si alguien te dice con la convicción adecuada: «Sé lo que está mal y puedo arreglarlo», seamos sinceros: quieres creerle. En tu mejor día, la mera sugerencia de la palabra «maldición» te haría salir por la puerta, probablemente con una sonrisa. En tu peor día, como eres humano y en ese momento no sientes confianza en ti mismo, no es sorprendente que ante la sugerencia de la misma palabra una vocecita pueda penetrar tu escepticismo habitual y decir: «¿Y qué pasa si tiene razón?».

Si aún te muestras escéptico sobre las maldiciones, seguramente te ofrecerán un convincente truco que, finalmente, lo «demostrará». Y luego, inevitablemente, la certeza de que existe una maldición de por medio aumentará la tarifa y exigirá de más sesiones. Si el adivino es un impostor a corto plazo y planea seguir por un tiempo, probablemente te venda velas de dos dólares (un euro y medio aproximadamente) al precio de ochenta dólares (sesenta y seis euros) y una pequeña botella de agua del grifo sagrado para ayudarte hasta la siguiente consulta.

Si, en cambio, buscan conseguir más dinero y en un plazo más corto, probablemente descubran que la maldición se ha instalado en tus joyas, en tu
coche o, con mayor frecuencia, en la cantidad más grande de dinero que tengas disponible. Sólo hay una solución, por supuesto: para librarte de la maldición, debes librarte de la posesión en cuestión y dársela al adivino (aunque,
si de verdad está maldita, ¿para qué la quiere?). Así lo parezca o no, aun cuando finja que vaya a prenderle fuego, que la arrojará al río o que se la dará a
un extraño en el metro, en cuanto tus posesiones abandonen tus manos y
estén fuera de tu campo visual, las tendrá consigo y nunca más las verás.

Sin importar las variaciones, disfraces, cortinas de humo y engaños
que ideen estos doctores en maldiciones, existen tres verdades simples
que pueden ahorrarte mucho dinero y aun mucho más dolor:

1) Cualquiera que trate de volver tus miedos en tu propia contra, para
atemorizarte y dejarte más vulnerable aún, busca controlarte y no ayudarte.

2) Nunca existe razón alguna por la cual una sesión con cualquier psíquico, médium, adivino o espiritualista te vaya a costar un centavo más
del precio que acordaste pagar al principio.

3) En el momento en que escuches una referencia a términos como
maldición, *hechizo*, *mal de ojo*, *nube negra* o demás palabras que impliquen
que has sido elegido para recibir una maldición, vete de inmediato y llama al fiscal, a mí o a ambos.

Por favor, por tu propio bien y por el bien de las futuras víctimas que
tal vez tengan menos posibilidades que tú de afrontar el gasto, si has sido
estafado por cualquiera a quien hayas acudido en busca de ayuda psíquica o espiritual, ¡denúncialo! Te podrás sentir estúpido, avergonzado o cré-
dulo, pero recuerda: eso es exactamente con lo que cuentan estos farsantes, y tu silencio es su única esperanza para seguir en el negocio.

Máquina examinadora

Por lo general, hay algo de verdad en todos los clichés. Por eso, probablemente no sea sorprendente que, al poco tiempo de haber regresado al

Más Allá, después de haber muerto, toda nuestra vida realmente pase en un instante ante nuestros ojos gracias a un dispositivo llamado «máquina examinadora».

Tan pronto como estemos de vuelta en Casa y hayamos logrado pasar, llenos de dicha, entre nuestros seres queridos y amados animales, que nos están esperando en la entrada al Más Allá para saludarnos, somos escoltados por nuestra guía espiritual a través de las enormes puertas del Salón de la Sabiduría hasta la quietud de una habitación sagrada que se encuentra en lo profundo de sus relucientes paredes blancas.

En el centro de la habitación, rodeada por asientos de mármol, se encuentra la máquina examinadora: una inmensa cúpula de cristal azul. Y en el interior de esa cúpula de cristal vemos sucederse ante nuestros ojos todos y cada uno de los momentos de la vida que acabamos de vivir. En vez de parecerse a una película, nuestra vida es representada por medio de un holograma en tres dimensiones, de modo que no importa si nos movemos alrededor de la máquina examinadora, siempre podemos ver cada detalle, bueno o malo, correcto o incorrecto, con perfecta claridad.

Podrías estar preguntándote, al igual que lo hice yo una vez, si para revivir nuestra vida entera no es necesario el tiempo de otra vida más. Lo admito e intelectualmente sé que el tiempo es un concepto terrestre y que en el Más Allá no existe esa noción. Lo que pasa es que, todavía, de tanto en tanto, tengo problemas en entenderlo. En Casa, pasado, presente y futuro no tienen significado: todo es ahora. Con ese concepto en mente, tan claro como puedas o, para ser más precisa, como yo pueda, repasaremos nuestras vidas durante el tiempo que sea necesario, incluso «rebobinando» tantas «escenas» como queramos y tan seguido como queramos.

Obviamente, nuestro encuentro con la máquina examinadora es más que una forma entretenida de hacer la transición de la Tierra al Más Allá. Es un paso esencial en el viaje eterno de nuestros espíritus. Mientras marchamos penosamente por nuestras vidas en la Tierra, no tenemos recuerdos significativos de los planes que escribimos para ellas y que nos podrían ayudar a lograr los objetivos específicos por los cuales hemos venido; pero cuando volvemos a Casa y llegamos a la máquina examinadora, recordamos por completo nuestro plan. Por lo tanto, no se trata sólo de ver nuestra última encarnación desarrollándose en un nivel de detalle de tres dimensiones por pura nostalgia, se trata de ver cuánto de esa encarnación coincide con los detallados planes que habíamos diseñado para ella por adelantado. Y no te confundas: es el juez más duro de todos quien, al final, evalúa nuestro éxito y nuestro fracaso, y no es la guía espiritual, ni Dios, sino, ni más ni menos, nosotros mismos. Nosotros como nuestros seres espirituales, pero desde la perspectiva del Más Allá, en donde no sólo no hay negatividad, sino que, además, no hay reacciones defensivas ni justificaciones que nosotros mismos podamos generar, impulsados por nuestro ego, con el fin de evitar enfrentar la verdad de nuestras acciones y ser responsabilizados por ellas.

De acuerdo con mi guía espiritual, Francine, y por clientes que han descrito su experiencia con la máquina examinadora durante la hipnosis regresiva, la gran mayoría termina con un sentimiento de tristeza y preocupación, con la sensación de haberse decepcionado a sí mismos. Curiosamente, los grandes errores que cometimos no nos molestan tanto como los momentos en que pudimos brindar ayuda pero no lo hicimos, cuando sin necesidad hicimos sufrir a alguien sin otra razón más que por puro deporte, cuando estuvimos muy ocupados como para ser amables —como si ser cruel ahorrara tiempo—, o cuando sabíamos la verdad pero de todos modos mentimos porque era más sencillo en ese momento en particular.

Ésos son los momentos más destacados o menos destacables de una vida vivida descuidadamente, pero profundamente examinada. Momentos que, al parecer, pueden aplastarnos. Esto, sin duda, explica por qué es en el instante aleccionador en el que dejamos la máquina examinadora cuando muchos de nosotros empezamos, por primera vez, a considerar la posibilidad de regresar a la Tierra e intentarlo de nuevo.

Durante nuestras vidas en el Más Allá, la máquina examinadora es una de nuestras herramientas de investigación más valiosas. Del mismo modo en que estudiamos nuestra recién finalizada encarnación apenas regresamos a Casa, también podemos estudiar cualquier otra encarnación que hayamos pasado en la Tierra y todas las encarnaciones de todas y cada una de las personas que nos interesan, básicamente, activando en el proyector de hologramas de la máquina examinadora cualquier plan que elijamos. Podemos ser testigos oculares de cualquier evento en la historia de nuestro espíritu o en la historia de la humanidad o, si lo preferimos, podemos incluso fusionarnos con ese evento, ser parte de él y sentir todas las emociones que sus verdaderos participantes sienten, sin alterar de modo alguno su dinámica o su resultado. Entonces sí, toda tu vida puede pasar en un instante ante tus ojos, como pueden hacerlo todas las vidas que hayas vivido y todas las vidas que hayan sido vividas en la Tierra gracias a la incalculable, sagrada y brillante riqueza dentro de la cúpula de cristal azul pálido de la máquina examinadora, en el corazón del Salón de la Sabiduría.

El Más Allá

El Más Allá es de donde proviene nuestro espíritu cuando ingresamos en el vientre materno y es a donde se dirige cuando morimos. Se trata de un lugar muy real, más hermoso de lo que nuestra mente terrenal puede imaginar; pero nuestra mente espiritual lo recuerda y extraña a Casa desde el momento en que partimos y hasta que volvemos.

En vez de estar «muy, muy lejos» o «más allá de la luna y de las estrellas» o cualquiera de esas descripciones encantadoras pero vagas, el Más Allá se encuentra justo aquí entre nosotros: es otra dimensión que está superpuesta a la nuestra, a sólo tres pies (poco menos de un metro) por encima de nuestra versión a nivel del suelo. Su frecuencia de vibración es mucho más alta que la nuestra, razón por la cual no lo percibimos. Su topografía es el perfecto reflejo de nuestra imagen, con una excepción: al no haber erosión ni contaminación en el Más Allá, su paisaje es igual a como era el de la Tierra miles de años atrás, cuando la masa de agua era de un azul puro y las montañas y la costa estaban perfectamente intactas. En el Más Allá, la Atlántida y Lemuria, los continentes perdidos de la Tierra, gozan de una excelente salud. También lo hacen las obras maestras arquitectónicas y artísticas del mundo, aun si en nuestro conflictivo planeta ahora están cayéndose a pedazos o si fueron destruidas hace mucho tiempo.

Nosotros, en la Tierra, estamos sujetos a las leyes del tiempo, del espacio y de la física. Los residentes del Más Allá funcionan felizmente sin esas leyes y, en cambio, disfrutan de leyes universales como la de la infinitud y la de la eternidad. Nuestras vidas aquí duran un abrir y cerrar de ojos en comparación con el Más Allá. Como viven sin leyes físicas, los aproximadamente seis mil millones de espíritus en Casa no cuentan en su vocabulario con ninguna palabra para decir «amontonado» (cientos de ellos entrarían fácilmente dentro de una camioneta si no fueran tan hábiles como para realizar viajes astrales sin siquiera utilizar vehículos).

Todos los espíritus en el Más Allá tienen treinta años, sin importar la edad que tenían al morir. Pueden adoptar su apariencia terrenal cuando vienen a visitarnos, para asegurarse de que los reconozcamos, pero para hacer sus cosas en el Más Allá pueden elegir sus propios atributos físicos, desde la altura hasta el peso, el color del cabello, y cambiar cualquiera o todos esos atributos cuando lo deseen.

Los espíritus en el Más Allá están constantemente activos: estudian, trabajan, investigan, disfrutan de fiestas, conciertos, bailes y eventos deportivos, y hasta trabajan en la cura de enfermedades terrenales para transmitir telepáticamente éstos conocimientos a nuestros médicos y científicos, de modo que éstos puedan «descubrirlos».

En realidad, la telepatía es la forma de comunicación más generalizada en el mundo espiritual, pero allí también se hablan y se comprenden con facilidad todos los idiomas.

El lenguaje universal en el Más Allá es el elocuente arameo, originario de la antigua Siria, un dialecto del idioma que hablaban Cristo y sus discípulos.

Cada uno de los espíritus del Más Allá tiene acceso a todo el conocimiento, lo que incluye desde los planes de vida de todos los que alguna vez se encarnaron hasta los registros akáshicos, que son la representación escrita de la memoria de Dios.

Para completar la perfección del Más Allá, allí no existe la negatividad, ni la agresión, ni el ego, los celos o el orgullo, ni tampoco la crítica. Dios no creó esos sentimientos. Nosotros lo hicimos. Y aun así, de modo increíble, son exactamente esos sentimientos hechos por el hombre los que inspiran nuestra aparentemente tonta elección de dejar nuestra Casa en el Más Allá, de vez en cuando, y pelear otro asalto en lo que llamamos, graciosamente, «vida».

Existen quienes creen que nos reencarnamos porque cada encarnación nos acerca más a Dios. No podría disentir más. Dios nos creó. Somos parte de Él del mismo modo que Él es parte de nosotros. Es imposible estar más cerca que eso. Viajamos brevemente lejos de la gloria del Más Allá para que nuestra alma crezca y se eduque. Lo hacemos por nuestra propia insistencia, porque se trata de nuestro viaje y de nuestra dicha. Dios, por otra parte, valora absolutamente «cada porción de aire que respiramos», en especial en Su nombre, pero nos adora tal cual somos.

El Más Allá cósmico

La vida nunca termina. Lo que está vivo ahora siempre lo estuvo y siempre lo estará, así que no existe el fin para ningún planeta habitado. La razón se encuentra exactamente en lo que Dios prometió en el momento de crearnos: el Más Allá de todo planeta habitado, que abarca todo lo vivo, es eterno.

A medida que los planetas habitados avanzaron espiritualmente y se distanciaron cada vez menos entre sí, especialmente cuando sus condiciones ya no eran propicias para el desarrollo de la vida, sus Más Allás comenzaron a fusionarse con el gran Más Allá universal e infinito.

Si la Tierra fuera destruida mañana, nosotros y nuestro Más Allá nos uniríamos a los espíritus cuyos planetas han completado ya sus ciclos naturales y que viven la misma vida bendita y sagrada que nos espera allende

las estrellas, en donde nuestra Casa cósmica más allá de Casa se desarrolla con fuerza.

El Más Allá cósmico es un reflejo idéntico del Universo, del mismo
modo que nuestro Más Allá lo es de la Tierra. Está poblado de espíritus
encarnados, guías espirituales y mesías de planetas abandonados en cada
galaxia. Tiene su propia legión de ángeles y su propio consejo venerado.
Quienes viven en el Más Allá cósmico son los más avanzados del Universo. Y, algún día, aproximadamente dentro de cien años, si seguimos trabajando para hacer de la Tierra un planeta inhabitable, estaremos entre
ellos.

Médium

La palabra *médium* se utiliza a lo largo de este libro, y ya que es un término que puede no ser conocido o entendido por todos, lo aclararé: un
médium es sencillamente una persona cuyas habilidades psíquicas, otorgadas por Dios, son complementadas con un amplio rango de frecuencias de percepción. Como resultado, son capaces de ver, oír y experimentar espíritus de otras dimensiones, quienes operan en niveles de
frecuencia más altos que los nuestros, aquí en la Tierra.

En otras palabras, además de mis otros dones psíquicos, desde que
nací soy capaz de sintonizar con la frecuencia superior del Más Allá. Eso
me permite comunicarme con el mundo espiritual, lo que significa que
se me puede considerar una médium.

Ahora, haré una descripción sólo para diferenciar algunas de estas
palabras entre sí, en el contexto de cómo las defino, aunque estoy segura de que existen quienes discutirían exhaustivamente la semántica.

Mis habilidades psíquicas, para simplificar la definición en extremo,
consisten en la utilización de dones tales como la clarividencia (ver cosas
de otras dimensiones), la clariaudiencia (oír cosas de otras dimensiones),
la clarisentencia (sentir cosas de otras dimensiones), el conocimiento
infundido (recibir información sin conocer su procedencia) y muchas

otras capacidades paranormales que encontrarás a lo largo de este libro, todo ello con el fin de proporcionar interpretaciones sobre el pasado, el presente y el futuro y también sobre temas de salud, de relaciones personales, profesionales, etc. Ya que la descripción es adrede muy escueta, haré hincapié en que, cuando me desempeño estrictamente como psíquica, el contacto con el mundo espiritual no entra en juego. (Técnicamente todo proviene de Dios, por supuesto, no de mí. También interactúo con Casa de un modo que no es necesario explicar aquí, ya que estamos tratando de simplificar la definición, ¿recuerdas?)

Como médium, utilizando también muchas de esas mismas habilidades que uso como psíquica, puedo actuar como intermediaria o mensajera entre tú y el mundo espiritual. Me preguntas si tu madre, tu tía June, tu hijo o tu marido se encuentran a salvo y felices en el Más Allá, y mi clarividencia me permite verlos y describírtelos, mientras que mi clariaudiencia me permite oírlos y transmitirte las respuestas a tus preguntas o iniciar conversaciones contigo que tal vez ellos quieran sostener. Mi función como médium no es muy diferente de la de esos intérpretes que ves en las Naciones Unidas: sólo estoy allí para asegurar que las preguntas y las respuestas sean transmitidas con exactitud y para ofrecer prueba suficiente, mediante una descripción física o alguna otra información personal que me fuera imposible saber de antemano, de que estás comunicado con la misma persona con la que crees hablar.

Como canal, literalmente abandono por un rato mi cuerpo y dejo que mi guía espiritual Francine lo tome prestado para hablar a través de mí, valiéndose de mis cuerdas vocales y de la frecuencia inferior de esta dimensión, pues, para ser honesta, el gorjeo agudo y acelerado de su propia dimensión todavía me es difícil de entender, a pesar de que tengo en esto más de sesenta años de práctica. Si te sirve como imagen, me vacío y le suministro un canal despejado a través del cual pueda fluir y/o transmitir/comunicarse. Existen canales que le permitirán a casi cualquier espíritu entrar y decir tonterías. Los he visto hacerlo y he visto cómo eso los debilita. Aplaudo su coraje, pero nunca he lamentado mi contrato exclusivo con Francine, ni lo haré.

Realmente espero que estas diferenciaciones te ayuden a esclarecer un poco esos tres términos comunes, en vez de complicarlos todavía más.

Memoria celular

La memoria celular es el conjunto integral de conocimientos que nuestra mente espiritual ha reunido durante todas nuestras vidas pasadas y ha transmitido e incorporado a cada célula del cuerpo desde el momento en el cual «comenzamos a vivir» en el feto. Es la clave para resolver innumerables problemas de salud, fobias, dolores crónicos y la anticuada e infundada estrechez de miras, una vez que entendemos el proceso que la crea.

Vida pasada en la Polinesia en la que un joven había fallecido en un accidente de alpinismo.

La memoria celular de este suceso puede causar una mayor sensación de vértigo en las alturas.

Memoria celular (ejemplo).

Los pasos básicos de la memoria celular son los siguientes:

—Nuestros cuerpos están compuestos de miles de millones de células interactivas.

—Cada una de ellas es un organismo viviente, que respira, que siente, que recibe y que responde con precisión de acuerdo con la información que le da la mente subconsciente. Bajo el estado de hipnosis, por ejemplo, cuando la mente subconsciente toma el control, si se nos dice que el dedo del hipnotizador es en cambio una vela ardiente y ese dedo toca nuestro brazo, las células de nuestro brazo formarán una ampolla, al igual que están programadas para reaccionar cuando entran en contacto con una llama.

—Es en nuestro subconsciente donde vive nuestra mente espiritual, segura, a salvo y eternamente intacta, sin importar cuán saludable o no pueda estar nuestra mente consciente.

Nuestra mente espiritual recuerda cada momento experimentado en esta vida y en todas las otras que hemos vivido desde que fuimos creados.

En el instante en que nuestra mente espiritual ingresa a nuestro cuerpo físico para una nueva encarnación, la sensación familiar —ya experimentada— de estar en un cuerpo la inunda, y todos esos recuerdos e impresiones vuelven rápidamente. (Si alguna vez has vuelto a un lugar que te trae poderosos recuerdos y te has sentido impactado física y emocionalmente por el choque del presente con el pasado, habrás experimentado una minúscula versión de lo que nuestros espíritus sienten cuando se encuentran nuevamente en un cuerpo.) Y, al igual que con toda la otra información que se encuentra en nuestra mente subconsciente, a nuestras miles de millones de células se les infunden, simultáneamente, esos mismos recuerdos y sensaciones espirituales, ante lo que responden como su nueva realidad hasta que nuestros espíritus abandonan nuestros cuerpos nuevamente y se dirigen a Casa.

Nuestras células, literales como son, siguen reaccionando fisiológicamente a todos los recuerdos de esta vida y de las vidas anteriores que nuestra mente espiritual le infundió, ya sea que nuestra mente consciente sepa o no de la existencia de tales recuerdos.

Y, por lo tanto, al acceder a esa memoria celular y al entender que es parte de la vida y de la muerte que ya hemos dejado atrás, nos podemos librar de las enfermedades, fobias, dolores y traumas que hemos mantenido sepultados por largo tiempo y darnos un «nuevo comienzo» al cual dedicarnos en la encarnación en la que estamos ahora.

Como hipnoterapeuta certificada, he ayudado a varios miles de clientes a desenterrar y liberar su memoria celular mediante regresiones a vidas pasadas. Algunos ejemplos aclararán cómo la memoria celular puede manifestarse en nuestra vida presente y producirnos modificaciones concretas cuando finalmente coloquemos ciertos recuerdos en el pasado lejano, a donde mayormente pertenecen:

—Un hombre que había sufrido de indigestión y espasmos gástricos crónicos durante toda su vida adulta, por motivos que los médicos no podían diagnosticar, se curó de forma permanente durante la regresión, en la cual descubrió que había fallecido de cáncer estomacal en una vida pasada a la misma edad en la que habían comenzado sus espasmos e indigestión.

—Durante toda su vida, una mujer había estado aterrorizada con la idea de llegar a cumplir cuarenta años. Siempre había pensado que esa edad tenía algo que ver con su reloj biológico. Sin embargo, gracias a una simple regresión a vidas pasadas, descubrió que había muerto en dos ocasiones a los cuarenta años y que eso no tenía relación alguna con la edad que tendrá cuando muera en esta vida (todavía recibo, cada año, una postal de ella en Navidad, y acaba de cumplir setenta y dos).

—Un niño de cuatro años, de manera inexplicable, comenzó a sentir pánico cada vez que su mamá se preparaba para tomar una ducha. Ya que los niños están entre las personas con más facilidad para trabajar con hipnosis regresiva, fue sencillo para él y para mí descubrir el trágico suceso que, en su vida anterior, había tenido que padecer: el horror de ver morir a su amada madre en las duchas de Auschwitz, antes de que su propia vida terminara también allí. Llevó algunas sesiones convencerlo del concepto de que «eso fue antes y esto es ahora», pero lo logramos y cada minuto del tratamiento valió la pena.

—Y ésta es una de mis historias favoritas de memoria celular, una de las experiencias que me ha convertido en comprometida creyente y discípula: Molly, de diez años, había recibido un transplante de corazón de un joven de diecisiete años asesinado a puñaladas, llamado David. Meses después del transplante, cuando la policía tenía pocas pistas y ningún sospechoso por el asesinato de David, Molly empezó a tener pesadillas en las que una oscura silueta con un pasamontañas aguardaba para matarla con un cuchillo. Mediante la hipnosis, Molly pudo separarse de su miedo, quitarle el pasamontañas a la silueta e identificar el rostro de un joven llamado Martín (no era un rostro o un nombre que ella conociera, pero se descubrió que era un conocido de David de toda la vida). Se notificó a la policía y Martín fue interrogado. Finalmente confesó el asesinato, y todo gracias a la memoria celular de David, transplantada e infundida a través del cuerpo de una niña que tuvo el coraje de decir una verdad que sólo el espíritu de David podía saber.

Esto es sólo una pequeña muestra del poder de la memoria celular. O mejor todavía: es otra muestra más de la promesa que Dios nos hizo de que nuestras vidas realmente son eternas.

N

Noir

A lo largo de toda la creación se pueden encontrar dualidades: masculino/femenino, ying/yang, tierra/agua, día/noche y, por supuesto, luz/oscuridad.

Entonces, al igual que existe un Más Allá cósmico, que es Casa para la mayoría de los espíritus avanzados del universo, y del mismo modo que esos espíritus avanzados y divinos son enviados desde un sitio sagrado del Más Allá cósmico, llamado *Nouveau*, para nuevas encarnaciones centradas en Dios, también existe el opuesto exacto de *Nouveau*, llamado *Noir*. Funciona del mismo modo que la Puerta Izquierda de nuestro Más Allá: cuando mueren, las entidades oscuras de los planetas habitados de todas las galaxias pasan directamente por el agujero impío de *Noir* y, de inmediato, son enviadas in útero al mismo planeta habitado o a otro que ellas elijan. Los espíritus oscuros que pasan por *Noir* existen por la misma razón que existe nuestra Puerta Izquierda: no porque Dios se haya alejado de ellos, sino porque ellos se han alejado de Dios. Y tienen la misma misión que el Lado Oscuro tiene en la Tierra: destruir la luz de Dios en la mayor cantidad de espíritus que sea posible, porque la oscuridad no puede sobrevivir donde existe la luz.

Para completar estas dualidades particulares de luz/oscuridad y *Nouveau*/*Noir*, encontrarás en el apartado sobre «*Nouveau*» una descripción de cómo descubrir la imagen antigua de El Gran Hombre utilizando las constelaciones como contorno de su figura. En esa hermosa imagen, en donde se encontraría el corazón de El Gran Hombre, es donde reside la sagrada *Nouveau*. Resulta muy conveniente que en esa misma imagen encuentres a *Noir* exactamente en el lugar opuesto al corazón.

Nouveau

Existe un Más Allá cósmico que es la acogedora Casa de los espíritus del Universo, del mismo modo que nuestro Más Allá es Casa de los espíritus de la Tierra. Y el lugar más apreciado en el Más Allá cósmico es *Nouveau*, donde los viajeros místicos y otros espíritus sumamente avanzados de los Más Allás de cada galaxia regresan, con el fin de ser entrenados para su siguiente encarnación en otro planeta habitado del universo.

Sí, eso significa que existen, entre nosotros, personas que han vivido encarnaciones anteriores en otros planetas. La mayoría de ellos cumplen sus tareas espirituales divinas silenciosa y anónimamente. Unos pocos han adquirido, sin buscarlo, fama de ser grandes humanitarios. Si no fuéramos tan tontos en la Tierra con respecto al concepto de los extraterrestres y tan proclives a apresarlos o a echarlos de forma permanente, ellos podrían enseñarnos muchísimo más de lo que nuestra histeria nos lo permite. Para ayudarte a visualizar la ubicación real de la sagrada *Nouveau*, traza la antigua imagen de El Gran Hombre en el cielo de la noche. Su cabeza es la constelación de Aries, sus pies son la constelación de Piscis y el resto de su cuerpo está determinado por las otras diez constelaciones que componen el Zodiaco.

Ahora, teniendo presente ese retrato estrellado de El Gran Hombre, ubica el lugar donde estaría el corazón y allí encontrarás a *Nouveau*.

Numerología

La numerología es otra herramienta para la adivinación, la cual utiliza la fecha y el nombre completo de nacimiento de una persona para desentrañar los secretos de su pasado, su presente y su futuro.

Emplea once números (del uno al nueve, el once y el veintidós). A cada una de las letras del alfabeto se le asigna un número del uno al nueve, y a cualquier número que supere el nueve o los dos números maestros, once y veintidós, simplemente se suman sus dígitos hasta que el resultado sea uno de los números «numerológicos». (El número 1255, por ejemplo, se reduciría a 1 + 2 + 5 + 5, es decir, 13; este número se reduciría nuevamente a 1 + 3, que daría por resultado el número 4, que es «numerológicamente» válido.)

Cada número posee, a su vez, su propia lista de significados y atributos:

—0: vacío pero completo, como una ostra que esconde una perla, potencialmente muy creativo, pero también puede ser muy disperso y desorganizado.

—1: poderoso, original, líder, bueno para innovar, pero también puede ser testarudo y tener celos de la autoridad.

—2: comprensivo, servicial, le gusta la rutina, excelente confidente, pero puede ser inseguro y carente de ambición.

—3: más a gusto si es el centro de la atención, por lo general es más sensible de lo que parece ser en un principio, pero puede ser vanidoso y superficial.

—4: práctico, serio, honesto, excelente administrador del dinero, pero puede ser demasiado cauto y perder rápidamente la compostura.

—5: ingenioso, optimista, divertido, hace amigos rápidamente, adora todo lo nuevo, pero puede ser oportunista e irresponsable.

—6: el más diplomático y conciliador, adora las cosas bellas, pero puede sufrir de preocupación crónica.

—7: introspectivo, filosófico, con una visión mística de la vida, pero puede mantenerse aislado y ser hermético.

—8: ambicioso, materialista, concentrado en el poder y el éxito más que en la familia y las relaciones, puede ser egoísta y desconsiderado.

—9: humanitario, generoso, compasivo, idealista, pero puede ser egocéntrico y demasiado sensible.

—10: poderoso, dominante, inspirador, pero puede ser rígido y poco receptivo a las opiniones de los demás.

—11: la vibración «2» amplificada, es decir, todas esas cualidades multiplicadas.

—12: la vibración «3» amplificada, es decir, todas esas cualidades multiplicadas.

—22: la vibración «4» amplificada, es decir, todas esas cualidades multiplicadas.

Utilizando esos atributos para cada número, la numerología los aplica a las particularidades de tus datos.

Para decirlo de una forma simple, el número al que se reduce tu fecha de nacimiento es un índice del sendero de tu vida, las cualidades dentro de ti que deben utilizarse de la mejor manera para que puedas aprovechar al máximo el tiempo que estés aquí.

El número al que se reduce tu nombre completo de nacimiento te dice cuál es tu destino en esta vida, tu verdadero propósito para estar aquí.

El número al que se reducen las vocales de tu nombre completo de nacimiento es la llave a los deseos más profundos y a las prioridades de tu alma, la parte más sabia de tu esencia que debe ser reconocida para que puedas realizarte.

El número al que se reducen las consonantes de tu nombre completo de nacimiento esclarece el modo en que el mundo exterior te percibe, tu personalidad, la primera impresión que provocas en los demás y cómo ellos podrían intentar influenciarte.

He conocido algunos numerólogos de gran capacidad. Y cada uno de ellos era lo suficientemente sabio y talentoso para utilizar la numerología como un complemento de sus habilidades psíquicas y no como una serie literal de resultados fijos e invariables sólo porque los números así lo dictan.

Orientación

La orientación es una parte esencial de nuestra transición de la vida en la Tierra a nuestra vida dichosa y atareada en el Más Allá. Se realiza en una de las innumerables salas satélites del Salón de la Sabiduría, inmediatamente después de haber analizado nuestra más reciente encarnación por medio de la máquina examinadora. Durante la orientación se nos hacen preguntas sobre la vida que acabamos de vivir y la examinamos con la ayuda de nuestra guía espiritual, de un equipo de orientadores cualificados y de cualquier otro espíritu cuyo aporte pueda darnos perspectiva.

Por ejemplo, tal vez existe alguien a quien heriste profundamente durante tu vida y el hecho de observar tu propia crueldad a través de la máquina examinadora te ha dejado devastado. Los orientadores y tu guía espiritual, con tu plan para esa vida que tienen frente a ellos, pueden ayudarte a ver si tus acciones pudieron haber tenido como resultado un extraordinario progreso, de gran magnitud, en el viaje de tu alma o en el viaje de la persona a quien heriste. Incluso puedes llamar a esa persona para que se una a la discusión, si también se encuentra en el Más Allá o, si es que no lo está, llamar a su guía espiritual para tener una perspectiva completa del impacto y de la inevitable onda expansiva de tu comportamiento (nada de lo cual podemos siquiera comenzar a entender en nuestra apresurada y miope vida en la Tierra).

De una forma u otra, esta primera etapa de la orientación está dedicada a una honesta y profunda comprensión de las partes más problemáticas de tu vida. Le otorga un valor infinito a la vida que has vivido, y te vas ansioso por mejorar, por perdonarte y por seguir avanzando con más amor y compasión o por comenzar a prepararte para otra encarnación con la que te ocuparás del asunto, el cual, según decidiste, no está resuelto.

Otra función de la orientación es facilitarle la transición al Más Allá a los espíritus que no estaban preparados para el viaje y que se sienten demasiado confundidos o enojados como para estar en paz cuando apenas llegan. No todos están ansiosos por ir a Casa y los orientadores están perfectamente entrenados para brindar ayuda. Luego de que los sorprendidos espíritus experimentan la máquina examinadora y el interrogatorio que le sigue, sus orientadores los asesoran de la forma más amable y perspicaz para calmar su agitación y resentimiento. Luego se les da tanto tiempo como necesiten para que realicen las actividades que los reconfortaban en la tierra: pescar, leer, ir de excursión, jugar al golf, jugar con los juegos de ordenador (y existen quienes no lo considerarían el cielo si no hubiera juegos de ordenador), cualquier cosa que les permita relajarse a su propio ritmo y renovar en su espíritu la conciencia de que nuestra vida «real» es la que vivimos en el Más Allá.

P

El plan de vida

No te equivoques, la Tierra no es nuestra Casa. El Más Allá es nuestra Casa. Teníamos vidas gozosas y ocupadas en aquel lugar, antes de venir aquí, y volveremos a esas vidas cuando dejemos este lugar. Es una promesa. No mía. De Dios, quien nos dio un espíritu eterno como parte de nuestro derecho de nacimiento en el momento en el que Él nos creó.

Realizamos estos breves viajes a la Tierra para aprender en función de los errores que cometemos mediante la experiencia directa, para que nuestra alma crezca y progrese durante su viaje eterno. Es una educación completamente diferente de la que podríamos esperar en el Más Allá, porque allí todo está impregnado por la perfección de Dios. Y como me ha preguntado de forma retórica mi guía espiritual Francine un millón de veces: «¿Qué has aprendido en los buenos tiempos?».

Entonces, elegimos venir aquí con la frecuencia que necesitamos y elegimos aquello que nos interesa aprender y trabajar durante ese tiempo. Y del mismo modo que nunca iríamos a la universidad sin decidir primero cuál sería la universidad más conveniente, qué cursos serían necesarios, dónde deberíamos vivir, con quién y otros innumerables detalles que nos ayuden a tener más probabilidades de conseguir lo que deseamos, no podríamos ni soñar con venir a la Tierra sin estar preparados.

Por lo tanto, antes de venir aquí, redactamos nuestro plan. Describirlo como «detallado» sería subestimarlo. Desde los momentos importantes hasta los más triviales, no dejamos nada librado al azar en pos de nuestras metas.

No conozco a nadie —me incluyo— que pueda elegir intencionadamente algún momento horrendo, trágico o desagradable de su vida. Pero déjame recordarte una vez más, y de paso recordármelo a mí misma, que escribimos nuestros planes con el fin de prepararnos para asistir a una escuela de tiempo completo, muy difícil; entonces, los planes deben incluir desafíos difíciles y lecciones en las que se aprenda a partir del error. Si lo que buscáramos fuera una vida feliz, despreocupada y perfecta, nos quedaríamos en Casa.

Y también está la bendita euforia, que es nuestro estado de ánimo constante en el Más Allá, incluso cuando estamos con nuestra guía espiritual elegida escribiendo nuestro plan. En ese momento somos intrépidos, completamente seguros de nosotros mismos; somos nuestra forma de ser más adorable y estamos rodeados, únicamente, por amor incondicional durante las veinticuatro horas del día, los siete días de la semana (o así sería si existiera el tiempo en el Más Allá). No existe nada que nos parezca imposible de manejar, nada que rechacemos en nuestra búsqueda de crecimiento espiritual. Escribir nuestro plan en ese estado de ánimo es un poco como ir al almacén con el estómago vacío: no es precisamente la receta para la moderación. Por más desafiante que sea tu vida, te aseguro que estabas a punto de planificar algo más difícil aún hasta que tu guía espiritual, que ha vivido en la Tierra al menos una vez y que no se ha olvidado de qué se trata, te convenció de hacer algo un poco más realista.

Nuestro plan incluye nuestro objetivo, que se llama «tema de vida»; nuestro obstáculo más difícil, que se llama «línea de opción»; nuestro plan sobre la manera y el momento de regresar al Más Allá, que se llama «puntos de salida»; y el espíritu animal, que se llama «tótem» y que traemos para que se una con nuestra guía espiritual y con nuestros ángeles para cuidarnos durante el tiempo que pasemos en la Tierra. Éstos son, en términos generales, los motores que nos mantendrán en un avance constante. Luego, comenzamos la tarea meticulosa de elegir cada punto del viaje. Nombraré sólo algunos:

—Elegimos a nuestros padres, hermanos y a todos los miembros de la familia.

—Elegimos todos los aspectos de nuestra apariencia física, desde el cabello, la piel y el color de ojos hasta el tipo de contextura, la altura y el peso, incluso pérdidas y aumentos (importantes o no), y cualquier marca, seña particular o deformidad.

—Elegimos nuestro lugar, fecha y hora exactos de nacimiento, lo que significa que elegimos todos los detalles de nuestra carta astral.

—Elegimos a nuestros amigos, parejas, cónyuges, hijos, jefes y compañeros de trabajo, conocidos e, incluso, a nuestras mascotas.

—Elegimos a los enemigos que conoceremos durante nuestro camino, sin importar cuán bien estén disfrazados, y a los sociópatas, es decir, al Lado Oscuro.

—Elegimos las ciudades, vecindarios y casas en donde viviremos.

—Elegimos nuestras preferencias, debilidades, defectos, nuestro sentido del humor —o su falta—, nuestras habilidades, talentos y áreas de incompetencia.

—Elegimos cada lesión menor y enfermedad importante que experimentaremos.

—Elegimos nuestros pasatiempos, intereses, nuestras pasiones y caprichos que nadie más sabe, salvo nosotros.

Y así sucesivamente, incluso cada momento importante o trivial de la vida que tenemos por delante.

Una de las falacias más comunes sobre el plan de vida, cuando conocemos su concepto por primera vez, es que llegamos a la Tierra sin libre albedrío. En realidad, llegamos aquí con innumerables posibilidades para cada detalle. Si en tu plan aparece que tienes que resfriarte a los cuatro años, depende de ti quedarte en cama y curarte o dejar que empeore hasta convertirse en neumonía. Si tu plan indica claramente que cuando tienes veinte años estás invitado a una fiesta de cumpleaños de un amigo, puedes elegir ser maleducado e ignorar la invitación, declinarla educadamente con una llamada telefónica o una nota, ir a la fiesta y pasarlo mal, o ir y pasarlo maravillosamente. Cuando una entidad oscura (véase el apartado «El Lado Oscuro») aparece, según lo que dicta tu plan, es tu elección alejarte, involucrarte y dejar que te destruya, o involucrarte y aprender a

mantener tu distancia la próxima vez. Una vida planificada es una vida llena de opciones y es prueba de que nuestra existencia no se mide por las
situaciones que tenemos que enfrentar, sino por cómo las enfrentamos.

Poltergeists

Poltergeist es un vocablo alemán que, literalmente, se traduce como «espíritu ruidoso». En otras palabras, se trata de los residentes pícaros y entro-
metidos del mundo fantasmal. Todos los *poltergeists* son fantasmas, pero
no todos los fantasmas son *poltergeists*. Esto significa, sencillamente, que no
todos los fantasmas tienen la intención de molestar que, invariablemente, tienen los *poltergeists*.

Como leerás en el apartado sobre «Fantasmas», es casi sorprendente
que todos los fantasmas no sean *poltergeists*, considerando lo confundidos
y desorientados que siempre están. Y la razón para ello es que, como los
fantasmas no han experimentado ni el túnel, ni la luz que les posibilita la
transición al Más Allá, no tienen ni idea de que están muertos. En lo que
a ellos les concierne, no sucedió nada en particular que sea destacable y,
sin embargo, un día sin razón aparente, todos a su alrededor —familia,
amigos y extraños por igual— comenzaron a tratarlos como si ya no existieran. Si eso no alcanza para confundir y desorientar a alguien, no sé qué
podría hacerlo.

Algunos fantasmas reaccionan a esta confusión pasivamente, orien-
tándose en la marcha y casi deseando no ser vistos, de modo que no los
mareen más de lo que ya lo están. Otros están desesperados por ser vistos, quieren hacer amigos, piden ayuda, sólo pretenden que se los reconozca y esto podría manifestarse de un modo juguetón pero sin intención
de agredir. Sin embargo, una pequeña minoría, los *poltergeists* del grupo,
se siente tan molesta, tan celosa o con un sentido territorial con respecto al espacio que le hace creer con fervor que éste le pertenece, que será
tan ruidosa, cascarrabias y detestable como lo crea necesario para alejar
a los intrusos o simplemente asustarlos por el placer de hacerlo.

Una carta de un cliente, Juan, describía una experiencia *poltergeist* mucho mejor de lo que he podido hacerlo yo alguna vez.

Me quedé en el Aeropuerto Internacional de Miami durante una noche, esperando la combinación de un vuelo hacia América del Sur. No había nadie. Eran cerca de las dos y media o tres de la mañana y todos los asientos que me rodeaban estaban vacíos. Estaba tan concentrado en el libro que estaba leyendo que no me di cuenta de que un hombre había aparecido súbitamente y se había sentado a mi lado. Cuando finalmente lo noté, de inmediato me sentí molesto e incómodo, y me pregunté por qué se había empecinado en sentarse junto a mí cuando había cientos de asientos desocupados a plena vista. Entonces, me hizo una pregunta. No recuerdo cuál, pero sí recuerdo que era una pregunta personal por lo cual me paré para alejarme y le dije en seco, mientras le daba la espalda: «Déjeme solo». Su respuesta fue: «¿Sabes? Soy el diablo», y soltó una risotada que me produjo un escalofrío que me recorrió toda la espalda. Luego de haber caminado aproximadamente veinte pasos, alejándome de él, miré por sobre el hombro para tener la seguridad de que no estuviera siguiéndome, y se había marchado. Miré hacia todos lados, pero no estaba. Había desaparecido. Eso me dio todavía más escalofríos: aun corriendo a la velocidad de Superman no había lugar para que se escondiera o desapareciera en esos pasillos infinitos, vacíos y resonantes.

Sucede que ese *poltergeist* en particular era el fantasma de un hombre que, a fines de la década de los cincuenta, había sido condenado por el espantoso homicidio de un niño y había muerto, junto con un agente federal, en un accidente de tránsito ocurrido a menos de una milla (menos de 1.600 metros) del Aeropuerto de Miami, cuando lo llevaban a la prisión de Rikers Island. Si el asesino era simplemente un fantasma atrapado en el aeropuerto, tal vez demasiado avergonzado o demasiado malvado y cobarde como para correr el riesgo de averiguar lo que la eternidad tenía reservado para él, tenía una infinita extensión para esconderse y permanecer fuera del alcance de la vista o, como mucho, para pasar cerca y ver si mi cliente lo veía por casualidad.

En cambio, lo que define a un *poltergeist* es el hecho de que, al ver a mi cliente sentado solo y vulnerable en el medio de la noche, por nada más que el simple placer de hacerlo, no pudo resistirse a aterrorizarlo. Como dije antes, todos los *poltergeists* son fantasmas, pero todos los fantasmas definitivamente no son *poltergeists*.

Posesión

La posesión, en su definición paranormal, se da cuando un espíritu invade y toma por completo a un cuerpo, sin el consentimiento y por medio del sometimiento del espíritu que ya habita a ese cuerpo. En su forma más denunciada/publicitada, el espíritu invasor es satánico o alguna otra personificación del diablo y debe ser expulsado de ese cuerpo por medio de una serie de exorcismos, generalmente violentos, realizados por un miembro autorizado del clero.

Ahora, para aclarar directamente y por completo algo con lo que soy absolutamente vehemente: creo que la posesión física, psíquica y espiritual es categóricamente imposible y te aconsejo no malgastar ni un minuto de tu tiempo en temer que te suceda a ti o a alguien que quieras. Es indiscutible que se ha utilizado el exorcismo durante infinidad de milenios como excusa de horribles abusos, como sustituto de una urgente necesidad de ayuda médica y psiquiátrica, como castigo o amenaza efectiva para los desobedientes miembros de varias creencias religiosas y como una lucrativa maniobra del más bajo nivel, destinada a utilizar el más sincero temor a Dios por parte de quienes se interesan en Él con el único fin de usar Su nombre para ganarse una inmerecida confianza. Te juro, desde el fondo de mi corazón, que ningún espíritu puede ingresar en tu cuerpo sin tu plena conciencia y permiso. A eso se lo llama «canalización» y puedes leer sobre ella en su propio apartado.

Habiendo dicho eso, a veces hay momentos en los que lo que yo creo que el cliente tiene debe quedar en un segundo plano con respecto a lo que él cree que tiene, si es que le quiero proporcionar la ayuda por la cual acude a mí. Un ejemplo, en los comienzos de mi profesión, es el de una mujer que llegó a mí por referencias de un psicólogo amigo que no lograba ningún progreso con ella. Me dijo que la aterrorizaban las serpientes. Eso podría haberse solucionado si no hubiera sido por una complicación adicional: estaba totalmente convencida de que tenía una enorme serpiente alrededor de su cintura. Me encantaría decirte que yo había elaborado una astuta e ingeniosa estrategia mientras esperaba que ella llegara, pero la verdad es que estaba absolutamente nerviosa y sin ninguna idea de cómo lo iba a manejar, hasta que la mujer atravesó la puerta. En ese momento, impulsivamente, me incorporé y grité: «¡Oh, Dios mío! ¡Tiene una serpiente alrededor de la cintura!». Luego me precipité a su lado, tomé la serpiente imaginaria, luché contra ella por toda la oficina y golpeé su imaginaria cabeza contra la pared hasta matarla. Se fue una hora más tarde sin serpiente, tranquila y aliviada.

El mismo enfoque, el de trabajar lo mejor que pueda con la realidad de mis clientes, se aplica aun cuando su realidad incluye un tema sobre el que tengo una convicción tan fuerte como pasa con la posesión. Pocos meses atrás, un apuesto señor jamaiquino de hablar suave vino a verme, profundamente angustiado. Sentía demasiado miedo y demasiada vergüenza como para contarme su problema: su mano derecha, me confesó finalmente, hacía varios meses que estaba poseída por el diablo. El malestar que le provocaba este terrible secreto estaba comenzando a afectar todo en su vida, desde su moderado y tranquilo comportamiento hasta su habilidad para concentrarse en su ordenada vida diaria, al punto tal que temía perder su trabajo y su familia.

Investigué un poco en mis habilidades para convencerlo de que algo más sucedía. Pero sus creencias religiosas y culturales sobre el exorcismo y el diablo provenían de antiguas generaciones, eran absolutas y no se negociaban, y lo último que este orgulloso e inteligente hombre necesitaba era que yo le faltara al respeto a su creencia.

Y entonces, agradeciéndole a Dios una vez más por mis años de estudio de las religiones del mundo y por mi crianza en colegios católicos, puse su mano derecha entre mis manos y realicé un exorcismo que hubiese enorgullecido hasta al mismísimo papa: «Gloriosísimo Príncipe del Cielo, san Miguel el Arcángel, defiéndenos de quienes gobiernan el mundo de la oscuridad, de los espíritus de la maldad. Dios de la paz, aplasta a Satanás bajo nuestros pies, átalo y arrójalo al pozo sin fondo...». Me sorprendía todo lo que había retenido de las clases de catecismo, pero supe que estaba en la dirección correcta cuando dije: «Desde las serpientes del diablo» y este querido señor, con su voz temblando, emocionado, respondió recordando los mismos textos católicos: «Concédenos, oh, Señor».

En menos de media hora su cuerpo se había desplomado, repentinamente, no como si se hubiera desmayado, sino como si por primera vez en mucho tiempo toda la tensión lo hubiera abandonado y pudiera permitirse estar en un estado de completa relajación. Permanecí en silencio durante varios minutos para no interrumpir su tranquilidad. Cuando finalmente me miró, tenía lágrimas en los ojos, pero sonreía de oreja a oreja.

«El diablo desapareció —dijo—, escapó como un cobarde por mi mano izquierda.»

Había llegado con la convicción de que estaba poseído, por lo tanto, lo estaba. Se fue con la creencia de que el diablo había desaparecido de su mano derecha, por lo tanto, así había sido. Toda la retórica y el dogma del mundo no pueden refutar ese resultado.

En cuanto a lo que realmente sucedía, era mucho más interesante que una posesión, si él hubiese estado dispuesto a escucharlo. El hemisferio derecho del cerebro controla las emociones y el hemisferio izquierdo, el intelecto. En su caso, una nueva relación amorosa lo impulsaba a comportarse de un modo que lo hacía sentir tonto e ilógico (alcen las manos, por favor, si hay alguien que sabe cómo es eso) y preocupaba a su mente a tal punto que no podía concentrarse tan fácilmente en su trabajo y en sus otras responsabilidades (por favor, otra vez, alcen las manos arriba). Debido a su crianza religiosa y cultural, la extraña aflicción que le producía que sus emociones prevalecieran sobre su intelecto se explicaba de un modo mucho más fácil diciendo: «El diablo ha poseído mi mano derecha» y luego, con satisfacción: «Escapó por mi mano izquierda». Salió de mi oficina sintiendo que su intelecto estaba otra vez al frente, del modo en que él estaba acostumbrado. Esto durará hasta que su pareja comience a jugar con él, y lo hará, pero ésa es otra historia para algún otro libro. Mientras tanto, no puedo evitar cerrar el tema preguntándome en voz alta si, considerando lo que esta mujer tiene en mente para este hombre excepcionalmente ingenuo, no sería mejor que existiera algo así como la posesión.

Presagios

Los presagios son señales que buscamos o que, algunas veces, causamos en nosotros mismos para predecir el futuro. Una estrella fugaz a la que le pedimos un deseo para asegurarlo, una marmota y su sombra que nos brinda una pista sobre el clima durante las siguientes seis semanas, un espejo roto que, supuestamente, nos condena a siete años de mala suerte (o lo garantiza, si así lo creemos): son todos presagios tan arraigados en nosotros que nuestras respuestas ante ellos parecen totalmente naturales.

La búsqueda seria de respuestas, confirmaciones y pistas de nuestro destino, en lo que sabemos es un universo ordenado, es tan antigua como la humanidad. De hecho, los griegos y los romanos valoraban tanto la habilidad de interpretar con precisión los presagios que lo convirtieron en una apreciada profesión y/o compensaron a quienes consideraban que poseían ese don específico con el título de «sacerdotes». Los antiguos romanos crearon, incluso, dos especialidades particulares: los *augurs,* que predecían el futuro basándose en los pájaros y sus patrones de vuelo, y los *haruspex,* que realizaban sus predicciones a partir de las señales que encontraban en las entrañas de animales sacrificados. *Augurio* es todavía una parte de nuestro lenguaje, que se utiliza como sinónimo de «presagio», mientras que la popularidad de *haruspex* nunca logró imponerse, lo cual no resulta sorprendente.

El búfalo blanco es un fuerte presagio autóctono estadounidense.

La mayoría de los presagios han sido adaptados de épocas anteriores a la actual, divulgados y plagiados de una cultura a la otra y, generalmente, considerados como una verdad o como algo que «es estúpido, pero igual voy a respetarlo por si acaso», según algunos subgrupos dentro de las culturas, a tal punto que es imposible decir dónde y cuándo se originaron exactamente. Sin embargo, eso no los hace ni menos divertidos, ni menos fascinantes, por lo que aquí presento un pequeño número de ellos en los que algunas personas actualmente siguen creyendo:

—Trae mala suerte encontrarse con un gato, un perro o una mujer la primera vez que se sale de casa por la mañana.

—Tendrás un mal día si regalas agua antes del desayuno.

—Matar a un pájaro petirrojo te condena a tener mala suerte de por vida.

—Si un búho vuela tres veces alrededor de una casa, uno de sus habitantes morirá pronto.

—Encontrar la muela de un caballo por casualidad garantiza dinero.

—Es de mala suerte arrojar tu sombrero sobre una cama.

—Trae mucha mala suerte llevar flores rojas y blancas en un avión.

—Si te duele el codo significa que pronto cambiarás de compañero de cama.

—Para traerle buena suerte a un pescador, arroja un carbón caliente al agua, en la estela de su barco.

—Ver una nube con forma de caja rectangular significa que pronto te encontrarás con un cadáver.

—Es de mala suerte hablar de fuego en un banquete. Si llegara a suceder involuntariamente, el único antídoto es echar agua sobre la mesa.

—Si una serpiente cae en tu patio desde el techo, se producirán inevitables catástrofes en el futuro.

—Si apagas una luz mientras todavía hay personas cenando en tu casa, habrá una persona menos a la mesa en el término de un año.

—Si pisas un grillo, te sucederán toda clase de desgracias, y no será la menor de ellas que otros grillos destruyan tu ropa como acto de venganza.

—Si un gato estornuda, se aproxima lluvia.

—Trae mala suerte encontrar una araña por la mañana, pero buena suerte encontrarla por la noche.

—Cuando derramas sal, debes espantar a la mala suerte (la que de otro modo será inevitable) recogiendo la sal con tu mano izquierda y lanzándola al fuego por encima de tu hombro derecho.

—Siempre traerá buena suerte tomar el desayuno navideño a la luz de las velas.

Protección (*Cocooning*)

Algunos espíritus, incluso cuando pareciera que las largas enfermedades les fueran a dar mucho tiempo para hacer las paces con la muerte, experimentan una difícil transición al Más Allá. La tradicional revisión de nuestra vida en la máquina examinadora y el proceso de orientación que la mayoría de nosotros experimentaremos cuando volvamos a Casa no le pueden ofrecer a estos espíritus, especialmente conflictivos, el cuidado intensivo que necesitan. Cuando se requiere este tipo de cuidado, los espíritus del Más Allá están brillantemente capacitados para llevar a cabo un procedimiento tranquilo y lleno de amor, llamado «protección».

Durante este procedimiento, el espíritu duerme un sueño crepuscular sanador, recibe cuidados constantes y la transmisión permanente del amor poderoso y pacífico de Dios. Los espíritus son protegidos, durante el tiempo que sea necesario para que vuelvan a estar saludables, y se despiertan felices por estar nuevamente en Casa.

Mi padre y yo, por ejemplo, tuvimos un lazo extraordinario desde el día en que nací. Cuando falleció, después de muchos meses de una devastadora enfermedad, llegó al Más Allá muy angustiado por el dolor que le causaba no estar a mi lado, casi como si se hubiera llevado su pena y la mía con la esperanza de evitarme el dolor de perderlo. Fue protegido amorosamente durante su período de adaptación. Mientras tanto, me quedé atrapada aquí, tratando de sobreponerme al vacío que me causaba su ausencia, enfrentándome a la ironía de ver a los seres queridos, ya fallecidos, de todos los demás pero no al mío. Miraba, esperaba, escuchaba, oraba, rogaba, sollozaba, pero no podía ver a mi padre en ningún lugar. Finalmente, luego de ocho meses que parecieron una eternidad, percibí en un rincón del cuarto la pista inconfundible del aroma a cereza de su tabaco favorito, me volví y lo encontré observándome, pacífico y sonriente.

«¡Papá! —exclamé—. ¿Por qué te has demorado tanto?»

Su respuesta fue totalmente honesta: «¿Qué quieres decir? Acabo de irme».

Nunca olvides que sólo aquí, en la Tierra, estamos obsesionados con el tiempo. En el contexto de la eternidad del Más Allá, ocho meses, ocho años o incluso ocho décadas pasan en un abrir y cerrar de ojos.

Si sospechas que tus seres queridos, ya fallecidos, tal vez no hayan estado emocionalmente preparados para ir a Casa o no los percibes a tu alrededor tan rápido como anhelas, por favor, trata de ser paciente y de no preocuparte. Probablemente están siendo protegidos, en manos seguras y sagradas, y estarán contigo nuevamente, muy pronto, tan felices, tranquilos y radiantes de salud como hayas rogado que estén, igual que como estaba (y está) mi padre, gracias a Dios.

Proyección astral

La proyección astral es el simple y sorprendentemente frecuente proceso por el cual el espíritu se toma descansos temporales del cuerpo en el que se aloja. El descanso puede llegar a ser momentáneo, y el espíritu puede llegar a quedarse cerca del cuerpo, por puro deporte. O puede llegar a ser una experiencia más distante en la cual el espíritu se proyecta hacia una ubicación específica, que en la dimensión del reino espiritual no lleva más tiempo que un abrir y cerrar de ojos.

Hace poco, un cliente me contó una historia que ilustra perfectamente la naturaleza instantánea y, a veces, involuntaria de una experiencia de proyección astral. Sucedió cuando se encontraba en una reunión con otros ejecutivos, en una importante empresa de comunicaciones en Houston. En un momento, estaba sentada en la silla que le habían asignado frente a la larga mesa ovalada de conferencias, mirando de forma distraída, a través de las ventanas, el horizonte de la ciudad. Al momento siguiente se encontraba en el asiento trasero de una camioneta Explorer que se deslizaba, a toda velocidad y salvajemente, por un camino de montaña cubierto de hielo. En ese instante, la camioneta se estrellaba contra un terraplén de piedra y caía, dada la vuelta, entre un grupo de enormes pinos. Mi cliente vio a su marido detrás del volante: su cojín de aire se había desplegado, el lado izquierdo de su cabeza estaba cubierto de sangre y la ventana del conductor del Explorer estaba rota. Vio a su hermano en el asiento del acompañante: su cojín de aire también se había desplegado, estaba inconsciente y su cabeza colgaba en un ángulo tan extraño que mi cliente supo que él se había roto el cuello. Estaba inmovilizado, ya que ese lado del vehículo había quedado atrapado contra un árbol. Mi cliente apenas notó algunos comestibles diseminados caóticamente a su alrededor, en el asiento trasero, y le parecía imposible que el silencio horrible y grotesco fuera interrumpido por el sonido fuerte y claro de un partido de fútbol en la radio de la Explorer.

Un instante más tarde, ella estaba nuevamente en el salón de conferencias en tal estado de conmoción que tuvo que disculparse e ir corriendo a su oficina para llamar a la cabaña cerca de Vail, Colorado, donde ese mismo fin de semana iba a reunirse con su marido y con su hermano para pasar una vacaciones practicando esquí. Miró el reloj mientras esperaba que alguien atendiera la llamada. Eran las 15.36. Al no obtener respuesta, trató de comunicarse con los teléfonos móviles de su hermano y de su esposo. Sintió el corazón en la boca cuando ninguno de los dos teléfonos siquiera sonó.

En los borrosos días y semanas que siguieron, ella supo cada vez más y más detalles. La Explorer había chocado contra un parche de hielo negro y había volcado en la ruta cuando se dirigía a la cabaña, luego de haber ido a un almacén en la villa montañosa que se encontraba a algunos kilómetros de distancia. Un conductor que viajaba en dirección opuesta presenció el accidente y llamó al 911 (servicio de urgencias) a las 15.24, hora de Houston. El marido de mi cliente murió instantáneamente por la fractura de cráneo ocasionada por el golpe de su cabeza contra la ventana del conductor. Su hermano murió camino al hospital debido a que se había roto el cuello. Un paramédico que asistió al lugar del accidente comentó, más tarde, que había algo desconcertante en el sonido del partido de fútbol que aún se escuchaba, como si nada hubiera pasado.

¿Entiendes lo que quiero decir? Proyección astral, un viaje espiritual desde un salón de conferencias en Houston a un camino de montaña sinuoso en Colorado, en menos tiempo del que toma decir estas palabras. En este caso, si bien mi cliente amaba mucho a su esposo, fue la profunda conexión espiritual que tenía con su hermano, de ésta y de muchas otras vidas, que la impulsó a su lado cuando supo que él estaba por ir a Casa.

Un ejemplo perfecto de cuán irrelevantes son, incluso aquí en la Tierra, las leyes del tiempo, la distancia y la gravedad cuando el espíritu toma el control.

El fenómeno del viaje astral está tan ligado a la proyección astral que casi no se los puede distinguir. Pero muy a menudo, como estás a punto de ver, durante el viaje astral experimentamos tanto el trayecto como el destino.

Psicometría

Como leerás en el apartado «Huellas», la energía que emana de todo lo viviente en la Tierra es lo suficientemente poderosa como para tener un impacto en todo lo no viviente que se encuentra a su alrededor, y ser absorbida por ello. Así, en una escala inmensa y espectacular, se forma un vórtice de energía llamado «huella». En una escala pequeña y mundana, cada objeto inanimado que nos rodea ha absorbido y todavía retiene la suma total de toda la energía viviente con la que ha entrado en contacto.

La psicometría es la habilidad para percibir e interpretar la energía viviente asimilada por los objetos inanimados. La percepción de esa energía puede producirse a través de visiones, detección de olores, sonidos, sensaciones y aun sentimientos empáticos específicos que se manifiestan físicamente como el dolor, el frío y el calor.

Cuando los psíquicos que se especializan en la psicometría trabajan con la ley, por ejemplo, pueden sostener una prenda de un niño perdido y, mediante la interpretación de la energía contenida en esa prenda, recibir imágenes, olores o sonidos provenientes del lugar donde se encuentra el niño, percibir si éste tiene miedo o está con alguien con quien se siente a salvo, y/o cualquier herida que pueda haber sufrido.

A otros psíquicos y médiums, muchos de ellos exitosos, les parece útil sostener, durante las interpretaciones, un objeto del cliente o del difunto amado con quien el cliente desea ponerse en contacto. Resulta que yo no soy uno de esos psíquicos, pero todo lo que funcione, siempre y cuando sea legítimo y ayude al cliente, para mí está bien.

La mayor parte del tiempo, utilizo la psicometría del mismo modo en que tú lo haces: tomo un producto mientras estoy haciendo compras, por ejemplo, y reacciono en función de la sensación que me provoca. Pude haber visto una cartera idéntica a la que quería conseguir, pero cuando la tomé y la sostuve, hubo algo en ella que me hizo volver a ponerla en su lugar y seguir buscando. Eso es la psicometría. O puedo buscar una casa o un apartamento y entrar a un lugar que es maravilloso e ideal en todo sentido con la excepción de que, por alguna razón, me dan ganas de salir de allí corriendo. Eso es la psicometría. Y si realmente quieres practicar a fondo tus habilidades psicométricas, pasa unas cuantas horas en un negocio de antigüedades, en donde cada objeto está repleto de décadas y siglos de energía proveniente de sus dueños anteriores, de la familia, los amigos e invitados; de la dinámica emocional feliz, triste, enfadada o gélida de las respectivas casas a donde perteneció; e incluso del dueño del negocio que lo compró y de los clientes previos que lo tocaron.

La gran mayoría de las personas no precisa que yo les diga que sigan sus propios instintos y que se rodeen únicamente de aquello que les produce una respuesta psicométrica positiva. Sin embargo, de vez en cuando, viene un cliente con una muñeca, un bol de cristal o un cuadro y dice: «Esto ha estado en mi casa durante treinta años y siempre he tenido la sensación de que podría tener algo malvado. ¿Debería deshacerme de él?». Uhmm… ¿Hola…? No dejaría que algo permaneciera en mi casa, ni por treinta minutos, si tuviera la sensación de que hay algo malvado en él. No me importa si me encanta cómo se ve, no me importa cuánto cuesta, no me importa si es una potencial pieza de museo, no me importa si me lo dio la histérica tía Betty y si le dará un síncope si no lo ve colgado cada vez que viene. Eso no va a suceder en mi casa.

Es importante aclarar que es la energía absorbida por los objetos lo que crea nuestra respuesta psicométrica hacia ellos. En sí, los objetos no están embrujados ni poseídos ni son malvados. Los espíritus y los fantasmas pueden manipular objetos inanimados y contribuir a la energía retenida dentro de ellos, pero no pueden ocuparlos. *Inanimado* significa «sin vida», y «sin vida» significa que no puede ser habitado por nada viviente, ni de la Tierra ni del mundo espiritual.

Entonces, cuando digo que no tendré a mi alrededor nada que me produzca una mala sensación, por favor, no permitas que esto te induzca al error de pensar que, psicométricamente, detecto algo más que la historia de la energía del objeto. Y, a veces, eso es bastante. No siempre, pero a menudo, cuando hago una pausa para concentrarme, puedo ver en imágenes dónde ha estado ese objeto y el impacto que esto le ha producido. Hace poco, estuve en una cena de negocios en la casa de una mujer que tenía una desafortunada tendencia a prestarle mucha más atención a su valor material que a su valor espiritual. Especialmente iluminada en su salón, de modo que ninguno de nosotros pudiera dejar de notarla, estaba su más reciente adquisición: una antigua y horrenda gárgola portuguesa de piedra, de doce pulgadas (unos treinta centímetros) de alto, y la mujer estaba ansiosa por contarnos que le había costado decenas de miles de dólares. De lejos, sólo me pareció fea y repelente. No obstante, cuando se dio la oportunidad, discretamente deslicé mi mano a su alrededor durante unos dos segundos. No me llevó más que eso enterarme de que esta repulsiva estatuilla había sido parte de la escenografía de un anfiteatro pagano en donde se sacrificaban niños y animales y que, además, había retenido cada momento malicioso e impío pasado allí. Como no me hicieron ninguna pregunta, mantuve la boca cerrada. Sin embargo, si yo tuviera decenas de miles de dólares para gastar, los gastaría tratando de mantener esa cosa lejos de mí antes que traerla a casa, ponerle una luz encima y someter a mis seres queridos y a mí misma a esa constante, horrorosa y diminuta presencia.

Ya seas sumamente habilidoso con la psicometría, o sólo un poco, ésta es una herramienta muy común y muy útil, y espero que le pongas atención. Entender qué sientes (huellas de energía) y qué no sientes (hechizos o posesiones) en el mundo inanimado que te rodea puede ayudarte a deshacerte aún más de la negatividad de tu vida. Después de todo, estamos aquí para eso.

Psicoquinesis

La psicoquinesis, también llamada telequinesis, es la habilidad de mover o manipular objetos sin la aplicación de ninguna fuerza explicable científica o físicamente. Es una palabra de origen griego: *psyche*, que se traduce a grandes rasgos como «mente» y *kinein*, que significa «mover». A diferencia de la energía cinética, que encontrarás en su propia entrada y que es completamente al azar e involuntaria, la psicoquinesis es intencional, dirigida y específica por parte del poseedor.

Probablemente, la demostración de psicoquinesis más renombrada —e injustamente criticada— en la cultura estadounidense estuvo dada por las repetidas apariciones televisivas, durante la década de los setenta, de Uri Geller, un psíquico israelita que podía torcer cucharas y otros objetos metálicos con el poder de su mente, sin siquiera tocarlos. Las presentaciones se transmitían en vivo, eran fascinantes y, juro, completamente auténticas. Pero debido a que Geller fue incapaz de repetir el mismo fenómeno durante experimentos estrictamente controlados en laboratorio, muchos escépticos y críticos estuvieron encantados en subirse al tren que lo acusaba de ser un fraude y de haber engañado a las audiencias televisivas mediante la sustitución de los objetos de metal en cuestión por medio de la prestidigitación.

Pero en lo que a mí concierne, lo justo es justo: si la credibilidad de Uri Geller resultó comprometida por su incapacidad para probar su don psicoquinético en el entorno de un laboratorio, la credibilidad de los críticos y de los escépticos también debería ponerse en cuestión por su inca-

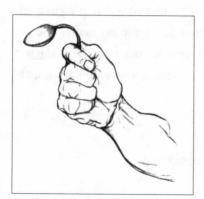

Psicoquinesis.

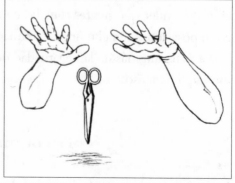

Psicoquinesis.

pacidad de probar que Uri Geller llevaba a cabo algún tipo de truco fraudulento de prestidigitación.

Esto no es para decir que no han existido millones de casos falsos de psicoquinesis. No obstante, se han efectuado estudios minuciosos: desde el más notable del Dr. J. B. Rhine, de la universidad de Duke, en 1934, seguido por otros investigadores serios como el físico Helmut Schmidt, ingenieros y psicólogos de Princeton, expertos de la Academia China de Ciencias, el físico John Hasted, de la Universidad de Londres; bioquímicos de todo el mundo y muchos más para enumerarlos a todos aquí. Los resultados parecen ser los siguientes:

—La validez de la existencia de la psicoquinesis no puede ser desestimada ni desaprobada.

—El aprovechamiento y la ayuda productiva del poder de la psicoquinesis tiene un enorme potencial biológico y humanitario. Se ha demostrado que los anticuerpos colocados en tubos de ensayo y expuestos a la proximidad de manos energizadas psicoquinéticamente, por ejemplo, crecen más rápido que los anticuerpos a los que esas manos nunca han accedido. Y distintos tipos de moho y hongos, bajo la influencia psicoquinética, han sufrido un crecimiento más lento que los que no fueron expuestos a dicha influencia.

Todo esto es, simplemente, para decir que nadie está más a favor del escepticismo y de la exigencia de pruebas que yo. Sin embargo, una vez que aparece un fuerte indicio de que existe un fenómeno con beneficios potencialmente ilimitados para este planeta y sus habitantes, ¿no es momento de que lo normal y lo paranormal comiencen a trabajar juntos y demuestren que, como fuerza unida, no existe prácticamente nada en la tierra de Dios que no puedan lograr?

La Puerta Izquierda

El Lado Oscuro, como puedes leer en su correspondiente apartado, está formado por los verdaderos sociópatas que se encuentran entre nosotros:

los que no tienen conciencia alguna ni capacidad de arrepentimiento, los que creen que el amor es estrictamente una herramienta para manipular a los demás y para alimentar su amor propio y, por sobre todo, quienes sin importar qué retórica inventaron para ganar tu confianza se han alejado de Dios. Déjame repetirte, así te queda bien claro, algo que no quiero que jamás pongas en duda: el Lado Oscuro está formado por quienes se alejaron de Dios. Dios no se ha alejado de ellos más de lo que alguna vez podría o querría alejarse de cualquiera de nosotros, porque realmente somos Sus hijos. Si la vida de alguien está desprovista de Dios, es siempre por elección propia de esa persona y no por la de Él.

Existe un lugar real llamado «el Más Allá». Sin embargo, lo que más se aproxima al lugar llamado «infierno» es esta tierra en la que vivimos, este exigente campamento de entrenamiento al que voluntariamente acudimos de vez en cuando para avanzar en el viaje eterno de nuestras almas. Dicho sea esto —y es completamente cierto—, es válido preguntarse qué les sucede a los espíritus del Lado Oscuro cuando su vida se termina. La respuesta no es bonita, pero déjame repetirte que sólo es a sí mismos a quienes deben agradecérselo.

Cuando una persona muere en el Lado Oscuro, su espíritu nunca experimenta el túnel ni la luz sagrada al final de éste. En cambio, su espíritu es lanzado directamente a través de la Puerta Izquierda del Lado Oscuro o, con el nombre con que mi nieta solía designarlo cuando era pequeña, del Cielo Maldito. Por favor, no quiero que te quede la impresión errónea de que cuando llegamos al Más Allá vemos dos puertas y tenemos que elegir entre la de la derecha o la de la izquierda. Muy pocas veces he escuchado de supervivientes de experiencias cercanas a la muerte que hayan encontrado dos puertas al final del túnel, y nunca hubo peligro de que cruzaran por la equivocada.

Los que están del Lado Oscuro ya han elegido la Puerta Izquierda al vivir una despiadada vida de abuso físico, emocional y/o espiritual de los hijos de Dios, por lo que no pueden ver ninguna otra puerta cuando mueren. Y detrás de la Puerta Izquierda hay un abismo impío, oscuro, sombrío y lleno de la nada absoluta.

Los únicos residentes permanentes de este abismo son seres sin rostro, encapuchados y con capas, que se han vuelto el arquetipo artístico y literario para la imagen de la muerte, alias la Parca. Estos seres no actúan como guías espirituales oscuras o ángeles vengadores. Su función es más parecida a la de un Consejo, que supervisa la trayectoria de los espíritus, quienes hacen una breve aparición ante su presencia.

Y el tiempo que pasan los espíritus en el vacío, detrás de la Puerta Izquierda, es escaso, si no nulo. A diferencia de los espíritus en el Más Allá, quienes pueden elegir si desean volver a la Tierra para otra encarnación y en qué momento hacerlo, los espíritus de la Puerta Izquierda viajan directamente desde sus cuerpos muertos de regreso al útero, a través de la oscuridad impía que han elegido, en un viaje semicircular que ellos mismos provocan y que los deja rodeados por la misma oscuridad en el nuevo nacimiento como lo estaban en la muerte de su vida anterior.

En otras palabras, un ejemplo perfecto del Lado Oscuro es Ted Bundy:[11] en el instante en que murió, su espíritu atravesó la Puerta Izquierda y se metió en el útero de una mujer sin que ésta sospechara nada en absoluto. Esa mujer, probablemente hoy en día, todavía está preguntándose en qué falló como madre, cuando la verdad es que el oscuro curso de la vida de su hijo ya estaba determinado antes de que éste naciera. Por lo tanto, si estás convencido de que con una cuota suficiente de paciencia y amor puedes cambiar para bien a alguien que se encuentra en tu vida, y que proviene del Lado Oscuro, por favor, recuerda que estás luchando contra un ciclo perpetuo del alma que imposibilita el progreso espiritual. Y ésa es una batalla que no podrás ganar.

No puedo decirte cuán aliviada me sentí, ni cuántas de mis eternas preguntas encontraron respuesta, cuando descubrí la verdad acerca del viaje que va desde el Lado Oscuro, a través de la Puerta Izquierda, hasta el útero. Primero, como psíquica, puedo mirar a la mayoría de las per-

---

11. Asesino en serie estadounidense. Se estima que asesinó a unas cien mujeres jóvenes en la década de los setenta. *(N. del T.)*

sonas y ver toda una multitud de espíritus del Más Allá, desde guías espirituales y seres queridos que ya han fallecido, hasta ángeles. Pero, de vez en cuando, puedo ver a alguien que parece no tener ningún espíritu a su alrededor, que parece aislado del apoyo del amor divino que constantemente nos rodea a la mayoría de nosotros. Solía preocuparme la posibilidad de que estuviera perdiendo mi habilidad con algunas personas y, en caso de ser cierto, necesitaba solucionarlo. Ahora sé que existe una razón perfectamente adecuada por la que algunas personas no tienen todo un equipo del Más Allá a su alrededor: es imposible reunir a un equipo perteneciente a un lugar en el que jamás has estado. Esas personas solitarias son entidades oscuras que, por decisión propia, eligen la Puerta Izquierda y por eso pagan un terrible precio espiritual.

La verdad sobre el viaje del Lado Oscuro me ha brindado un gran consuelo espiritual. Por un lado, sé que el Dios perfecto en el que yo creo nunca podría ser tan vengativo como para desterrar a alguno de Sus hijos de su sagrado reino por toda la eternidad. Por otro lado, tampoco podía satisfacerme la idea de que Ted Bundy y yo, que estamos, para decirlo cortésmente, en los polos opuestos de la santidad humana, pudiéramos ser igualmente acogidos por el Más Allá entre encarnación y encarnación, como si no existieran diferencias significativas entre mi alma y la de un asesino en serie.

Ahora entiendo qué es lo que envía a Bundy, a Hitler y a otros acreditados miembros del Lado Oscuro a través de la Puerta Izquierda para innumerables y oscuras encarnaciones, en tanto que la mayoría de nosotros llegamos sanos y salvos a Casa en el Más Allá: los insolentes miembros del Lado Oscuro le dan la espalda a un Dios que nunca dejó ni dejará de amarlos, y es ese acto de desdén lo que nos resulta —a la mayoría de nosotros— tan espiritualmente inconcebible como la existencia del mismísimo Lado Oscuro.

Y para probar que nuestro Creador realmente ama eterna e incondicionalmente a cada uno de Sus hijos, ni siquiera las entidades oscuras están condenadas a realizar eternamente el viaje de la Puerta Izquierda al útero. Los espíritus y ángeles del Más Allá están atentos a estos espíritus per

didos y, tarde o temprano, los interceptan en su rápido viaje de una
dimensión a la otra y los llevan de vuelta a Casa para que sean acogidos
por Dios y reciban nuevamente el amor de la luz blanca del Espíritu Santo, la única fuerza lo suficientemente poderosa como para que recuperen
la santidad de su alma.

Puntos de entrada

Una de las muchas cosas conmovedoras que he descubierto acerca de la
mente espiritual, en los años en que he estado haciendo hipnosis regresiva, es su deseo por librarse del dolor. Irá donde sea necesario ir, conmigo o sin mí, sin importar el tiempo que le lleve, para sacar a la luz cualquier espina enterrada que la haya molestado durante demasiado tiempo.
Y una vez que esas espinas son puestas al descubierto, a donde la luz del
sol y el aire de la mente consciente pueden alcanzarlas, la curación es casi
instantánea.

Llamaré al cliente «Sr. A». Era de Nueva Orleans y había volado seme-
jante distancia hasta aquí en busca de ayuda para lo que él describía como
un «absoluto terror» a estar solo. Había armado su vida de modo tal que
rara vez sucediera, pero cuando pasaba, cuando se encontraba solo por
más de un breve lapso, lo inundaba la sensación de haber hecho algo terriblemente malo que le era imposible remediar.

Yo no guío a mis clientes durante la hipnosis regresiva. Ellos me
guían a mí y yo sólo realizo algunas preguntas objetivas, esporádicamen-
te. Entonces, minutos después de llegar a mi oficina, el Sr. A ya estaba en
Egipto y tenía una feliz y exitosa vida como miembro de la Guardia Real
y como padre de diez niños. Como a veces sucede con clientes que
recuerdan sus encarnaciones más queridas, comenzó a dar minuciosos
detalles y pasó un tiempo hasta descubrir que, en esa vida, había muerto
de un repentino ataque cardiaco cuando tenía más de sesenta años.

Había sido tan meticuloso con su encarnación en Egipto que no podía
ni imaginarme lo que me depararía cuando pasara del ataque cardiaco al

Más Allá. Me había dicho los nombres de sus diez hijos egipcios, por lo tanto rogué que no estuviera por escuchar el nombre de todos los seres queridos que estaban allí para darle la bienvenida a Casa.

Mencionó el túnel y la luz y, luego, hizo una pausa. Respiré profundo y pregunté: «¿Dónde te encuentras ahora?».

Su voz se hizo muy suave: «En un campo verde. Hermoso. Rodeado de montañas. Y animales».

Lejos estaba de mí decirle que la primera cosa que uno ve del Más Allá es el prado; eso lo tenía que descubrir a su propio ritmo. En cambio, simplemente le pregunté: «¿Cómo te sientes?», y me preparé para las variantes de costumbre, como: extasiado, eufórico, feliz, en paz. Para lo que no estaba preparada era para lo que me dijo en verdad: «Desolado».

Me armé nuevamente lo mejor que pude, pero definitivamente me había dejado perpleja: «¿Dónde estás?», le pregunté. «Perú», dijo.

Era demasiado para tratarse de un interminable viaje a Casa. Ya había pasado a otra vida: «¿Qué estás haciendo en Perú?», le pregunté.

Luego de lo cual comenzó a sollozar. Seguí repitiendo: «Ve a la posición de observador. Lo que estás sintiendo no está sucediendo ahora, es en otra vida. Nos desharemos de ello para que no pueda herirte de nuevo. Obsérvalo. Sólo míralo y dime qué ves.»

Mi guía espiritual, Francine, nunca interfiere con mis interpretaciones o mis sesiones de hipnosis, pero apareció y se quedó conmigo el tiempo suficiente como para indicarme lo próximo que debía salir de mi boca. No sabía lo que quería decir, pero si ayudaba a que mi cliente se calmara, no me importaba. Repitiendo lo que ella decía, dije: «Ve a tu punto de entrada».

Fue como si hubiese pulsado un botón de avanzado rápido. Se volvió objetivo y se concentró, y las palabras casi salían a borbotones de su boca: «Mi esposa y mi hijo fueron asesinados. Fue mi culpa. Los mató mi amante para castigarme por haberme negado a dejarlos. En lo que a mí concierne, fui responsable de la muerte de mi familia y perdí el derecho a cualquier momento de felicidad. Entonces, desaparecí en las montañas, donde nadie me conocía y cuidaba ovejas a cambio de un lugar en donde dormir; encontrándome allí, morí de frío. Nunca, en absoluto, le pedí a Dios que me perdonara. No podía imaginarme por qué Él querría siquiera escuchar el sonido de mi voz».

No era una sorpresa que el pobre hombre asociara a la soledad con el castigo, y ésta era una horrible carga que llevaba sin saber de dónde provenía. Como puedes leer en el apartado denominado «Memoria celular», tenemos heridas sin cerrar de las vidas pasadas, conectadas con nuestros cuerpos a través de la memoria celular y, a causa de esto, reaccionamos a esas heridas como si se acabaran de producir.

Es fácil darse cuenta de que la revelación del día para mí fue el tema del punto de entrada. Francine me contó, más tarde, que el punto de entrada es el momento en el cual sucedió el evento o los eventos que dieron origen a la creación del doloroso recuerdo celular. No podía creerlo. Una forma de que los clientes, quienes luchaban contra un tema en particular, saltaran a su origen, sin que pasáramos media sesión o más recorriendo vidas pasadas irrelevantes con respecto al problema en cuestión. Eso sonaba demasiado bueno para ser verdad.

Sólo tenía una duda y la compartí con Francine: «¿Cuáles son las posibilidades de que mis clientes sepan el significado de "punto de entrada" cuando lo escuchen? Yo no lo sabía».

Ella me respondió: «No era necesario que tú lo supieras. Es para ellos».

Eso sucedió hace casi veinte años. Y juro lo siguiente: sin excepciones, desde entonces, cada vez que le he pedido a un cliente de hipnosis regresiva que me señale su punto de entrada ha sabido exactamente a qué me estaba refiriendo y se ha situado, en un abrir y cerrar de ojos, en la vida pasada y en el evento relevantes. Por curiosidad intenté que algunos clientes, estando «despiertos», me hablaran sobre su punto de entrada, y sin excepción todos me preguntaron: «¿Qué es eso?».

Supongo que es a mucho más de ese vocabulario espiritual exclusivo al que todos retornaremos tan pronto como volvamos a Casa.

Puntos de salida

Cuando escribimos nuestros planes de vida en el Más Allá, para una próxima encarnación, sabemos bien qué penoso desafío puede ser la vida en la Tierra. Por lo tanto nunca completamos nuestros planes sin colocar cinco posibles rutas de escape o cinco maneras y medios diferentes de establecer, nosotros mismos, el final para volver a Casa.

Estos cinco escenarios autoconcebidos de salvación se llaman «puntos de salida». Son circunstancias que predeterminamos y que pueden derivar, si elegimos aprovecharlas, en el final de la encarnación. Escribir cinco de ellos en nuestros planes no significa que tengamos que quedarnos hasta pasar el quinto punto. Podemos decidir, por ejemplo cuando llegue el primero, el segundo, o el cuarto punto, que hemos logrado lo que queríamos en este viaje. Y no es necesario, en el momento de crearlos, que los distribuyamos en el tiempo de forma homogénea. Podemos escribir dos puntos de salida para el mismo año, por ejemplo, y luego tener una espera de veinte o treinta años hasta que llegue el próximo.

Los puntos de salida más obvios incluyen enfermedades críticas y cirugías, accidentes potencialmente fatales y cualquier otro suceso que pudiera causar la muerte, pero que no lo hace (no por una cuestión de suerte, sino porque simplemente elegimos no tomar ese punto de salida en particular). Otros puntos de salida, sin embargo, son tan sutiles que tal vez ni los reconozcamos: decidir sin razón conducir por una ruta diferente de la habitual para ir al trabajo, demoras triviales que evitan que salgamos de casa a tiempo, un cambio en el último momento en los planes de viaje, la cancelación de un compromiso porque súbitamente no tenemos deseos de ir. Innumerables incidentes, que parecen totalmente insignificantes, podrían ser un recuerdo subconsciente de un punto de salida que hemos escrito en nuestro plan, pero que decidimos no aprovechar.

Otra forma de que aparezcan, a veces, los recuerdos de nuestros puntos de salida es mediante los sueños recurrentes. Pon especial atención a cualquier sueño recurrente sobre una persona, un lugar o una situación específica pero desconocida que te haga sentir incómodo. Si ese sueño termina manifestándose en la vida real, podría ser que el sueño fuera profético, pero con la misma frecuencia puede ser el recuerdo de un punto de salida que sabes que está en camino y respecto del cual pronto tendrás que tomar una decisión.

También, a veces, es posible reconocer un punto de salida que no elegimos cuando nos recobramos, justamente, de ese potencial punto de salida. Una vez, realicé hipnosis regresiva a un cliente que todavía se estaba recuperando de las quebraduras sufridas después de un accidente de motocicleta. Él no tenía ningún recuerdo consciente de lo que le había sucedido, pero bajo hipnosis recordó claramente haber tomado la decisión de salir de la ruta y entrar por un terraplén. Más tarde, descubrió —por un paramédico que se encontraba allí— que había cambiado de dirección justo a tiempo para evitar una colisión frontal con un camión al que le habían fallado los frenos y que se abalanzaba contra él en dirección contraria. También recordó que, justo cuando recuperaba la conciencia, en el fondo del terraplén, una voz (su guía espiritual) susurró: «Ése fue el número cuatro». Él nunca había oído nada sobre los puntos de salida y me preguntó qué significaba el «número cuatro». Cuando se lo expliqué, sonrió como si hubiera encontrado, al mismo tiempo, la respuesta a muchas otras preguntas y simplemente respondió: «Sé que es verdad».

Cinco elecciones, que nosotros debemos hacer, sobre cuándo y cómo irnos a Casa. Ésa es la verdad. Y espero que el hecho de saberlo te haga sentir con tanto poder de decisión como a mí.

Quiromancia

La quiromancia es la interpretación del pasado, presente y futuro de una persona a través del estudio de los patrones de las líneas, de los montes, de la piel y de otras marcas naturales de las manos. Se cree que tu mano dominante, con la que escribes, revela el curso de tu vida, mientras que tu otra mano indica tu destino final.

Cada uno de los montes o montañas de carne que se elevan en la palma de tu mano, como las que se encuentran en la base de tus dedos, tiene el nombre de un cuerpo celeste: el Sol, la Luna, Júpiter, Saturno, Mercurio, Marte Superior, Marte Inferior y Venus. Cada monte representa una lista específica de atributos, con el tamaño del monte como índice de cuánto o qué tan poco de ese atributo posee una persona. El Sol, por

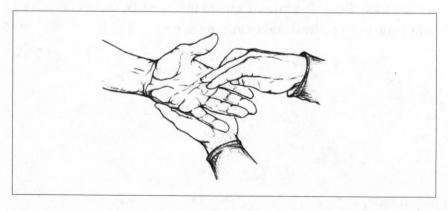

Quiromancia.

ejemplo, que es el monte debajo del dedo anular, indica el talento creativo; Venus, el monte en la base del dedo pulgar, indica las relaciones amorosas; la Luna, el monte menos elevado de la mano, debajo del dedo
meñique, indica la imaginación, y así sucesivamente.

A cada dedo, además, se le designó su propio nombre y se le determinó
su propio listado de atributos, con la longitud y la forma de los dedos sugi-
riendo la cantidad y cualidad de los atributos que posee la persona. El dedo
índice, o el dedo Júpiter, representa las cualidades asociadas al liderazgo. El
dedo mayor, o Saturno, contiene las claves del destino de la persona. El dedo
anular, llamado dedo Apolo, representa la salud y la conciencia metafísica. El
dedo meñique, alias el dedo Mercurio, se ocupa en general de la comunicación. El dedo pulgar es Venus e indica la flexibilidad mental y emocional. Cada
una de las tres divisiones de los dedos tiene su propio significado, e incluso
también se le da importancia al espacio existente entre los dedos.

Las líneas de la mano también tienen su significado. La Línea de la Vida
es la que rodea el monte Venus en la base del pulgar, finalizando en la
muñeca. La significación no reside sólo en su longitud, sino también en su
conexión con otras líneas. Si no se cruza con la Línea de la Cabeza, por
ejemplo, que corre horizontalmente a través de la palma, la persona es
probablemente un pensador libre. La Línea del Destino corre hacia abajo
desde el dedo Saturno hasta la muñeca e indica la profesión y los objetivos. La Línea del Corazón es la línea horizontal que atraviesa la palma en
la parte superior y sugiere el equilibrio entre la mente y las emociones, la
importancia de las relaciones amorosas en la vida de una persona, el rol
activo o pasivo que esa persona adopta en las relaciones, etc.

Mi opinión sobre la quiromancia es la misma que mi opinión acerca
de la utilización de otras herramientas físicas para realizar las interpretaciones: si es de utilidad para el intérprete y la usa en combinación con
otras habilidades psíquicas otorgadas por Dios, maravilloso. Sin embargo,
si se la toma demasiado literalmente, sin el perspicaz aporte de un psíquico, no tiene más valor (salvo el financiero para el intérprete) que el
de una interpretación conseguida llamando a la línea directa de un psíquico, cuya preparación de antemano es disimulada inteligentemente.

R

Radiestesia

La radiestesia es una forma de adivinación (que confía en aprovechar la energía sobrenatural o paranormal de un objeto) que se ha usado durante miles y miles de años para buscar cualquier cosa, desde aguas subterráneas y minerales hasta tesoros hundidos. En su forma más común, el radiestesista usa una varilla o bastón, a veces dentado, a veces en forma de L, llamado «varilla radiestésica» o «varilla adivinatoria», y camina por el área en cuestión hasta que la varilla apunta hacia abajo, indicando que el recurso que se estaba buscando ha sido localizado. (Algunos radiestesistas prefieren utilizar dos varillas y saben que encuentran algo cuando éstas se entrecruzan.)

Mientras que los escépticos con respecto a la radiestesia son casi tan numerosos como los radiestesistas mismos, vale la pena tomarse un momento para agradecer a Dios que esta práctica haya evolucionado hasta convertirse en una actividad bastante bien intencionada, legítima o no, después de una larga historia de horrendos abusos. Los radiestesistas antiguos, sobre todo en Egipto, Siria y Babilonia, eran conocidos por usar sus «habilidades» para determinar los verdaderos deseos de los dioses (incluyendo quién podía ser desterrado o sacrificado) y para llegar a veredictos y sentencias en juicios. (De hecho, el uso de varillas adivinatorias en juicios no estuvo prohibido oficialmente hasta principios del 1700.) Existieron una gran cantidad de prácticas clandestinas de radiestesia hasta la Edad Media, época en que se divulgó la idea de que la radiestesia era satánica. Pero fueron los germanos —siempre prácticos, por lo que no se los podía molestar con toda esta charla sobre la voluntad de los dioses, el satanismo o el sistema jurídico— quienes, en algún momento durante el 1400, concentraron su energía radiestésica en la búsqueda de metales y demás recursos bajo tierra. Ese potencial ganó popularidad y, con el tiempo, se divulgó por todo el mundo. Todavía existen, hoy en día y en todas partes, sociedades de radiestesia muy activas, ninguna de las cuales, a mi leal saber, se ha concentrado en fines maliciosos o destructivos.

Las varillas adivinatorias más populares, dentadas o en forma de L, suelen estar hechas de metal, acero o ramas. Los radiestesistas que prefieren el metal o el acero sostienen que la varilla responderá al campo magnético del objeto buscado, y que el mango de la varilla debe ser envuelto con un material no conductivo de cualquier clase para evitar que la energía electromagnética, propia del radiestesista, interfiera con las señales. Los que utilizan las varillas de ramas, por otro lado, dicen que sólo una varilla adivinatoria natural podrá responder a elementos naturales, que son generalmente los objetos que se buscan.

Y existe también una variación llamada «radiestesia a distancia con mapa», en la cual el radiestesista se para con un péndulo sobre el mapa del área en cuestión y deja que el péndulo se dirija a la ubicación buscada. La radiestesia con mapa es especialmente popular entre los esforzados radiestesistas que se dedican a la búsqueda de personas desaparecidas.

Las explicaciones sobre por qué la radiestesia funciona o no son innumerables, pero en general giran alrededor de la cuestión de si el radiestesista manipula el movimiento de la varilla o no. Es más que fascinante que quienes desestiman a los radiestesistas como impostores utilicen el argumento de que «por supuesto» que el radiestesista manipula el movimiento de la varilla y que, por lo tanto, la radiestesia es una farsa. Quienes apasionadamente consideran legítima a la radiestesia utilizan el argumento de que «por supuesto» que el radiestesista está manipulando el movimiento de la varilla y por lo tanto la radiestesia es válida. En otras palabras, los radiestesistas insisten en que lo que hace exitosa la radiestesia es una combinación de sus propias sensibilidades electromagnéticas hacia el objeto de búsqueda, los movimientos involuntarios de la mano que la sensibilidad crea y el movimiento resultante y amplificado de la varilla. Los escépticos toman la postura de que cualquier manipulación por parte del radiestesista invalida el proceso completo. Y así sucesivamente, sigue la discusión hasta la actualidad, lo que significa que existe suficiente material sobre la radiestesia como para seguir debatiendo su credibilidad durante incontables milenios.

Rapport

Tenía dieciocho años cuando sufrí la primera gran pérdida de mi vida y comprendí el infinito e insoportable dolor de la ausencia de un ser querido. Mi abuela Ada murió. Había sido mi mejor amiga, mi inspiración, mi más leal apoyo y mi magnífica maestra psíquica desde el día en que nací. Gracias a ella aprendí muchísimo sobre el mundo espiritual y sobre el Más Allá y la razón por la cual ella misma no estaba triste al dejar esta vida. No lloraba por ella. Lloraba por mí, por el inimaginable vacío de estar aquí sin ella. Sí. Aun entonces, podía claramente ver espíritus y comunicarme con ellos. Sin embargo —y todos los que también puedan verlos y oírlos me apoyarán en esto—, no es lo mismo. Es difícil abrazar a alguien que amas si está viviendo en otra dimensión diferente de la tuya.

Dos días después de que mi abuela Ada muriera, estaba en mi habitación y cepillaba mecánicamente mi cabello, sentada frente a mi tocador, cuando de pronto sentí que no estaba sola. Miré el espejo. Me di vuelta y miré detrás de mí. Estaba equivocada. No había nadie allí. Me concentré en mi cabello nuevamente y podría haber jurado que sentí una tibia respiración en la nuca.

Apenas unos segundos más tarde, dos cosas sucedieron casi simultáneamente: hubo un ensordecedor estruendo, como si un rayo hubiera caído dentro de mi habitación, muy cerca de mí, y escuché claramente la voz fuerte de mi abuela Ada que me llamaba: «¡Sylvia!».

Me levanté de un salto y, rápidamente, recorrí con la mirada la habitación. Todo se veía perfectamente normal. Sin embargo, había una intensa quietud en el aire, como ese marcado e incómodo silencio luego de una tormenta eléctrica. El corazón me latía muy fuerte. Salí corriendo de mi habitación y, literalmente, me llevé por delante a mi padre, que subía apresurado por las escaleras, casi tan rápido como yo descendía corriendo por ellas. Me detuvo, puso sus manos en mis hombros y me examinó.

«¿Sylvia, qué ha sucedido? Estás pálida como una hoja de papel. ¿Y qué fue ese horrible estruendo? Sonó como si el techo se hubiera caído.»

Todavía temblando, le conté el último o los últimos dos minutos de mi vida. Él había pasado dieciocho años viviendo con una hija realmente psíquica y con una suegra aún más psíquica llamada Ada, por lo que ya nada lo sorprendía.

«Te dijo que te iba a enviar una señal antes de que pasaran tres días de que hubiera llegado a Casa sana y salva —me recordó mientras me abrazaba—. Supongo que cumplió su promesa, pero ese fuerte estruendo me asustó muchísimo. ¿Qué fue?»

No tenía ni idea, pero puedes apostar a que iba a revolver cielo y tierra (perdón por la expresión) para averiguar de qué se trataba, porque sabía que se trataba de un sonido y de un momento que nunca olvidaría.

El ensordecedor estruendo, supe luego, es un fenómeno llamado *rapport* y es la versión, en el mundo espiritual, del estruendo que se produce al romper la barrera de sonido aquí en la Tierra. Ocasionalmente, cuando un espíritu atraviesa ese velo invisible entre la dimensión de alta frecuencia del Más Allá y nuestra dimensión de frecuencia mucho menor, crea la misma onda expansiva en la atmósfera que cualquier otro objeto crea cuando se mueve a una velocidad más rápida que la del sonido. La onda expansiva hace que la presión atmosférica aumente y disminuya repentinamente y es allí, al liberar esa intensa presión, donde se generan los estruendos y los *rapports*.

Cuanto más he investigado a los *rapports*, a lo largo de las décadas, mayor conciencia he tomado de que no es tan poco común que acompañen a las visitas de los espíritus provenientes de Casa.

En mis sesenta y nueve años de experiencias personales y profesionales alrededor del mundo he sido el blanco de decenas de miles de visitas de espíritus. Y, sin embargo, únicamente he presenciado un solo *rapport*.

Esto no me hace dudar ni por un momento de que los *rapports* suceden más a menudo de lo que puedo atestiguar. Esto me hace valorar aún más esa triste y vacía mañana, cuando tenía dieciocho años y mi abuela Ada encontró una forma, que no podía pasar inadvertida por mí, de cumplir su promesa y hacerme saber que había llegado a Casa sana y salva.

El rapto

Para muchos cristianos, el rapto es sinónimo del Segundo Advenimiento de Cristo. En general, se dice que esto se inspira en 1 Tesalonicenses 4:16-17: «Porque el Señor mismo descenderá del cielo con voz de mando, con la llamada del arcángel y con el sonido de la trompeta de Dios. Y los muertos en Cristo resucitarán primero; luego, nosotros, los que vivimos, los que hayamos quedado, seremos llevados juntamente a las nubes con ellos para recibir al Señor en el aire, y así estaremos siempre con Él».

Y en cuanto a quienes hayan sido dejados atrás porque han vivido de una manera demasiado maliciosa como para ser salvados: «El Hijo del hombre enviará sus ángeles y ellos recogerán de su reino todas las causas de pecado y a todos los que hacen el mal y los arrojará en el horno de fuego». (Mateo 13:41-42).

Parece haber un continuo debate, entre quienes creen en el inminente rapto, sobre si éste ocurrirá con anterioridad a una era en la Tierra en que los cristianos serán perseguidos, durante la era de la persecución, o al finalizar ésta.

Cada vez que leo o escucho algo sobre ese debate en particular, pienso: «¿Eso es lo que te preocupa del rapto? ¿El momento?».

Aquí va lo que a mí me preocupa: nunca entenderé la descripción de un Dios que todo lo sabe, todo lo ama y todo lo perdona a menos que hagas algo que no le guste, en cuyo caso te echará a las llamas del infierno para toda la eternidad. ¿Qué clase de Dios maligno, vengativo y cruel es ése? ¿Qué clase de Padre es ése? ¿Puedes imaginar criar a tus hijos de esa forma?: «Te quiero muchísimo y siempre lo haré. Ahora, compórtate o te arrojaré al fuego».

Creo en Dios desde lo más profundo de mi alma, un Dios que todo lo sabe, todo lo ama, todo lo perdona y es incapaz de ser cruel o vengativo y mucho menos de cometer la irreversible venganza de la condena eterna. Creo que el despiadado Dios del rapto es una interpretación a través de los ojos de algunos de los fundadores de la Iglesia que, al ser humanos y tener sus propios intereses, decidieron que la mejor manera de mantener a sus miembros a raya era convertir a Dios en un matón.

Por favor, cree en lo que verdaderamente tenga sentido para ti y lo que realmente resuene en tu espíritu como la verdad. No creas en lo que yo digo o en lo que dice la Iglesia o en lo que dice cualquier otra persona respecto a nada, hasta que hayas recopilado la información suficiente como para decidir de un modo completamente informado lo que tú mismo crees.

El Dios perfecto, amoroso y compasivo que venero tiene sentido para mí. No podría dedicarle mi vida si así no lo fuera. No deseo menos que eso para ti y sólo te pido que insistas en ello en vez de que seas forzado a tener miedo de algo que para ti, secretamente, no tiene ni pies ni cabeza.

Reencarnación

La reencarnación es, ni más ni menos, que la creencia en que el espíritu humano, debido a que Dios prometió que es eterno, sobrevive a la muerte del cuerpo y regresa a recurrentes vidas de una variedad de circunstancias y cuerpos elegidos previamente —es decir, que se encarna una y otra vez— con el propósito de que el alma crezca y aprenda.

Para obtener más información sobre la reencarnación, remítete a los apartados «El plan de vida» e «Hipnosis regresiva».

Registros akáshicos

Parece haber un consenso generalizado entre la mayoría de las creencias, culturas y filosofías del mundo sobre la existencia de los registros akáshicos. Sobre lo que no hay una opinión unánime es sobre el lugar en donde se encuentran y cómo describir, de manera exacta, qué son en realidad.

Los hindúes, cuya religión se cree que data del año 4000 a. C., creen en una sustancia universal llamada «*akasha*», con la que fueron creados los elementos naturales: el fuego, el agua, el aire y la tierra. Eternamente embebidos en esa sustancia están todos los pensamientos, las palabras y los actos de la historia del Universo, que en conjunto se llaman «registros akáshicos».

El brillante profeta y clarividente Edgar Cayce no era tan explícito sobre la existencia de la sustancia denominada «*akasha*», pero ciertamente creía en la existencia de los registros akáshicos, que consideraba como las historias y los recuerdos colectivos de cada pensamiento, sonido, vibración física y emocional, sucesos trascendentales y momentos de menor importancia en la eternidad; una presencia atmosférica que nos afecta a todos y a la cual todos afectamos cada vez que respiramos. En su informe de sesión del caso 294-19, Cayce detalló una de sus visitas a los registros akáshicos:

«Me veo como un pequeño punto fuera de mi cuerpo físico, que yace inerte ante mí. Me encuentro oprimido por la oscuridad y tengo una aterrorizante sensación de soledad. De pronto, me percato de un haz de luz blanca. Como este punto pequeño que soy, me muevo hacia arriba siguiendo la luz, pues sé que, de no seguirla, me perderé... Tomo conciencia de los sonidos: primero, ruidos sordos indistinguibles; luego, música, risas y el canto de los pájaros. Hay cada vez más luz, los colores se vuelven bellísimos y se escucha una melodía maravillosa... Repentinamente, llego a una sala de registros... Me doy cuenta de que veo a un hombre anciano que me entrega un enorme libro, un registro del individuo sobre el cual busco información».

Carl Jung, el notable psicólogo, prefirió describir a los registros akáshicos como una fuerza tangible y poderosa de la naturaleza en todo el Universo, a la que dio en llamar el «inconsciente colectivo», una especie de personificación eterna e infinita del principio que sostiene que para cada acto existe una reacción opuesta y equivalente.

Mi definición de los registros akáshicos coincide con esas filosofías: son el cuerpo entero y sacrosanto del conocimiento, de las leyes y de los recuerdos de Dios; están absolutamente embebidos en el éter de cada planeta, de cada sistema solar y de cada galaxia que Dios creó. Pero también existen en una forma muy literal, por escrito, impresos perfectamente en el lenguaje universal arameo, en un imponente edificio situado en el Más Allá y llamado «Salón de los Registros».

Tenemos el honor de poder acceder siempre a los registros akáshicos cuando estamos en Casa en el Más Allá. Nuestro espíritu, alojado de manera segura en nuestra mente subconsciente, tiene acceso perpetuo a ellos, también durante nuestras fugaces encarnaciones aquí, en la Tierra. Durante el sueño, la hipnosis, la meditación o la inconciencia fisiológica, cuando nuestra mente consciente, ruidosa y caótica se hace temporalmente a un lado, nuestro espíritu sabe exactamente en dónde están los registros akáshicos y cómo llegar a éstos. Recurrimos a ellos más frecuentemente de lo que notamos de manera consciente, en busca de las respuestas, la claridad, el consuelo y el sustento que sólo Dios puede proveer.

Por favor, no permitas que lo que te digo te cree la errónea impresión de que en los pasillos increíblemente vastos del Salón de los Registros, existen libros reales titulados *Registros* akáshicos que ocupan una cantidad incalculable de espacio en los estantes más interminables que podamos imaginar. En cambio, que se forme en ti la impresión correcta (mientras te encuentras dentro de esta estructura, muy real e increíblemente infinita, y tratas de observar rollo, tras rollo, tras rollo de papel; tomo, tras tomo, tras tomo, alineados en estante, tras estante, tras estante, más allá de lo que tus ojos pueden ver) de que estás mirando sólo una fracción de la totalidad de los registros akáshicos. No tienen principio. No tienen fin. Aumentan con cada momento que pasa en cada vida, con cada pensamiento nuevo, con cada espíritu que entra en un feto, con cada espíritu que vuelve a Casa. El Salón de los Registros contiene los registros akáshicos, pero también se puede decir que cada palabra pronunciada, contenida dentro de ese infinito salón, «es» el registro akáshico y que éste ha ido aumentando considerablemente desde que comenzaste a leer este párrafo.

Hace muchos años, estaba con un cliente (que llamaré Susana) en una sesión de hipnosis. Dejé que su mente espiritual la llevara donde quisiera. Cuanto más hablaba, yo estaba más consciente de que su espíritu estaba viajando lejos, lejos de la habitación en la que nos encontrábamos. Es difícil describir cómo y por qué esa sesión en particular fue tan intensa para mí, pero recuerdo una extraña sensación de que algo importante estaba sucediendo, cuando finalmente pregunté: «¿Dónde estás, Susana?».

Comenzó a describir un edificio amplio y abovedado, con un pasillo tras otro, más allá de lo que la vista podía alcanzar, con una cantidad infinita de estantes que contenían una cantidad aún más infinita de rollos de papel. Mientras su descripción se hacía más detallada, advertí que era el mismo lugar adonde yo misma había viajado: estaba caminando por el Salón de los Registros en el Más Allá.

Y para mi sorpresa, por primera y única vez durante una sesión de hipnosis, me di cuenta de que yo estaba con ella, en esos sorprendentes e interminables pasillos llenos de planes de vida, literatura, mapas, arte, sabiduría y pensamientos que componen el cuerpo de los registros akáshicos de Dios.

Comencé a decir algo pero me detuve de inmediato, para evitar dirigirla. Sin embargo, no necesité decir ni una palabra. Ella, en cambio, dijo: «Estás aquí, conmigo».

Me guió por ese lugar sorprendente, bajo la magnífica cúpula, hasta que de pronto noté, en la distancia, a una hermosa mujer de cabello oscuro que llevaba un vestido de una ligera tela azul y se acercaba hacia nosotras desde varios pasillos más allá. Supe que era la guía espiritual de Susana y que su nombre era Raquel. Seguí sin decir nada. Nuevamente, Susana habló: «Hay alguien con nosotras».

Trataba de mantener mi voz tranquila ante una prueba tan directa y contundente de que nuestros espíritus estaban juntos en ese viaje. Simplemente le pregunté quién era. Me respondió: «Es una mujer. Tiene el cabello oscuro. No sé por qué, pero creo que es mi guía espiritual».

En ese instante, Raquel nos vio y exclamó: «¡Susana...!». Me mordí la lengua, decidida a no emitir sonido alguno y permitir que fuera Susana, y no yo, quien tomara la iniciativa. Casi segura de la respuesta, Susana preguntó entrecortadamente: «¿Has escuchado eso?».

Le pregunté qué era lo que había escuchado. Me respondió: «Ha pronunciado mi nombre».

En ese momento, sentí que mi corazón se detenía. Fue muy impactante, casi tanto como el descubrimiento que hicimos al escuchar la cinta grabada de la sesión. Mi voz, claramente, dijo: «¿Quién está con nosotras?». La voz clara de Susana dijo: «Es una mujer. Tiene el cabello oscuro. No sé por qué, pero creo que es mi guía espiritual».

Y luego, una tercera voz en la cinta dijo, como si estuviera al lado de nosotras: «¡Susana...!».

Era su guía espiritual, Raquel, y su voz se escuchaba tan evidente en mi oficina por el pequeño parlante de mi grabadora mundana como lo había sido en la gloriosa santidad de los registros akáshicos, bajo esa cúpula blanca de mármol del Salón de los Registros en el Más Allá.

Nunca dejes que nadie te diga que los registros akáshicos no existen, que son sólo un adorable pedacito de imaginación o una metáfora filosófica. Yo los he visto. Ya sea que lo recuerdes conscientemente o no, tú también los has visto durante viajes astrales, aquí en la Tierra y durante tu vida rica y completa en Casa.

Éste es un Universo eterno que Dios creó para nosotros, del mismo modo que Él mismo es eterno. No existe el tiempo en la eternidad, no hay pasado, presente o futuro. No existe nada, sólo el ahora. Así que el cuerpo de conocimientos escritos de Dios incluye todo lo que hubo y todo lo que habrá y se encuentra en el salón más sagrado y repleto de páginas, llamado el «Salón de los Registros».

Resonancia mórfica

La resonancia mórfica ocurre cuando la mente espiritual se enfrenta a un lugar o a una persona que conoce de forma tan profunda una vida pasada que los recuerda casi por completo. Sumamente afectada por ese recuerdo, la mente espiritual le infunde a la mente consciente esa misma información fáctica y emocional, a tal punto que todo el cuerpo —mental, física y espiritualmente— resuena de un modo tan familiar que sólo la mente espiritual puede justificar genuinamente. Es similar a la memoria celular y al *déjà vu*. De hecho, mi guía espiritual, Francine, lo describe como un *déjà vu* multiplicado mil millones de veces.

Un ejemplo que viene al caso fue el de uno de mis clientes, Bill, quien había regresado recientemente de Londres, ciudad que había deseado visitar toda su vida sin siquiera haber leído nada de ella o saber por qué lo atraía tanto. En su primer día allí, durante una visita guiada por la ciudad, se dio cuenta, de pronto, de que sabía exactamente dónde se encontraba

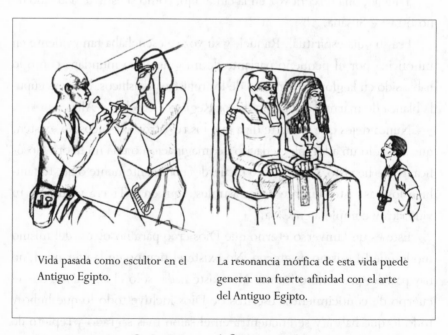

Vida pasada como escultor en el Antiguo Egipto.

La resonancia mórfica de esta vida puede generar una fuerte afinidad con el arte del Antiguo Egipto.

Resonancia mórfica (ejemplo).

el autobús en el que viajaba, hacia dónde se dirigía y qué estaban observando, varios segundos antes de que el guía lo anunciara por el altavoz. Su mente mantuvo, en silencio, un incesante monólogo que tanto lo fascinó como lo asustó: «Justo a la vuelta de la esquina está la catedral de San Pablo... Ahora estamos en Chelsea... Sobre nuestra izquierda va a aparecer Scotland Yard... Llegaremos a Harrods en un minuto...».

Su preciso conocimiento de una ciudad extraña lo impresionó, pero no fue nada en comparación con su excursión al campo unos pocos días después. Se encontraba solo, en un coche alquilado, y pensaba que iba hacia donde lo llevaba su antojo cuando, paulatinamente, comenzó a darse cuenta de que andaba por caminos que le resultaban conocidos, en una misión muy específica. A tres horas de Londres, en las afueras de un pueblo que, con anticipación, supo que iba a estar allí, se encontró sentado frente a una casa común y corriente, de piedra blanca, sobre un terreno de un acre (cerca de media hectárea), con lágrimas en los ojos; se sentía, sin poder explicarlo, como si hubiera perdido a su mejor amigo, mientras un extraño pensamiento se repetía una y otra vez: «Mi taberna ya no está. Mi taberna ya no está. Mi taberna ya no está».

Una vez que regresó a su casa, no le contó a nadie los detalles de su viaje por miedo a que creyeran que estaba alucinando o que se había vuelto completamente loco. Tampoco pudo librarse de la depresión que se había arraigado en él frente a esa casa de piedra blanca, y que se intensificó cuando retomó su vida ocupada y exitosa en Cape Cod. Siempre pensaré que él intuía lo que había sucedido, después de todo voló tres mil millas (más de 4.800 kilómetros) para estar durante una hora en mi oficina, y no me caracterizo por ser exactamente reservada sobre quién soy y a qué me dedico.

Gracias a la terapia hipnótica regresiva, Bill pudo explorar no una, sino dos vidas felices en Inglaterra. En una de ellas era un médico en Londres, un médico clínico que atendía a domicilio y conocía la ciudad mejor de lo que conocía la palma de su mano. En la otra, se había casado con su novia de la infancia, en un pequeño pueblo de la zona campestre del norte, y dichosamente pudo mantenerla, a ella y a los dos hijos que tuvieron juntos, por medio de un bar sencillo y amigable que él mismo había construido con sus propias manos desde cero, en las afueras de la ciudad.

Es necesario un concepto tan potente como la resonancia mórfica para comprender el conocimiento pormenorizado que Bill tenía de esos lugares —de los cuales no sabía nada en esta vida— y, mucho más que eso, su abrumador sentimiento de pertenencia a ese sitio, de estar como en su casa, sentimiento que ni siquiera podía definir, menos entender u olvidar después de haberse ido de allí.

Uno de los aspectos más maravillosos de la resonancia mórfica es que no conozco a nadie que la haya experimentado —me incluyo— y que haya podido darse cuenta de que iba a producirse. Es como si, en un abrir y cerrar de ojos, tu vida pasara de «sólo otro día más» a «nunca será igual». Si te sucede —y cuando te suceda—, presta atención a ese momento en el cual lo que en apariencia es imposible que te resulte familiar suena en tu espíritu como algo real, y entenderás exactamente lo que es la resonancia mórfica. Y nunca olvides agradecerle a Dios otra prueba más de la supervivencia infinita de tu alma.

S

Salón de la Justicia

El Salón de la Justicia es uno de los tres edificios magníficos (Salón de la Justicia, Salón de los Registros y Salón de la Sabiduría) que componen lo que se podría llamar la entrada formal al Más Allá, uno de los primeros símbolos de bienvenida que vemos y que nos resultan familiares cuando regresamos a Casa. Su arquitectura es grecorromana. Altísimos pilares protegen el frente de sus macizas puertas. Su cúpula es de mármol blanco. En su entrada hay una estatua magnificente y preciada de Azna, el Dios Madre.

El Salón de la Justicia está lleno de innumerables habitaciones en las que pasamos mucho tiempo, una vez que hemos tomado la decisión de regresar a la Tierra, planificando cada detalle de nuestra próxima encarnación con ayuda de nuestra guía espiritual y de un grupo de orientación que nosotros mismos elegimos. Escribimos nuestros planes en estas habitaciones repletas de mesas y bancos de mármol blanco, parecidos a impecables salones de clase, con las paredes cubiertas de mapas, cartas y muchísimos otros instrumentos visuales.

En el corazón del Salón de la Justicia hay una plaza sagrada y maciza. En el centro posee una brillante mesa en forma de U, hecha con la piedra más blanca de todas. Y a su alrededor, se reúne el venerado Consejo de dieciocho miembros, con una legión de principados de alas doradas montando guardia a sus espaldas. Si ya has leído la definición de Consejo, entenderás la admiración que inspira hasta el mismísimo aire en esa plaza.

Posiblemente, lo más memorable, anhelado y añorado del Salón de la Justicia es su infinita extensión de jardines. Hasta donde alcanza la vista, desde el Salón de la Justicia y en cualquier dirección, se extiende una riqueza impecable y de complejo diseño de flores de brillantes colores, cascadas cristalinas y fuentes, exuberantes helechos, altísimos árboles de toda variedad y toldos de musgo español; caminos empedrados, puentes peatonales, bancos de meditación, inesperadas alfombras de suave césped verde rodeadas por corrientes de cristal y ocultas por paredes de buganvilla en tonos rojos, púrpuras y rosados que nosotros, aquí, apenas podemos imitar.

Es nuestro recuerdo de los jardines del Salón de la Justicia lo que nos da esa sensación de comodidad que nos resuena en lo más profundo de nuestro ser, cuando en la Tierra nos encontramos ante la presencia de la belleza natural. Algo tan simple como un pequeño arbusto de rosas silvestres o tan impactante como un parque nacional puede crear la misma punzada en nuestro corazón, en los momentos más inesperados. No siempre entendemos de dónde proviene la punzada o cómo llamarla. Es más fácil de lo que piensas. Se llama «nostalgia».

También notarás que, con frecuencia, sueñas que estás en un jardín, sobre todo cuando en el sueño te reúnes con un ser querido, quien ya ha fallecido. La maravillosa verdad es que el noventa y nueve por ciento de estos sueños no son sueños. Los jardines del Salón de la Justicia son uno de los destinos favoritos del viaje astral de nuestro espíritu cuando estamos dormidos y uno de los lugares de reunión más populares para nosotros y para aquellos a quienes extrañamos y que están en el Más Allá.

Salón de la Sabiduría

El Salón de la Sabiduría es el centro del trío de edificios a la entrada del Más Allá. Es el primer edificio que vemos cuando salimos del túnel, tan íntimamente asociado con Casa en nuestras mentes espirituales como la Torre Eiffel está asociada con París.

Cuando leas el capítulo que define a ese túnel legendario (y muy real), descubrirás que, contrariamente al mito popular, el túnel no baja de ningún lugar por encima de nosotros para guiarnos cuando nuestro cuerpo muere. En realidad, se eleva desde nosotros para transportarnos a Casa. Y del mismo modo que «todos los caminos conducen a Roma», como dice el refrán, todos los túneles llevan al Salón de la Sabiduría. Es un hecho maravilloso y reconfortante que, sin importar en dónde estemos en esta Tierra, en el momento en que no necesitemos más usar nuestro cuerpo y estemos listos para dejarlo atrás, todos llegaremos al mismo lugar en el Más Allá. No existe peligro de que nos perdamos o de que no nos encontremos con los demás, por más separados que estemos cuando «morimos». Para los principiantes: el Salón de la Sabiduría es la gran terminal central de Casa.

Su estructura es románica y está adornado con estatuas exquisitas, fuentes y plantas aromáticas siempre en flor. Pero su rasgo más asombroso es la infinita extensión de escaleras de mármol que lo rodea y que nos lleva hasta sus entradas. Estas escaleras son una parte tan valiosa de nuestros recuerdos espirituales que son uno de nuestros lugares favoritos como destino de los viajes astrales, para jugar y «hacer de las nuestras» durante los primeros años de una nueva encarnación en la Tierra.

El rasgo más famoso y popular del Salón de la Sabiduría, una vez que hemos atravesado sus macizas puertas, se puede encontrar en el centro, en un enorme salón redondo rodeado de pilares. En primer lugar, cuando regresamos a Casa, nuestra guía espiritual nos lleva hasta uno de sus frescos bancos de mármol blanco y luego se aparta un poco, mientras nos sentamos para una asombrosa e indefectible sesión en la máquina examinadora de cristal abovedado en donde —como leerás en su correspondiente apartado— nuestra vida entera pasa, literalmente, como un rayo ante nuestros ojos.

Es también dentro del Salón de la Sabiduría, una vez que hemos terminado con la máquina examinadora, donde contestamos todas las preguntas y obtenemos toda la orientación que necesitamos para lograr una suave transición de la Tierra al Más Allá. Si es necesario, a nuestra guía espiritual se le une un grupo de orientadores capacitados que han estudiado nuestros planes de vida y nuestras encarnaciones gracias a la máquina examinadora. Su función es ayudarnos a encontrar un sentido lógico en todas y cada una de las cosas que nos confunden, decepcionan o complican y que pueden llegar a impedir que apreciemos, de forma completa, lo que hemos aprendido y lo que hemos enseñado en esa vida que acabamos de dejar atrás, aunque creamos que no lo hayamos hecho bien. También están allí para facilitar la transición de quienes murieron de forma tan súbita que se sienten demasiado confundidos o molestos cuando llegan por primera vez como para regocijarse en la gozosa paz de Casa. Si los orientadores expertos lo creen útil, le darán al espíritu recién llegado un cuidado adicional llamado «protección (*cocooning*)» que, según se explica en el apartado correspondiente, es un procedimiento que implica un sueño crepuscular sanador. Y en el Salón de la Sabiduría es donde se realiza dicho procedimiento.

Me sorprendería mucho que no tuvieras esporádicos «sueños» sobre unos inmensos escalones de mármol, aunque sepas o no hacia dónde conducen. En realidad, son viajes astrales al punto de referencia que mejor conoces de ese lugar, que te producirá nostalgia hasta el día en que regreses. Y el día en que regreses a Casa y emerjas del túnel para encontrarte al pie de las escaleras del Salón de la Sabiduría, me sentiré honrada si recuerdas haber leído aquí la promesa de que eso es exactamente lo que sucederá.

Salón de las Voces

El Salón de las Voces está ubicado a la derecha del Salón de los Tonos. De granito blanco inmaculado, ventanas de cristal de colores, un milagro acústico detrás de sus puertas doradas. Existe para un solo fin, un fin que ofrece uno de los privilegios más trascendentales y sagrados que nuestro espíritu haya experimentado.

Cuando leas la definición de «Ángeles» descubrirás que, aunque su comunicación con nosotros y entre ellos es muy poderosa, ésta se logra exclusivamente mediante la telepatía. Los ángeles nunca hablan. Ni una palabra. Pero en el más importante de los días sagrados de Dios, todos los ángeles de Su legión infinita, los ángeles de todos los colores de alas y de todos los niveles de poder, se reúnen en el Salón de las Voces para realizar un concierto a capela de exquisitos himnos que celebran la dichosa adoración de su Creador. Este sagrado e inmenso coro, lleno de seres cuyos únicos sonidos se reservan para cantos de alabanza a Dios, adquiere una magnificencia sin igual en el Universo, y los espíritus desde cada rincón del Más Allá acuden en tropel al Salón de las Voces para observar y escuchar con humilde admiración.

Y cada unos cuantos miles de años, ocurre un suceso tan sagrado que la alegría de los ángeles no puede contenerse, ya sea en el Salón de las Voces o en el Más Allá o en la dimensión en que suceda, y alcanza a todas las dimensiones de la creación de Dios, incluso a la nuestra, aquí en la Tierra. Uno de esos sucesos se registró en la Biblia, en Lucas 2:13-14, que describe estos momentos después del nacimiento de Jesús: «Y de pronto se juntó con el ángel una multitud del ejército celestial, que alababa a Dios, diciendo: "Gloria a Dios en las alturas y en la tierra paz a los hombres"». Una multitud del ejército celestial, también conocido como el coro de todos los ángeles de Dios, reunidos para un singular concierto divino en el Salón de las Voces.

Salón de los Registros

El Salón de los Registros es otro de los tres edificios iguales que nos esperan a la entrada del Más Allá. Como sus dos compañeros, es grecorromano en estructura, con columnas espectaculares y una alta cúpula. También es el más ocupado y bullicioso de este trío de mármol blanco, por las razones más fascinantes.

Para tener una imagen del interior del Salón de los Registros, imagina un número infinito de pasillos, alineados a ambos lados con un número infinito de estantes, en perfecto orden, repletos de un número igual de infinito de pergaminos, libros, documentos, mapas, obras de arte, planos, etc. Ahora bien, toma cada uno de esos números infinitos de pasillos, estantes y contenidos, y multiplícalos por otro número infinito y tendrás una idea del alcance de la extensión impresionante del Salón de los Registros. Su fin exige cada centímetro cuadrado de esa extensión, aunque las leyes de la física en el Más Allá evitan que alguna vez se colme su capacidad.

El Salón de los Registros contiene cada trabajo histórico y literario que alguna vez haya sido escrito, dibujado, preparado, esbozado o pintado en la Tierra y en Casa. Esto incluye documentos valiosísimos y obras de arte cuyos originales han sido destruidos aquí en la Tierra, desde aquellos que se perdieron en el incendio de la legendaria Biblioteca de Alejandría, dos mil años atrás, hasta los brillantes tomos que el mar se tragó cuando los continentes de Atlántida y Lemuria desaparecieron.

Además, aunque parezca increíble, contiene cada plan detallado de cada encarnación de todos los que alguna vez vivimos en este planeta. Yo viví cincuenta y cuatro vidas, que no es un número inusualmente alto. Esto es, cincuenta y cuatro planes sólo para mí, multiplicado por la población de la Tierra, de aproximadamente seis mil millones de personas. (Puedes hacer la cuenta si lo deseas. Yo me canso de sólo pensarlo.) Y cada uno de esos planes está impecablemente preservado en pergaminos, escritos sin errores en arameo —que es el idioma universal en el Más Allá— y conservado en perfecto orden para que nosotros, o cualquiera en Casa, pueda revisarlos, investigar y aprender de ellos.

El acceso a cualquiera de estos planes es una de las razones por las cuales el Salón de los Registros es un centro de actividad tan popular. Cuando todavía estamos en la Tierra, podemos viajar astralmente a este salón mientras dormimos o mientras hacemos meditación o hipnosis; y con frecuencia lo hacemos, pero nunca tenemos acceso a nuestros propios planes de vida (sería como hacer trampa en un examen importante. Sencillamente, no hay que hacerlo). No obstante, una vez que volvemos a estar en el Más Allá, podemos estudiar todos nuestros planes durante el tiempo que queramos, para darle un contexto y una perspectiva al viaje de nuestra alma. Podemos estudiar los planes de los seres queridos que hemos dejado en la Tierra, para entender cómo ha sido nuestra interacción, buena o mala, con ellos y ver lo que les queda por delante y por qué. Podemos estudiar los planes de personajes históricos que admiramos o despreciamos, o que nunca entendimos, o de personas que todavía se encuentran en la Tierra y cuyo impacto, ya sea en lo personal o en lo mundial, parece importante, por lo cual también podemos rastrear el futuro de ese impacto. Podemos incluso fusionarnos con un plan si así lo deseamos, un proceso que actúa casi como una máquina del tiempo, en la cual nuestro espíritu se vuelve un testigo ocular de cualquier suceso o vida que elija, sin abandonar nunca el pasillo infinito y reluciente en el vasto Salón de los Registros.

El Salón de los Registros, además de ser funcional e increíblemente fascinante para los que viven en el Más Allá, es también uno de los salones más sagrados porque es dentro de él en donde se conservan los registros akáshicos, el cuerpo escrito de la sabiduría, las leyes y los recuerdos de Dios.

Salón de los Tonos

En el momento de nuestra creación, hace una eternidad, cada uno de nosotros recibió de nuestro Creador un mantra propio y único, una palabra, o serie de sílabas, que resonará en nuestro igualmente único espíritu durante nuestra vida eterna. Si piensas en tu espíritu como en un instrumento musical único, exquisito y artesanal, cuyo particular sonido te pertenece a ti y sólo a ti, el mantra que recibes cuando tu espíritu es creado es el diapasón que mantiene a tu alma en perfecta sintonía con el Dios que la creó.

Todos los mantras comienzan con la palabra «Om», una expresión universal y espiritual de afirmación y aceptación. «Om» es, entonces, seguido con frecuencia de un tono hecho con dos sílabas. Mi guía espiritual Francine me dice que mi mantra es «Om-shireem». Cuando ella me lo dijo por primera vez, yo esperaba que en lo profundo de mi antigua alma se encendiera una llama en señal de reconocimiento. La verdad es que hubiera jurado sobre una pila de Biblias que nunca lo había escuchado antes. Podría tratarse sólo de mí, o también podría ser que para la mayoría de nosotros la divina resonancia de nuestro mantra se ahoga con el clamor de las ruidosas vidas cotidianas en la Tierra.

En el Más Allá, en cambio, nuestro mantra nos resulta tan familiar y tan nuestro como nuestras propias identidades, y lo usamos para mantener a nuestro espíritu afinado con la misma regularidad con que mantenemos a nuestro cuerpo afinado mientras lo ocupamos aquí, en la Tierra. Esto no implica que nuestra alma esté tan fuera de sintonía o desafinada como tiende a estarlo este cuerpo falible y tonto que arrastramos. Nuestro espíritu siempre está sincronizado y a tono con Dios cuando estamos en Casa. Nos provoca placer mantenerlo así y lo hacemos cantando nuestro propio y único mantra, ese sonido único que no es de nadie más, sólo de nosotros: el regalo que Dios nos dio cuando nos creó y el regalo que nosotros le damos cada vez que lo pronunciamos.

Y es con el fin específico de cantar nuestro mantra especial y sagrado que nos reunimos, siempre que así lo deseamos, en un hermoso edificio cerca de la entrada del Más Allá, edificio que está separado de las tres estructuras gigantescas de mármol blanco que nos saludan cuando llegamos por primera vez. Se llama el Salón de los Tonos y, como todos los otros salones de veneración en Casa, está siempre lleno, siempre alegre y siempre dedicado a celebrar el amor y la conexión genética que tenemos con nuestro Padre y nuestra Madre.

Sin importar cuándo lleguemos al Salón de los Tonos, éste siempre estará repleto y, de la misma manera, siempre habrá lugar para los muchos espíritus que lleguen. Y un milagro aún mayor es el hecho de que, sin importar qué tono elijamos para el canto de nuestro mantra, descubrimos que nuestra voz rápidamente se mezcla con la de los otros, en este magnífico salón, en perfecta armonía, seamos diez o diez mil. Los sonidos individuales se encuentran y se unen, una y otra vez, hasta que se desarrolla un acorde estremecedor: todos los espíritus juntos, al mismo tiempo, en sintonía precisa los unos con los otros y con Dios, la definición exacta del paraíso.

Santos

No quiero faltarle el respeto a nuestros muchos, muchos siglos de santos cuando digo que la santidad es un título terrenal y que no tiene ningún estatus particular en el Más Allá. Eso no implica que quienes hayan sido beatificados o declarados santos no sean espíritus avanzados o que no merezcan nuestra más profunda estima. Sólo estoy convencida de que Dios no tiene reservado un lugar más honorable para quienes han marcado una gran diferencia que para el resto de nosotros, quienes todos los días promocionamos Su trabajo de la mejor forma en que sabemos hacerlo.

Promover la santidad de una persona es un proceso complicado, como probablemente debes saberlo. Sólo para quienes se inician, esto requiere comités, nominaciones y votos. Y lamento decir que, hasta en los niveles más elevados y bien intencionados, aún no he visto un comité en el que los egos y los intereses personales desaparezcan mágicamente hasta que el trabajo esté hecho, o un comité en donde Dios pueda meter bocado, y mucho menos en el que Dios pueda incluir Su sabiduría en la ecuación. Y ni siquiera vale la pena considerar las posibilidades de que alguien sea santificado, a menos que haya realizado tres milagros. ¿Quién evalúa si los actos presentados para ser sometidos a juicio son o no milagros? Más comités. Lo que significa más egos y más intereses personales. Hay algo en la idea de que Dios está sentado sobre el borde de Su asiento esperando ansioso el resultado de la votación del comité sobre los milagros o los santos que me parece poco probable.

Y yo sé, y por lo tanto tú también, que de los miles de millones de personas que existen en la Tierra, probablemente haya cientos de miles que realizan milagros todos los días de un modo silencioso, desinteresado, valiente y reverencial en rincones del mundo demasiado remotos como para que se corra la voz y llamen la adecuada atención de los adecuados miembros del comité. Nunca serán propuestos para santos. Nunca serán conocidos por fuera de sus pequeños círculos, pero eso no los hace menos dignos de honor. Dios lo sabe, ya sea que aquí en la Tierra lo creamos importante o no.

Entonces, en el caso de que te lo estés preguntando, nosotros caminamos codo a codo con los santos en el Más Allá. Y, en la sabiduría perfecta y bondadosa de Casa, ellos están igualmente orgullosos de caminar codo a codo con nosotros.

Séance

Alrededor del año 1845, en un pueblo llamado Hydesville, en Nueva York, tres hermanas psíquicamente dotadas, de apellido Fox, comenzaron a realizar sesiones en las que se comunicaban con el mundo espiritual, realizaban preguntas y recibían las respuestas de los espíritus por medio de un complejo código de patrones de golpeteos. Estas sesiones, llamadas «círculos espirituales», se popularizaron entre los creyentes, los escépticos pero que estaban apenados por un gran dolor y los simples curiosos. Otros psíquicos, clarividentes, clariaudientes y médiums comenzaron a formar sus propios círculos espirituales, con sus propios métodos de comunicación de los mensajes de los espíritus para con los presentes, desde la canalización y la escritura automática, hasta la telepatía y la psicometría.

El nombre *círculo espiritual* dio origen a *séance*, palabra perteneciente al francés y que significa «sesión». Luego de más de un siglo y medio, las *séances* —algunas legítimas y útiles, otras insustanciales y cruelmente fingidas— todavía son enormemente populares de una u otra forma en distintas partes del mundo. Las primeras *séances* se llevaban a cabo alrededor de una mesa circular, en una habitación con cortinas oscuras y con la menor luz posible. Algunas veces se hacía de esa forma con el motivo lógico de crear una atmósfera propicia para las visitas de los espíritus. En otras ocasiones, esto ayudaba a disimular efectos especiales de mucho dramatismo, como trompetas y otros objetos que descendían por toda la sala (por medio de un cable prácticamente invisible sobre la cortina oscura), o la mesa de *séance* que se inclinaba o levitaba (por medio de una palanca que era difícil de ver con tan poca luz). Al parecer, convertirse en una superestrella médium, en donde el círculo de *séances* se tornó altamente competitivo, requería medidas de proporciones extraordinarias, especialmente para aquellos cuya única habilidad para comunicarse con los difuntos tendría que esperar hasta que ellos mismos estuvieran muertos.

Hoy en día las *séances* incluyen, tradicionalmente, no más de ocho personas contando a la médium que las conduce. La costumbre de sentarse en círculo se mantiene, aunque la mesa es opcional. (Si se utiliza una mesa, los participantes se sientan con sus dos manos extendidas sobre ella, las palmas hacia abajo, los dedos apenas tocando los de los otros participantes a cada uno de los lados.) El lugar, ya sea en el interior o al aire libre, debe estar apenas iluminado por la sola razón de suministrar una atmósfera que no distraiga tanto y sea relajante, y también debe haber muchas velas, ya que al mundo espiritual le atrae la luz de las velas. Sería ideal que la *séance* tuviera un propósito específico y consensuado: contactar al ser querido ya fallecido de alguno de los participantes o, por ejemplo, ponerse en contacto con la guía espiritual de alguien perdido para que ayude a localizar a esa persona. Siete personas bombardeando a la médium con «quiero hablar con mi madre», «pregúntale a la tía María dónde puso los papeles del seguro» o «por favor, haz que venga mi padre, así puedo finalmente despedirme», etc., no va a lograr absolutamente nada.

Una vez que se ha acordado el propósito y el grupo ha ocupado sus posiciones en el círculo, debe rezarse siempre, ya que nada puede suceder ni sucederá que Dios no deba guiar ni que no deba agradecérsele, y también debe hacerse una petición de protección a la luz blanca del Espíritu Santo para que proteja a la *séance* de cualquier fantasma vengativo y errante que intente aprovecharse de la oportunidad. A todo esto, debería seguirle una sesión de meditación para limpiar, relajar y concentrar las mentes y las energías involucradas. Y luego, una vez comenzada la *séance*, la médium —una médium experimentada, con una reputación que inspire confianza y que pueda ser verificada— estará al mando, y nunca deberá interrumpírsele durante las dos horas, como máximo, que dure la sesión.

Puede ser muy difícil de entender, pero no hay resultados garantizados en una *séance*. Leerás más con respecto a las razones que hacen que esto sea así en el apartado sobre los «Espíritus». Pero, para hacerlo sencillo, te diré que los residentes específicos del mundo espiritual no siempre están a nuestra entera disposición, del mismo modo que nuestros amigos y familiares, aquí en la Tierra, tampoco están sentados en la casa junto al teléfono las veinticuatro horas del día por si acaso queremos contactarnos con ellos. Puede llevar varias sesiones lograr el objetivo deseado o sacar a la luz y lograr uno más valioso. (La tía María, por ejemplo, finalmente nunca se comunica; pero su esposo, el tío Bob, aparece con una información que hace que la ubicación de los papeles del seguro parezca demasiado trivial como para ocuparse de ellos.)

Con una médium realmente legítima y un grupo de participantes que brinde el debido apoyo, las *séances* pueden ser maravillosas experiencias, otra confirmación más de que estamos rodeados por un mundo de espíritus que tienen un millón de cosas para decirnos si simplemente abrimos nuestras mentes y oídos, y escuchamos, comenzando por: «¿Ves? No existe la muerte».

Shamballa

El camino aparece pero sólo fugazmente,
La imagen no dura lo suficiente,
Pero las vidas vividas, eventualmente,
Son como cenizas para esta llama,
Oh, sueño de Shamballa,
Vengo a vuestra Tierra Pura.
«Shamballa» de Hermes

Una de las más maravillosas leyendas del mundo es la de la sagrada tierra oculta de Shamballa. Desde los tiempos de Buda, si no antes, Shamballa ha sido, para algunos, un hermoso mito, un símbolo de la más elevada espiritualidad que un alma pueda aspirar a alcanzar. Para otros, es un lugar escurridizo y real, escondido tras las nubes que rodean a los picos más inalcanzables y altos del Himalaya, cuyo valor es tal que vale la pena dedicar la vida entera a su búsqueda, por tierra o por aire, aunque sólo sea a cambio de verla fugazmente. Aun quienes afirman que sólo se trata de un espejismo de nieve brillante, no pueden ocultar, cuando se toca el tema de Shamballa, la insinuación en sus ojos de un vivo deseo: «¿Pero qué tal si...?».

Existen innumerables historias a su alrededor: algunas advierten la ferocidad de los igualmente escurridizos Yetis que protegen su entrada, otras hablan del brillo centelleante de la inmensa cúpula fabricada con joyas, que se asoma por los momentáneos claros del velo de bruma en el lugar en donde se rumorea que Shamballa está ubicada. Una típica historia es aquella en la que, un día, un explorador estaba paseando por la base de la montaña y se sintió atraído hacia ella por el tranquilo eco de los monos tibetanos, que gritaban con reverencia en algún lugar cercano. El hombre siguió el sonido y se encontró ante una pequeña entrada en un precipicio inmenso y escarpado. La cruzó, vacilante, y quedó boquiabierto ante el increíble mundo al que ésta daba paso: un valle verde, infinito y cálido, lleno de templos con chapiteles y pequeñas ciudades que se veían como colecciones de diamantes sobre las praderas de color esmeralda y los campos cultivados que los rodeaban. La gente del lugar lo notó de inmediato y corrió a darle la bienvenida, invitándolo a que se quedara, descansara y se sintiera como en su casa. Pero el explorador estaba tan abrumado por la admiración que sentía que insistió en ir a buscar a sus amigos, quienes estaban acampando cerca de allí, con el fin de compartir con ellos esa increíble belleza, sabiendo que nunca creerían su historia si no veían ese lugar con sus propios ojos. Los residentes le advirtieron que si se iba, jamás encontraría el camino de regreso, pero él les aseguró que era un explorador de primer nivel, mucho más experimentado de lo que imaginaban, y que no era posible que se perdiera en el corto trayecto que tenía que recorrer para ir hasta el campamento y luego volver allí. Mientras salía por donde había entrado, tomó la precaución adicional de colgar su chaleco en una de las bisagras de hierro de la puerta para marcar el lugar. En menos de media hora, al regresar con sus amigos, se encontró con que su chaleco colgaba de una roca irregular insertada en una inmensa y sólida pared de granito.

Los escritos budistas insisten en que se puede llegar a Shamballa únicamente mediante un difícil viaje a través del desierto y de las montañas y, aun habiendo hecho esto, sólo quienes han sido llamados y cuyo espíritu está lo suficientemente iluminado encuentran el camino. Todos los demás, aun cuando sigan las huellas de los iluminados, no encontrarán más que tormentas de nieve, yermas montañas cubiertas de hielo y, probablemente, la muerte, al exponerse a estos elementos. Los tibetanos que creen que Shamballa existe físicamente, estiman que es probable que ésta se encuentre en el Tíbet. Otros, que han estudiado el tema por décadas, juran con la misma pasión que se encuentra en Mongolia, el Ártico o Siberia.

Otra corriente de pensamiento sostiene que Shamballa, tan espléndida como en nuestras más exquisitas fantasías, existe, en realidad, en la sustancia etérea de la tierra o en su aura, y conserva de esta manera toda nuestra sabiduría intacta y a salvo de cualquier daño.

E incluso el magnífico Dalai Lama ha dicho sobre Shamballa: «Aunque existen quienes, debido a su especial afinidad, son en verdad capaces de ir allí, vía su conexión a través del karma, no se trata realmente de un lugar físico que podamos buscar. Sólo podemos decir que se trata de una tierra pura, una tierra pura en el reino humano. Y, a menos que se tenga el mérito o la verdadera relación vía el karma, uno no puede, en verdad, llegar a ese lugar».

Y finalmente, continúa la leyenda, llegará un momento en el que toda la integridad espiritual del mundo, que rodea a Shamballa, se perderá en las guerras de la humanidad.

Entonces, y sólo en ese momento, surgirá un gran rey de esta tierra escondida, tierra en donde se ha guardado la máxima sabiduría desde el comienzo del tiempo. Y con esta sabiduría, el rey vencerá a todo mal, y veremos el comienzo de una era de oro.

Los siete niveles de ascenso

No hay nada librado al azar en el universo de Dios, lo que significa que no hay nada azaroso en el ascenso de nuestro espíritu en el Más Allá mientras seguimos aprendiendo. Después de todo, no pasamos por esta dura escuela en la Tierra una y otra vez para quedarnos en el jardín de infancia, y todos necesitamos y valoramos los indicadores de nuestro progreso.

Existen siete niveles de ascenso designados en el Más Allá. Son categorías de crecimiento basadas en nuestra experiencia. Podemos pasar un tiempo tan largo o tan corto como queramos en cualquiera de los niveles, según nuestros grados de interés, aptitud o comodidad. Ningún nivel es considerado inferior o superior a otro, y están separados sólo por las especialidades involucradas en cada uno de ellos, especialidades que son elección nuestra, gracias al libre albedrío que Dios nos ha dado como parte de nuestro derecho de nacimiento.

Aquí hay unas descripciones básicas de los siete niveles de ascenso en Casa entre los que podemos elegir y a los que aspiramos a llegar:

—Nivel uno: en este nivel sucede nuestro regreso al Más Allá e incluye la reunión con nuestra guía espiritual y nuestros seres queridos, y la revisión con la máquina examinadora de la vida que acabamos de vivir.

—Nivel dos: en este nivel sucede nuestro proceso de orientación, en el cual nos suministran cualquier tipo de ayuda que podamos necesitar para adaptarnos al cambio de presión entre la Tierra y Casa. Esta ayuda podría ser simplemente una sesión de preguntas con nuestros orientadores y nuestra guía espiritual sobre lo que logramos y sobre lo que podríamos haber dejado incompleto en la Tierra. También se les puede llegar a suministrar una especie de refugio o un período de cuidado y tranquilidad adicional a quienes han llegado enojados, alterados o agitados emocionalmente al Más Allá. O también se puede enviar a un lugar de cuidado intensivo y de sueño crepuscular en las Torres a quienes hayan sufrido serios daños mentales —víctimas de torturas o de lavados cerebrales, por ejemplo— que precisen un largo periodo de rehabilitación antes de reunirse nuevamente con su propio e inherente espíritu dichoso y continuar su feliz vida, ocupada y pacífica, en Casa.

—Nivel tres: aquí se encuentran las habilidades psíquicas y físicas. Este nivel agrupa todas las vocaciones prácticas, que van desde la agricultura y la cría de animales, la botánica, el cultivo hidropónico, la química y la física, la carpintería y el trabajo en piedras, hasta la silvicultura y la geología.

—Nivel cuatro: aquí se encuentran las artes. Todas ellas prosperan en el Más Allá, incluyendo la escritura, la escultura, todos los tipos de danzas, todos los estilos musicales, la pintura y la actuación.

—Nivel cinco: aquí se encuentran cada una de las áreas de la investigación médica, científica, psiquiátrica, del medio ambiente y sociológica. Esta área está particularmente en sintonía con nosotros en la Tierra, de modo que los resultados de las investigaciones puedan ser transmitidos por medio del conocimiento infundido a nuestros propios expertos y ser «descubiertos» mientras aquí, en la Tierra, nuestras crisis sanitarias, ambientales y humanitarias continúan intensificándose.

—Nivel seis: aquí se encuentran los maestros, los orientadores, los conferenciantes y seminaristas líderes que ayudan, guían e instruyen a quienes están en los niveles uno a cinco. No es una coincidencia que algunos de nuestros «maestros» más extraordinariamente dotados y más carismáticos, aquí en la Tierra, cualquiera que sea la ocupación en la que los hayamos clasificado técnicamente, desde Joseph Campbell y Dr. Martin Luther King hasta Winston Churchill, sean los maestros y conferenciantes más solicitados en el Más Allá.

—Nivel siete: es el nivel al que aspira sólo un puñado de almas singulares. En el nivel siete los espíritus pierden su identidad, la suma total de su energía y lo que han acumulado en experiencia y sabiduría. En lugar de continuar en el Universo como seres separados, son, por su propia voluntad, absorbidos por la maravillosa masa no creada, un campo de fuerza insondable, misterioso, infinito, del cual emana todo el poder y el amor de Dios.

Sólo para aclararlo: no pasamos, nuevamente, por cada uno de los niveles toda vez que partimos del Más Allá para una nueva encarnación y posterior regreso. Obviamente, pasamos por los dos primeros niveles cada vez que llegamos de nuevo a Casa pero, no bien entramos en clima, retomamos nuestro trabajo en el nivel en el que estábamos antes de partir. Además, también nos damos el lujo de tener movilidad constante entre un nivel y el otro, con la excepción —no hace falta decirlo— del nivel siete. Por ejemplo, supongamos que soy un orientador del Más Allá, un nivel seis de responsabilidad. Sin embargo, esto no me mantiene alejada de los centros de cría de animales del nivel tres, que tienen una gran parte de mi corazón, o de unirme a los investigadores arqueológicos del nivel cinco cada vez que pueda. Esa movilidad no se da a la inversa: si sólo has llegado al nivel tres, no puedes pegar un salto hasta el nivel cinco y omitir el nivel cuatro, ya que sólo se alcanza cada nivel a través del aprendizaje. No es un tema de exclusividad, simplemente es la misma lógica que nos impide pasar de nuestra primera semana de nuestro primer año en la universidad al segundo semestre de nuestro último año sin ir a ninguna de las materias obligatorias que existen en el medio.

Seré la primera en admitir que mi conocimiento del nivel siete se limita a un par de hechos básicos. Sé que una vez que un espíritu se ha entregado al campo de fuerza infinito de Dios, nunca se encarna de nuevo ni reclama su propia identidad. Además sé, no obstante, que aunque haya sido absorbido por la más asombrosa e insondable de todas las entidades, ese espíritu nunca deja de existir. La mejor analogía que me han dado es que es igual a volcar una taza de agua en el océano Pacífico. Si bien esa taza de agua jamás podrá ser separada del inmenso mar que la ha absorbido, técnicamente, ésta todavía existe.

Si te estás preguntando si alguna vez tendrás el coraje, o la confianza, o el desinterés, o el inmenso compromiso de aspirar al séptimo nivel, permíteme adelantarme y asegurarte que siento lo mismo que tú. Luego de sesenta y nueve años en esta tierra, viajando por todo el globo, encontrándome con cientos de miles de personas, puedo decir honestamente que he conocido a sólo una entidad del séptimo nivel, un espíritu que ya se encuentra disfrutando el hecho de saber que estará dirigiéndose hacia Casa, desde aquí, para ofrecer toda su identidad a la masa no creada de Dios. Es un profesor de teología, y su imagen es tan etérea y traslúcida que hasta del lado opuesto de una habitación puedes sentir la presencia de su alma, tan singular y extraordinariamente poderosa.

El resto de nosotros podemos, de igual forma, renovar nuestra fuerza y mantener nuestra cabeza en alto sabiendo que, cualquiera que sea el nivel en el que nos encontremos, no nos estamos decepcionando a nosotros mismos ni estamos decepcionando a Dios en absoluto. Mientras le dediquemos nuestros dones, Él nos necesita a todos.

Sincronicidad

En primer lugar, por favor, lee o repasa la definición de «Coincidencia», que, en resumen, es la visualización consciente y fugaz de un momento en nuestros planes de vida que está a punto de suceder, y una señal de que estamos perfectamente sincronizados con nuestro plan de vida.

La sincronicidad es un pariente cercano de la coincidencia. La palabra *sincronicidad* se hizo popular gracias al brillante psicólogo suizo Carl Jung, quien un día estaba en su consultorio con un paciente hablando sobre Egipto cuando un escarabajo, conocido como «escarabajo egipcio», cruzó caminando el escritorio. Jung sintió que la palabra *coincidencia* era demasiado común para describir la aparición de un escarabajo egipcio a miles de millas (miles de kilómetros) de su lugar de pertenencia, en el momento exacto en el que él y su paciente estaban hablando de Egipto. Para Jung esto era una clara señal de que el Universo creado por Dios no era ni caótico ni azaroso, sino ordenado, perfecto y respondía a un diseño. En una palabra, estaba sincronizado y, de allí, Jung acuñó el término *sincronicidad*.

La sincronicidad, entonces, es una coincidencia especialmente significativa. Al igual que el escarabajo egipcio de Jung, ésta siempre trae aparejada alguna señal física inconfundible no sólo para atraer tu atención a la armonía mágica del Universo, sino también para darte una prueba tangible de que te encuentras exactamente en donde planeaste estar, en el momento justo y exactamente con quien querías hacerlo. Dios, quien escribió contigo tu plan de vida, está dándote una señal de aprobación, un gesto que dice: «Sí, estoy contigo y te estoy observando, y en este momento estás en perfecta sincronía con lo que escribiste. Buen trabajo». La sincronicidad real no ocurre en nuestras vidas tan a menudo como la coincidencia. Pero tenerla presente y reconocerla cuando ocurre significa tener la posibilidad de que tú y Dios compartáis una sonrisa privada.

Sinergia

El diccionario define *sinergia* como «la acción simultánea de agentes separados que, juntos, tienen un efecto total mayor a la suma de sus efectos individuales». Cómo lograron que algo tan emocionante suene tan soso escapa a mi entendimiento, pero si cambias algunas palabras aquí y allá, por lo menos puedes hacer que parezca un fenómeno sobre el cual vale la pena investigar. Prueba con esto: la sinergia o *sinergismo* es la acción simultánea de dos personas separadas que, juntas, logran un efecto total mayor a la suma de sus energías individuales.

Imaginemos que cien de nosotros nos reunimos en una habitación con un propósito en común. Cada uno de nosotros cree en ese propósito en un nivel de diez, de acuerdo con la proverbial escala del uno al diez. La simple matemática indicaría que el total de creencia en esa habitación es diez veces cien personas, o mil. Sin embargo, gracias a la fuerza de la sinergia, y al poder de toda esa creencia combinada, el total en verdad es, en cambio, 100.000 o 1.000.000. La sinergia se alimenta, crece y se nutre a sí misma, y sus resultados realmente cambian al mundo.

Jesús y doce discípulos —un total de trece personas— dieron origen al cristianismo con la ayuda de la infinita fuerza de la sinergia. Las cadenas de oración, conocidas por realizar milagros más allá de las posibilidades de cualquiera de sus participantes, son excelentes ejemplos de sinergia. Fue a través del sinergismo como comencé con mi iglesia, Novus Spiritus, que sigue creciendo más allá de mis más grandes expectativas, debido a que nuestro objetivo común —el bien supremo en nombre de Dios, para tantos de Sus hijos como podamos— es mucho más importante que cualquiera de nosotros, incluyéndome a mí misma.

Por supuesto, la sinergia no tiene por qué tener un propósito religioso para lograr una energía valiosa e igualmente sorprendente. El sinergismo dedicado al bien supremo tiene numerosas formas de expresarse: desde la sinergia en el ámbito nacional de John Walsh llamada «America's most wanted»,[12] pasando por algunas de nuestras más extraordinarias entidades de beneficencia y demás organizaciones que luchan contra enfermedades o desastres y que se dedican a la protección de las víctimas de crímenes, al cuidado de los niños, de los animales y de los que son condenados injustamente, hasta esos grupos tan inspiradores, como Alcohólicos y Narcóticos Anónimos, Fundación Pide un Deseo y el Proyecto Angel Food.[13] Cada uno de ellos es superior a la suma de sus partes y cada uno de ellos produce un impacto más allá de lo que podamos calcular. Cada uno de ellos, entonces, es una forma de sinergismo, a la que todos nosotros podríamos prestarle nuestro apoyo individual y, de ese modo, experimentar la indescriptible satisfacción de ver cómo ese apoyo se multiplica.

El Submundo

Comencemos con lo que el Submundo no es. No es el infierno. No es un primo lejano del infierno, no es donde vive Satanás, no es un lugar en donde arde el fuego eterno de la condenación. No existe Satanás. No

---

12. Se trata de uno de los programas de televisión de mayor audiencia en Estados Unidos, que se dedica a buscar fugitivos para la justicia. *(N. del T.)*

13. Es una agencia privada estadounidense que entrega comidas calientes de forma gratuita a las personas que padecen de sida. *(N. del T.)*

existe el infierno. No existe la condenación eterna. Ningún Dios perfecto y bondadoso sería capaz de crear un lugar así, y mucho menos desterraría a uno de Sus hijos y lo enviaría a ese lugar.

Lo que sí es el Submundo es una creación de Dios que, básicamente, es el espejo del Más Allá. Tanto uno como el otro tienen siete niveles. En el Más Allá, los siete niveles suben hasta el nivel más alto de ascenso, que es el séptimo. En el Submundo, también llamado «los Siete Niveles Inferiores de la Creación», los seres más avanzados se encuentran en el primer nivel y el nivel de ascenso desciende desde allí.

El primer nivel del Submundo está habitado por lo que nosotros, aquí en la Tierra, llamamos «seres diminutos». Sí, esos seres diminutos: las hadas, los gnomos, los elfos, los duendecillos, los duendes, todos los seres que algunos juran haber visto y otros juran que sólo existen en los mitos y —perdón por la expresión— en los cuentos de hadas. Y es en este primer nivel del Submundo en donde viven los unicornios, por si acaso alguna vez has tenido la secreta sospecha de que no son tan ficticios como a los escépticos les gusta afirmar.

La reina de las hadas, Lilith —quien tiene su propio apartado en este libro—, gobierna este hermoso y adecuadamente diminuto primer nivel. Las entidades del primer nivel son de una misma especie y su expectativa de vida es de cientos de años. Se procrean, pero nunca se reencarnan, por la misma razón, en algún sentido, por la que los animales nunca lo hacen: sus espíritus están completamente desarrollados y han evolucionado al máximo en el momento de su creación, por lo cual no tienen que realizar ninguna travesía, ni tienen nada que aprender.

El primer nivel existe en la misma frecuencia que la nuestra, por lo que no es la imaginación hiperactiva de muchos la responsable de los rumores que sostienen que «los pequeños seres» aparecen, a veces, sobre la tierra. Realmente lo hacen y, como su dimensión y la nuestra tienen idénticas vibraciones, podemos verlos con más facilidad que a los del mundo espiritual del Más Allá, quienes deben ajustar muchísimo su frecuencia para llegar a ser visibles. No son malvados, ni en nuestro mundo ni en el de ellos. No causan ningún daño ni lo intentan, aunque son acusados de los crímenes más bajos y desagradables que se puedan imaginar contra la naturaleza. (Reconozco que me causa gracia cuando escucho a alguien burlarse de lo ridículo que le resulta que haya quienes creen en los gnomos y, luego, una o dos oraciones después, la misma persona agregue que «todos saben» que los gnomos raptan y se comen a los bebés. Me gustaría entender por qué cuando no sabemos mucho de un tema, casi siempre reemplazamos la información que nos falta con algo negativo.)

El segundo nivel de los Siete Niveles es un lugar lleno de bruma y, sinceramente, no es agradable visitarlo. La razón no es que sea un lugar maléfico, sino que es ruidoso, chillón y suena como si miles de radios estuvieran encendidas en distintas emisoras, simultáneamente y a todo volumen. El mejor modo que encuentro de describir el propósito de su existencia es llamándolo «la versión audible de los registros akáshicos en el Submundo». En primer lugar, debes admitir que tan pronto como completas un pensamiento, éste se convierte en algo con una energía propia. Luego, fíjate en todas las cosas que has pensado en las últimas dos horas, digamos. ¿Crees que cada una de ellas es lo suficientemente valiosa como para ser registrada en el Más Allá? (Mi respuesta sería «no», por cierto.) Sin embargo, la energía no puede ser destruida, por lo que debe ir a alguna parte, y la energía de ese tipo de pensamientos va al segundo nivel del Submundo. Es una masa latente, que crispa nuestros nervios y que está formada por llantos, risas histéricas, palabras, frases, gemidos, gritos, amenazas, sollozos e improperios en todos los idiomas que han existido, y estoy convencida de que Dante básicamente se refería al segundo nivel cuando escribió su *Infierno*.

Los niveles tercero al séptimo son un poco difíciles de delinear, por lo menos para mí, y aun cuando investigué mucho al respecto, todavía no he leído una descripción que comparta totalmente. En general, no obstante, quienes moran en los cinco niveles inferiores son aquellas criaturas, monstruos y engendros proyectados que fueron convertidos en seres por culpa de la raza humana. Es un inmenso depósito de basura mental animada, en donde los demonios realmente existen, pero sólo porque los humanos siguen convirtiéndolos en tulpas de otro mundo.

(Y, por cierto, los tulpas también son ampliamente analizados en su propio apartado.)

Lo más importante para entender a los espantosos demonios de los niveles más bajos es que no pueden, de ninguna manera, visitar la Tierra. Nunca verás a uno de ellos en este planeta. Y con seguridad nunca uno de ellos te hará daño. Aparecerán, lamentablemente, de tanto en tanto, en las pesadillas, el lugar más perfecto y representativo para ellos. Sin embargo, cuando aparecen en nuestras pesadillas no es porque sean ellos quienes se acercan, sino que somos nosotros quienes vamos astralmente hacia ellos cuando nuestro bienestar futuro nos produce tanta curiosidad que terminamos asustándonos torpemente. Ni siquiera en su propio territorio, las entidades con menor nivel podrán o querrán dañarnos físicamente. Son sólo una sorpresiva descarga de negatividad manifiesta, no es algo para lo que se pueda estar preparado o de lo que uno fácilmente pueda desembarazarse una vez que ha estado expuesto a ello.

Si, de pronto, te das cuenta de que tienes pesadillas recurrentes, muy similares a los viajes astrales a los niveles más bajos que acabo de describir, debes pedir ayuda a Lilith, en segundo lugar. (En primer lugar, siempre recurre a Dios. Siempre. Lilith, por toda su belleza y su poder, es digna de admiración, pero no de devoción. No se trata de una diosa.) Como guardiana del primer nivel, puede cerrar los niveles que se encuentran debajo del suyo e impedir que accedamos a ellos; sólo tenemos que pedírselo. Simplemente, solicítale que cubra con cemento la entrada que nos lleva más allá de la hermosa tierra de hadas del primer nivel y estará feliz de hacerlo. Sabe qué hay allí abajo y sabe que no es realmente malvado, satánico o peligroso. Sólo está ansiosa por ahorrarte el innecesario trauma psíquico, al igual que yo.

Súcubo

El súcubo era un demonio femenino mitológico proveniente de Europa, conocido por ingresar por las noches en las habitaciones de los hombres y mantener relaciones sexuales con ellos mientras dormían. Su contrapartida masculina era el íncubo, el igualmente mitológico demonio que violaba a las mujeres mientras éstas dormían. Al igual que muchos seres malignos, insidiosos e inspirados por el diablo, pertenecientes a la sabiduría medieval, los súcubos y los íncubos estaban confabulados entre sí. Los súcubos, por ejemplo, no sólo sometían a los desafortunados e inadvertidos hombres dormidos por puro deporte. Además, recolectaban semen humano para dárselo a sus hermanos íncubos estériles para que pudieran fecundar a sus víctimas femeninas, cada vez que fuera apropiado.

No es en verdad una sorpresa que hubiera muchas menos denuncias de ataques de súcubos que de íncubos. En verdad, las víctimas más comunes de los súcubos resultaban ser los curas, los monjes y cualquier otro miembro de los cleros religiosos cuyos cargos exigían los votos de celibato. ¿Qué forma más conveniente de explicar, digamos, la evidencia de sueños eróticos prohibidos que culpar a un molesto, incontrolable y desvergonzado súcubo? Y, además, por cierto, la palabra *súcubo* proviene del término que en latín designa a las «rameras», de modo que ¿qué era lo que podía hacer un monje célibe indefenso cuando se enfrentaba ni más ni menos que a una ramera demoníaca enviada por el mismísimo diablo?

Déjame decirte que, cuando ciertas posadas en toda Europa decoraban sus entradas con elaboradas esculturas de súcubos como una sutil forma de anunciar que detrás de esas puertas podía encontrarse un burdel, no había muchos que se quejaran.

Por supuesto que, si no existió el súcubo, tampoco existió el íncubo. Seis de cada diez veces, el súcubo permitió que muchos clérigos evitaran muchas situaciones vergonzosas. Las cuatro veces restantes, el súcubo servía para asustar a los hombres del mismo modo en que el íncubo asustaba a las mujeres. La única explicación que las personas podían encontrar para una situación que los aterrorizaba mientras dormían era una experiencia llamada catalepsia astral, la cual, en última instancia, es inofensiva y no involucra a otro espíritu que el de quien está durmiendo. Y cuando leas todo el análisis sobre «catalepsia astral» en su propio apartado, entenderás cómo y por qué, incluso hoy en día, se la confunde con tanta facilidad y frecuencia con algunas agresiones sexuales oscuras y lascivas.

Sueños

Pasamos un tercio de nuestras vidas durmiendo. Es una parte brillante del plan de Dios, ya que el sueño abre un sinfín de modos posibles de enriquecer, moldear y expandir nuestras almas. Durante el sueño, obviamente, nuestra mente consciente se toma un descanso y le permite a nuestra mente subconsciente, en donde vive la mente espiritual, que tome el mando. Y una de las maneras en que se expresa el subconsciente mientras dormimos es a través de los sueños.

Existen cientos de teorías sobre la interpretación de sueños, y muchísimas mentes brillantes han realizado innumerables estudios sobre ellos. El hecho de que, a pesar de eso, los sueños sigan guardando tantos secretos como siempre dice mucho sobre la complejidad y los misterios que ocultan.

La frecuencia, el momento y los ciclos del sueño están relacionados con la estructura del acto de dormir. Existen dos etapas básicas del sueño: MOR, que significa «movimiento ocular rápido» (en inglés, REM, *rapid eye movement*), es la etapa más liviana del sueño, y No MOR, que es el sueño más profundo, cuando las respuestas musculares son casi inexistentes. Soñamos durante el sueño MOR y cuando nos despertamos durante o inmediatamente después de esta etapa tenemos más probabilidades de recordar lo que soñamos.

La etapa No MOR representa cerca del 75 por ciento del tiempo en que dormimos, el 25 por ciento restante le corresponde al sueño MOR. Mientras dormimos, nuestras ondas cerebrales fluctúan en ciclos de aproximadamente noventa minutos. Es por ello que han sido clasificadas en los distintos niveles de esos ciclos de noventa minutos:

Nivel Beta: estamos completamente despiertos, activos y alertas.

Nivel Alfa: estamos despiertos, pero relajados, y nuestros ojos están cerrados.

Nivel Theta: estamos en estado de somnolencia o en proceso de conciliar el sueño, y generalmente en la etapa MOR.

Nivel Delta: estamos profundamente dormidos y en estado No MOR.

Una vez que llegamos al nivel Delta del ciclo, el orden se invierte y nuestro sueño se vuelve gradualmente más liviano. Cuando nos despertamos sintiéndonos descansados y frescos es muy probable que estos ciclos de noventa minutos se hayan podido desarrollar por sí solos, sin interferencias ni interrupciones.

Las mismas partes del cerebro que controlan nuestros ciclos de sueño también inhiben el resto de nuestras actividades motrices. Esto explica la razón por la cual en la etapa MOR, cuando todavía estamos dormidos pero ligeramente conscientes de nuestro alrededor, de vez en cuando tenemos esos frustrantes sueños en los que deseamos correr pero nuestras piernas se niegan a moverse: es una combinación entre la situación específica del sueño y la inhibición normal de los movimientos corporales, inducida por el sueño mismo.

He leído, estudiado, investigado y enseñado interpretación de sueños, y he escrito mi propio libro: *Interpreta tus sueños*. Opino firmemente que existen cinco categorías:

—Sueños de liberación: en los que tu mente subconsciente aprovecha la oportunidad para desahogar emocionalmente aquello que tu mente consciente no ha enfrentado. Son también útiles para señalarte algunos asuntos pendientes que todavía necesitan de tu atención.

—Sueños de deseos: son exactamente eso. A veces, como dice una maravillosa canción, un sueño es un deseo que pide tu corazón cuando te quedas dormido. Si no cometemos el error de tomar este tipo de sueños de forma muy literal, pueden arrojar una valiosa luz sobre los deseos que aún no hemos expresado, siquiera, con palabras. Los sueños sexuales, por ejemplo, no son, inevitablemente, deseos sexuales, ni tienen que ver con una atracción muy oculta por la persona que aparece en ellos, sino que, por lo general, se trata de un deseo de mayor nivel de intimidad en tu vida, y no necesariamente de intimidad física. Soñar con una casa nueva no implica que al otro día tengas que despertarte y llamar forzosamente a una inmobiliaria. Puede querer decir que hay algo sobre ti que deseas cambiar (tú eres donde vives, después de todo, independientemente de la casa que ocupes). Un sueño sobre dar a luz no está relacionado en forma lineal con un embarazo, sino que tal vez significa que la vida nueva que estás alumbrando es la tuya o que estás a punto de concretar una buena idea, o que comienzas a descubrir dentro de ti un nivel más profundo de espiritualidad. En otras palabras: siempre mira el panorama general en vez de mirar lo específico de tus sueños de deseos y te sorprenderás de cuánto puedes aprender sobre ti mismo y sobre aquello que realmente deseas.

—Sueños proféticos: son sencillamente sueños que predicen algún momento en el futuro, una conversación o un evento. No es necesario que seas psíquico si estás abierto a que la mente espiritual te muestre, mientras duermes, sus sorprendentes poderes. Y lo opuesto también es verdad: yo no soy, ni remotamente, una psíquica cuando sueño. Si sospechas que tiendes a soñar proféticamente, prueba esto durante un mes: anota cada sueño que recuerdes, en el cual pienses que has vislumbrado el futuro, guárdalo y no lo mires hasta que haya pasado un mes. Será fácil ver si tus sueños son o no verdaderamente proféticos, teniendo en cuenta que «verdaderamente profético» no sólo significa ver el futuro, sino que significa hacerlo con exactitud.

—Sueños informativos o «que resuelven problemas»: explican por qué y cómo puede ser que te vayas a dormir sintiéndote completamente perplejo por una situación o un tema sin resolver y, al despertarte, sepas exactamente qué debes hacer al respecto. Puede parecerte que tus sueños no tienen relación con lo que te preocupa, pero como la mente espiritual es tan experta con el simbolismo, lo entenderá perfectamente y se lo traducirá a la mente consciente.

—Visitas astrales: técnicamente no son sueños. ¿Alguna vez has tenido un sueño en el que visitabas a un ser querido que ya no está o a alguien o algo en la Tierra, en Casa o en cualquier lugar del Universo que parecía muy real y que, a diferencia de la mayoría de los sueños, se desarrollaba en un orden lógico de principio a fin? Si lo has tenido, existe una gran probabilidad de que sea porque tu espíritu realmente estaba visitando a ese ser querido, gracias a la magia del viaje astral. (Puedes leer la definición de «Viaje astral» en su propio apartado.) Vale la pena mencionarlo aquí pues, con frecuencia, los viajes astrales se confunden con los sueños. Recuerda: sólo porque ocurrió mientras dormías no significa que haya sido un sueño. Si se veía excepcionalmente real y se desarrollaba en un orden lógico, de principio a fin, puedes estar seguro de que se trataba de una visita astral.

Soñar es tan esencial para nosotros como lo es respirar. Ya sea que los recordemos o no, o que entendamos o no su significado, los sueños son una válvula de escape, la manera que tiene la mente de proteger y preservar un poco de equilibrio en un mundo consciente que, con frecuencia, parece ofrecer muy poco equilibrio.

El investigador de sueños William C. Dement dijo una vez: «Soñar nos permite a todos estar locos de manera segura y tranquila, todas las noches de nuestra vida». Está expresado perfectamente, y demos las gracias a Dios por eso.

Superalma

La superalma es sencillamente esa esencia que forma parte de nosotros, pero va más allá de nosotros. No es un elemento físico del cuerpo, sino el «nosotros» del cual nuestro cuerpo es un componente y que, literalmente, no podría existir sin ella. Es la chispa divina que nos une genéticamente a Dios.

Las religiones orientales, particularmente el hinduismo, se refieren a esta chispa divina como *atman,* que significa simplemente «el ser». Ya sea que lo llamemos *atman* o superalma, no está relacionado con el ego o el estado terrenal, ni tiene nada que ver con nuestro ser en relación con el resto de la humanidad. Es una esencia, intangible pero real, que está relacionada por sí misma con Dios, idéntica en cada uno de nosotros. Al igual que el ADN de nuestros padres es una ineludible presencia dentro de nosotros, aun cuando no podamos percibirlo con ninguno de nuestros cinco sentidos. El ADN de nuestro Creador es igual que esa presencia, que surge de nosotros y alrededor de nosotros, una fuerza de vida sagrada y heredada que no precisamos buscar para conseguir. Ya está allí. Ya «es».

Tu superalma es tu derecho sagrado de nacimiento. En esas noches oscuras en las que te sientas separado de ella, no le reces al Padre para que te ayude a encontrarla, porque nunca se ha perdido. Simplemente rézale a Él para que te ayude a recordar cómo es percibirla y luego agradécele cuando, en un momento en que tu mente esté lo suficientemente tranquila como para notarlo, sientas esa chispa otra vez en lo profundo de tu espíritu.

Sustancia etérea

La sustancia etérea es la energía dada por Dios que penetra en cada rincón del Universo y dentro de cada uno de nosotros y, a su vez, también emana de cada uno de esos lugares. Encontrarás, en diferentes partes de este libro, que esta energía se menciona como «fuerza de vida», que es simplemente un sinónimo más común y más descriptivo de «sustancia etérea», que es la que nos da vida y nos conecta eternamente entre nosotros, con cada cosa viva, con cada parte del cosmos y con nuestro Creador.

La ciencia nos dice que el Universo vasto e infinito está lleno de éter, y que es este éter, o sustancia etérea, lo que une a todos los universos, desde los cielos inimaginables a la más pequeña molécula que compone el mundo físico, incluyendo a nuestro propio cuerpo. La sustancia etérea es lo que los científicos llaman «espacio puro». Es la causa y origen de toda la existencia, el medio por el cual Dios nos da Su aliento. Es más fina, liviana y delicada que las ondas de luz, pero al mismo tiempo es indestructible. Es nuestro receptor más afinado y nuestro transmisor más

poderoso. La emanamos en forma de aura y la hacemos parte de nosotros como a nuestra fe en Dios y nuestro conocimiento absoluto de que
somos parte de lo Divino, y de que Él es parte de nosotros.

Sustancia etérea, energía, fuerza de vida. Usa el sinónimo que para ti
exprese mejor la idea de aliento de la Creación y que más resuene en tu
alma.

Hay una hermosa descripción de esta sustancia y de su relación con
el cuerpo durante la muerte, que en mi opinión ilustra perfectamente
todo el concepto de sustancia etérea/fuerza de vida. De *Introducción de
Vishnu al sexto diálogo*:

Observemos la idea contraria a la vida: el miedo a la palabra *muerte* que
tiene a toda la humanidad paralizada por una sombría desesperación. ¡Muerte! ¡No existe la muerte! Es solo una transición... una pantalla química, un
colador de tamices, tejido delicadamente, mediante el cual el proceso perpetuo de la madre naturaleza logra, en forma gradual, un reciclado, un proceso que alcanza un nuevo grado de vibración dentro de una frecuencia más
alta... Piensa en la muerte como esta delicada pantalla química, por donde la sustancia etérea refinada escapa hacia su verdadero lugar. Lo que queda como casa de arcilla es sólo el resto de los procesos negativos que no
han pasado a través del delicado tejido... La muerte del cuerpo sólo es la
expresión de esas condiciones negativas que vencen la corriente dominante de la vida —los pensamientos de avaricia, odio y egoísmo—; y la muerte recurre a cada uno individualmente para determinar, mediante una gran
balanza cósmica, la justicia y el bien que fueron expresados por su espíritu
individual en la vida pasada. Repito y deseo instalar en el espíritu de la
humanidad la idea de que la muerte no existe. Es una maravillosa transición, parte de una ascensión gradual hacia la Casa de la infinidad.

T

Tabla Ouija

Las tablas Ouija se crearon y popularizaron a finales del 1800. Como probablemente sabrás, es una tabla con las letras del alfabeto, los números, las palabras *sí*, *no* y *adiós* y, por lo general, algunos símbolos de apariencia mística. Un *planchette*, o triángulo de plástico con base de fieltro y un puntero, se mueve alrededor de la tabla cuando se colocan las manos ligeramente por encima de él y, en teoría, deletrea palabras y mensajes del mundo espiritual.

Ha habido muchísima discusión en torno a la duda de si el movimiento del *planchette* es atribuible o no al mundo espiritual o simplemente a la persona o personas que colocan las manos sobre él.

No creo que sea un debate del tipo «y/o». Estoy segura de que existen muchos casos en los que ambas cosas han sucedido y seguirán sucediendo mientras existan las tablas Ouija.

Ésta es mi postura con respecto a ellas en general: lo consideraría como un favor personal si tomas la tuya, si es que por casualidad tienes una, y la arrojas directamente al basurero, que es a donde pertenece. La razón es muy sencilla. En aquellas ocasiones en las que la tabla es utilizada por un espíritu oportunista para transmitir mensajes, no hay control en absoluto de su identidad o intenciones. Si se trata de una entidad oscura, por ejemplo, o un fantasma manipulador y terriblemente confundido, sentarse y escucharlo o, peor aún, seguir sus órdenes, es una forma absurda y dañina de gastar tu tiempo y tu energía.

La imagen que debes usar la próxima vez que saques tu tabla Ouija, aunque sólo sea por pura diversión, es imaginar que suena el timbre de tu casa y que abres la puerta sin tomar ni la más mínima precaución en averiguar quién se encuentra allí: un vecino amistoso con una taza de café o una banda de ladrones armados. Si no te parece que eso tenga nada de malo, entonces por supuesto, disfrútala. Si la idea te aterroriza, ¡deshazte de tu tabla Ouija!

Talismanes

Un talismán es un símbolo, encantador y pequeño, que es utilizado, llevado o guardado por su dueño como una superstición. Su diferencia con el amuleto es que el propósito del amuleto es espantar al demonio, mientras que el propósito del talismán es atraer y asegurar un objetivo específico: la buena suerte, la protección, la confianza en uno mismo, la claridad mental o emocional, la fuerza en tiempos de crisis, una salud exultante, etc.

La esperanza de que un objeto de cualquier tipo pueda ser bendecido, cargado o infundido con la energía necesaria como para que logre un determinado fin es antigua, mundial y no pertenece a ninguna religión en particular. Aparentemente, cada cultura y sistema de creencia se ha aferrado a algún tipo de objeto de buena suerte desde el comienzo de los tiempos. Por lo tanto, aun cuando nuestra mente lógica descalifica a los talismanes considerándolos estúpidas supersticiones —porque estamos seguros de que el único objeto de buena suerte que necesitamos es confiar en nuestra fe activa en Dios—, nuestra atracción hacia ellos es casi un legado genético de miles de generaciones de ancestros.

Los griegos, los egipcios y los habitantes de Babilonia incluyeron en sus rituales una gran variedad de talismanes sagrados para atraer desde condiciones climáticas favorables hasta curas para enfermedades. Los antiguos habitantes de los pueblos africanos llevaban consigo partes del cuerpo de animales extremadamente ágiles y veloces para alcanzar ellos

El cazador de sueños: un talismán autóc-
tono de Estados Unidos.

mismos más velocidad. Los alquimistas buscaban la singular Piedra Filosofal, pues la consideraban su más valioso talismán y creían que les otor-
garía el poder de convertir metales básicos en oro y plata. (Véase «Alquimia».) Los irlandeses tenían/tienen a sus tréboles de cuatro hojas,
tréboles que —estoy segura— muchos de nosotros, los que no somos
irlandeses, los hemos buscado también de tanto en tanto. Y existen quienes sostienen que los rosarios y los crucifijos no son ni más ni menos
que antiguos talismanes cristianos. La magnífica —y verídica, por cierto— leyenda del rey Arturo no estaría completa sin su talismán, Exca-
libur, la famosa espada que le confirió poderes especiales y que el rey
desenterró de una piedra. Se sabe que los viajeros —cristianos y no cristianos— llevan medallas de san Cristóbal como protección adicional
durante sus viajes. Y muchas medallas de san Miguel, considerado santo
patrono de los policías, entre otras cosas, han sido escondidas bajo el uni-
forme de numerosos miembros de la fuerza, sin importar lo cínico y
poco religioso que afirme ser un policía. Y, por supuesto, ya que no todos
los talismanes se adoptaban con la mejor de las intenciones, también

había un desagradable talismán que era el favorito entre los ladrones, llamado «Mano de la Gloria», la mano derecha amputada de un delincuente que había sido ahorcado y que, supuestamente, trae especial buena suerte en cada intento de asalto.

Elegir un talismán, si es que decides adoptar uno, puede ser tan simple o complicado como lo desees, si tienes en cuenta que ningún objeto posee en sí mismo poderes especiales: tu creencia es el único poder que cualquier talismán tendrá jamás. Si tu objetivo es la simplicidad, un objeto que te haya dado un ser querido ya fallecido o una prenda que estabas usando en el momento en que te sucedió algo maravilloso funcionará. Si estás procurando algo un poco más complejo, busca la conexión entre el objetivo que le designaste al talismán y lo que cada color simboliza: cristales verdes o esmeraldas si tu objetivo se relaciona con la salud, por ejemplo —ya que el verde es el color de la sanación—, o piedras de color púrpura para reforzar la esperanza de una más elevada espiritualidad. O, si realmente estás decidido a realizar tu propio proyecto de investigación, podrías combinar alguno de ellos con las antiguas creencias que se encuentran en el mundo de la naturaleza. Se ha creído, durante mucho tiempo, que el sol es quien gobierna la confianza en uno mismo, por ejemplo. Entonces, supongamos que se aproxima un evento en el que necesitaremos toda la confianza en nosotros mismos que podamos reunir. Un talismán con la forma del sol sería una opción lógica, o un talismán de oro, ya que se cree que el oro es, en la tierra, el metal equivalente al sol. ¿Comprendes lo que digo? Existe tanta variedad en la simbología potencial de los talismanes que podrías pasar semanas tratando de encontrar el que se ajusta exactamente a tus necesidades específicas.

O puedes recordar lo que dije anteriormente, que es tan sencillo y tan verdadero como todo lo que puedas leer o escuchar sin importar cuán lejos viajes o cuánto tiempo vivas: la fe en Dios, y vivir esa fe todos los días con toda la bondad, compasión y paz que ello implica, es el talismán más poderoso que existe en esta tierra y que alguna vez puedas llegar a necesitar.

Tarot

El tarot es una forma de adivinar la fortuna por medio de la utilización de un mazo de pintorescas y bellas cartas artísticas, cada una de ellas con un nombre, una imagen y un significado específicos. La mayoría cree que el origen del tarot se remonta a los jeroglíficos del antiguo Egipto y ha pasado por muchísimas encarnaciones y miles y miles de años de popularidad. Sin embargo, el mazo de cartas de tarot más reconocido y utilizado es el que diseñó un inglés llamado A. E. Waite. Se trata de un mazo de setenta y ocho cartas dividido en Arcana Mayor y Arcana Menor.

La Arcana Menor del mazo de tarot es la base del mazo estándar, de hoy en día, de las cartas de juegos. Está formado por cuatro palos: copa, espada, basto y una estrella de cinco puntas. Cada palo contiene catorce cartas: del as al diez, seguido por el paje, el caballero, la reina y el rey.

La Arcana Mayor está compuesta por veintidós cartas no numeradas, a las que también se las llama «triunfos». Cada una de ellas posee su propio simbolismo complejo y su propia interpretación general:

Cartas de tarot.

—El tonto: la constante aspiración a nuestro ilimitado potencial.

—El mago: la conversión de nuestras ideas y objetivos en realidad.

—La sacerdotisa: el equilibrio de la fuerza entre la mente consciente y la mente subconsciente.

—La emperatriz: la creatividad y la imaginación que se encuentran en la mente subconsciente.

—El emperador: el orden, un método sistemático del modo en que se convierten las cosas de la mente al mundo material.

—El sumo sacerdote: nuestro ser interior, la intuición.

—Los enamorados: representa las relaciones, las sociedades, la combinación de dos cosas que a veces son opuestas pero compatibles.

—El carro: el alma y nuestra habilidad para verbalizarla.

—La fuerza: el control sobre las fuerzas materiales.

—El ermitaño: la sabiduría elevada; sostener un farol para iluminar el camino a seguir por los otros.

—La rueda de la fortuna: la verdadera comprensión de tu ser interior.

—La justicia: la corrección de errores pasados.

—El ahorcado: una señal de que las cosas no son lo que aparentan.

—La muerte: la transformación y el renacimiento.

—La templanza: el perfecto equilibrio entre lo positivo y lo negativo, lo masculino y lo femenino, la conciencia y la subconciencia.

—El diablo: la insensata interpretación de los hechos y de las circunstancias de nuestras vidas.

—La torre: súbitos arranques de verdadera comprensión y entendimiento.

—La estrella: la recolección de conocimiento general y la acción de compartirlo con quienes nos rodean.

—La luna: la evolución del alma.

—El sol: el proveedor fijo, objetivo y que todo lo abarca.

—El juicio: el entendimiento espiritual.

—El mundo: el continuo y eterno ciclo de la vida.

Telepatía

La telepatía es la transmisión directa e instantánea de información, conocimiento o sensaciones de una persona o entidad a otra, sin la utilización de los sentidos de la vista, la audición, el tacto, el gusto o el olfato. Esta transferencia silenciosa se produce de emisor a receptor, a veces separados por grandes distancias, y puede suceder de forma intencional o sin que los participantes sean conscientes de ello.

Debido a que el fin de la información telepática es, a menudo, producir un impacto en el receptor y/o que éste actúe en consecuencia, la mente consciente, por lo general, se entera tarde o temprano. La información se recibe por diversos modos: palabras o frases que irrumpen en la mente sin razón aparente, imágenes rápidas y fugaces o a medio completar, sueños claros poco comunes o una repentina preocupación por una persona a la que no hemos visto o con la que no hemos hablado por un largo tiempo.

Los residentes del mundo espiritual son particularmente hábiles para la telepatía. Pregúntale a cualquiera que se haya encontrado con un ser querido ya fallecido o, especialmente, con un ángel, y te relatarán que han sostenido conversaciones enteras en las que ninguno de ellos pronunció ni una sola palabra. Y, si tienes la dicha de tener cerca a un animal, no necesitas que te diga cuánta información te envían telepáticamente esos espíritus divinos si te tomas el tiempo para relajarte, entrar en sintonía y recibirla. Después de todo, la telepatía es la forma de comunicación más común entre ellos, y resulta que son brillantes para utilizarla.

La telepatía no se limita a la comunicación entre una persona y otra o entre un espíritu y otro. Puede transmitirse a partir de cualquier fuente de energía (una ciudad, por ejemplo, un país o cualquier cuerpo consciente) a cualquier otra fuente o fuentes de energía (una persona o una cantidad cualquiera de personas, ya sea que se conozcan entre sí o no).

Un número de «expertos» y escépticos insisten en que la telepatía no ha sido probada nunca realmente. No estoy muy segura de lo que eso significa, pero me lleva a incluir un relato sobre telepatía que ya he descrito con anterioridad, pero que no puedo evitar volver a contar. Está documentado, es bastante conocido y es maravilloso:

Un hombre llamado Víctor Samson era el editor de noticias del periódico *Boston Globe*. Una noche, después de trabajar, se excedió un poco tratando de relajarse en un bar de los alrededores y, ansioso por llegar a la cama más cercana lo más pronto posible, decidió volver a las oficinas del *Globe* y dormir allí.

Samson se quedó dormido en el sofá de su oficina y tuvo una horrible pesadilla sobre una devastadora erupción volcánica en una isla, que en su sueño se llamaba Pele. Miles de indefensos residentes de los pueblos que rodeaban la montaña murieron en los ardientes ríos de lava líquida. Profundamente impresionado por el sueño, tomó la primera hoja de papel que encontró cerca de él —casualmente eran las hojas que usaban los periodistas para sus artículos— y escribió cada detalle del sueño que pudo recordar. Luego, todavía consternado y con un poco de resaca, decidió dirigirse a su casa para dormir un par de horas más, antes de volver al trabajo.

Temprano, a la mañana siguiente, el jefe de editores del *Globe* pasó por casualidad por la oficina de Samson, vio una de las hojas de los periodistas en el escritorio y leyó la conmovedora historia sobre esas miles de personas atrapadas en una pequeña isla y diezmadas por una violenta erupción volcánica. Sin saber que la historia era sólo un sueño de Samson, rápidamente la publicó y la envió a todo el país mediante el servicio de cable.

No fue hasta más tarde, ese mismo día, cuando Samson llegó a su oficina y descubrió que el *Boston Globe* había publicado y, luego, distribuido a todo el país lo que era nada más que el resultado de un sueño inducido por el alcohol.

Y no fue hasta semanas más tarde cuando una flota de barcos atracó en el puerto de Boston con la noticia de que en una isla de Indonesia llamada Krakatau, bautizada por sus habitantes con el nombre de Pele, una explosión volcánica había matado a casi 40.000 personas a la misma hora en que Samson había tenido el sueño.

Esto pasó en agosto de 1883 y, como sabes, las noticias viajaban lentamente en ese entonces.

No obstante, recuerden que la telepatía no ha sido probada nunca realmente.

Hay quienes creen que, cuando se trata de telepatía, algunos somos emisores y otros receptores. Un criterio simplista establece que si te encuentras pensando en alguien y esa persona te llama inmediatamente después, probablemente seas un emisor, mientras que si, por lo general, sabes quién te llama antes de levantar el tubo del teléfono, probablemente seas un receptor. No creo que ninguno de nosotros tenga que ser categorizado o limitado a un rol o a otro. Sólo podemos celebrar el hecho de que la telepatía, probada o no, es sólo otro de los dones que traemos desde Casa para esos momentos en que tal vez pueda sernos de utilidad.

Telequinesis

Es sinónimo de «Psicoquinesis», cuyo análisis encontrarás en su propio apartado.

Temas de vida

Una de las muchas decisiones que tomamos en el Más Allá, cuando escribimos nuestro plan para la próxima reencarnación, es el propósito específico que queremos lograr. El propósito que elegimos, y que volcamos en nuestro plan, se llama «tema de vida».

En realidad, seleccionamos dos temas de vida para aprovechar mejor nuestro plan y asegurarnos de obtener lo máximo que podamos de nuestro breve campamento en la Tierra: un tema principal, que esencialmente es quién planeamos ser; otro secundario, que es otro aspecto propio del que tendremos que ocuparnos durante nuestra estancia. Todo esto puede compararse fácilmente con la planificación de un viaje. El plan es un mapa de ruta muy detallado de todo el trayecto. El tema principal define nuestro itinerario básico mientras viajamos del punto A al punto B; el secundario es un obstáculo permanente con el que nos enfrentaremos a medida que el viaje se desarrolle.

Todos llegamos a la Tierra con un tema de vida principal y otro secundario. Determinar en qué consiste cada uno de ellos es un valioso ejercicio para clarificar y simplificar nuestras vidas. Tener un marco de referencia simple y accesible para llevar adelante el itinerario básico de esta vida puede ayudarnos a mantenernos encaminados. Además, así también podremos impedir ser cegados o superados por ese obstáculo recurrente, que tratará de desviarnos de nuestro rumbo todo el tiempo. Es la diferencia existente entre un problema en apariencia azaroso y un: «Sé de qué se trata y estoy preparado para enfrentarlo», pues estoy bien informado.

Un caso puntual: mi tema principal es «el humanitario». Eso es lo que soy, mi alegría, mi pasión, tan esencial para mí como respirar. Pero mi tema secundario es «el solitario». ¿Te parece complicado? Lo admito, a veces me ha molestado sacrificar mi parte «solitaria» y realmente he deseado poder escaparme a Kenya y esconderme bajo un inmenso y bonito baobab por el resto de mi vida. Sin embargo, no hay que ver al desafío del tema secundario como una carga, sino que hay que reconocerlo y respetarlo como un aspecto propio que yo mismo elijo para poder reconciliarme con él.

Hay cuarenta y cuatro temas de vida. A medida que los leas, junto con sus breves descripciones, presta mucha atención a las reacciones que te generan. No tengo dudas de que tu espíritu resonará cuando reconozcas tu tema principal. Tal vez tu reacción sea más sutil mientras buscas tu tema secundario, pero, como pauta, busca algo que siempre te haya atraído en tus momentos de tranquilidad. Si es algo que podría complicar tu tema principal —o incluso hacerlo insoportable—, es probable que, como en mi caso, en verdad se trate de tu tema secundario, uno de los desafíos que eliges para superar en esta vida.

—Abstemio: su compañía típica es la de una adicción, aun si ésta nunca llega a manifestarse. Constantemente percibe su vulnerabilidad en este aspecto; tiene que evitar llegar al extremo de oponerse fanáticamente al objeto que considera como una adicción potencial.

—Adepto: tan esencial para la sociedad como los líderes, ya que sin él estos últimos no existirían. Es fuerte, y el apoyo digno de confianza que brinda puede ser su mayor y más generosa contribución. Su desafío más difícil es decidir a quién y a qué seguir.

—Analista: necesita inspeccionar los detalles complicados de cómo y por qué funciona todo; muy valioso en el área científica, electrónica y forense; tiene dificultad para relajarse y para tomar distancia de las situaciones y verlas en toda su dimensión.

—Armonizador: llegará hasta cualquier extremo para mantener la paz, la calma y el equilibrio en su vida y en la de quienes lo rodean; sus virtudes son el espíritu cooperador y la tranquilidad en situaciones caóticas; su defecto es que puede tener dificultad en asimilar y superar los golpes, las cicatrices y las tensiones inevitables de la vida.

—Buscador de la estética: impulsado a crear alguna forma de belleza artística, puede llegar a la fama y a los honores. Es agradable si el tema secundario es compatible, pero trágico si entra en conflicto con él. Judy Garland, Vincent van Gogh y Marilyn Monroe son ejemplos de un tema principal de «conquista estética» en conflicto con el tema secundario.

—Campeón: compulsión activa y dominante por obtener logros, optimista perpetuo; en su mejor expresión, su habilidad indefectible para recuperarse de cada fracaso y seguir adelante es inspiradora; si no tiene los pies en la tierra puede llegar a despilfarrar su dinero y poner en peligro su seguridad y su vida al tomar decisiones impetuosas, indisciplinadas y sin fundamentos.

—Catalizador: es el que mueve los hilos, impulsa la realización de los hechos y moviliza la inactividad convirtiéndola en acción. Parece sobresalir, particularmente, en situaciones estresantes, y se siente vacío y deprimido si no tiene un objetivo.

—Constructor: generalmente la pieza visible y esencial que mantiene en movimiento el engranaje del éxito; no se trata del que sube al escenario para recibir los trofeos, sino del que construye el escenario mismo.

Puede sentir que no es valorado, pero debe recordar que la recompensa para el constructor no se encuentra en los trofeos, sino en el crecimiento acelerado del espíritu.

—El que moviliza: resuelve problemas, siente satisfacción cuando cumple el objetivo, tiene que ser cuidadoso y no debe tratar de abarcar demasiado.

—Emocional: experimenta, profundamente y con intensidad, los sentimientos positivos, los negativos y cada uno de los matices de los sentimientos intermedios; necesita reconocer la excepcional importancia que el equilibrio tiene en su vida.

—Espiritual: pasa toda su vida buscando su propio centro espiritual; en su mayor expresión es fuente de inspiración y de tolerancia ilimitada; en su menor expresión puede manifestarse como intolerante y fanático.

—Experimentador: insiste en probar cualquier actividad o estilo de vida que le llame la atención debido a que tiene la necesidad de vivir la vida como una serie de eventos activos y variados. El mayor obstáculo es que puede llegar a ser excesivamente indulgente hasta el punto de tornarse irresponsable.

—Falible: generalmente es preferido por aquellas personas que nacieron con desafíos físicos, mentales o emocionales; es un tema elegido únicamente por los espíritus más extraordinarios. Cuando esta opción les resulta desalentadota, necesitan que se les reafirme que son un inspirador ejemplo para el resto de nosotros, que no fuimos tan valientes como ellos.

—Guerrero: es audaz, corre riesgos y tiene el coraje de enfrentar desafíos físicos, morales o espirituales. Cuando se concentra, en especial si posee como tema secundario al humanitario, puede realizar contribuciones históricas de importancia global sin que alguna vez hayamos sabido su nombre o él haya sentido la necesidad de que así fuera.

—Humanitario: nacido para entregarse a cada uno de los miembros de la humanidad, se encarga del hambre, la pobreza, la enfermedad, la falta de vivienda y otras iniquidades mundiales evidentes; enfrenta el doble desafío de saber que existe muchísimo trabajo por hacer y, al mismo tiem-

po, el de saber cuándo y cómo detenerse a descansar para evitar el ago-
tamiento.

—Infalible: aparentemente nace con todo (presencia, talento, inteligencia, privilegio, ingenio, gracia, etc.). Por lo general, puede ser un tema
inusitadamente difícil, con problemas que muy pocas veces son tomados
con seriedad. Frecuentemente siente resentimiento por sus ventajas, y en
su interior se siente incompetente por no haber tenido que esforzarse por
obtenerlas; con frecuencia llega a excesos como la obesidad, promiscui-
dad, o el abuso de ciertas sustancias; también puede sentirse emocionalmente inepto en situaciones que ponen a prueba su carácter.

—Intelectual: el tema que implica mayor sed de conocimiento; usa
su gran educación para mejorar la vida en la Tierra. En su peor forma se
asemeja a aquel metódico estudiante cuyo único propósito es adquirir
conocimiento por el conocimiento mismo, y finalmente lo acapara en vez
de compartirlo.

—Intérprete: puede llegar a elegir alguna carrera en el área del entre-
tenimiento, pero generalmente le es suficiente con ser el alma de la fiesta. Se siente alentado por la atención que se le presta, ya sea mucha o
poca, y tiende a formar la opinión que tiene de sí mismo a través de lo
que ven los otros. Necesita aprender a proveerse su propio sustento espiritual y emocional.

—Interventor: cuando tiene éxito, se hace cargo de todas las tareas
que tiene a su alcance mediante la delegación y la supervisión inteligente y cauta, y siempre brinda su apoyo a quienes supervisa o delega; cuando no tiene éxito se dedica a establecer y a juzgar cada detalle de la vida
de los que lo rodean.

—Irritante: es criticón, nunca le falta algo de que quejarse, sirve para
enseñarnos a ser tolerantes y para que evitemos contagiarnos de la negatividad.

—Justiciero: el objetivo de su vida es la búsqueda de la imparcialidad
y de la igualdad. Sus mejores expresiones son Abraham Lincoln y el reve-
rendo Dr. Martin Luther King; su peor expresión puede acarrear distur-
bios, anarquía y justicia por mano propia.

—Legitimador: lo motiva su preocupación por resguardar la línea divisora entre lo legal y lo ilegal. Por lo general, se dedica a ser un servidor público en pos del orden y del equilibrio social; si se corrompe, abusa del poder del que goza.

—Líder: generalmente es un talentoso adalid, pero rara vez llega a ser innovador; elige el liderazgo en áreas que ya están consolidadas. Se beneficiaría si expresara su capacidad en temas más relevantes en el ámbito social.

—Luchador por una causa: el general que comanda a los portaestandartes. Se hace oír, es activo y apasionado con respecto a sus esfuerzos por un mundo mejor, a veces a costa de su propia seguridad y de la de terceros; corre el riesgo de disputarse el centro de la atención con la causa que está promoviendo.

—Manipulador: encara la vida como un juego de ajedrez con un solo jugador; por lo general, posee un notable talento y puede tener un enorme impacto positivo en la sociedad. Cuando abusa de este talento, se concentra únicamente en sí mismo y lo hace a costa de todos los demás.

—Paciente: posee más entusiasmo por avanzar rápidamente en el viaje del espíritu que quienes eligen temas menos difíciles. El tema de la paciencia demuestra una impaciencia espiritual, una batalla permanente contra el estrés. Con frecuencia lucha contra la culpa que le provoca reprimir el estrés y el enojo.

—Pacificador: típicamente es acompañado por una sorprendente agresión, puede excederse en su entusiasmo por el esfuerzo que pone en frenar la violencia; no le molesta obtener un poco de fama mediante su causa noble y notoria.

—Pasivo: es percibido como débil, pero en realidad posee una sensibilidad peculiar. Se le dificulta manejarse en situaciones extremas, sin embargo, la tensión ocasional puede ser una valiosa herramienta para instigarlo a la acción.

—Perdedor: busca atención haciéndose el mártir; si no tiene melodramas en su vida, se los crea; puede enseñarnos a que nos desagrade un comportamiento sin llegar a juzgar a su responsable.

—Perseguido: está convencido de que ha sido elegido para la extraordinaria mala suerte y la atención negativa; evita la alegría porque la considera potencialmente decepcionante. Logra un extraordinario crecimiento espiritual al elegir y superar este tema.

—Perseguidor: agresivo, sociópata que se autojustifica; podrá abusar de los demás y matarlos sin culpa o remordimiento; sin saberlo, inspira el progreso de nuestras leyes, sistemas judiciales, técnicas forenses y barreras morales.

—Pobre: frecuente en los países del tercer mundo; también existe en los países avanzados, en donde siente que nada le es suficiente, no importa cuánto tenga. La noción de que las posesiones materiales no tienen relevancia alguna puede proveerle un crecimiento espiritual brillante.

—Portaestandarte: guerrero de primera línea contra las injusticias que percibe; a veces necesita aprender la utilidad de tamizar la pasión a través del tacto y la diplomacia.

—Psíquico: por lo general, elige en la infancia un entorno estricto en donde se desaprueba severamente la habilidad de percibir las cosas más allá de lo normal; su desafío es utilizar su don del modo menos egoísta y más espiritual.

—Rechazado: usualmente, el aislamiento o el abandono de la infancia temprana continúa a lo largo de su vida; su desafío es aprender que, cuando el espíritu puede confiar completamente en sí mismo, ya no puede ser tomado como rehén por nadie.

—Responsable: encuentra alegría en los logros prácticos, siente culpa si deja algo sin hacer, necesita recordar que la gente a su alrededor también se beneficia con la responsabilidad y con los logros.

—Sanador: por lo general, aunque no necesariamente, se dedica a las profesiones de cuidado físico o mental. Su tema de vida puede expresarse mediante cualquier modo que implique el alivio del dolor y el aumento del bienestar. Siempre está propenso a compenetrarse demasiado con aquellos a quienes intenta curar.

—Salvador: tiende a acercarse a las víctimas, quiere ayudarlas y salvarlas, aun cuando las víctimas se han puesto ellas mismas en esa situación;

es común que sea el más fuerte ante la presencia de los más débiles. Puede terminar siendo él mismo una víctima si no aprende a ser selectivo.

—Superviviente: ve la vida como una lucha incesante y continua; generalmente se maneja de forma sobresaliente ante las dificultades, pero tiene problemas para distinguir entre una verdadera crisis y un desafío cotidiano.

—Solitario: por lo general es socialmente activo, pero elige un estilo de vida que le permite aislarse; se siente contento estando solo y lucha por superar el hecho de sentirse exhausto cuando otras personas pasan mucho tiempo con él.

—Títere: es la mecha que enciende algo de gran magnitud, ya sea positivo o negativo, para que emerja. Judas, cuya traición a Cristo fue un elemento crítico para el nacimiento de la cristiandad, es un ejemplo clásico de un títere. Tiene que estar atento en pos de alinearse, únicamente, con las causas más valiosas y queridas.

—Tolerante: se siente obligado a encontrar una manera de tolerar hasta lo intolerable; logrará su crecimiento espiritual cuando reconozca que ser tolerante no es lo mismo que ser débil o poco exigente.

—Víctima: es el chivo expiatorio de la vida, nos señala la injusticia y fomenta nuestra intervención; entre quienes dedican este tema en pos del bien supremo se encuentran los niños abusados, las víctimas de crímenes instigados por el odio y quienes fueron condenados injustamente.

—Victimario: adquiere el control con el propósito de rodearse de las pruebas visibles de su propio poder, posee un ego insaciable e hipersensible; a menor escala se trata de una pareja o un cónyuge controlador, un acosador o un padre patológicamente entusiasta; a mayor escala encontramos a Jim Jones, David Koresh, Bo y Peep, del culto Puertas del Cielo.[14] Todos y cada uno de los sacrificios de sus seguidores no son homenajes a Dios, sino a las necesidades narcisistas de su victimario.

---

14. Líderes de sectas que indujeron a sus fanáticos al suicidio. *(N. del T.)*

Teoría mental

La teoría mental es algo que desarrollé en un esfuerzo por ilustrar, literalmente, la diferencia entre el modo típico en que nuestras mentes humanas están entrenadas para funcionar (y convertirse, si no somos cuidadosos, en nuestro peor enemigo) y el modo en que podemos volver a entrenarlas para que sean nuestras herramientas más refinadas, más elevadas y más edificantes.

De recién nacidos, sin recuerdos conscientes de nuestras vidas pasadas o de las vidas que acabamos de dejar en el Más Allá, nuestras mentes tienen la estructura que verás en la figura A: los dos triángulos equiláteros unidos verticalmente por sus puntas (marcado como «punto X»). Sabemos que existe una mente consciente y hemos escuchado una y otra vez que existe una mente subconsciente. En realidad, a lo largo de este y de otros libros, verás que me refiero a la mente subconsciente como el lugar superior y más íntimo en donde reside nuestra mente espiritual. Lo hago en pos de la simplificación y de la comprensión, por el bien de la mayoría de las discusiones. La división de la mente en sólo dos partes, la consciente y la subconsciente, ayuda a entender la verdadera cuestión de un modo mucho más sencillo.

Mi teoría mental, sin embargo, divide a la mente de un modo más apropiado en consciente, subconsciente y superconsciente; este último es un concepto que comenzó con Carl Jung, uno de mis héroes en el mundo de la psicología.

Entonces, nacemos con la estructura de la mente humana tradicional de la figura A, con la partición de conciencia/subconciencia, representadas por el triángulo inferior, y la superconciencia representada por el triángulo superior. Cada uno de los triángulos está dividido en niveles.

LA MENTE CONSCIENTE/SUBCONSCIENTE

Primer nivel: estado de iniciación
Comenzamos con el reconocimiento y la interpretación básicos.
«Esto es un árbol. Eso es otro árbol.»

Segundo nivel: sentidos, razón deductiva

«Ahora, he deducido lo que es esto: se ve como un árbol, debe ser un árbol.»

Tercer nivel: memoria y conocimiento

«Ahora lo he almacenado [en mi mente]. No puedo almacenar un árbol con imágenes si no sé lo que es un árbol.»

Cuarto nivel: ideas, conclusiones, creatividad

«He visto un árbol. Sé que es un árbol. Ahora, he deducido que es un árbol. Lo he almacenado como un árbol. Y ahora, tal vez pueda dibujar un árbol o pueda hacer algo creativo con un árbol.»

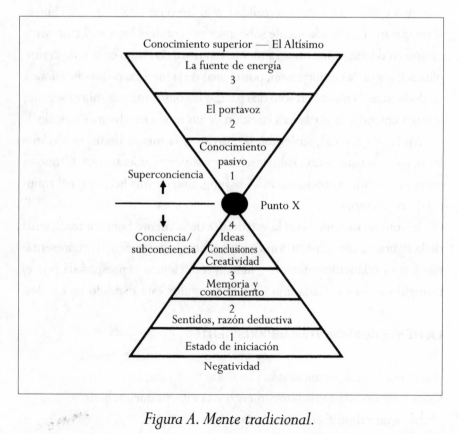

Figura A. Mente tradicional.

Sin embargo, aquí se encuentra el problema de la típica mente humana con la que nacemos: nadie nos avisa que podemos ir más allá de ese
punto, que sí, realmente podemos pasar más allá de ese cuarto nivel, a la
superconciencia. Está ubicada exactamente allí, justo después del punto
X, el que lamentablemente tiende a ser bloqueado nada más que por
nuestro condicionamiento de la fluidez y de la libertad de información.

En cambio, estamos mucho más acostumbrados a aceptar pasivamente
la parte inferior, abierta de par en par, del triángulo de la conciencia/sub-
conciencia, en donde la negatividad de la vida en la Tierra fluye a tal punto que de vez en cuando nos inunda, y nunca nadie nos dice que no es
necesario que así sea.

LA MENTE SUPERCONSCIENTE

Primer nivel: conocimiento pasivo
Es en el primer nivel de la mente superconsciente donde se almacena
todo nuestro conocimiento, todos los recuerdos, la sabiduría y las habilidades que preserva nuestra mente espiritual: nuestros registros akáshicos personales; todo ese conocimiento tan cercano a nuestra mente consciente, si no fuera porque el canal entre los dos está bloqueado.

Segundo nivel: el portavoz
Es en este nivel en el que, nada más armado con el conocimiento que has
adquirido en el primer nivel, le dices a Dios: «No quiero conservar esta
maravillosa sabiduría para mí mismo. Quiero ser capaz de compartirla,
de transmitirla, y hacerlo con elocuencia». En otras palabras, tu conocimiento pasivo se transforma en activo.

Tercer nivel: la fuente de energía
La imagen perfecta para este tercer nivel es levantarse todas las mañanas
y decir: «Que la luz blanca del Espíritu Santo me envuelva y me proteja» y luego tomar el cable eléctrico con potencia industrial que se encuentra en el punto más alto de tu mente y conectarlo a la máxima Fuente de

Energía que se encuentra directamente encima de ti, a tu alrededor y contigo. La Fuente de Energía, el Altísimo, está para todos nosotros, al igual que la mente superconsciente lo está para la mente consciente/subconsciente, justo allí, bien cerca, disponible en todo momento, sólo esperando que accedamos a ella.

Y la parte final, abierta de par en par, de la mente superconsciente posibilita un flujo constante del conocimiento superior que posee el Altísimo, a medida que seguimos esforzándonos por expandir nuestra capacidad para absorberlo.

Ahora: utilizando exactamente esas mismas definiciones de la mente consciente/subconsciente, la mente superconsciente y sus respectivos niveles, observa la figura B. Ésta es la representación del modo en que

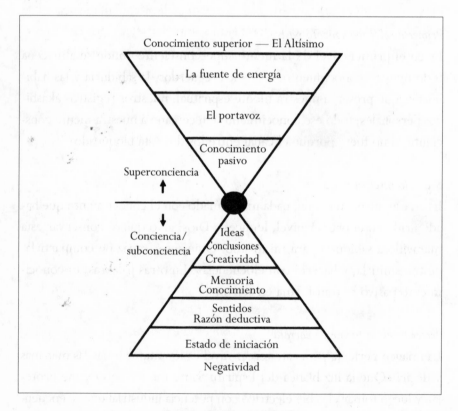

Figura B. Mente ideal.

puede verse nuestra típica mente humana mediante el entrenamiento. Los mismos niveles, una configuración diferente, proporciones diferentes. Es a los sentidos, finalmente, a los que se les da la menor prioridad; y es la negatividad, no la mente superconsciente, la que está bloqueada, al tiempo que el conocimiento superior del Altísimo puede ahora fluir libremente, como por un conducto divino e ininterrumpido, a través de las mentes superconsciente y consciente/subconsciente. Y dejamos de bloquearnos en el punto exacto en donde nos esperan nuestros recursos más valiosos, sin hacer tan difícil el acceso constante en nuestra vida cotidiana a nuestra Fuente de Energía, la que desperdiciamos tan a menudo porque nadie nos avisa de que está allí, que es nuestra y que lo único que necesitamos hacer es conectarla.

¿Y cómo entrenamos a nuestras mentes para lograr todo esto? En este preciso instante, al haber leído este apartado, «Teoría mental», acabas de finalizar el 99 por ciento del curso. Para completar el uno por ciento restante, sólo coloca el dibujo de la figura B en un lugar en donde puedas verlo, por lo menos, una vez al día. Sé, por la experiencia de años de clientes, grupos de estudio y miembros de mi iglesia, que cuanto más te familiarices con el dibujo de la mente «ideal», más se elevará tu vida y más te rehusarás a conformarte con la mente «típica».

El Tercer Ojo

Si señalaras un punto en tu frente que se encuentra en el medio de los ojos y levemente por encima de ellos, estarías señalando el lugar en donde se encuentra el Tercer Ojo. También se lo conoce por «el Tercer Ojo Espiritual» o el pasaje al «Asiento del Alma», lo que significa que es el trono desde el cual el espíritu controla el vínculo entre el cuerpo físico que está temporalmente habitando y la dimensión de Casa con su eternidad otorgada por Dios.

La creencia en el Tercer Ojo es antigua y se funda en la fisiología. Su ubicación se corresponde con la de la glándula pineal, del tamaño de una arveja, que se encuentra en el centro exacto del cerebro. Si nos remontamos a los tiempos de Descartes, y de los antiguos romanos y griegos en general, siempre se pensó que la glándula pineal era nuestra conexión con el mundo espiritual, con el Más Allá, con nuestro conocimiento superior, con nuestra energía etérea y nuestra capacidad innata de percibir frecuencias más altas de las que nuestros sentidos terrenales nos permiten, lo que allana el terreno a la comunicación con reinos más allá de éste. Has escuchado relatos de personas que descubrieron sus dones psíquicos luego de sufrir heridas en la cabeza, descargas de rayos y demás traumas y enfermedades físicas. Para mencionar sólo algunas de ellas:

—El afamado psíquico holandés Peter Hurkos era perfectamente normal (signifique lo que signifique) hasta que a los treinta años cayó de una escalera. Estuvo en coma durante tres días debido a la lesión cerebral que sufrió. Cuando recuperó la conciencia, de inmediato comprobó que había despertado con la habilidad de conocer lo desconocido, entonces, dedicó su vida a utilizar sus dones psíquicos en favor de cualquier persona, desde integrantes de la ley hasta los distintos presidentes de Estados Unidos, hasta que murió en 1988.

El Tercer Ojo.

—Edgar Cayce, incomparable sanador y «el Profeta Durmiente», según dicen, era un típico niño granjero promedio de Kentucky, cuya formación terminaba en la educación primaria. Perdió su voz debido a una enfermedad que padeció apenas pasados los veinte años y, luego de un año de continuos tratamientos médicos sin éxito alguno, se sometió a la hipnosis como último recurso. Le sugirió al hipnotizador de la ciudad que él se dormiría a sí mismo, una habilidad con la que contaba desde la infancia, y tanto el hipnotizador como un amigo de Cayce fueron testigos de lo que sucedió cuando Edgar se sumergió en un profundo trance: Edgar Cayce, quien apenas había logrado terminar la primaria y cuyo odio a la lectura era notorio, describió con la precisión de un experimentado médico la causa exacta de la condición de su garganta y las sugerencias fisiológicas que el hipnotizador debería darle para curarlo mientras estuviera «sumergido». El hipnotizador siguió las sugerencias y Cayce obedeció sus propias instrucciones como le habían sido repetidas por el hipnotizador. Al despertarse de esa sesión, su voz se había restaurado por completo. Pasó el resto de su vida realizando, con mucha modestia y casi de manera reticente, extraordinarias curaciones a pacientes de todo el mundo, siempre bajo hipnosis y sin haber leído nunca ni una sola página de medicina, biología o anatomía.

—El autor de superventas, Dannion Brinkley, en su libro *Salvado por la luz,* nos cuenta, entre otras cosas, sobre su primera, y muy bien publicitada, experiencia cercana a la muerte. Fue en 1975. Estaba hablando por teléfono durante una tormenta eléctrica cuando un rayo cayó sobre la línea telefónica y, prácticamente, lo electrocutó. Aunque su cuerpo estuvo muerto clínicamente durante veintiocho minutos, vio cómo lo subían a la parte trasera de la ambulancia, escuchó cómo el auxiliar lo declaraba «muerto», experimentó el túnel y «un Ser Luminoso» lo envolvía con «sentimientos de amor [que] se intensificaron hasta que se hicieron tremendamente placenteros». Cuando regresó a su cuerpo, descubrió que, por primera vez en su vida, era capaz de predecir el futuro y, en particular, sucesos mundiales.

Estos y otros innumerables casos, menos famosos pero no menos notables, existen simplemente porque, como resultado de un trauma, la glándula pineal fue estimulada y ha comenzado a funcionar en su máxima capacidad. O, para decirlo de un modo simbólico, el Tercer Ojo se ha abierto y está bien atento.

El Tercer Ojo corresponde al chakra del entrecejo, el que encontrarás analizado en detalle en el apartado «Chakras».

Terrores nocturnos

Encontrarás una exhaustiva discusión sobre los terrores nocturnos y qué hacer al respecto en el apartado sobre «El Hombre del Saco».

De forma resumida, por ahora les diré que los terrores nocturnos son aquellos eventos, diferentes de las pesadillas, que sobresaltan a los niños mientras duermen y los despiertan en un estado de pánico extremo. Son causados por los recuerdos de traumas de sus vidas pasadas o por viajes astrales a esos traumas.

Las Torres

Entre los edificios que se encuentran en la entrada del Más Allá, erguida majestuosamente detrás del triunvirato de mármol blanco del Salón de la Sabiduría, del Salón de los Registros y del Salón de la Justicia, encontramos dos monolitos idénticos llamados «Las Torres». Silenciosas cascadas brillan sobre las inmensas fachadas de cristal azul, al tiempo que humedecen la profusión de jazmines, cuyo perfume nos guía por el camino hacia las puertas grabadas en oro.

Los habitantes de Casa veneran Las Torres y las consideran sitios de incomparable serenidad para estudiar, meditar y reunirse con los viajeros astrales de la Tierra. La luz atmosférica natural del Más Allá es eterna y de unos hermosos colores pastel: rosa, violeta y verde. Al filtrarse, a través de las paredes de cristal azul de Las Torres, la luz se hace tan excepcionalmente potente con el amor de Dios que estos dos hermosos edificios son destinados, en gran parte, a la más desafiante curación que puedan enfrentar los espíritus en Casa.

Existen espíritus que murieron en circunstancias demasiado extremas como para que los procedimientos de orientación y de protección (*cocooning*), que son los más tradicionales, puedan ayudarlos y curarlos. Sin ser los culpables, estos espíritus llegan al Más Allá muy desesperados y perturbados y no pueden sentir la paz de Casa hasta que son nuevamente programados con su santidad e identidad propia. Prisioneros de guerra que murieron en cautiverio, luego de que les hubieran lavado el cerebro y los hubieran torturado, muchas víctimas del Holocausto, algunas de las más graves víctimas de Alzheimer y demás enfermedades que afectan a la mente, Juana de Arco, en particular; todos los que fueron desprovistos de su habilidad para comprender quiénes eran y dónde estaban en el momento de su muerte son llevados, de inmediato, desde la entrada del Más Allá al sagrado refugio de Las Torres. Son escoltados hasta allí por su guía espiritual y, por lo general, también por un ser querido. Ambos permanecen a su lado durante la recuperación.

El proceso de desprogramación en Las Torres es sólo una versión muy sofisticada del proceso de desprogramación en la Tierra. Las mentes más brillantes de ese campo, así como también los mejores psiquiatras y médicos que el mundo ha conocido alguna vez, atienden a cada espíritu con las técnicas que todavía, aquí en la Tierra, no nos han sido transmitidas, mientras que los seres queridos y los ángeles también prestan su apoyo divino. Se recrea el lugar terrenal de nacimiento del espíritu, o la casa en donde vivió su niñez, o algún otro lugar que le produzca felicidad al reconocerlo. Los terapeutas, telepáticamente, le relatan al espíritu historias de su vida pasada, tanto en la Tierra como en Casa. Sus seres queridos se le acercan, desde cualquier rincón del Más Allá, para compartir con él sus propias anécdotas y, durante todo ese tiempo, el espíritu enfermo permanece quieto y disfruta de esa maravillosa y sanadora luz pastel que llega a través de las paredes de cristal azul.

El tratamiento continúa por el tiempo que sea necesario y finaliza sólo cuando el espíritu ha recuperado completamente los recuerdos de su propia identidad, de la última vida que ha terminado, de todas las anteriores y del sagrado significado de estar en Casa nuevamente. Sólo entonces puede continuar intacto el viaje eterno de su alma y sólo entonces puede salir de Las Torres y retomar su ocupada vida en el Más Allá.

Como es obvio, todos rogamos, tanto para nosotros como para nuestros seres queridos, eufóricos viajes hacia Casa. Desgraciadamente, no siempre sucede así. Sin embargo, creo que es importante concentrarse en lo que sí sucede siempre: a todos los espíritus que llegan al Más Allá, sin importar en qué circunstancias murieron en la Tierra, se los acoge de inmediato y se los cuida hasta que están completamente recuperados, llenos de energía y de la segura y dichosa alegría de estar nuevamente en Casa y en los brazos de nuestro Padre.

Tótems

Para entender esta definición de tótems, primero deberías leer o repasar el apartado denominado «El plan de vida», plan que, para decirlo de forma muy pero muy sencilla, se trata de la extremadamente detallada «prebiografía» que escribimos de nosotros mismos en el Más Allá, antes de venir a la Tierra para otra encarnación. Nunca emprendemos estos viajes, lejos de Casa, por razones triviales, y sabemos muy bien y con mucha anticipación los enormes desafíos que nos proponemos. Afrontémoslo: si no creyéramos que fuéramos a obtener mucho conocimiento y crecimiento a partir de esos desafíos, nos quedaríamos en donde estamos, en la ocupada y dichosa alegría rodeada por la perfección. Por lo tanto, justamente, como sabemos que va a ser un viaje difícil, tomamos a un equipo de protectores del Más Allá para que esté con nosotros, a cada paso, mientras nos encontramos lejos. Elegimos una guía espiritual. Elegimos una cantidad determinada de ángeles. Y elegimos un tótem.

Nuestro tótem es cualquier miembro del reino animal que elegimos para que sea nuestra compañía más leal y constante cuando estemos lejos de Casa. Sea cual fuere la gloriosa bestia espiritual que elijamos para que nos proteja infatigablemente, se trata de un corazón puro, perfecto, dedi-

Tótem.

cado y totalmente comprometido con nuestro bienestar. Los animales son reverenciados en el Más Allá y se los toma exactamente como lo que son: están entre las más divinas creaciones de Dios. Se encarnan una vez, sólo para nuestro beneficio, y no tienen que volver a encarnarse porque ya poseen la sagrada sabiduría, la cual nosotros seguimos buscando cada vez que venimos aquí. Nunca pensaríamos en aventurarnos a venir a la Tierra sin nuestro tótem y junto a todas las mascotas que hemos tenido alguna vez en nuestras vidas anteriores. Nuestro tótem es el primero que nos saluda cuando terminamos nuestro viaje a lo largo del túnel y llegamos sanos y salvos a Casa.

Los tótems se manifiestan aquí, en la Tierra, de varias maneras. La más obvia es cuando existe un animal en particular por el que, inexplicablemente, te sientes atraído y/o te fascina, ya sea que lo hayas tenido de mascota o no, o hayas visto un ejemplar real o no. Tengo un amigo que siente fascinación por los rinocerontes y otro que colecciona cada representación de cerdos en miniatura que encuentra, y ninguno de ellos se ha acercado a los objetos reales de su encantamiento más que por medio de «Animal Planet». Otra forma de manifestación que han mencionado muchos de mis clientes es el sonido distante y completamente extraño de un animal durante la noche: un elefante que brama en los bosques que rodean a una cabaña canadiense, por ejemplo, o el indescriptible chillido de un pavo real en un vuelo nocturno de un extremo al otro del país. Siempre me hace reír un cliente que nunca vio a su propio tótem, una pantera, pero constantemente recibía las quejas del dueño de la vivienda que alquilaba por el enorme gato negro que, descaradamente, se mostraba en el frente de la ventana de su departamento, en donde no se admitían animales.

Y si te cuesta creer que tienes un tótem porque piensas que no te agradan los animales, déjame asegurarte que si viniste aquí desde el Más Allá, llegaste con un plan y, si llegaste con un plan, tienes un tótem. Que no te gusten los animales y que niegues su santidad ante los ojos de Dios es darle la espalda a una de las mayores fuentes de lealtad y de protección que trajiste contigo desde Casa. Realmente vale la pena que investigues este aspecto y, si puedes, lo superes, pues sin ninguna necesidad te estás privando de ello y ¿no es la vida en la Tierra ya lo suficientemente difícil como para que la hagas más difícil aún?

Trance

El trance es un estado en el que existe una dramática y apreciable caída de los signos vitales del cuerpo, un descenso igualmente mensurable de la actividad mental y un detenimiento temporal de todos los movimientos voluntarios. De algún modo, el trance es similar a la muerte, aunque no existe ningún peligro real de morir.

Si alguna vez has visto hablar a mi guía espiritual Francine, entonces me has visto en estado de trance: puedo prestarle mi ser físico para facilitarle la comunicación con esta dimensión «saliendo de mi cuerpo», como tiendo a llamarlo, o «haciéndome a un lado» por un rato. Y, ya que mi actividad mental ha sido examinada y se ha determinado que no existe mientras Francine está «dentro», nunca tengo ni la mínima conciencia de lo que sucede mientras ella se hace cargo de mi cuerpo.

Tulpa

Los tulpas son seres que se originan en la mente y, luego, a través de una fuerte creencia y visualización, se transforman en verdaderas realidades físicas. No se trata del caso de una persona o un grupo que hacen un gran esfuerzo en imaginar a un ser o en proyectarlo como una especie de alucinación grupal. Se trata de una sola mente, o varias, que crean un ser viviente físico y real que, eventualmente, toma vida, y cuyo poder aumenta a medida que más gente cree en su existencia. Por lo general, cuesta más trabajo eliminarlo que crearlo.

Es imposible hablar sobre el fenómeno de los tulpas sin mencionar a una mujer llamada Alexandra David-Neel. Era una valiente aventurera, escritora, profesora, investigadora y especialista. Nació en París, en 1868 y viajó por toda Asia, en general a pie, para estudiar y experimentar todo lo que va desde el misticismo oriental y las técnicas de la mente sobre la materia, hasta las enseñanzas budistas, la espiritualidad y la cultura tibetana.

Sintiéndose cautivada por el concepto tibetano de tulpa, una entidad a la que se le podía otorgar existencia física a partir de la imaginación, David-Neel decidió experimentar el ejercicio de crear uno ella misma. En su mente creó un pequeño monje simpático y encorvado, una especie de clon del fraile Tuck,[15] lo más inofensivo y amistoso posible. Entonces, comenzó a seguir una rutina de visualización y de concentración y, con el tiempo, llegó a ver al pequeño monje ya no como una imagen en su mente, sino como un ser tangible y viviente, separado de ella y tan real como el mundo dentro del cual comenzaba a habitar. Cuanto más lo visualizaba, más concreto y visible se tornaba. Pero se desilusionó al descubrir que podía controlarlo cada vez menos. El monje comenzó a aparecer según su conveniencia, sin importar si ella así lo quería o no, y en pocas semanas otras personas, que no tenían conocimiento sobre su experimento con el tulpa, comenzaron a preguntarle sobre el diminuto extraño que parecía aparecer y desaparecer de la nada.

Lo más alarmante para David-Neel, sin embargo, fue que, cuanto más tiempo pasaba, su creación más desarrollaba su propia personalidad, y ésta no tenía nada que ver con aquella con la cual lo había visualizado originalmente. El pequeño, simpático y angelical monje comenzó a convertirse, lentamente, en una versión más hosca, oscura y amenazante. Finalmente, David-Neel supo que debía destruir a este ser potencialmente peligroso que ella misma había creado y que ya no podía controlar más, y también supo que sólo podía destruirlo si lo absorbía nuevamente en su mente, que era de donde había salido. El monje tulpa se resistió con gran fuerza, pues se sentía tan autosuficiente por ese entonces que creía que tenía todo el derecho de existir, y para eliminarlo tuvo que concentrarse durante más de un mes con la misma intensidad con la que había logrado crearlo. El proceso fue tan debilitante que la salud de David-Neel casi se destruyó junto con la pequeña criatura siniestra que había traído al mundo.

Los tulpas, entonces, son pensamientos y emociones proyectados que se condensan en formas físicas. Cuantos más pensamientos, emociones y creencias se inviertan en los tulpa, más reales y vivos éstos se harán. Es importante recordar que, una vez que empiezan a existir por cuenta pro-

---

15. Es un personaje de Robin Hood. *(N. del T.)*

pia, sin que quienes los crearon controlen cuándo aparecen y cuándo desaparecen, éstos dejan de ser imaginarios y ya no son tan fáciles de controlar o de eliminar.

El Yeti o Abominable Hombre de las Nieves del Himalaya es un excelente ejemplo de tulpa. Fue creado por el rumor y por la leyenda, y luego el incesante aumento del miedo y de la creencia en su existencia le dieron la vida. Sus inmensas huellas fueron fotografiadas en la nieve, en las profundidades de la montaña, y aun cuando ha sido visto repetida y fugazmente desde una distancia de 300 yardas (unos 280 metros), nunca pudo filmarse todo su cuerpo. Los sherpas, oriundos del alto Himalaya, están convencidos de que el Yeti vive entre ellos y que puede aparecer y desaparecer cuando quiera, exactamente igual que el monje de Alexandra David-Neel, que comenzó a decidir por su cuenta si aparecía o no y, en todo caso, si quería ser visto.

Creo que el Monstruo del Lago Ness es un tulpa. También creo fervientemente que cualquiera que afirme haber visto al demonio en forma física, simplemente, ha permitido que el miedo, la negatividad y el mal se conviertan en una fuerza tan poderosa en su vida que, como resultado, ha dado origen al tulpa, quien, sin duda, lo aterrorizará, y todo gracias a sí mismo.

Razón por la cual creo que fue un tulpa, creado por la ambición y el deshonesto interés en la fama, lo único que embrujó a la tristemente célebre casa de Amityville (Nueva York), en donde ocurrió el supuesto «terror en Amityville».

Por si acaso no conoces la historia de terror en Amityville, el verdadero terror ocurrió el trece de noviembre de 1974, cuando un joven hombre, profundamente conflictivo, llamado Ronald DeFeo, asesinó a los seis miembros de su familia en la casa de tres pisos que compartían. Fue condenado por los seis asesinatos.

En el verano de 1975, la casa de DeFeo fue comprada por George y Kathy Lutz. La joven pareja y los tres hijos de Kathy se mudaron a la casa en diciembre de 1975. En un plazo de diez o veintiocho días, según el relato que leas, supuestamente fueron echados de la casa por fantasmas, cerdos voladores y otras aterrorizantes personificaciones del mal. La descripción de cómo eran y qué les hicieron esos fantasmas, cerdos voladores, etc., ha ido cambiando, aun luego de que su libro fuera un éxito de ventas y que la exitosa película *Horror en Amityville*, basada en el libro, saltara a la gran pantalla como una historia real. Hasta el día de hoy, parece que la familia Lutz no puede encontrar una historia con la que se sienta cómoda. Por ejemplo, en una entrevista, George Lutz relató que, durante la última noche que pasaron en esa casa, antes de que corrieran para salvar sus vidas y abandonar todo lo que les había pertenecido, él se encontraba recostado en la cama, indefenso, incapaz de moverse o siquiera de gritar, por razones que no podía entender completamente, mientras su esposa levitaba por encima de la cama y al mismo tiempo escuchaba, en el piso de arriba, que las camas de los niños se golpeaban contra el suelo como si alguien las levantara por el aire y luego las dejara caer bruscamente. En otra entrevista, George Lutz dijo que lo que sucedió la última noche que permanecieron en esa casa, que ya había descrito de forma detallada en la entrevista anterior, simplemente era demasiado horrible para describir. Me doy por vencida.

Nunca he estado en la casa de Amityville. Los estudios de la Warner Bros. me ofrecieron una generosa suma de dinero para que fuera hasta allí y filmara una investigación paranormal, pero la rechacé. En ese entonces pensé, y también lo pienso ahora, que George Lutz y Kathy Lutz creyeron que mudarse a esa casa en Amityville podía ser su billete hacia la fama y la fortuna. Dudo que hayan querido hacer algún tipo de daño. El oportunismo, a menudo, comienza con las más inocentes intenciones. Estoy segura de que lo que comenzó como un truco publicitario, potencialmente lucrativo, terminó creciendo hasta salirse de control y, entonces, ya era demasiado tarde para que los Lutz pudieran dar, de forma elegante, marcha atrás con su historia, en especial con un estudio de cine decidido a incluir las palabras «historia real» en la publicidad de *Horror en Amityville*. Pero no hay dudas de que cualquiera que trate de ganar dinero con la tragedia de otro, a la larga, siempre termina pagando un precio demasiado alto como para que haya valido la pena. Si los Lutz tienen que soportar uno o dos tulpas desde la época en que estuvieron en la casa de Amityville, eso hace que el precio alcance valores astronómicos, y sinceramente les deseo lo mejor.

Y si todavía te cuesta creer que un ser viviente tangible puede ser creado con algo tan sencillo como el poder de la mente, por favor, piensa por un momento que no existe nada que haya sido hecho por el hombre en esta tierra que no haya comenzado con un simple pensamiento.

El túnel

Sí, precisamente ese túnel. El túnel sobre el que has escuchado toda tu vida, el que tiene una blanca y brillante luz al final, cuyo recuerdo te provoca cierto malestar, pero que, al mismo tiempo, te hace desear que Dios no se trate sólo de otro reconfortante cuento.

Puedo asegurarte, por mi parte, que el legendario túnel es muy real. Tú mismo puedes verificarlo, si logras acceder a tus vidas pasadas a través de la meditación, de la hipnosis regresiva o de cualquiera de los ejercicios que he incluido en mis otros libros. Has estado en el túnel, probablemente docenas de veces, y sin duda has estado, por lo menos, una vez por cada vida que viviste en la Tierra. Sin embargo, sé por experiencia con qué facilidad tu mente consciente olvida lo que has comido anoche, por ejemplo, entonces, ni hablemos de recordar cómo llegaste a Casa luego de tu última encarnación. Por lo tanto, voy a aprovechar mi propia experiencia en esta vida con el túnel para ponerla como ejemplo, y me alegra poder contarte todo lo que sé al respecto.

Tenía cuarenta y dos años. Estaba en la mesa del quirófano, pasando por lo que se suponía era una intervención «rutinaria» postoperatoria. Te ahorraré los detalles fisiológicos e iré directa a la parte importante: sin ningún aviso, tuve un paro cardiaco.

No puedo explicarte el drama por el que atravesaron mi cuerpo y el equipo quirúrgico. Todo lo que puedo decirte es lo que me sucedió a partir de ese momento:

—El túnel apareció justo en ese momento. Como muchos otros, puede que siempre hayas imaginado que éste cae repentinamente desde una trampilla invisible en el cielo. Sin embargo, finalmente, ni cae ni se dirige hacia arriba. Surge de nosotros, de nuestra propia sustancia etérea, y cruza nuestros cuerpos en un ángulo de veinte o treinta grados. Todo esto resulta completamente lógico cuando descubres que nuestro destino en el Más Allá no está lejos, bien lejos, detrás de las nubes, la luna y las estrellas. Se encuentra exactamente aquí, en una dimensión y un nivel de frecuencia completamente distintos, a tan sólo tres pies (cerca de un metro) de nuestro nivel del suelo.

—No recuerdo haber entrado al túnel, pero recuerdo todo lo que sucedió mientras avanzaba por él. Estaba con vida. Completamente viva, emocionada y radiante. Me sentía libre y sin peso, aliviada por haberme librado de mi cuerpo y de la fuerza de la gravedad. Y, sin hacer ningún esfuerzo, se me transmitió una sensación de paz y dicha junto al recuerdo de la verdad sobre la eternidad. Ese recuerdo hizo que me librara de todas las preocupaciones acerca de los seres queridos que había dejado atrás. Sabía que iban a estar bien. Ellos, y también Dios, se asegurarían de que así fuera. Y, en lo que me parecía muy poco tiempo, estaríamos nuevamente juntos en el Más Allá, por lo que no tenía un triste sentimiento de pérdida o la sensación de que iba a extrañarlos.

—El brillo sagrado de la luz blanca apareció delante de mí. Todo lo que había leído y escuchado al respecto era verdad: por razones que no puedo explicar, realmente parecía que todo el amor y el conocimiento infinito de Dios latían en esa luz, y sentía que la conocía tanto como a mi propia alma.

—La silueta de un ser querido apareció en la gran boca de salida del túnel. En mi caso, se trataba de mi querida abuela Ada, a quien había anhelado ver desde mis dieciocho años. Detrás de ella podía ver indicios de una pradera verde, repleta de flores, con intensos tonos de piedras preciosas que no tienen ni comparación con los de la Tierra.

Ahora bien, la mía, obviamente, fue una experiencia cercana a la muerte. Lo que resta contar de esa historia es sólo que escuché, a lo lejos, la voz de un amigo que lloraba al lado de la cama del hospital: «¡Sylvia, no te vayas, te necesitamos tanto!». Estaba a punto de alcanzar la mano extendida de mi abuela Ada, cuando se entrometió esa voz, luego de lo cual mi abuela giró su mano y orientó su palma hacia mí en una adorable, silenciosa y firme orden de que me detuviera. No hubo ninguna discusión, ni una decisión consciente de mi parte, sólo el ruego de un amigo, mi mano a pulgadas (algunos centímetros) de la de mi abuela y, luego, fui arrojada otra vez a mi cuerpo y me desperté en la cama del hospital, como si una banda elástica gigante que rodeaba mi cintura hubiera llegado al límite de su elasticidad y me hubiera empujado hacia atrás.

Sin embargo, lo que sé por mi guía espiritual Francine, y debido a la mayor cantidad de sesiones de hipnosis regresiva —a lo largo de las últimas cuatro décadas— de las que puedo contar, es que, cuando tomamos la mano de nuestro ser querido y entramos a esa luz del otro lado del túnel, experimentamos el más feliz reencuentro con nuestros seres queridos de Casa y de las vidas pasadas, con nuestra guía espiritual y con todos los animales que alguna vez adoramos. (No intento faltarles al respeto a las personas que quiero, pero no puedo esperar a ver de nuevo a mis animales.) Y desde esa impactante pradera, en donde ocurre el reencuentro, vamos a los conocidos y amplios escalones de mármol del Salón de la Sabiduría, en donde oficialmente comienza nuestra transición al Más Allá.

Para aclarar un par de temas sobre los que mis clientes me preguntan varias veces a la semana:

No importa en qué parte del planeta estén nuestros cuerpos en el momento de morir, no importa cuál sea nuestra religión oficial o si tenemos una, no importa si fuimos formalmente bautizados, si tuvimos un adecuado funeral o si alguna vez encontraron nuestros cuerpos: el túnel no necesita encontrarnos, sale de nosotros, sin importar en dónde nos encontremos o cuáles sean las circunstancias de nuestra muerte. Y todos los túneles, de todas partes de la tierra, llegan a través de la luz blanca e infinita de Dios a los mismos y conocidos escalones del Salón de la Sabiduría en el Más Allá. Sé que puedes estar sufriendo porque, debido a innumerables y trágicos motivos, no puedes abrazar, aunque sea una sola vez más para despedirte, al ser querido que ya partió. Pero si alguna parte de ese dolor tiene que ver con el espíritu de ese ser querido, te juro —y sabes que no te mentiría, aun cuando así lo quisieras— que se encuentra en Casa, sano, salvo y más saludable que nunca, en la dichosa paz entre los brazos de Dios.

U

Ultraterrestres

Todos sabemos que los extraterrestres visitan las formas de vida de otros planetas. Y, también, existe el gran debate sobre los ultraterrestres. Debe de haber cientos de teorías acerca de los ultraterrestres, incluyendo las más básicas con respecto a si existen o no, quiénes son —si es que existen—, de dónde provienen y si sus intenciones para con nosotros son buenas o malas.

Tengo mi propia teoría sobre los ultraterrestres y se basa en una experiencia propia en la que tuve contacto físico con uno de ellos.

Varios años atrás, de algún modo, inicié un fuego en mi cocina. Como una tonta, estaba tan ocupada tratando de apagarlo que no me di cuenta de que estaba inhalando mucho humo negro, producto del aceite quemado, hasta que, de golpe, supe que me estaba sofocando. Entré en pánico y, en una desesperada búsqueda de aire, traté de correr hacia el balcón que se encuentra a veinte pies (unos 6 metros) de mi cocina, pero a mitad de camino advertí que no iba a poder llegar y comencé a desvanecerme.

De pronto, una fuerza sobrehumana me sujetó por detrás y me arrojó al balcón. Mientras caía sobre mi estómago, agradecida por poder respirar aire fresco nuevamente, pude ver una mata de pelo rubio dorado sobre mi hombro, durante una milésima de segundo, antes de sentir que el peso de la fuerza que había salvado mi vida desaparecía.

Cuando me incorporé nuevamente, apenas unos minutos después, estaba sola en el balcón, observando las persistentes columnas de humo del fuego que, para ese entonces, ya se había consumido.

Ya que el pelo de Francine es negro azabache, sabía que no era a ella a quien debía agradecerle mi rescate, por lo tanto, supuse que había sido uno de mis ángeles. Quedé sorprendida cuando Francine me dijo que no era así: mi heroína había sido, en realidad, mi queridísima abuela Ada Coil, que había muerto tres décadas atrás. Sinceramente, para ser honesta, «sorprendida» no es exactamente la palabra que usé. No le creí.

«No pudo haber sido mi abuela Ada, Francine. Su pelo era blanco, ¿recuerdas?», le dije, sinceramente, un poco contenta porque iba a ser la primera vez en que le probaría a Francine que estaba equivocada. Mi actitud petulante duró dos o tres segundos, como mucho. Entonces, me di cuenta de que el pelo de mi abuela Ada se había vuelto blanco durante sus setenta y ochenta años y que toda su vida había sido de un rubio dorado, incluso a sus treinta (la edad que todos tenemos en el Más Allá, de donde mi abuela vino corriendo a salvar mi vida). Rescatarme fue un impulso tan urgente y tierno que, en lugar de transformarse en una imagen que yo reconociera, vino como era, con treinta años, rubia y más joven de lo que yo misma era en ese momento.

Y eso es lo que creo que son los ultraterrestres. Creo que son los visitantes que vienen del Más Allá —los ángeles, las guías espirituales, los seres queridos que partieron—, quienes, en nuestros momentos de mayor crisis y necesidad, encuentran tanta fuerza en el amor sagrado que sienten por nosotros y por nuestra seguridad que logran manifestarse cambiando su forma espiritual de su propia dimensión por una forma física de esta dimensión, en el tiempo suficiente como para realizar un acto heroico en nuestro beneficio. No creo que los ultraterrestres puedan o vayan a intervenir en nuestro plan de vida, ni creo que ésa sea su intención. En realidad, pienso que vienen para ayudarnos a que concretemos nuestro plan. Sé que es eso lo que hizo mi abuela Ada por mí ese día, y que yo no estaría aquí de no haber sido por ella. Por lo tanto, sí, creo en los ultraterrestres, creo que son nuestros héroes que vienen de Casa, se manifiestan por un breve momento en la Tierra cuando los necesitamos con desesperación y creo que, con más frecuencia de lo que probablemente sepamos, les debemos nuestro más sincero y profundo agradecimiento.

Unión

La unión ocurre en el Más Allá cuando, literalmente, mezclamos nuestro espíritu con el de una entidad «viviente» distinta. La palabra *viviente* la he puesto entre comillas porque, aunque la unión significa un encuentro íntimo entre dos espíritus, también es un medio por el cual podemos transformarnos en espectadores involucrados emocionalmente, en un momento, un lugar o una circunstancia dentro del plan de otro. La unión implica una «experimentación total» o una «transformación en uno» de un modo que aquí, en la Tierra, sólo podemos reproducir vagamente, sin importar las veces en que intentemos utilizar ese término en las bodas, como si nos refiriéramos a lo mismo.

La unión de dos espíritus en el Más Allá no tiene nada que ver con la lujuria ni con las hormonas, ni se la considera como algo sexual. Es unirse física, espiritual y mentalmente con otro, en un estado de dicha mutua, sin que ninguno de los espíritus pierda su propia identidad. Durante el acto de unión, cada espíritu comparte la sabiduría, la pasión, la historia, la pena y la alegría del otro, de modo que entre los dos, por ese breve lapso, existe un conocimiento supremo que todo lo abarca. Su objetivo postrero no es la procreación —no procreamos en el Más Allá—, ni tiene por fin una suerte de exclusividad de los dos espíritus involucrados. En cambio, la unión tiene por finalidad ser, ni más ni menos, lo que es: un episodio de perfecta armonía y dichosa aceptación recíproca entre dos espíritus en el cielo.

Urantia

Ya sea que consideres *El libro de Urantia* como algo posible o te rías por la forma en que surgió, debes admitir que es interesante y valioso incluirlo en una colección de términos paranormales.

Cuenta la historia que existió un hombre llamado Dr. William Sadler, profesor en la Universidad de Chicago y consejero en un seminario teológico cerca de esa universidad. A fines de la década del veinte, el Dr. Sadler fue visitado por un nuevo cliente de terapia que había comenzado a hablar en sueños, pero no decía palabras o frases al azar y sin sentido, sino que transmitía las largas disertaciones de un grupo de seres supermortales que se autodenominaba «los reveladores». Al parecer, estos reveladores habían elegido a este hombre como canal de comunicación con los humanos de la Tierra, pero únicamente cuando dormía. Cuando el cliente estaba despierto no sólo perdía su habilidad para canalizar, sino que además perdía todo interés en dicha capacidad y, también, en los reveladores y en lo que éstos tenían que decir.

El Dr. Sadler, por el contrario, quedó fascinado y comenzó a transcribir las sesiones que tenía con su cliente, mientras éste dormía. El resultado de esas transcripciones se convirtió en *El Libro de Urantia*, un extenso tomo de dos mil páginas, compuesto por cuatro secciones independientes, todas ellas directa o indirectamente relacionadas con Urantia, que, según los reveladores, era el nombre con que la Tierra había sido conocida en la Antigüedad.

La parte I del libro habla de Dios, de la existencia del paraíso y del orden de los numerosos universos. La parte II presenta a Michael, el Hijo de Dios y el Hijo del Hombre (Jesús), como el soberano del universo de Urantia/la Tierra, llamado «el Universo Local». También existe un universo central donde el mismísimo Dios se manifiesta. La parte III abarca la historia de Urantia/la Tierra, desde su creación hasta las muchas transformaciones geológicas y pasando por las evoluciones de la raza humana, las civilizaciones, las culturas y las religiones. Y la parte IV está dedicada a la vida de Jesús.

La primera vez que oí hablar sobre este libro y el modo en que había sido concebido, y luego de saber que había sido traducido, aproximadamente, a quince idiomas y que había vendido más de doscientas cincuenta mil copias, mi curiosidad aumentó tanto que me dispuse a leerlo. Había pasado ya casi un tercio del libro cuando comencé a gritar: «¡¿Cuál es la idea?!».

Te juro, no me cuesta leer, he podido contra tomos de libros tan gruesos y tan densamente escritos que, en comparación, *El Libro de Urantia* parece un panfleto. No voy a afirmar que en esas páginas no puede encontrarse información valiosa. Probablemente así sea. Y me parece meritorio que el libro no se presente en absoluto, a sí mismo, como una nueva religión. Al parecer no se adscribe a ninguna religión, abarca distintas creencias y, al igual que la filosofía de mi iglesia Novus Spiritus, no está en campaña para reclutar a nuevos miembros.

Es totalmente posible que yo sea demasiado pedante o analítica como para tener una paciencia ilimitada con las hipótesis. Y supongo que los reveladores, quienes transmiten información a un consejero pastoral por medio de un hombre dormido, probablemente no pierdan su tiempo dictando una lectura ligera. Sin embargo, me gusta investigar nuevos ángulos de mis propias creencias y de creencias totalmente novedosas, porque así extiendo mi horizonte, abro mi mente y profundizo la apreciación que mi espíritu tiene de Dios y de las innumerables maneras que Sus hijos encuentran para adorarlo. Supongo que ésa fue mi mayor decepción con este libro. Esperaba que provocara mi reflexión espiritual. En cambio, sentí que era tan complejo, de forma intencional, que simplemente me pareció provocador.

Por favor, si te encanta leer, estás dispuesto a aceptar un desafío y, aunque sea, sientes cierta curiosidad por ese libro, no lo dudes. Estoy segura de que puedes encontrarlo en la red, en más de doce idiomas. Y si existe en él algo sabio y brillante con relación a Dios que no llegué a leer o no entendí, te doy mi palabra de que, de inmediato, me pondré de pie y asumiré mi error.

V

Vampiros

En diciembre de 1431, en una fortaleza rumana, nació un niño llamado Vlad Tepes. Su padre, gobernador militar de Transilvania, se llamaba Vlad Dracul. Cuando Vlad Tepes creció, adoptó el sobrenombre con el que generalmente lo llamaban: «Drácula», diminutivo que significaba «hijo de Dracul».

En 1442, el joven Vlad Drácula fue secuestrado por los enemigos políticos de su padre, quienes lo retuvieron durante seis años en Turquía. Cuando fue liberado se enteró de que su padre y su hermano mayor habían sido torturados y asesinados. Ante la noticia, el ahora Drácula de diecisiete años juró venganza, y finalmente la logró en 1456, al matar a los asesinos y apoderarse, en el proceso, del trono de Wallachian en Rumanía.

Durante los seis años de su reinado, fue un gobernante cruel, despiadado y a menudo sádico, con una preferencia por empalar, decapitar, cegar, hervir, quemar o desollar a sus opositores o a quienes lo hacían enojar. Además, obligó a un grupo de sus enemigos a que le construyeran una fortaleza en el pueblo de Poenari, cuyas ruinas existen hoy en día como «el castillo de Drácula». Una vez, invitó a todos los vagabundos de su pueblo y a los que vivían en las calles a un gran banquete, en uno de los salones de su corte, sin decirles que los consideraba a todos unos ladrones y delincuentes. Cuando la comida terminó, Drácula ordenó que se cerrara el salón y se le prendiera fuego. Todos los invitados murieron carbonizados. Otra leyenda cuenta que, para intimidar al sultán que intentaba robarle el trono, Drácula envenenó tantos pozos de agua y tantos

ríos e incendió tantos pueblos que cuando el sultán y sus ejércitos llegaron por fin a las afueras de la ciudad, con la intención de lograr lo que
sin duda hubiera sido una exitosa invasión, se encontraron con decenas
de miles de turcos empalados. El lugar en donde ocurrió este horroroso
hecho se conoció como «La fortaleza de los empalados» y, por cierto, el
sultán se batió en retirada.

Finalmente, Drácula fue asesinado en 1476.

Y si quieres saber en qué parte de este relato se menciona la sed de
sangre de Vlad Drácula, dando origen a su fama de vampiro más conocido y memorable del mundo, no te molestes en releerlo. Allí no aparece.
No existe referencia alguna en la vida de Drácula, aun siendo el atroz ser
humano que era, al más mínimo interés por beber sangre. El novelista
Bram Stoker, creador de ese singular vampiro de ficción, simplemente
tomó a Drácula como modelo para sus libros, y así nació una de las mayores franquicias de la literatura y de la historia del cine.

Por supuesto, el mito del vampiro se remonta a miles y miles de años
atrás, prácticamente en todas las culturas de la tierra: versiones de los
muertos que salen de sus tumbas durante la noche, a veces vestidos formalmente con capas, y recorren los pueblos y las campiñas con el fin de
beber la sangre de los humanos y de los animales, y que, atentos a su
voluntad, pueden convertir a sus presas en vampiros y guiarlos así a la tierra de los inmortales.

Existen varias opciones para detenerlos. Se decía que era efectivo apu-
ñalarles el corazón, en especial con una cruz. O decapitarlos y colocar la
cabeza entre sus pies. También, según la leyenda, a veces funcionaba el
procedimiento de verter agua bendita sobre sus tumbas y/o quemarlos.
Y, luego, está mi opción favorita: los vampiros, en teoría, adoran contar
cosas. Por lo tanto, si tan sólo distribuyes semillas de amapolas alrededor
de sus tumbas se quedarán tan embelesados contándolas que se olvidarán
de salir de cacería para tomar sangre como locos.

Lo que impide que este mito y esta ficción tan coloridos y fascinantes sean, a la vez, divertidos es que han tenido sus creyentes y éstos han
causado muchas más tragedias de las que podemos imaginar. Durante

siglos, a quienes nacían con alguna rareza como un extraño cráneo, un diente puntiagudo, quienes eran producto de relaciones extramatrimoniales o morían de alguna forma que resultaba inexplicable o antes de ser bautizados se los acusaba de vampiros. Las exhumaciones eran frecuentes, pues los creyentes buscaban signos de vampirismo en los cadáveres. Incluso un teólogo francés llamado Dom Augustine Calmet, en 1746, escribió un extenso tratado lógico sobre la veracidad de la existencia de los vampiros. Nadie sabe el motivo que lo indujo a escribirlo (aunque sospecho que un alucinógeno conocido como «láudano», que era popular en esa época, tuvo algo que ver), pero le otorgó aún más credibilidad a un mito que no tenía por qué convertirse en algo más que eso.

Merece un gran aplauso un miembro de la familia real australiana, la emperatriz María Teresa, quien finalmente envió a su propio médico a que realizara una investigación en todo el reino. Éste así lo hizo. Y al volver, le entregó un informe en el que afirmaba, explícitamente, que de ninguna manera existían los vampiros, ni habían existido jamás. Por lo que la emperatriz promulgó una serie de leyes que castigaban el forzamiento de tumbas y la profanación de cadáveres.

La existencia, hoy en día, de quienes llevan al vampirismo más allá del lugar que le corresponde como mito es un hecho desafortunado; pero sólo para dejarlo asentado, te juro que los verdaderos vampiros no existen, sólo se trata de impostores que han adoptado un violento legado de ficción como excusa de su propio comportamiento violento y trastornado.

Viaje astral

Existen pocas actividades que suenen más extrañas pero que nos resulten más naturales como el viaje astral. El viaje astral no es más que el momento en que nuestro espíritu se toma un descanso del pesado y torpe cuerpo, que se encuentra sujeto a la gravedad y en el cual se aloja, para ir a visitar a quien quiera o al lugar que quiera. El viaje astral nos ha traído hasta aquí desde el Más Allá, cuando nuestro espíritu entró al cuerpo ele-

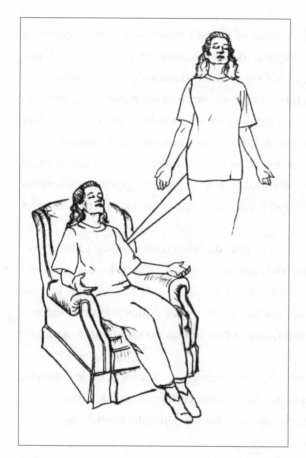

Viaje astral.

gido, y es el viaje astral lo que nos llevará de vuelta a Casa. Nacemos sabiendo viajar astralmente. Es parte de nuestra rutina hacerlo mientras dormimos (de hecho, un promedio de dos o tres veces por semana). El viaje astral se encuentra en el centro de algunos de nuestros «sueños» más vívidos y memorables y podemos agradecerle el hecho de que las víctimas de coma y de enfermedades seriamente debilitantes sólo luchen fisiológicamente, mientras su espíritu se dedica a lanzarse alegremente de un viaje a otro.

No hay límites para la cantidad de personas y lugares que podemos visitar en nuestros viajes astrales. Frecuentemente nos encontramos con nuestros seres queridos, de esta y de otras vidas pasadas, tanto los que viven como los que ya partieron, así como también con amigos queridos con quienes no hemos compartido una encarnación pero que, en Casa, son muy cercanos a nosotros. Asiduamente viajamos por el mundo y volvemos a visitar lugares que queremos; a menudo espiamos a quienes extrañamos o a quienes nos preocupan y repetidamente vamos al Más Allá, a ese lugar —entre todos los lugares— que más extrañamos.

La mayoría de las veces, nuestros viajes astrales se producen mientras dormimos, por lo tanto, no es sorprendente que, en general, esos viajes se confundan con sueños. De todos modos, hay algunas formas simples de distinguirlos:

—Si sueñas que vuelas sin utilizar un avión u otro medio externo, no se trata de un sueño: estás viajando astralmente. Y no todos los «sueños» de viaje astral implican volar, por cierto. Como todos los demás, incluso tú, yo viajo astralmente al Mas Allá varias veces al mes mientras duermo y, a mi leal saber y entender, nunca tuve un sueño en el cual volara por mis propios medios.

—Las experiencias de los viajes astrales, a diferencia de los sueños, despliegan una secuencia lógica de eventos, como nos sucede cuando estamos despiertos, en lugar de hacerlo con un conjunto caótico de imágenes, personas y lugares.

—Cualquier sueño en el que no sólo eres parte, sino que en realidad te ves a ti mismo en él, no es un sueño: es una experiencia astral. Has escuchado muchos relatos sobre personas que se ven a sí mismas desde el techo durante la meditación, una operación, cuando se encontraban inconscientes o en estado de coma. El mismo fenómeno sucede durante los «sueños» y por la misma razón: en ese momento tú y tu cuerpo estáis separados, y existe una curiosa fascinación al poder observarte a ti mismo «desde fuera», cuando te encuentras en acción.

—Una vez que hemos abandonado nuestros cuerpos, podemos elegir entre tres velocidades de viaje astral. La primera velocidad es la que menos desorienta: nuestro espíritu se mueve al mismo ritmo que nuestro cuerpo cuando caminamos. La velocidad intermedia es lo suficientemente rápida como para crear la ilusión de que permanecemos quietos mientras todo lo que nos rodea pasa volando por delante y por detrás de nosotros. Generalmente, esto es acompañado por la sensación de que nos movemos con un fuerte viento en contra pero, en realidad, no se trata del viento, sino de nuestro propio movimiento rápido hacia adelante. A velocidad sobrehumana, nuestro espíritu puede recorrer distancias incalculables más rápido que lo que nuestras mentes finitas pueden imaginar, a tal punto que podemos recordar nuestro destino y lo que hemos hecho, pero no tenemos la más mínima idea de cómo hemos llegado allí y cómo hemos regresado. Si alguna vez has tenido un sueño asombrosamente real en el que explorabas un planeta lejano o viajabas por una galaxia recién descubierta, en el medio del Universo, existe la posibilidad de que hayas experimentado un viaje astral a velocidad sobrehumana.

Si bien algunas personas creen que el viaje astral es posible, imaginan que no es algo que puedan hacer por sí solos. Otros piensan que el viaje astral es sólo uno de esos mitos que nosotros, los «chiflados paranormales», esperamos que creas si eres lo suficientemente incauto. Con todo respeto, te dejo con tu creencia, convencida de que uno de estos días tendrás un viaje astral demasiado evidente y demasiado poderoso como para poder explicarlo. Luego, cuando alguien te diga que sólo ha sido tu imaginación o que simplemente estás loco, sabrás cómo nos sentimos el resto de nosotros.

Viajeros místicos

Las entidades con una misión de vida son espíritus avanzados muy peculiares que le dijeron a Dios: «Donde me necesites en esta Tierra, voluntariamente iré». Los viajeros místicos pueden describirse, en pocas palabras, como entidades con una misión de vida de mayor alcance. Lo que le han dicho a Dios sobre el viaje de sus almas es: «Donde me necesites en este Universo, voluntariamente iré».

En otras palabras, los viajeros místicos se dedican al mismo propósito eterno que las entidades con una misión de vida: potenciar la fuerza próspera y activa de la conexión espiritual divina entre nosotros y Dios. Sin embargo, mientras que las entidades con una misión de vida mantienen la mira puesta en la Tierra, los viajeros místicos se ofrecen de voluntarios para encarnar y continuar ese propósito en cualquier planeta habitado de cualquier galaxia en el que Dios los precise. La mayoría de los viajeros místicos han experimentado varias vidas en la Tierra y están listos para dirigirse hacia horizontes más amplios. Es como si su aprendizaje en la Tierra les hubiera valido una licenciatura y estuvieran deseosos de ir a algún otro lado para realizar su trabajo de posgrado.

Los viajeros místicos poseen todas las cualidades trascendentales de las entidades con una misión de vida: la aceptación pacífica del sacrificio y el desasosiego, la singular empatía, la generosidad, la bondad, la disposición a no quedarse cruzados de brazos si alguien necesita ayuda. A mis sesenta y nueve años, los únicos dos que he conocido tenían la ventaja extra de que parecían haber aprobado con sobresalientes resultados todos los cursos de teología que se hubieran dictado, deshaciéndose de la retórica y conservando la dicha de amar a Dios y ser amados por Él activamente. Estos dos viajeros místicos me hicieron sentir como una principiante, y ninguno de ellos vivió lo suficiente como para alcanzar la edad adulta. Vinieron, nos mostraron fugazmente el mayor potencial de nuestro espíritu y luego partieron rápido hacia su siguiente tarea del otro lado del Universo.

A un niño de cinco años en Kenya, llamado Jared, y a un niño de trece años, llamado Mattie Stepanek: el privilegio fue todo mío.

Visión remota

La visión remota es una habilidad que nos permite percibir y describir detalles sobre un objeto en particular o sobre una ubicación específica con los que estamos separados por el tiempo, la distancia o la barrera física. A diferencia de la telepatía, no hay un emisor viviente transmitiendo información para que nosotros la traduzcamos en imágenes precisas. Y, a diferencia del viaje astral, podemos lograr esta habilidad en particular sin abandonar nuestro cuerpo. Teniendo práctica en la visión remota podemos, por ejemplo, caminar por una calle de una ciudad extraña en cualquier parte del mundo y describir con precisión lo que está expuesto en una vidriera, cada uno de los coches estacionados y el clima en un momento determinado; o bien sintonizarnos con un ser querido que se encuentra en la habitación de un hospital para ver si está o no en la cama, quién lo está visitando, si hay algún doctor o enfermera examinándolo en ese preciso momento, qué flores le han enviado desde que estuvimos allí la última vez y cuál es el color del florero; o incluso ver el motivo de la vajilla, los invitados y su disposición en las mesas en el baile de inauguración de Teddy Roosevelt.

Al igual que cualquier otra habilidad mental, la visión remota no sirve de nada si no es exacta, por lo que se puede poner a prueba fácilmente. Si yo digo que veo a distancia la habitación de un amigo en un hospital y describo a dos de las visitas y a un florero azul con rosas blancas y, luego, llamo a mi amigo y descubro que no había nadie visitándolo y que las flores son tulipanes amarillos que están en un florero verde, mi visión remota no era más que charlatanería. Pero si comienzo a dar detalles impresionantes sobre la porcelana Waterford con ribetes dorados, la disposición de los lugares del Sr. y la Sra. Rockefeller directamente enfrente del Sr. y de la Sra. Morgan, el vestido de seda azul oscuro con un lazo en la cintura bordado con cuentas que la Sra. Morgan lleva puesto, y los archivos históricos confirman esa información, he logrado exitosamente la visión remota. Ésa es una de las razones por las que los investigadores, me incluyo, nos sentimos tan atraídos por esta habilidad en especial: o es exacta o no sirve para nada. No existe una zona gris, ni algo como «bastante cerca».

Razón por la cual, por cierto, hace que un experimento del gobierno sobre la visión remota sea incluso más interesante. En la década de los setenta, la CIA y varias divisiones militares comenzaron a estudiar su potencial utilidad, en especial, en las áreas de inteligencia y de defensa. En 1995 desarticularon el programa y publicaron un informe oficial descartando la idea de que la visión remota tuviera valor para el gobierno de Estados Unidos. Al ser tan claros los resultados de cada experiencia de visión remota, y al poder comprobar de inmediato si son exactos o si no sirven para nada, ¿qué fue lo que les llevó veinticinco años? ¿Por qué continuar explorando algo tan definido como la visión remota durante veinticinco años o, incluso, veinticinco días a menos que se estén obteniendo demasiados resultados positivos como para desecharla? No sé por qué la conclusión oficial sobre la visión remota fue «sin valor», pero no puedo evitar preguntarme si tal vez el gobierno, al final, simplemente no pudo soportar refrendar algo ni siquiera vagamente percibido como paranormal.

La visión remota es una maravillosa habilidad para explorar, simple de practicar y, sobre todo, sorprendentemente útil, no para el discutible logro de ser capaz de llamar a un amigo y decirle cuántos platos sucios tiene en su pileta en ese momento, sino para agudizar aspectos de tu mente. La visión remota depende de que la mente consciente y la mente subconsciente trabajen juntas y se comuniquen como un equipo. La mente subconsciente realiza la visión en sí pero, para poder hacerlo de una manera efectiva, la mente consciente no debe interponerse en su camino de modo que la mente subconsciente reciba una señal clara del objeto o de la ubicación en la cual se está concentrando. Y mientras la mente subconsciente realiza su trabajo, la mente consciente necesita ser capaz de expresar lo que aquélla está recibiendo, ya sea verbalmente o a través de la escritura o del dibujo, y expresarlo de un modo preciso sin interferir ni tratar de editar la información.

Practicar la visión remota no es más complicado que esto: durante algún momento tranquilo, cuando tu mente consciente pueda tomarse un agradable y seguro descanso (en otras palabras, cuando te pondrías a soñar despierto), relájate respirando profunda y tranquilamente unas pocas veces y, luego, elige una ubicación que quieras explorar. No elijas un lugar que más tarde no tengas modo de corroborar, ya que la corroboración es la única forma que tienes para evaluarte. Comienza con algún lugar conocido, como el salón de un amigo. Empieza con una toma amplia y luego hazte preguntas específicas, ignorando las suposiciones de tu mente consciente y dejando, en cambio, que las primeras impresiones de tu mente subconsciente te suministren las respuestas. ¿Están las cortinas de la habitación abiertas o cerradas? ¿Está la televisión encendida o apagada? ¿Está la habitación completamente ordenada o hay desorden? ¿Hay algo en los muebles o en el suelo que por lo general no está allí: una taza de café, un periódico, una revista? ¿Puedes oler algo? ¿Qué es? ¿Qué oyes? Si la televisión o la radio están encendidas, o si hay alguien hablando por teléfono en la habitación, trata de comprender una o dos palabras que puedas verificar más tarde. Continúa haciendo preguntas hasta que estés satisfecho con la detallada imagen fotográfica que lograste de la habitación en ese momento, y luego llama a tu amigo y comprueba cómo de bien lo hiciste.

Realmente, el ejercicio no es más complicado que eso, y no lleva más tiempo del que tú quieras. No te desalientes si tu precisión no es deslumbrante al principio. Sólo uno o dos aciertos son un maravilloso punto de partida desde donde comenzar a trabajar, y la visión remota es realmente una habilidad que mejora con la práctica.

Un investigador llamado Ingo Swann, uno de los expertos líderes en la visión remota durante las décadas de los sesenta y setenta, escribió que desarrollar esta habilidad «expandirá los límites de nuestra percepción». Es exactamente así. Y esos límites expandidos, cuando nuestras mentes consciente y subconsciente se comunican claramente entre sí, incluyen, sin lugar a dudas, desde el recuerdo de nuestros sueños de un modo más fidedigno hasta el acceso consciente al conocimiento que posee nuestra mente espiritual de nuestras vidas pasadas, de nuestro plan para la vida en la que actualmente estamos y de la gloriosa vida del Más Allá que retomaremos cuando vayamos nuevamente a Casa.

Vivificación

Vivificación simplemente significa «salir a la vida». O, mediante una descripción más amplia y exacta, «que el espíritu entre en el cuerpo terrenal y lo active». La Biblia (Romanos, 8:11) afirma, por ejemplo: «Si el Espíritu de aquel que levantó a Jesús de entre los muertos mora en vosotros, el que levantó a Cristo Jesús de entre los muertos vivificará también vuestros cuerpos mortales a través de su Espíritu que mora en vosotros».

Es una palabra poco conocida y que, probablemente, no surge a menudo en una conversación. Sólo la menciono para referirme a una pregunta que me hacen una y otra vez: «¿En qué momento, exactamente, durante el embarazo, entra el espíritu al feto?».

Si alguna vez me has visto tratar de esquivar esta pregunta es sólo porque puedo oler que alguien trata de arrastrarme a un debate sobre el aborto y resulta que ése es uno de los pocos temas, como la política, sobre los cuales me niego a discutir.

Claro que la respuesta que doy a la pregunta sobre el momento en que el espíritu entra al feto suena evasiva, entonces, ni siquiera me tomo la molestia de esquivar la pregunta. Aquí va la respuesta: varía. Útil, ¿no? No obstante, es la verdad. El espíritu entra al feto cuando tanto él como Dios deciden que es el momento correcto. Esto no tiene ningún sentido en absoluto si crees que nuestro espíritu hace algo así como caer en esta vida proviniendo, repentinamente, de ningún lado, de la nada. Sin embargo, si crees que nuestro espíritu es eterno, entonces crees que siempre estuvo y siempre estará, lo que significa que ya existe y desde donde sea que haya estado entra en el vientre.

Donde han estado los espíritus, claro está, es en el Más Allá, preparándose para iniciar otra encarnación, y esto implica un largo proceso una vez que han decidido que necesitan hacerlo. Pasan un tiempo junto a su guía espiritual y al equipo de orientación para definir y pulir los objetivos que los obligan a dejar Casa momentáneamente. Basándose en esos objetivos, componen entonces un plan de vida intrincadamente detallado para asegurarse de que, de una manera u otra, esos objetivos serán cumplidos. Luego de pulir aún más el plan de vida con el Consejo y de ser bendecidos con los ángeles que el Consejo envía para vigilarlos, se reúnen con sus amigos y sus seres queridos para despedirse en un magnífico edifico llamado «las Torres». Desde allí, son llevados a un lugar en el Más Allá, que ellos mismos eligieron, en donde se les conceden dos audiencias sagradas: una con el Mesías, seguida por la otra que consiste en una breve e impresionante visión de la presencia materializada de Azna, el Dios Madre, para recibir sus oraciones y la promesa de un viaje sin problemas de vuelta a Casa. Más tarde, regresan a una de las salas de partida de las Torres, en donde se los cubre con mantas blancas y se los guía suavemente al sueño crepuscular; entonces, comienzan el proceso de descenso hacia el vientre que han elegido para su vida en la Tierra.

No existe algo como el tiempo en el Más Allá, entonces es imposible calcular cuánto dura todo el proceso de principio a fin. Sin embargo, no es algo que apresuren, ni tampoco querríamos que así lo hicieran, ya que dejar Casa por este abrumador desafío llamado «vida» es la decisión más valiente y difícil que los espíritus puedan llegar a tomar alguna vez.

Tal vez ahora comprendas que, honestamente, no estoy ni eludiendo, ni esquivando la pregunta cuando digo: «El espíritu entra al feto cuando tanto él como Dios deciden que es el momento correcto».

Y el momento en que el espíritu entra es el verdadero momento de vivificación.

Vórtice

Varias definiciones en este libro, en especial las de chakra, huellas, psicometría y tulpa, hacen referencia a la palabra *vórtice*. Sólo para aclarar el concepto y darte una idea de lo que un vórtice es, en caso de que no estés familiarizado con el término, se lo puede ver con mayor frecuencia en la naturaleza en la forma de tornados o remolinos: masas de aire o agua que giran a tanta velocidad y con tanta fuerza que son capaces de arrastrar cualquier objeto que se cruce en su camino, hacia el vacío u «ojo» que se encuentra en su centro.

Estas masas de energía en forma de espiral también existen como vórtices arremolinados de la energía de la Tierra, los que por lo general no se ven, pero se perciben fuertemente: ocurren repentinas anomalías gravitatorias, increíbles distorsiones de la luz y del sonido, inexplicables contorsiones de las plantas y efectos en los humanos que van desde mareos o momentos de introspección repentinos y profundos hasta un estado de euforia.

Según algunos estudios, existen vórtices que expulsan energía (la energía fluye desde la Tierra y hacia el espacio) y vórtices que succionan energía (la energía fluye desde el espacio hacia la Tierra). Y son los vórtices que succionan los que han sido considerados durante millones de años por los otros mundos de todo el Universo como entradas convenientes a nuestra atmósfera. Por nombrar sólo algunos, podemos citar a las Grandes Pirámides, Stonehenge, Roswell y el Triángulo de las Bermudas.

Algunas áreas específicas del Gran Cañón, la montaña de la Superstición, el monte Sasha en Estados Unidos y el monte Bego en Francia son maravillosos vórtices que puedes explorar durante unas vacaciones temáticas únicas que no olvidarás jamás.

Vórtice de energía psíquica

El vórtice de energía psíquica es sinónimo de «huella», cuyo extenso análisis encontrarán en su propio apartado.

Vudú

Tal vez sorprenda a muchas personas, pero en el corazón del vudú yace una creencia en un Dios supremo y omnipotente.

Quienes creen en el vudú también creen en una legión de espíritus, llamada «Loa», que vive en toda la naturaleza y en todos los fenómenos naturales, que les otorga un carácter santo a todas las cosas vivientes y una conexión con las demás cosas vivientes en el Universo. En otras palabras, todos somos parte de la misma Unidad, por lo tanto, todo lo que le hagamos —bondadoso o cruel— a las cosas y a las personas que nos rodean nos lo hacemos a nosotros mismos. Los practicantes del vudú veneran a sus antepasados, cuyos espíritus, según creen, se encuentran vivos y a su alrededor; con frecuencia, estos practicantes rinden solemnes homenajes a su conexión con el mundo espiritual y con lo Divino por medio de la música y la danza.

Ahora bien, te pregunto: «¿Eso se aproxima, aunque sea tan sólo un poco, a lo que se te viene a la mente cuando escuchas la palabra *vudú*?». No es que trate de conseguir adeptos, sólo intento demostrar que se trata de otra religión más a la que, es de lamentar, se la ha comprendido erróneamente y se la ha condenado basándose en los actos realizados por unos pocos grupos disidentes de extremistas que no tienen nada que ver con los orígenes, ni con las creencias e intenciones centrales del vudú.

Sus raíces se remontan a la antigua África y es una de las religiones más viejas del mundo. De allí, viajó hasta el Caribe por medio de la colonización europea de la isla Hispaniola, la cual comparten Haití y la República Dominicana en la actualidad. Los europeos trajeron con ellos a los esclavos africanos y, para mantenerlos bajo un control constante, se aseguraron de que siguieran empobreciéndose. Sin embargo, la angustia de la esclavitud y la pobreza hicieron que los africanos de Hispaniola formaran una fuerte y duradera unión que se construyó sobre la base de la creencia en común que traían consigo desde el otro extremo del océano.

Está en nuestra naturaleza, creo, desconfiar de lo que sucede secretamente y suponer que debe ser maléfico, caso contrario no estaría oculto. Y no es que pretenda tener gran experiencia con los ritos y rituales del vudú, pero lo que sí sé es que, desde que el vudú llegó al Caribe, muchas veces y en muchos lugares a lo largo de su historia esta práctica ha sido castigada con la prisión, la tortura o la muerte. El hecho de que el vudú haya sido lo suficientemente fuerte no sólo para sobrevivir a la cruel injusticia a la que fue sometido, sino, además, para crecer a tal punto de ser declarado por Haití religión oficial, en el año 2003, es una prueba del valiente compromiso con su creencia en la santidad de la naturaleza y en la existencia de un Dios todopoderoso.

Wicca

Wicca se utiliza con frecuencia como sinónimo de *brujería*, término que encontrarás en su propio apartado.

X

Xenoglosia

Sucedió hace décadas. Acababa de certificarme como hipnoterapeuta en California. Además de las lecturas psíquicas que había hecho durante años, estaba comenzando a practicar la hipnosis, sabiendo cuán eficaz podía ser para resolver una amplia variedad de problemas recurrentes, desde el tabaquismo y el miedo a volar hasta los trastornos de sueño.

Una tarde, el Sr. «A» vino a mi oficina en búsqueda de ayuda para solucionar su problema crónico de peso. Habían pasado aproximadamente diez minutos de una sesión de hipnosis completamente rutinaria cuando de pronto, sin aviso previo, el Sr. «A» pareció enloquecer frente a mis propios ojos. No se movió del sillón en el que estaba sentado, ni nunca cambió la postura relajada o el tono calmo de voz. Simplemente pasó de contarme sobre sus hábitos alimentarios a describir su vida en Egipto y su trabajo en las pirámides, como si fuera todo parte de la misma historia. Luego, se lanzó a una disertación sobre un tema que parecía apasionarle, pero el problema fue que lo contaba en una especie de idioma ininteligible y sin sentido, y no alcanzaba a entenderle ni una sola palabra. En mi formación había aprendido a no interrumpir nunca ni detener a un paciente que podía estar experimentando un episodio psicótico. Así que lo dejé continuar, mientras asentía amablemente como asegurándole que no encontraba nada extraño en su actitud, al mismo tiempo que mantenía la mano cerca del botón de alarma que se encontraba bajo mi escritorio, el cual utilizaba para avisarles a mis asistentes cuando necesitaba ayuda.

Y entonces, después de media hora de incomprensibles disparates, de pronto retomó el tema de la comida, terminó de dar los detalles sobre sus hábitos alimentarios (en idioma inglés) de la misma forma agradable y «normal» que cuando había llegado, aparentemente ignorando todo lo que había sucedido.

Por suerte, siempre he grabado cada lectura y sesión de hipnosis en toda mi carrera, y siempre le doy la cinta al cliente cuando terminamos. En este caso, con el permiso del Sr. «A», envié la cinta de esa sesión a un profesor de psicología amigo mío, en Stanford. No le dije ni una palabra sobre lo que había en la cinta, simplemente le pedí que la escuchara y que me dijera lo que pensaba, esperando un diagnóstico que estableciera que, quienquiera que fuera este Sr. «A», necesitaba ayuda profesional.

El profesor me llamó tres días después. Estaba tan agitado que hablaba entrecortadamente: «¿De dónde has sacado esta cinta?», casi gritó por el teléfono. «¿Por qué lo preguntas?», le dije.

Sucede que él y algunos de sus colegas de Stanford, luego de escuchar e investigar durante esos tres días lo que habían oído en la cinta, llegaron a una conclusión cien por cien certera: el «idioma ininteligible sin sentido» de mi cliente era en realidad un antiguo y oscuro dialecto asirio (del siglo VII a. C.), que consistía en escrituras pictográficas, casi como un «dialecto» cuneiforme hablado.

Mi siguiente paso fue llamar al cliente y preguntarle, sin darle explicaciones, si por casualidad sabía hablar con fluidez algún dialecto asirio antiguo. Estoy segura de que cuando colgó el teléfono, lo hizo convencido de que era yo quien necesitaba ayuda profesional.

Esa sesión fue un momento decisivo para mí: fue la pista de que la hipnosis podía ser un puente para comunicar a mis clientes con sus vidas pasadas. Y si realizaba un estudio profundo e intensivo sobre cómo ayudarlos, en vez de sentarme a mirarlos con una mano en el botón de alarma, podrían abrirse mundos completamente nuevos para ellos y para mi actual investigación sobre las vidas pasadas.

No fue sino hasta años después cuando me encontré con la palabra *xenoglosia* y descubrí que existe un término real para lo que había pasado, y que a muchas más personas les había sucedido.

La xenoglosia, supe, es la capacidad que tiene una persona para hablar o escribir con habilidad un idioma que jamás aprendió. A diferencia de la glosolalia (descrita en su correspondiente apartado), o «hablar en lenguas», la xenoglosia es la habilidad de manejar con una fluidez espontánea e inexplicable un idioma o dialecto rastreable aunque, a veces, poco conocido.

Obviamente, existen legiones de escépticos que insisten en que todas las demostraciones de xenoglosia son simuladas o preparadas y que, en verdad, no existe tal cosa.

Sí existe.

Y

Yin y yang

El concepto de yin y yang, que se encuentra en el centro de muchas teorías orientales sobre las leyes metafísicas del Universo, tuvo su origen en los filósofos de la dinastía china Han, que gobernó desde el 207 a. C. hasta el 9 d. C. Si bien esto hace parecer exótico al yin y yang, no es distinto de los principios universales básicos aceptados por culturas y religiones de todo el mundo en el siglo XXI.

La religión occidental, en general, sostiene que Dios creó un universo de dualidades: lo masculino y lo femenino, el bien y el mal, la luz y la oscuridad, la tierra y el mar, etc. Y los elementos de esas dualidades dependen el uno del otro para su existencia. El universo de Dios es también cíclico: físicamente, como con las estaciones, los movimientos de las estrellas y los planetas, el día después de la noche que sigue al día, etc.; y metafísicamente, como con la ley kármica absoluta, que establece básicamente que «lo que va vuelve».

Los filósofos de Han aseguraban que el Universo está regido por un principio, que ellos llaman la Gran Máxima, o el Tao. Este principio está dividido en otros dos principios iguales y opuestos llamados yin y yang, y todos los opuestos iguales en el Universo pertenecen a uno de ellos. El yin abarca la feminidad, la oscuridad, la luna, la sumisión, la tierra, el frío, etc. El yang abarca la masculinidad, la luz, el sol, el dominio, el cielo, el calor, etc. Y ningún elemento de uno puede existir sin su contraparte u opuesto en el otro. No podríamos conocer la oscuridad, por ejemplo, si no fuera por la luz, o la luz si no fuera por la oscuridad. La armonía sería irreconocible sin la existencia de la discordia, y viceversa.

Uno de los aspectos más fascinantes del concepto de yin/yang es lo que se conoce como «presencia en ausencia». Básicamente (y en verdad quiero decir básicamente) funciona del siguiente modo:

—Todos los elementos de yin y yang, cíclicamente, se convierten en sus opuestos.

—Ya que es inevitable que cada elemento se convierta en su opuesto, debe contener, al menos, una pizca de él. Por ejemplo, la buena salud debe contener una pizca de enfermedad, y la enfermedad debe contener una pizca de buena salud.

—Por lo tanto, aunque la presencia del opuesto como componente de un elemento pueda no ser evidente, ningún elemento puede existir sin una pizca de su opuesto. En otras palabras, digamos que no existe la salud perfecta, ya que la salud debe contener una pizca de enfermedad, conforme a los principios de yin y yang.

Utilizando el ejemplo de salud y enfermedad, entonces, «presencia en ausencia» significa que, aunque la enfermedad aparente no existir durante la buena salud, la enfermedad está allí. El opuesto de un elemento está siempre presente, lo veamos o no.

El símbolo de yin y yang es un círculo en el cual dos peces (uno blanco y otro negro) se rodean mutuamente. Los ojos de los peces se destacan porque el de color negro tiene un ojo blanco y el de color blanco, uno negro. Los dos peces, el yin y yang, representan a la naturaleza opues-

Yin y Yang, el símbolo chino de las fuerzas
de energía opuestas pero equilibradas.

ta, igual y complementaria del principio femenino/masculino del yin/yang. Se envuelven recíprocamente, dependen el uno del otro y ninguno domina al otro. Los ojos de ambos peces están abiertos y son visibles y representan de esta forma la creencia del yin/yang de que tanto los puntos de vista femeninos como los masculinos son esenciales para la máxima comprensión posible de la vida y sus misterios.

Yoga

Amo el yoga, y no importa cuán cargada tenga mi agenda o si no existen paradas en mi viaje, lo practico dos o tres veces por semana.

Lo que acabo de decir no significa: «Practico yoga, así que tú también deberías hacerlo». En cambio, digo: «Si yo puedo hacer yoga, tú puedes hacer yoga», y/o «si yo tengo tiempo, tú también lo tienes».

El yoga es un sistema de ejercicios diseñado para unir el cuerpo con la mente en una sola entidad completamente armónica en sí misma. Se originó, como mínimo, hace unos cinco mil años, y se han desarrollado más de cien disciplinas o escuelas diferentes. Todas ellas, no obstante, trabajan sobre la base de los mismos tres elementos principales: ejercitación, respiración y meditación. No es una religión, ni exige determinados comportamientos o creencias, con una excepción: según la filosofía del yoga, ya tenemos dentro de nosotros todo lo que necesitamos para alcanzar nuestra mayor realización.

Las corrientes que más se practican en el yoga contemporáneo son variaciones del yoga clásico, un sistema que data de la época de Cristo, compilado por un sabio llamado Patanjali. El yoga clásico, en su estado más puro, se ocupaba de ocho diferentes facetas o «ramas»:

—*Yama* o «restricción»: abstenerse de la violencia, el crimen, la deshonestidad y el sexo casual.

—*Niyama* u «observancia»: aspirar a la pureza, la paz, el estudio y el entendimiento.

—*Asana*: los ejercicios físicos.

—*Pranayama*: las técnicas de respiración.

—*Pratyahara*: «retirar la mente de los sentidos», lo que significa prepararse para meditar.

—*Dharana*: la concentración.

—*Dhyana:* la devoción, la meditación.

—*Samadhi:* experimentar la naturaleza esencial propia.

En algún momento de la segunda mitad del 1800, el yoga llegó a Estados Unidos, en donde su popularidad comenzó a crecer de forma muy lenta, pero segura. No debe resultar sorprendente que, al evolucionar y tomar sus propias formas en el mundo occidental, las ocho ramas del yoga clásico, en general, se redujeron a las tres que implicaban el menor grado de privación: ejercicios físicos, técnicas de respiración y meditación.

Hasta los miembros más tradicionales de la comunidad médica occidental finalmente aprueban el yoga por ser un legítimo beneficio para la salud y el bienestar físico. Los ejercicios y las posturas de respiración, sin duda alguna, estimulan determinadas partes del cuerpo que se corresponden con las glándulas endocrinas que afectan desde el metabolismo y el sistema inmunológico hasta la capacidad de procesar el azúcar en sangre, se ocupan de controlar efectivamente el estrés y de desarrollar patrones de sueño constructivos.

Que existan más de cien formas de yoga y mucha información disponible sobre cada una de ellas puede ser suficiente para que un principiante algo curioso baje los brazos y vuelva a sentarse frente al televisor, siquiera antes de empezar. Lo bueno es que existe un pequeño número de «escuelas» conocidas, a las que se puede acceder con facilidad y que, honestamente, son agradables y sencillas, incluso para alguien como yo, quien… sí, lo reconozco, se resiste al ejercicio tradicional. (Lindsay y yo nos hacemos siempre la misma broma, que fue inspirada en una fiesta y cuya historia es demasiado larga como para contar aquí, y que consiste en que una llama a la otra para avisarle de que se ha apuntado, y ha incluido a la otra también, en una clase de *kickboxing*. Sí, claro, vamos a hacerlo en cuanto terminemos de construir una cabaña con nuestras propias manos.)

No tendrías que tener ningún problema en encontrar clases de yoga y material de lectura comprensible y simple sobre los siguientes tipos:

—Hatha: es el tipo de yoga que generalmente se nos viene a la mente cuando pensamos en esta disciplina. Combina posturas físicas con movimientos y ejercicios de respiración.

—Raja: es una combinación de ejercicios con respiración y meditación. Además, algunos maestros también pueden ofrecer una serie de clases teóricas.

—Kundalini: incorpora algunas de las posturas del hatha yoga, pero son de movimiento continuo y no estáticas. También es conocido por un ejercicio de respiración purificadora llamado «respiración de fuego» y el uso del lema «sat nam» que se traduce como «la verdad es mi identidad».

—Tantra: (mi preferido) pone énfasis en las disciplinas de meditación y de visualización, cuyo objetivo es lograr una unificación del cuerpo físico y del espiritual.

El magnífico maestro y mitólogo Joseph Campbell, ya fallecido, describió bellamente el concepto del yoga en su ensayo sobre hinduismo (y, curiosamente, el yoga precedió al hinduismo), descripción que, con permiso de mi editor, incluiré aquí: «El yoga es la detención intencional de la actividad espontánea de lo que hay en la mente... Todos nosotros, sentados y parados aquí, somos imágenes fragmentadas, reflejos fragmentados de una sola perfección divina; pero todo lo que vemos cuando miramos a nuestro alrededor, con la mente en su habitual estado de actividad espontánea, es el reflejo curvado y fragmentado de esta perfecta imagen de luz divina. Ahora, abramos los ojos, dejemos correr las aguas otra vez, dejemos que vengan las olas... y sabremos que todas estas visiones fugaces que vemos son reflejos, imágenes fragmentadas, de ese divino resplandor que hemos experimentado».

Z

Zaratustra

Si consideramos su aportación a la religión mundial, parece injusto que Zaratustra no sea un nombre muy conocido. Debería serlo, y aquí estoy para ayudar a que así sea.

Zaratustra nació en lo que ahora es Irán, alrededor del 8000 a. C., y fue el primer profeta en adoptar y diseminar la palabra del monoteísmo o el concepto de que existe un solo y único Dios. Llamó a este Ser Supremo «Ahura Mazda», una combinación de palabras que significan «Señor Creador» y «Sabio Supremo». Zaratustra creía que Ahura Mazda/Dios había creado a la humanidad con la libertad para elegir entre el bien y el mal, y con la responsabilidad para enfrentar las consecuencias de las elecciones que realiza. Esto significa que somos nosotros, no Ahura Mazda/Dios ni un ser maligno real, los que causamos el mal y el bien en este mundo que se nos ha dado. Zaratustra no creía en el demonio. Creía en la llegada de un mesías que nacería de una virgen. Creía en una eventual batalla apocalíptica que purgaría al mundo de la maldad y que daría como resultado la resurrección del reino de Ahura Mazda/Dios en la Tierra. Creía en que cada uno de nosotros posee en su interior lo divino, y que es nuestra obligación honrar y profundizar la divinidad propia respetando las leyes morales y naturales del Universo.

También creía que, cuando abandonamos la vida en la Tierra, nuestra esencia abandona nuestro cuerpo. Si hemos hecho buenas elecciones durante nuestras vidas, tratándonos a nosotros mismos y a los demás con amor y fe, nuestra esencia va a la Casa de las Canciones, también llamada el Reino de la Luz. Si, en cambio, hemos vivido oponiéndonos a las leyes naturales y morales del Universo, nuestra esencia va al Reino de la Oscuridad y de la Soledad. Estos reinos, según Zaratustra, no eran lugares físicos reales, sino que se trataba de un estado de unidad eterna con Ahura Mazda/Dios o, por el contrario, uno de separación eterna.

Creía que nuestro fin en la vida es estar entre quienes renuevan el mundo mientras éste progresa hacia la perfección. Creía que, del mismo modo que para luchar contra la oscuridad debemos propagar la luz, para luchar contra la maldad debemos propagar la bondad, y que la manera de luchar contra el odio es propagar el amor.

¿No es hermoso? ¿Y no te resulta, acaso, un pensamiento sumamente conocido aunque lo haya originado un profeta en el año 8000 a. C.? Los seguidores de Zaratustra se llaman zoroastrianos, y muchos eruditos consideran el zoroastrismo como la madre de todas las religiones del mundo contemporáneo. Y, si lo pensamos bien, podría ser un título muy merecido.

Zombis

Los zombis son seres míticos (sí, míticos), muertos vivientes, cuyos cuerpos deambulan como robots entre los vivos como si todavía fueran uno de ellos, sin que nadie se dé cuenta —hasta que es demasiado tarde— de que su alma, su mente y su conciencia ya no existen.

En verdad, ha habido muchas drogas a lo largo de los siglos, cuyos efectos simulaban estados en blanco y catatónicos y que disminuían las funciones naturales del cuerpo de manera tan drástica que, a veces, parecía que la respiración realmente se había detenido. Al igual que con otros mitos, como el del hombre lobo y los vampiros, ocurrieron demasiadas tragedias debido a las enfermedades y drogas asociadas con la leyenda del zombi como para considerarla inofensiva: personas enterradas vivas, daños cerebrales severos, autistas malinterpretados que eran rechazados o apedreados, etc.

Si te gusta, disfruta de la ficción de los zombis. Pero recuerda que es sólo eso y, por el amor de Dios, no dejes que se meta en tu cabeza la idea de que los zombis pueden ser reales o que vale la pena simularlos o perpetuarlos.